马原 著

纠缠

北京出版集团公司
北京十月文艺出版社

本书题献老朋友田地

是你的精彩笔
成就了这部小说

马原

一三〇年二月 海口寓所

目录

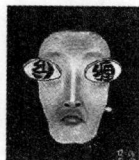

卷一

章一　姚亮有麻烦了

1.1.1

2013 年 1 月 3 日这一天，姚亮终于把那本他已经看了十几年的小说《好兵帅克历险记》翻到了最后一页。他这时才知道这本书其实是一本未竟之作，它的作者哈谢克没能最终写完它就被死神接走了。非常有趣的巧合是那一天刚好在九十年之前，1923 年 1 月 3 日。

《好兵帅克历险记》是一本非常非常有名的书，它问世的九十年以来已经在世界上不止一百个国家卖出了不止一千万本，它的名气完全可以与中国的一本非常非常有名的书《红楼梦》相提并论。再一次碰巧了，《红楼梦》也是一本未竟之作。《红楼梦》有一个很有名的《续红楼梦》的作者叫高鹗，不过后人都以为高鹗的续比之曹雪芹的原著要逊色，所以很多人拒绝高鹗，不读他的续。《好兵帅克历险记》也有一个不是很有名的《续好兵帅克历险记》的作者叫万尼克，万尼克同高鹗一样吃力不讨好，他的续也遭到更多人的拒绝，于是各国的出版商索性将万尼克的《续好兵帅克历险记》挡在了自家的国门之外。捷克之外的绝大部分《好兵帅克历险记》的千百万读者都压根就不知道万尼克和他的续。

读毕《好兵帅克历险记》对姚亮来说是一桩非同小可的事情。一桩已经持续了十多年的劳作终于有了眉目，而且画上了句号。释然两个字最准确地描绘了放下这本大书那一刻姚亮的心情。

其实姚亮不该释然的，因为就在这个早上他接到不是一个而是整整两个让他闹心的电话。不是一般的闹心，而是非常非常的闹心，特别特别的闹心。一个是前妻的电话，话题事关他在上海的那套大房子的权益归属。另一个是他被告知已经鳏居三年的八十七岁的老父亲刚刚仙逝，要他赶赴深圳奔丧。

1.1.2

大麻烦不是一下子就能解决得了的，姚亮只能将其暂时搁置，全力以赴去面对他必得面对的小麻烦。姐姐姚明已经先他一小时到达深圳机场，所以在机场出口匝道上接机的是他的老姐姐姚明。

姐姐到底是姐姐，她居然已经备好了黑布臂箍，不但自己的已经挂到了臂膊上，也将姚亮的在第一时间为姚亮在他的臂膊上挂好。

姚明说："爸走得有一点突然。"

姚亮说："我原来以为怎么也会过了这个年。我全家已经提前订好了2月5号的机票，准备和爸一起过年呢。"

姚明说："新安医院的那个刘主任上次还说爸胃上那个东西一直没变化，说只要它不发作爸再活个三年五年没问题。"

姚亮说："不是说急性感冒吗？说高烧发到43度？"

姚明说："说是高烧引起了大面积痰淤，用真空管吸痰也没能解决问题。说是窒息而死。"

姚亮说："爸年龄太大了，中气不够用，平日里有痰也咳不出来。在他身边听他喉咙里呼噜呼噜的，真替他着急。前几年我就有过担心，怕他哪一天给痰憋死。没承想真就是这么个结果。"

姚明提前订好了车，一辆大奔驰已经在出口外的通道上等候。姚明说这是创投公司侯总的座驾。司机显然与姚明相熟，开口称她姚总并为她拉开后座车门。姚亮知趣地自己到左侧后座上车。

姚亮有一个毛病，就是轻易不会从一个已经开始的话题上转移。

姚亮说："这些狗屁专家主任只会说那些又大又空的废话，到头来连一个小小的感冒也对付不了。姐，你说老实话，你给这个狗屁刘主任的红包肯定不小是不是？"

姚明说："他能亲自出马已经很给面子了，钱多一点少一点有什么大不了？"

姚亮说："你们有钱人说话就是气粗。你要是没钱，你看他给不给你面子。"

姚明笑他："你怎么像个愤青似的？小亮，你马上也是六十岁的人了。"

姚亮说："五十九好不好？还有两个月零两天五十九。"

姚明说："你个大男人怎么对年龄这么敏感？有道是过九不过十，再两个月零两天就是你的六十大寿。"

姚明放低声音告诉他龚慧和秦皓月明天都会到深圳。姚亮以为老辈人发丧晚辈不来也罢，不必让小孩子的记忆中留下死后的印象。姚明不以为然，说面对死亡也是人生的一部分，况且龚慧与外公的感情最深，来和外公告别是她生命中不可或缺的一幕。龚慧是姚明的长女，是纽约一家私立医院的执业医生，她从纽约飞过来自然比姚明他们晚到一天。秦皓月是姚明的小女儿，在北京一家私立学校读高中。

姚亮忽然意识到该把小女儿姚缈也带过来。两年前的春节姚明将父亲和姚亮一家三口邀约到北京，那是姚缈唯一一次与爷爷的相聚。两岁孩子是没有记忆的，姚缈根本不记得爷爷的样子。姐姐刚才怎么说的：和外公告别；和爷爷告别。姐姐也许是对的。但是姚亮和老婆也议过这件事，结论是小孩子不见死人也罢。

龚慧不是小孩子了，她自己早做了母亲，她来与外公告别在情理之中。秦皓月才十五岁，依姚亮的观点她不来也罢。姚亮忽然意识到另外一个人必得到场，就是姚良相，他的儿子，父亲姚清涧唯一的孙子。爷爷走了，长子长孙都必得来送。

姚明把自己的手机递到他手上，给他看一条短信：

大姑，我今晚到深圳。你们住哪里？

姚亮没反应过来："谁啊？"

姚明笑了："还有谁叫我大姑？"

姚亮说："是良相吗？他怎么在国内呢？"

关于姚良相，姚亮有许多问题；然而最大的问题是他的儿子他为什么要问别人？一秒钟之前他还在琢磨该怎么向姐姐解释姚良相不来奔丧，他发现自己很难找到一个听来可信的解释。幸亏他没自作聪明去杜撰一个解释，不然这会儿他将非常尴尬。姚良相没有不来，他要来，只是没有告诉姚亮而已。从那条短信上可以看出姚明已经知道姚良相要来，甚或已经知道姚良相就在国内。姚亮可是一直以为儿子在巴黎呢。

姚亮这会儿才猛醒过来，前妻凌晨的电话一定与已经回到国内的姚良相有关。上海的房子与前妻无关，但是与她的儿子姚良相有关。买那房子的时候姚亮尚未认识现在的妻子何冰，因此购房人一栏他填的是姚亮、姚良相两个名字。姚亮没有不再结婚的打算，他为了保护儿子的遗产权益先就把儿子的名字写上。现在前妻在拿这个说事，当然是以姚良相的名义。依前妻在电话里的说法，姚亮一家三口住的房子里姚良相有百分之五十的产权。姚良相已经成年(二十四岁)，有自己独立的法律权利，有权处置自己的法律事务，如此等等。

姚明在微笑："你呀，怎么跟自己的儿子就搞不好关系呢？你儿子的事情你来问我，你问得着吗？"

姚亮说："怎么问不着？你是他亲大姑！我不问你，你让我问谁？"

他们先到了新安医院的太平间见过父亲的遗体。当着医护人员的面姐弟两个都比较克制，姚明的泪水甚至都没能爬过整个脸颊，而姚亮清楚记得自己有两串泪珠划过脸颊落到前襟上。

下午余下的时间他们在父亲的居所里筹划整个后事的处理流程。姚明认为葬礼最好是委托一家口碑好的殡葬公司；姚亮说好的就听你的。姚明说殡葬公司都有自己的主持人，但是她想找电视台的专业主持人会让葬礼显得隆重些；姚亮说好的专业主持人我去找。姚明说父亲一生都在官场，应该比较喜欢在葬礼上见到一些官员；姚亮说官场的事我不行，你去找你的关系找官员吧；姚明说深圳是副省级建制，副市级领导相当于正厅局级，至少要找一个副市级领导到场，这个我来想办法。

姚明说父亲的遗产由一家凌风律师行代处理，律师行的首席律师肖凌风已经与她电话相约明日上午9点在律师行见面。姚亮说你去就行了，我就免了，爸的意思你我都清楚，捐了就是了。姚明说不行，死者的法定的第一顺序继承人要全数到场，你也是法定的第一顺序继承人，你不去不行。姚亮抱怨律师行麻烦，没事找事，无非就是给收费找名头。姚明说律师行不用找名头，有了委托就费用照收，不管有事没事，说法律就是这么规定的，说不是律师行麻烦，而是法律本身麻烦。

姚亮忽然露出笑意："姐，我们怎么忽然就成了法定的第一顺序继承人了？你信不信，爸自己打从参加革命那天起做梦也没想过自己会有遗产，自己在临终时已经变成了有产阶级？"

姚明也笑了："参加革命的时候他是无产阶级，参加革命一辈子如果到头来还是无产阶级，他这个革命不是白参加了？"

姚亮说："前几年我也是偶然去看崔健的演唱会，崔健的主打歌还是《一无所有》，他的扮相也还是当年的老样子，挽了裤脚的旧军裤，把舞台的地板踩得山响，声嘶力竭地喊破嗓子，'一无所有！''一无所有！'老崔健早就是天皇巨星了，是典型的大资产阶级，却在舞台之上装模作样地扮演无产者。我忽然觉得滑稽透顶。爸的情况是不是跟老崔健有点像？一辈子都在讲革命，一辈子自诩无产阶级，可是到头来却留了一大堆遗产给儿女添烦添乱。"

姚明说："留遗产你还嫌烦嫌乱，要是给你留一大堆债务呢？你啊，就是饱汉不知饿汉饥站着说话不腰疼。"

姚亮忽然想起这套房子是姐姐出钱。当时姐姐很多业务都在深圳，住深圳的时间比较多，就把父亲接过来，并且专门给父亲买了房子。母亲去世的阴影一直笼罩在父亲心头，姚明认为父亲该离开他和母亲住了一辈子的祖屋，离开那个场也就离开了那片阴影。长沙是个阴郁的城市，而深圳充满阳光，相比之下深圳更适合鳏居的父亲。姚亮认为姐姐该把房子收到她自己名下，不该作为遗产处理。

姚明不以为然："不论钱是谁出的，房子都是爸的，爸去世也改变不了这个事实。你不会因为爸妈都去世了就把你曾经孝敬给爸妈的东西都收回去吧？既然你不会，我当然也不会。"

姚亮想的是反正已经决定了尊重父亲的遗愿，遗产全捐，姐把这套房子从遗产中拿出来也在情理之中。既然姐不这么想，他也就不再坚持。姐有多套房产，当然不会太在意这一套。但他也知道姐已经把深圳的资产都转移到北京了，她今后在深圳就没有落脚的地方。

1. 1. 3

姚良相自己来去，在新安医院的太平间见过爷爷。他来到爷爷家已经过了零点。他按门铃没有应答，便又拨了大姑的电话。姚明揉着睡眼为他开了门。姚良相低声问我爸呢。姚明说已经睡了吧，问要不要叫醒他。姚良相连连摇头。

其实这会儿姚亮也已经被惊醒，他不知道姚良相是否愿意在第一时间见到他，所以就合了眼静候事态发展。没人敲门或推门，这说明姚良相不想这会儿见他。

这套房只有两个房间。姚良相不想见他也就意味着他将睡在客厅沙发上。平日里父亲睡主卧，主卧姚亮让给姐姐了。他睡的这间客房原本有两张床，他原本可以与儿子各睡一张。他反正睡不着，就开始胡思乱想。明天两个外甥女都来了，这个家根本睡不下这么多人，想来从美国飞回的龚慧可能更习惯住宾馆，她可以与小妹在宾馆开一间房。或者也可以他出去开房，让姐姐一家人住在这里。东想西想的当口他听到姐姐的问话，同时听到敲门声。

姐姐进来："没睡吧你？"

姚亮起身："良相来了？"

"已经走了，他在酒店里开了房。他说他不习惯住在别人的家里。"

"怎么是别人的家里？爷爷怎么就成了别人？"

"你以为你不是别人？孩子大了都有自己的习惯。良相从小就没和爷爷奶奶生活过，他怎么可能把爷爷奶奶的家当成自己的家呢？"

姚亮心里仍然有气："他还在读书，还是个学生。家里有房子怎么就不能住，有什么必要住酒店？他以为他是公子哥啊？"

姚明说："我原本就打算让大家都住酒店，是你一定坚持住在爸这儿。我们都什么年纪了，进了门先要打扫卫生，不瞒你说，我有二三十年没摸过扫把和抹布了。"

姚亮看她满脸委屈的样子笑了："是我错了，让我老姐受委屈了。得，你老人家明天也去酒店吧。"

姚明说："不想去了。在这里住下了忽然觉得这里也不错，这里是爸的天地，我躺在爸的床上体会爸每天每天的日子，挺有意思的。"

姚亮说："良相……他怎么样？"

"我看挺好的。身量跟你也差不多了，看上去比你当年还要结实。"

"他说没说什么时候回国的？学业怎么样了？"

"小亮，记住，谁的问题你问谁，不要总在我的嘴里套话。我不做别人的传声筒。不早了，你再睡吧。"

姚明关了门，把姚亮一个人留在黑暗里。

对他来说姐住酒店是天经地义，姐这一辈子有一半以上的时间都住酒店。外甥女们住酒店也在情理之中，她们都是有钱人家的孩子。如果必要，自己和老婆住酒店也无可厚非；唯有姚良相自己选择住酒店让他觉得闷气：他还是学生，自己一分钱都还没赚过。

其实更大的心结在于姚良相已经到家了，却见也没见他就去了酒店。他已经足足四年没回过家了。

1.1.4

姚明姚亮如约到了凌风律师行，首席律师正是肖凌风本人。肖律师看上去在三十五岁上下，年轻而且精明强干。这家律师行是父亲自己选择的，父亲的遗嘱公证也是由肖律师陪伴去公证处完成的。

肖律师的态度温和得体，他让姚明姚亮分别出示自己的身份证，并交由书记员去复印留底。他特别询问了他们母亲去世的时间地点，并且让姐弟二人各自亲笔书写了父母仅此两个子女再无其他子女的证明。

姚亮很无奈，认为这些所谓的法律程序是多此一举，甚至连"有这个必要吗"也脱口而出。肖律师声音很低，却也斩钉截铁回答他"有"。姚明横了姚亮一眼，其中的潜台词不乏责备。

肖律师向姚明姚亮详尽而具体地介绍了姚清涧生前交代的遗产状况，并且据此打出一份清单，计有长沙房产一处，深圳房产一处，三张定期存折，两张工资卡，另有母亲的企业养老保险个人账户和父亲的商业人寿保险保单。另有一份是经过公证的遗嘱。

肖律师清一下嗓子，声音显得郑重："既然全部两位法定的第一顺序继承人都在场，符合法律程序，我就在此宣读委托人姚清涧的遗嘱了。"

这个文件姚明姚亮并不陌生，上一次家人聚首时老爸自己就郑重其事地给他俩阅读过，内容是在他死后属于他（连同老伴）的遗产捐献给他的母校檀溪小学。老人当时征求了女儿和儿子的意见，女儿和儿子都没有意见，老人于是要他们各自签写同意并署名，姚明姚亮照办并遵嘱按上各自的手印。

肖律师将执行遗嘱的必要事项耐心讲给他们："尽管你们的母亲已经去世三年三个月二十七天，你们仍然需要去相关部门办理一个确认母亲死亡的证明，因为从法理上讲你母亲同为你父亲的法定的第一顺序继承人，有死亡证明在也就不再需要法定的第一顺序继承人不能到场的理由。死亡证明是执行遗嘱的要件，一定不能够缺失。"

姚亮说："我担心这么久了长沙的那家医院里是否还保留过往死者的档案。"

肖律师说："根据我的经验，除了医院还有一个可以出具死亡证明的机构，就是死者原来工作的地方。因为单位会收到死亡证明，从而注销死者的工资关系。我建议你不妨到你母亲退休前的单位去开证明。"

姚亮说："这个更不靠谱了。我母亲原来工作的地方是一家国营的烟酒糖茶公司，这家公司在二十多年以前就被关停并转了。母亲退休已经超过二十年，怕很难找。"

"她不是刚刚去世三年吗？她去世前的薪水由什么机构发的？"

姚明说："好像是都归社保了吧。"

肖律师说："那你们就去社保局打听一下。我刚才说了，死亡证明是要件，不可以缺失的。"

姚明说："也许另一个地方也能开这个死亡证明。"

姚亮调侃她："阎罗殿？"

姚明说："户籍所在地派出所。母亲去世，父亲肯定去派出所注销了户口。"

姚亮说："还真没有。估计父亲把这事忽略了。去年见父亲时他亲口说的，说妈的名字一直在户口本上，让他觉得妈没死，像出远门了一样。"

肖律师还给了他们一份已经整理打印好的注意事项，要他们仔细阅读，在办理前做好充分准备。姚明浏览一下，随手交给姚亮：

第一张是房产过户手续。

第二张是银行存款的提取手续。

第三张是商业保险的理赔手续。

第四张是企业养老保险、医疗保险个人账户余额的领取手续。

第五张是关于死者丧葬费、抚恤金的领取事宜。

第六张是办理有关继承公证的要求。

每一张上面的条款都详尽而细密，他们也不可能在现场就潜心研读清楚，只能在浏览的同时答应肖律师回去会细读。

1. 1. 5

午饭后姚明问姚亮要不要跟她去机场接人，姚亮听说还要接上姚良相就不想去了。姚明把秦皓月的航班安排在龚慧之前到达，这样她就可以先接上秦皓月，再去接龚慧，让远道来的龚慧在回国伊始就看到妹妹。

姚明每年都会飞几次美国，她和龚慧见面的机会比见姚亮要多。龚慧曾经问她是否有必要带自己的儿子过来，姚明想想还是没必要。她的外孙是混血，龚慧的丈夫是英裔美国人，曾外孙与曾外公之间血缘相去太远，不做这最后一场道别也罢。

她去接姚良相时，姚良相电话里说他有急事就不去机场了。姚明告诉他要是早知道他不去，她会带上他父亲去机场。她话里的责备意味姚良相一点没听出来，居然说那你就回去接上他吧。姚明真想骂他两句，想想还是算了，大人不见小人怪，不要跟小孩子一般见识。除了这个小插曲，姚明接人的事情都还顺利，两个航班都没有晚点，纽约来的还稍稍提前了大约二十分钟。姚明先已经在姚良相住的那家酒店为她们订了房，但她还是把两个女儿先带到父亲的家里，让她们先去给外公的遗像鞠躬，同时见过舅舅。

龚慧七岁就去了美国，已经在纽约住足了三十年，是个地地道道的美国佬。不过她还能说汉语，因为平日里用得不多，所以有些磕绊，明显是在斟酌该用哪个词汇。由于语言上的小小障碍，加上龚慧比自己的妻子还要大几岁，姚亮和大外甥女之间的交谈不是很顺畅。相比之下他和秦皓月要熟识得多，彼此的问候充满了细节，比如"教你弹钢琴的还是那个胡老师吗"，比如"姚纱超过一米高了吗"。就在相互的寒暄到了尾声的时候，姚良相进门了。表姐表弟表哥表妹之间又是一顿寒暄。

晚饭之后是家族会议，姚清涧的两个儿女连同三个孙辈第一次坐到一起讨论有关姚清涧的遗产问题。

会议正式开始之前龚慧问到表弟的学业，姚良相说他已经休学了，他正在自学摄影，他的一个老师是美国国家地理杂志社派驻法国的摄影师，他参加了老师的一个项目。龚慧问到他的收入，他瞟了父亲一眼，说收入不多但却是一个很好的学习机会。姚良相将自己的 iPad 递给表姐，龚慧很认真地翻看表弟的照片，边看边点头，显然对表弟的作品相当赞许。小表妹秦皓月一直紧傍在姐姐身边，她对表哥的照片同样充满兴趣。

姚明说："你们会后再聊好吗？咱们开会了。"

姚亮说："这里是老革命姚清涧的家，我们都是姚清涧的后人。今天我们聚在这里的第一个缘由，是他老人家不在了。他活了八十七岁，他这一辈子活得还不坏，他有一个女儿一个儿子，也算凑上了一个好。他老伴也是个长寿的老太太，跟他一样活了八十七岁，先他一步三年前走了。他小他老伴三岁，于是在三年后步老伴的后尘也走了。我们，也就是他的后人们今天坐在这里一道祭奠他，愿他老人家安息。"

姚亮看一眼姚明："姐，我这么说行吗？"

姚明说："你说得挺好。"

"今天的会还有一个议题，就是他老人家的遗产。按照相关法律，姚清涧的遗产有三个法定的第一顺序继承人，他的妻子，他的女儿，他的儿子。你们都知道，他的妻子已经过世三年，所以剩下来的只有他的女儿和儿子。"

龚慧说："舅，妈，外公的遗产你们定就是了，我们晚辈不该发表意见。"

姚明说："听你舅舅往下说。"

姚亮说："姚清涧没有把处理遗产的权力交给他的女儿和儿子，他自己有遗嘱。今天他的律师已经对他的女儿和儿子宣读了遗嘱，并且将遗嘱的复印件让我们带回来。遗嘱的内容很简单，只有一个内容，就是将遗产捐给他的母校长沙的檀溪小学。我说清楚了吗？"

姚良相说："我想知道爷爷的遗产里包含了什么。"

姚明说："计有长沙房产一处，深圳房产一处，三张定期存折，两张工资卡，另有奶奶的企业养老保险个人账户和爷爷的商业人寿保险保单。据律师行的估算总价值大约在五百五十万到六百万人民币之间。"

姚良相深吸一口气："爷爷有这么多钱啊。"

姚亮摇头："其中最大的一笔就是这套房子，市价大约在三百万左右。这房子是姚清涧的女儿出钱给他买的，我建议姚明该把房子收归自己所有。"

龚慧摇头："这在美国是完全行不通的，房子在谁名下就属于谁。妈，是在外公名下对吧？那它就属于外公，即使你想收，也没有可能。"

姚亮说："你妈妈不想收回。她的道理就像你的美国法律一样，她说房子是你外公的，只属于你外公。"

秦皓月说："舅舅你为什么反对它属于外公呢？"

姚亮说："因为它的确不属于你外公，它是由你妈妈的劳动换来的，是你妈妈出于孝心对你外公的赠予。"

龚慧说："赠予在法律上的描述就是一个人的财产变更为另一个人的财产，这种变更是受到法律保障的。"

姚明说："我作为女儿的孝心源自父亲对我的爱，对我的抚育和培养。这些爱，这些抚育和培养同样源自父亲的劳动。所以我的孝心中包含了父亲长久的辛劳。这个话题我们就此打住，不再讨论了。"

姚良相说："大姑，我们几个参加今天这个家族会议，是只出耳朵还是也要出嘴巴？"

姚明说："当然要听你们的意见。"

姚良相说："那我们要不要讨论一下爷爷的遗嘱？"

姚亮马上有所警惕："姚清涧没给我们这个机会。遗嘱中没有征求子女或孙辈意见的内容。"

姚良相用手指着那份遗嘱："怎么没有？遗嘱上不是有你和大姑亲笔签署的同意吗？那两个手印也应该是你们的吧？"

姚亮说："是我们的，那是我们作为法定的第一顺序继承人自己的态度，我们都支持姚清涧的意愿。"

姚良相说："你们两个是法定的第一顺序继承人，我们都不是。但是你别忘了，我是你的法定的第一顺序继承人，她们俩也都是大姑的法定的第一顺序继承人，你们做任何决定都有权利，但也有义务听听自己法定的第一顺序继承人的意见，不要做伤害他们权益的事。"

姚明说："良相是不是有什么话要说啊？"

姚亮说："姚清涧的遗产还是由他的法定的第一顺序继承人来决定。黄鼠狼骑兔子，咱们各码是各码好不好？"

姚明说："不小亮，你听我的。良相，你有什么想法不妨当着大姑的面提出来。既然我们是开会，谁都有发言的机会。"

姚良相重重地咽两下口水："首先我认为爷爷的捐献是不负责任的，他就没考虑到这样做会伤害到自己法定的第一顺序继承人的利益……"

姚亮说："姚清涧考虑到了，他很清楚自己的女儿和儿子是什么样的人，他知道儿女都会支持他的想法。"

姚良相说："你还让不让我说话？你如果不让我可以不说，你如果觉得我在这里多余我立马就走。你听明白，我是看在大姑和表姐表妹的份上才没有摔门走开。"

姚亮一字一顿："威胁我是吗?"

接下来的故事没法往下写了，读者尽可以想象——或许父子俩中有一方退让了，于是家族会议继续，大家一团和气。或许水火不容成掎角之势，结果两败俱伤。还是让想象肆意驰骋吧。

章二　姚亮的麻烦才刚刚开始

1.2.1

很明显家庭会议的内容当晚就被走漏了，因为零点以后姚亮又接到了姚良相母亲范柏的电话。说又接到了是在此两日之前他曾经收到范柏一个电话，那是一个很麻烦的电话。但是由于半小时之内的另外一个电话的突如其来，那个很麻烦的电话的内容被暂时搁置了。另一个电话是深圳一家律师行打过来的，说是姚清涧老先生去世了。两日之内范柏的电话就又来了。

范柏的电话："我听说了，你和你姐姐共同表态同意你父亲将自己的全部遗产捐出去。或许这本来就不是你父亲的原意，本来就是你自己的意思，你把你的想法灌输给你父亲，你愿意承认这一点吗？"

"你把每个人都想得和你自己一样卑鄙，你这么想我一点都不觉得奇怪，而且我不反对你这么想。我是这么想的，我把我的想法灌输给我父亲，我愿意承认。"

"没有冤枉你让我觉得很高兴。我早就知道你生怕你父亲把自己的遗产留给孙子，让你对姚良相的经济封锁落空。你知道你父亲很可能这样做。你知道你父亲骨子里重男轻女，骨子里对你姚家的姓氏看得很重，他完全可能把遗产留给他唯一的孙子，唯一可以继承他姓氏的姚良相。也许你不肯承认这一点。"

"肯承认，我父亲就是这样的人。你还想说什么？"

"于是你想方设法把一个冠冕堂皇的说辞灌输给你父亲，让老人家以为是他自己要当雷锋，要做一次彻底的奉献，于是就有了那张荒唐至极的遗嘱。你为了做得天衣无缝，不惜搭上你姐姐，拉她一起在遗嘱上签字画押，你真够狠的！害得你姐姐额外搭上了一套房子。"

"你的想象力真够了得，不去写小说真是可惜了。"

"为了剥夺你亲生儿子的继承权，你居然如此丧尽天良使出如此恶毒的招数。姚良相怎么惹你了？不就是几句气话吗？儿子顶你几句何至于让你对他下这样的狠手？行，你自己的遗产你可以不给儿子，你连你父亲的遗产也不放过，生怕它落到儿子手上。你也太恶了！"

话说到这种程度上姚亮反而没了火气。先前他没搞清范柏究竟意欲何为，现在他大概清楚了她的思路。范柏想必已经认定了姚亮要剥夺姚良相的遗产继承权，她沿着自己的思路认定姚清涧会把自己的遗产给姚良相，所以她想当然地认定是姚亮在姚清涧背后做鬼，使姚清涧用自己的全部遗产学了雷锋，让姚良相继承祖父遗产的愿望落空。范柏的愤怒盖源于此。

姚亮一改先前的方式："且慢，范柏，我终于听明白了，原来是姚清涧想把自己的遗产留给自己的孙子，但是他儿子从中作祟，使这笔遗产变成了雷锋基金，是这个意思吧？"

"是不是这么一回事你比任何人都清楚！"

"我必须比任何人都清楚啊，因为上面是我父亲，下面是我儿子。可是听来听去，我怎么听都是我姚氏家族的私事。家族内的私事我怎么没在家族内自己面对，而是听一个外人在这里义愤填膺声嘶力竭啊？范柏，请你相信，请你一定相信姚氏家族的人不是都那么弱智，连自己的家庭私事也处理不了。请你不要太为我们操心，多操心一点自己，请你自重。"

"姓姚的，你不要血口喷人，谁要操心你的家事？该自重的是你，你在人前冠冕堂皇为人师表，可是一肚子的毒水，连自己的亲生儿子都不放过。要不是因为姚良相是我儿子，你八抬大轿请我去关心你都没门。想也别想。姚亮，你听好了，我不会容忍你对姚良相的任何伤害，任何！"

"真是可悲啊，我居然是个处心积虑要害我唯一儿子的人，我千方百计要置我儿子于死地，不惜用出丧尽天良的狠毒招数。幸好我儿子有一个拼了死命也要捍卫他的母亲，这真是我儿子不幸中之大幸。"

"作为姚良相的母亲，我负责任地指出，你姚亮和你姐姐姚明共同表态要捐出姚清涧的遗产是草率的，是极不负责任的。姚家姐弟二人为了自己的高风亮节，置自己的法定的第一顺序继承人的利益于不顾，严重损害了自己法定的第一顺序继承人的权益。我相信姚良相会站出来作为你姚亮的法定的第一顺序继承人捍卫自身的利益，要推翻其父其姑在未征求自己子女意见的情形下擅自作出的捐献决定。"

"姚良相要如何面对他祖父对自己遗产的处理，是姚良相自己的事，我相信他能够处理好。放心吧。"

"你少跟我阴阳怪气。姚亮，我今天电话还有一件事，就是上海那套有姚良相一半产权的房子。姚良相的人生正面临转折，他需要钱，他需要把那套房子变现。作为姚良相的母亲，我需要听到你的明确态度。"

姚亮这一次针锋相对："我住在自己的房子里，本来没有必要对你范柏表明任何态度，但是我愿意明确告诉你，我不想卖我的房子，因为我住在其中。我的态度够明确了吗？"

范柏的声音明显高了："不够！因为那不只是你的房子，也是姚良相的。我是姚良相的法定的第一顺序继承人，所以也有我的份额。你不想卖，但你必得征求姚良相的意见，而姚良相也必得征求我的意见。你听明白了吗？"

"听得很明白，但是我没兴趣知道你的想法。当初买这房子时我自作主张添上姚良相，当初我之所以这样做，是因为我不相信我儿子会利用我对他的爱来要挟我卖房。我当初有这个自信，今天仍然有这个自信。"

"你的狗屁自信在法律面前一钱不值。"

"没办法,谁让我是汉人呢。汉人的骨血里有那么一种东西,我相信比你的法国法律更有力量。"

"别自作聪明,中国的法律也同样保障每个人的合法权益。教你一点法律常识,买房子写上姚良相的名字,也就意味着房子的一半产权已经变更到姚良相名下,已经不再属于你姚亮。几年以来你在属于两个人的房子上受益,你根本没有征求另外那个权益人的意见,也没有将你受益的部分平均分配给另一个权益人。你智力正常,应该听得懂我上面的话。我的话完了。"

范柏迅雷不及掩耳切断这次通话。

1.2.2

先前被姚明打断的表姐表弟表哥表妹之间的话题被三个孩子重新接上。在龚慧理解,姚良相为他人工作并且拿报酬,便是已经脱离了人生的学习阶段。姚良相还是认为自己在学习,虽然不是课堂不是书本,却仍然还是广义的学习。龚慧却坚持认为学一门技艺相当于生计技能的培养,只能算是为生计工作的初级阶段。姚良相想想,表姐的话也有道理,于是不再争辩。龚慧认为既然已经开始工作,就应该效率和效益最大化;说具体一点,她对表弟漠视报酬多寡这一点有不同看法,她的论点是报酬最能体现一个人的劳动价值。

她有一个相熟的商业摄影家,在纽约有很高的知名度,她可以介绍表弟去这个人的工作室,她认定以表弟的能力会拿到很高的薪水。

姚良相告诉表姐,自己的老师是一个世界级的大师。龚慧问他可有自己的公司(工作室),他的收入是怎样的水平。姚良相说美国国家地理杂志驻巴黎的记者站就是老师的工作室,老师的年薪在三十万美元上下。龚慧说美国摄影家的公司有二十几个雇员,每年的业务规模在两三千万美元左右，按照企业的平均纯利润百分之七到百分之十五的中间数计算，他个人的年纯收入至少在两百万以上。

龚慧说："你自己判断一下这两位摄影家谁才是真正意义的大师？"

姚良相说："大姐一定知道陈逸飞吧？还有丁绍光？那何多苓呢？"

龚慧说："你说的三个人我都知道。"

"大姐认为他们三个谁可以称之为大师呢？"

"在世界上丁绍光的名气最大，在中国尤其在上海是陈逸飞，圈子里的同行们更认何多苓。别以为你大姐对中国的事情一无所知，我说得不错吧？"

"大姐没回答我的问题。"

"我当然回答了。我已经说了，人们的标准不一样，中国的美术家们偏爱何多苓，而上海作为中国最国际化的商业都会更认可陈逸飞。丁绍光与他们不同，整个世界的艺术界都知道有一个云南画派，它的代表人物叫丁绍光。价值判断首先取决于你的立场。"

"大姐，丁绍光再出名，他的画再值钱，在我心里他都无法与何多苓相提并论！陈逸飞就不要去说他了，他根本就是一个商品画的制造者。"

姐姐和表哥的争论让秦皓月颇为郁闷，她自小喜爱美术，她最喜欢的画家是周春芽和毛焰，据说两位的画作都已经达到千万级的价位，可是姐姐和表哥在讨论画家时连提都提不到他们的名字。

秦皓月说："要我说，周春芽和毛焰才是真正的大师，你们说的那些人早就 out 了。"

龚慧说："小妹，说到艺术永远别用 out 这个词，只有谈论时尚的东西才可以说它落伍了过时了。而且今天我们说的也不是艺术，是你表哥的工作。"

姚良相说："可是大姐，难道你认为摄影不是一门艺术吗？"

龚慧说："我更关心的是你，是你的劳动是否拿到了与你所创造的价值相适应的报酬。现下你爸爸不在这，你可以说你的报酬是多少吗?"

姚良相说:"月薪三千。"

"欧元?"

"是美金。"

"那就是只有两千欧元了。很有趣，你们在欧洲，可是薪水却用美金来支付。说三千美金比两千欧元听起来要多一点。"

"大姐，美国国家地理是一家美国刊物，它付给它的雇员美金也是情理之中的事吧，你又何必那么尖刻呢? 我的确不认为钱是唯一的标准，而且你们美国人总是更喜欢谈钱，欧洲人在这一点上比你们要逊色。"

"不是吧，你刚说了你们是一家美国杂志，你的老师应该也是美国杂志的摄影师。"

"他是地道的法国人。他的出生地就是巴黎。"

"那也没有改变他是美国杂志摄影师的事实。他既然为美国杂志工作，他的立场也必定是美国杂志的立场。良相，你对美国有误解，是所有那些属于欧洲人的误解。美国是个包容的国家，兼收并蓄，无论你是喜欢它还是敌视它，它都能够包容你。所以我说你该来美国。"

姚良相这会儿也意识到自己刚才太激烈了，明明表姐是在为自己着想，自己却一而再地向表姐发难。

"表姐，还有皓月，你们当真对爷爷把遗产都捐出去没有自己的看法?"

"怎么没有，有啊。外公那一辈人讲雷锋，认为奉献是很了不起的精神，但是也知道做雷锋是很难的事，一生一世就尤其难，所以索性让一生一世轻松点，在生前的最后一刻做一次雷锋，彻彻底底地做一次。表哥，我认为外公的做法很聪明，活着的时候不跟自己为难。"

"皓月，我不关心爷爷自己怎么想，我想问的是你对这件事的态度。"

"这事跟我又没有关系，是外公自己的事，自己的事自己做主就是了。"

"良相，你是不是觉得外公把那么多遗产都捐了挺心疼的？"

"是啊，那可是老爷子一生的血汗啊。也包括大姑的。他学他的雷锋，没必要把大姑的血汗钱都让大风给刮走了。我说一句难听的话，这些钱到了他们手里，只是给他们提供了挥霍和贪占的机会。爷爷当真会以为这些钱一分一角都用在学校的建设上？我不信老爷子会那么糊涂。他呀，就想在死后留一个清名，让那些认识他的人念他一个好。单凭这一点爷爷真够自私的。"

龚慧说："其实这类事情在美国很普遍，很多私立大学的经费都是老校友们捐助的。也没听说哪一所大学的捐助款被挥霍被贪污被挪用，关键在于有一个好的社会环境，有一个有效率的监督机制。至于外公自己怎么想的，我们也不必妄加猜测。至少从表面上看这是一件好事，姚清涧老人不忘师恩报效母校。"

姚良相说："想报效捐上三十万五十万已经不错了，有必要如此过分吗，连自己女儿的房产也要贴上去？包括自己的祖屋，爷爷这是摆明了不想让自己的子孙再回老家，所以一点念想也不留给我们。"

"如果不去从不良动机去揣测外公，我们还是可以把外公的捐赠看作是一笔精神遗产。无论如何这样的彻底捐赠是一种利他行为，而任何利他行为都应该受到尊重和肯定。这个世界已经有太多太多的利己，真正意义的利他精神已经很难见到了。"

姚良相意识到表姐和表妹关心的方向都只在思想层面，这笔数额巨大的财富她俩谁都没把它看成是钱。所以讨论来讨论去他与她俩的话题并未真正交叉。

1. 2. 3

姚亮的一个老同学是电视台的娱乐频道总监。她当年是学生会的文娱委员，三十年里她就从来没离开过文化娱乐这一行。姚亮找到她她很开心，并且满口答应。她频道里的几档节目都是收视率最高的，所说的金牌档，她问姚亮喜欢哪一档节目的主持人。姚亮对他们节目不熟，但是考虑到是葬礼便提出"庄重一点的比较好"，一定要男的。试想一下在父亲的葬礼上，由一位擅长搞笑的漂亮女主播来主持会是怎样的情形？姚亮自己也不由自主地摇了摇头。

老同学特别嘱咐姚亮，一定不要给主持人塞红包，"他欠我一个人情，一直想报答我，我一直没给他机会。这次算是他的一个机会吧。"

姚亮心里很明白，他已经欠了她一个人情。深圳是百分百的商业社会，他在心里掂量一下，这个人情应该不是很小。姚明那边同样也算顺利，她通过关系请到了政协的一位刚刚卸任的副主席。而殡葬公司这边的准备工作也在按最高规格向前推进。

一切似乎都不是问题。

整个家族的五口人每日定时聚会两次。一次是早茶时间，由住在附近家里的姚明姚亮赶到孩子们的酒店，这家酒店的早茶在全深圳也小有名气。第二次是晚宴，晚宴的时间地点由姚明安排，之后电话通知大家。

姚亮仍然没有与儿子深入谈一次的机会，儿子没给他这种机会。姚良相每一次露面都是最后一个到场，又总是最先离开的那一个，他似乎一直在忙。不过姚亮看得出来他和大姐和小妹都相处得很融洽，大姐大他十三岁，小妹小他九岁。

姚良相并非没有为大姐的建议动心。大姐是那位纽约摄影家的私人医生，所以大姐的推荐有相当的说服力。而且大姐已经通过电邮将姚良相的作品发给摄影家，也得到了摄影家明确的肯定。但是姚良相在巴黎还有事情需要处理，他再快也只能在三周后到纽约。大姐告诉他摄影师为他预定的薪水是周薪一千八百美金，他自己算了一下，相当于月薪八千左右。

他并非没有与父亲谈一次的打算，但是眼下的变故更让他兴奋。他在巴黎读的高中，加上初来时的预科已经有五年，他在第六年上进入一所理工学院学光学，现在是他的第七年。他早就有换个地方的想法，休学也是整个计划的一部分，算是一个退路吧。妈妈是画家，但是她的画卖得不好，在经济上不能够对他有进一步的支持。姚良相狂热地着迷于摄影，在巴黎学专业摄影费用高昂，他没有把握得到父亲姚亮的首肯。他这次回国的一个主要任务就是跟父亲面对面谈一次，以求得父亲在经济上的全面支持。但他自己并没有十足的把握，因为在过来的四年里他与父亲之间出现了沟通障碍，各自的个性让他们彼此剑拔弩张。父子两个之间的矛盾焦点在于性格，有时候性格造成的局限会令外人看来不怎么严重的家庭冲突升级，变得完全不可调和。姚良相遇到的情形就是如此，这一点他看得很明白，但是他对此完全无能为力。他和父亲面临的是同样的问题，他们之间的矛盾很像那个农妇和猪的寓言。

连续三天波澜不惊，但是姚亮知道这样的日子已经不多，不会再超过三天。因为三日后是葬礼，葬礼之后不会继续当下的格局，每个人都会回到自己的常态生活，五个人该当尽作鸟兽散。四年未见的儿子将会再次离开，而下一次的归来可以说遥遥无期，因为他想不出一个能够让儿子再回家的互相都能接受的理由。对姚亮而言，与儿子沟通的机会只在这三日之内。

姚明已经在筹划下一步了。很明显遗产问题远比安葬父亲要复杂。姚明知道弟弟对事务性的事情很低能，她于是将所有在长沙的事项都揽到自己肩上，把深圳的事情交给姚亮。深圳的事情只有两桩，卖房和商业保险的理赔，相对于长沙的事情要简单许多。

1. 2. 4

范柏的警告绝不是说说而已，第四日一早姚良相已经正式将一份打印整齐措辞严谨的抗议文本交到姚亮手上。同样的文本姚明也收到了。

姚良相没打算孤军奋战，我们已经知道他之前先见过表姐表妹，希望她俩能与自己结成同盟。但他的愿望落空了，龚慧和秦皓月不但没有成为他的同盟军，还将事情向母亲作了汇报。

　　姚良相有几分担心，怕父亲和大姑联起手来回击他。但他马上就知道了大姑的态度，大姑没站到父亲一边。姚明并不知道范柏在姚良相的背后，所以她对侄儿的独立意识反倒有几分赞赏，夸他长大了懂得捍卫自身的权益了。姚亮不想把事情说破，他相信姐姐再怎么夸他儿子，也不可能动念头改变父亲的遗嘱。

　　姐姐对儿子的赏识让姚亮张不开口说出真相，姐姐当年也是相当赏识范柏。姚亮与姚明之间彼此惦念关切，他们谁都不把自己不愉快的东西说给对方，这就是他们姐弟关系的最大局限。姚明霸道惯了，对侄儿的抗议根本没当一回事，一言以蔽之便否决掉了。姚良相不敢对大姑的否决当面顶撞，心里却是一百个不服。

　　既然母亲已经向父亲下了战表，他也决不做缩头乌龟，他跟大姑说不上，跟父亲一定要当面锣对面鼓。

　　姚良相在法国有一个同居的女友，女友的父亲是华裔法国人。他把自己准备去纽约工作的信息告诉给女友，得到女友的认同和支持。女友再三叮嘱他不要丧失掉这个难得的机会，一定不要开罪他表姐。女友不赞成他与父亲交恶，因为那样会让他大姑对姚良相产生恶感。而他大姑的态度会影响到他表姐对他的看法。女友的想法基于一个基本的立场，就是不赞成他母亲的主意，不赞成姚良相为了有他名字的房子去伤害父亲，进而伤害父亲的三口之家。女友已经把自己的立场委婉地表述出来，她了解他的脾气禀性，也知道他内心对母亲的依赖，她知道太生硬的表达一定会伤害两人的感情。

　　姚良相尽管有和父亲面对面谈一次的想法，但终归对自己的立场不是太自信。正如姚亮在电话里对范柏的自信表示一样，姚良相很清楚父亲当年在房产证上添自己的名字是因为爱，父亲是为了儿子的今后着想。但是母亲同样爱自己，甚至更爱自己，母亲把全部的爱都给了自己。而父亲不同，父亲有了自己的新家，有了新的孩子，那个三口之家与自己和母亲已经天隔地远。

姚良相心底里很明白，找父亲逼父亲卖房理不直气不壮，毕竟那房子百分百是父亲的血汗。这也是他这几日一直回避和父亲单独面对的缘由所在，他张不开口。母亲教促他给父亲和大姑那份抗议书已经让他相当尴尬，他不愿意让表姐表妹和大姑把他看成是一个只认得钱的不孝子。那份抗议书当真不是他的本意，虽然他觉得爷爷的做法既傻又迂，但他心里很明白，那是爷爷的权利，爷爷可以按自己的想法处置属于自己的财产。可是母亲做的这一切都是为了他，他不能够与母亲对抗，那样他会伤透母亲的心。

经过第四日的抗议书事件，姚亮对儿子是否会给他深谈一次的机会已经不抱希望。还有整整两天，两天里什么事情都可能发生。不抱希望的姚亮是否还在期待有意外发生呢？曾经收到过范柏那样一个电话，他仍然对儿子良知的猛醒有信心吗？

姚明以为自己已经为姚亮扛下了大半麻烦，她根本想不到那些只是姚亮最小的麻烦。当然，姚明生活里的变故比姚亮要多得多。比如两个姓氏不同的女儿就已经显示出她至少有两个前夫。一个有两个前夫并且在多地有多处房产的女人，应对生活中各种变故的能力，一定比普通人强得多。也许姚亮该把自己的难题通通倒给自己的老姐，老姐一定会给他恰如其分的应对之术。

姚明其实不是个大而化之的女人，她事事处处都会保持冷静的观察，会面对大事小情作出精准的判断。侄子对钱的态度她已经看得很清楚了，她也看得出姚亮和侄子之间那种难以调和的状况。她并不赞成姚良相的立场，但她又不能够当着姚良相的面同意姚亮的立场。于是她宁可让姚亮误解她，也尽量去保护姚良相脆弱的自尊。她当然不会帮助姚良相去推翻老父亲的遗嘱，但是她会让侄子的激烈情绪平复下来。处在姚亮和姚良相父子之间，姚明的处境相当微妙。在她看来姚良相当下的心境相当脆弱，完全不堪一击，她必得在私下里提醒姚亮这一点，让姚亮把持住自己，别让自己因为情绪失控将儿子一击致溃。

1.2.5

姚明的性格是想到了就去做。她将姚亮提前邀约到家里，直截了当说出自己的想法。姚亮知道由于自己隐下了范柏在背后的事实，姐姐对整个事件有盲区。他犹豫着该不该把范柏的两次电话告诉姐姐。

这时一个突发事件彻底粉碎了他的犹豫。是姚明的电话响了，姚明无论如何没想到来电话的会是范柏。范柏多年以来都非常在意自己在这个大姑姐眼里的形象，她的努力也取得了最佳效果。姚明一直在各种场合都表示了对范柏的欣赏。电话尽管意外，多年形成的那种欣赏和在意的格局并没有改变。

"大姐，我是范柏。没有打扰你吧？"

"没有没有。我们这边在忙父亲的丧事，良相跟你说了吧。放心，这边一切都还顺利。"

"大姐，我听良相说他对他爷爷的遗嘱有些想法，也把想法告诉了你们。孩子还年轻，遇到事情有些莽撞，你们不要太责怪他。"

"范柏，我不但没责怪他，还对他的做法很欣赏。孩子大了，有自己的独立见解了，男孩子就该这样。"

"其实这件事有些你们不知道的背景。良相上一次见到他爷爷有两年多了吧，那一次爷爷私下里表示他和奶奶的东西都要留给良相。所以这次听说爷爷的遗嘱把全部遗产给捐了，良相很想不通，就做了那么莽撞的事，把抗议书交给你和他父亲。"

"范柏，我不认为良相有什么莽撞，有了不同想法主动表达，很好啊。你说的情形我没听说过，所以也没往这方面考虑。父亲已经走了，我们也没法更改父亲的遗嘱。我把这层意思也跟良相说清楚了。你看你

28

对这件事还有些什么想法?"

"大姐,我没想法,我只是把前情往事给你说一下,我怕你们对良相的抗议书有什么误会。"

"没误会没误会。"

"大姐,我把这些话告诉你,你是什么态度呢?"

"我什么态度?范柏,我没太懂你的意思。"

"我是说你知道了爷爷曾经说过把遗产留给良相,你对此是怎么考虑的?"

姚亮忽然从姚明手中抢过手机:"范柏,姚家的事情就让姚家人自己处理吧,不劳你费心了。"

说完马上将电话切断了。

章三　姚明把看到的麻烦扛到自己肩上

1. 3. 1

事已至此，姚亮索性将范柏前面两个电话完整地复述给姚明。姚明有好一会儿没开口。

姚亮能够觉到她的意外。姚亮自己的战法是反唇相讥，他会选择最有杀伤力的词汇去回击范柏。因为他对范柏还是相当了解的，她到底还是个文人，对她而言面子比什么都要紧，所以她最不能容忍的便是丢面子和伤面子。姚亮之所以强调姚姓和姚氏家族，针对的就是范柏的面子，他反复提醒范柏这些钱（财产）属于姚家不需要外姓人的掺和；你范柏作为外姓人不要太操心别人的钱。文人的软肋就是谈钱，尤其是谈别人的钱，姚亮当真抓住了范柏的软肋。

姚明不是这样的思路，她更关心结果。她对弟弟的斗气举动大不以为然，因为她首先看到的是法理会站在范柏一边。姚亮完全可能在一场官司之下失去一半房产，这才是姚明真正关心的。

姚明说："范柏背后肯定有一个精明的律师，而且不像你以为的是法国人，这一定是一个经验老到的中国律师。你不能光想着伤害和解气，你不可掉以轻心。"

姚亮说："姐，什么事情到了你那就复杂了。范柏没那么老谋深算。"

"我没说她老谋深算，但是她要为自己的儿子争得一笔钱，这一点是显而易见的。我认为她不是在气头上随便这么一说，这种涉及金钱和财产的事情谁都不会轻易开口。开口了就证明已经做好了法理上的准备，她是有备而来，所以我说你不能够掉以轻心。"

姚亮承认老姐的话有道理。姚明也同样认为姚亮的自信有一定道理，以她分析姚良相不一定会完全按照范柏的指示去行动。姚良相不是那种全无良知的浑球，而良知是个很有力量的东西，经常会莫名就阻止了一个人准备好了去做的坏事。范柏谋划的这场争夺房产的战役，最大的阻碍便是儿子姚良相的良知。如果没有这个障碍，范柏必定得偿所愿，这场战役会以她的全面胜利而告结束。这是姚明的结论。

姚亮虽然隐约得出的结论与姚明相仿佛，但是对他而言那并不是一个不能够接受的结果。因为在他的原始想法中，上海这套房子在姚良相回国之后就给他用，他和妻子已经在他们更喜欢的海南岛购置了房产。姚亮没有考虑过范柏提出的产权问题，他活得好好的，他不想烦自己，早早把财产在家庭内部做出分割。在他心里分配财产是遥远的未来的事。对他而言家里的房子只有谁住谁使用的问题；家里的钱也是如此，谁有需要了便全力支持谁的需要。家庭内部不存在哪一部分是谁的产权这样的问题。范柏问题的提出的确让他错愕。

姚亮说："听范柏自称是姚良相的法定的第一顺序继承人，我差一点喷饭。"

姚明说："非常不幸，她的话是对的。假设你我有一个一百一十岁的老奶奶活着，她就是爸的遗产当然的法定的第一顺序继承人，和你我一样。"

姚亮说："我知道范柏的话不错，我也知道她这么说并不是她想住我的房。她只是为姚良相在力争。但我还是觉得她的手法太拙劣了，拙劣到可笑的地步。"

"你怎么想？你是真打算把房子就这么给姚良相，还是想坚决捍卫自己的私有财产？"

"面对范柏这种穷凶极恶的掠夺者，我怎么可能在这种时候把房子给儿子呢？当然是捍卫。我更愿意在我自己认为合适的时候，以我认为合适的方式分割属于我的财产。"

"小亮，你该有心理准备，你打胜这场战役的成功概率可不是很高哦。"

"老姐，我没有失败啊，即使我不能战胜，房子也仍然会落到我儿子手里。一场没有失败的战役我怕什么？除了战胜，我最坏的结果也就是打平而已。"

"你能这么想，我倒释然了。你知道你老姐是个很自负的女人，一直自诩一辈子阅人无数，看人从没走眼。这下我栽了，栽在这个范柏手上。你就是再借我一个脑袋我也想不出，我二十八年以前就认识的那个范柏会做出这样的勾当。栽了栽了。"

姚亮觉得很奇怪，自己刚才的话明明是针对老姐的问话，可是一下子就把自己说服了。是范柏的两个咄咄逼人的电话太过突然，自己完全没有心理准备，所以一下子蒙了头了，以为自己撞上了天大的麻烦。范柏摆出了严阵以待的作战姿态，自己也就条件反射一样进入临战状态，准备与范柏甚至也包括姚良相兵戎相见。而心平气和地想一下，最坏的结果比之他先前与妻子商议好的格局还要好许多。范柏即使大获全胜，姚良相得到的也仅仅是这房子的一半；而他们商议好的格局是把房子的全部都给姚良相。姚亮笑了。他没办法不笑。他口口声声说姚家的人不弱智，他这么紧张又这么激烈，不是弱智又是什么？一个脑子出了毛病的范柏的小小的图谋，居然一下子就把自恃不弱智的姚亮折到了阴沟里。一个冷眼旁观的姚亮没法不笑那个自负爆棚的姚亮。

姚明说："小亮，你要和范柏打这场官司老姐支持你。咱们来讨论一下细节。房子的房产证办了吗？"

"还没有。先是开发商的缘故，开发商与房地产局之间在手续上没能有效衔接，他们拖延了两年。后来是我自己的缘故，我当时手里的现金周转不开，就没在统一办房产证的时候及时缴纳购置税，所以错过了时机。因为房子一直没考虑出售，所以房产证的必要性也就没体现出来，一直耽搁到现在。"

姚明说没办房产证是一个机会，通过花钱和找人可以把购房合同上的两人恢复成一个人。姚亮想想，以为不妥。这样做的结果会很复杂，因为毕竟购房合同上清晰明确地写着两个人的名字。如果范柏和姚良相深入追究，最终必定会找到作弊的迹象。姚亮作为知名学者经常会在媒体上露面，他不希望自己卷入到丑闻当中，也不想因此把自己和儿子的关系拖入到万劫不复之中。毕竟现在直接下战书的只是范柏，姚良相还没有表明他的立场。姚明也觉得姚亮的考虑更周到，她于是想到另一种方式，出租；做一份长时间的出租合同，比如十年。出租合同会受到法律保护，有这样一份合同便可以有效地阻止本房产的出售或其他变现行为。而且十年已经足够了，因为她预计姚亮和姚良相之间的僵持不会那么久。

姚亮说："范柏马上会提出瓜分租金问题，连我和老婆孩子住在房子里，她都说我们侵害了姚良相的收益。听那口气似乎在催促我们给姚良相交房租。"

姚明也摇头："我想想也是不妥，还不是租金问题。租金可多可少，完全可以是象征性的一块钱。但是作为产权人姚良相可以单方面废止租约，法律会支持范柏。这样吧小亮，现在一时想不出具体有效的办法，这件事由我来解决。你就专心留在深圳处理好房子和理赔这两件事。早点休息吧，明天是葬礼，别到时候没精打采。"

1.3.2

葬礼都还算顺利，唯一值得一提的是姚良相在与爷爷遗体告别时哭了，是那种真正伤恸的哭。一旁的姚亮颇多感慨，到底是姚家的子孙，一笔写不出两个姚字。他特别注意到龚慧和秦皓月都没落泪，他在心里也没怪她俩，毕竟外公八十七岁了，绝对意义的高寿，所以也算是喜丧了啦。他和姐姐都没再落泪。

龚慧没有背着母亲和舅舅为表弟安排去纽约的工作事宜。姚良相在讨论细节时当着父亲的面也相当坦然，如同早已和父亲达成了默契一样。姚亮心里有点酸溜溜的，因为在他看来儿子应该与自己商量并取得自己的同意，毕竟直到今天儿子在经济上还没能够自食其力。

姚良相最终还是给了姚亮谈一次的机会，不过时间不长，不足十分钟。

姚良相说："爸，你都知道了，表姐动员我去纽约，我答应了。"

姚亮说："知道了。我更关心的是我们之间发生了什么。这四年里我反反复复想了许多次，一直想不出你为什么不回家了，不跟家里联系了。"

姚良相说："我没想好该怎么跟你谈这个话题，我想好了会和你谈的，给我点时间好吗？"

"四年的时间应该不算短吧，究竟因为什么呢？"

"我说了我没想好，我现在不想谈。"

儿子一下就把话题封死了，这让姚亮忽然找不到别的话题了。姚亮曾经以为他和儿子之间的隔膜是因为太久没见面的缘故，只要见了面彼此一开口，之前的任何隔膜都会被打开。现在他发现事情不那么简单。首先即使见了面也仍然没有开口的机会；而且可以想象，即使开了口也未必就能把之间的误解消除掉。姚良相没提父亲的遗产和上海的房子，但他心里未必没有隔膜。他母亲三个电话里涉及的内容未必没在他心里打结，而这些复杂的心结绝不是某一个误解造成的，也不可能因为消除掉某一个误解而消失殆尽。

姚良相在姚亮面前端坐了至少两分钟，他已经明确了姚亮再没有要说的话之后离开了。不是姚良相没给姚亮机会，而是姚亮自己在得到机会之后没能有效地把握住，姚良相给他的机会与他失之交臂。

姚明知道他父子俩有话要说，但是没料到时间那么短。从姚良相进门到出去，中间满打满算不足八分钟。姚明知道姚亮一定又郁闷了，父子两个之间的问题那么多，要深入沟通一次至少也要两三个小时，八分钟还不如没这八分钟。以她的经验，没有这八分钟的话还可以有所期待，下一次机会还指日可待。有了这八分钟，连对下一次机会的期待也成了泡影。

姚明决定不再对姚亮提议他和儿子的事，她安排姚亮留在深圳，去处理父亲商业保险的理赔事宜，同时将深圳房产挂牌出售。她特别嘱咐姚亮再去见一下肖律师，上面两件事都要听肖律师的指导。她让他在见肖律师之前，详细研究一下先前肖律师留给他们的注意事项。

姚亮不耐烦了："老姐，我不是九岁孩子，我五十九岁了。你不会当真以为我已经老年痴呆了吧？"

"老年痴呆你不会，有点弱智是确凿无疑的。我跟你打赌，别看这么两件简单到不能再简单的事情，不问我你肯定拿不下来。"

"我还真就一定不问你。"

"你别赌气，也别好面子，拿不下来的时候你该问还得问。因为只有我才帮得了你，而且也只有我才自觉自愿地要帮你。"

"老姐，你说出花来我也一定不问你。"

1. 3. 3

姚明自己跑到长沙去处理祖屋连同存折银行卡和母亲的养老保险账户等等更麻烦的事项。龚慧回了纽约，秦皓月继续在北京的学业。

姚亮想在姐姐一家人离开之后再约姚良相谈一次。姚良相有四年没和家里联系了，姚亮无论如何也想不出那是因为什么。他和他的最后一次联系是小女儿出生后不久的一个下午，他让姚良相和小妹视频上见面。他记得很清楚，那一天是一场台风过后，他和老婆带着小女儿在暴雨中打着伞在约定的时间里到网吧与哥哥见面。小女儿四岁了，到今天还未见过哥哥的真容。姚亮和姚良相约好隔日在大鹏湾酒家吃一餐饭。

姚良相在约定的时间打来一个电话，说他已经到了沈阳。姚亮一个人被晾在订餐的房间里，一桌子菜他动也没动。

姚良相去沈阳外公家探望外公外婆。这段时间他外公的情况很不好，一时清醒一时糊涂，已经连续进了几次医院重症病房。母亲范柏也被外公的病拖得精疲力竭。

姚良相在到外婆家的第一天与母亲相安无事。但是第二天早上他就无端地发起脾气，起因是范柏问起抗议书，而抗议书正是让姚良相很丢面子的一桩事件。

"你让我变成什么人了？表姐表妹她们都为自己的外公自豪，对外公的无私奉献钦佩得五体投地。只有我，厚颜无耻地算计着自己亲爷爷的钱！你让我无地自容。"

"怎么是我把你变成什么人了？怎么是我让你无地自容？不是你自己说的，你爷爷的遗产都会留给你吗？是你那个无赖父亲从中做了鬼，让你爷爷把遗产都捐出去了，要怨你只能怨你的无赖父亲！让你抗议你父亲，有什么不对？你就该把真相都告诉你表姐表妹，让她们清楚她们的舅舅是什么货色。"

"你凭什么认定我爸做了鬼？我什么时候跟你说过我爷说要把遗产留给我？我爷压根就没说过！都是你自己在想当然。"

范柏怒不可遏："姚良相，你二十几岁的人了，怎么自己说过的话都不认账啦！你怎么没说过你爷会把遗产留给你？你说你爷就你一个孙子，说你爷从来就只看重孙子，说你是老姚家的独苗。"

"爷爷就是这么说的，怎么啦？"

"怎么啦？？你爷爷把遗产留给你了吗？你想得美！你这个独苗宝贝孙子最终怎么样？你除了回家来欺负你妈这点本事，你还有什么别的能耐？"

范柏的利器是眼泪。母子两个之间的战斗，每次都以母亲的眼泪结束，因为这种时候儿子已经缴械投降了。

1.3.4

姚亮于是心无旁骛地进入到姐姐交办的两件事当中。卖房子的事情比他想的要复杂。他拿着有父亲名字的房产证去一家大的中介公司登记委托，却不料被问及资格。

姚亮说："他是我爸爸，我是他儿子。这是我的身份证，我是大学教授。"

"如果房产拥有者本人不能到场，请出示本人的委托书和身份证。"

"他没法到场，因为他去世了，所以他也没法出委托书。至于身份证，我想从他去世那天起就已经丧失法律效力了吧。"

"你很幽默，可是你的事很麻烦，幽默解决不了你的麻烦。因为你必得证明自己是姚清涧的儿子。"

姚亮拿出有律师行开具的法定继承权人认定书，房产中介机构的书记员简单翻一下就把它还给姚亮。

"律师行不是能够证明户籍关系的法律机构，这个证明需要由公安局开具。"

姚亮有了火气："哪一家公安局？"

书记员不温不火："哪一家公安局能够证明你，你就去找哪一家公安局。"

"你是不是以为天下只你一家房产中介？"

"房地产局要求所有的房产中介机构联网，我已经把姚清涧的房产挂到网上，也标明了姚清涧已死亡。你去任何一家房产中介，他们无一例外会要你证明自己是姚清涧的法定的第一顺序继承人才能受理姚清涧的房产。"

姚亮重新调整呼吸："我怕了你了。请你明确告诉我，你需要的证明我该到哪里去开？"

"如果你自己户籍所在的公安局能够证明这一点，他们的证明就有效。如果他们不能够证明，恐怕你要到姚清洞户籍所在的公安局去想办法了。我说明白了吗？"

"很明白，非常明白。上海市公安局或者长沙市公安局。"

姚亮把所有的怒气咽回到肚子里，他知道他惹不起，惹不起还躲不起吗？他在心里掂量一下，他到上海十三年，恐怕上海市公安局里很难找到他父亲叫姚清洞的法律文件。与其到上海公安局去碰钉子，不如索性直接回到长沙。

他是 1978 年从长沙由一个铁路工人通过高考进入武汉大学的，他当时的户籍在工厂里，那时他已经不在户主姚清洞的户口本上。眼下他的问题是他不记得自己老家所在那个派出所的名称。那也不是问题，姐姐正在长沙处理祖屋，祖屋所在地当然就是当年的那间派出所，电话找姐姐就是了。而且如果天下乌鸦一般黑，那么姐姐卖祖屋也同样需要这样的证明，也许姐姐已经解决了，那样就更好，给他复制一份就是了。

姚明果然遇到了同样的问题，并且已经去过派出所了。可是由于年代太过久远，户口本也换过几次，三十五年前的原始记录在今天的派出所里已经很难找到。据所长本人介绍，这三十五年中派出所也搬过两次家，而且在八年前户籍的内容已经全部更新为电子版。所长估计原有的纸质本户籍资料应该统一堆放在省公安厅的某个库房当中。寻找一页数十年前的户籍页肯定是极其繁复的大工程，恐怕要很大的财力支持和很长的时间才能完成。所长建议姚明放弃这个愿望另作他想。

姚明的电话让姚亮很沮丧。不过这也是他事先就预料到的，当书记员要他证明自己是姚清洞的儿子那一刻，他在第一时间里就认定那几乎是不可能的。

他们要求他去证明自己是姚清洞的儿子。走法律程序势必以法律文书为证明，姚亮这时才发现要找到足以证明他是姚清洞儿子的法律文书比登天还难。他十七岁便从中学里毕业下乡，他的名字在四十二年之前已经从姚清洞家的户口本上注销。五十九岁的姚亮怎么才能证明他是那个刚刚去世的八十七岁的老人姚清洞的亲生儿子？如果他不能证明，他拿着姚清洞的房产证去委托中介机构卖姚清洞的房，这算是怎么一回事呢？

他想起老朋友张英五十岁生日那一天的一个玩笑。张英说五十岁了，孩子也二十几岁了，要是你老婆突然告诉你说孩子不是你的，这个心结你到死也打不开。现在的事实是姚亮五十九岁了，忽然有人要他证明自己是自己父亲的儿子，他何德何能当此重任啊？

姚亮很绝望，可是姚明并不为这个发愁。对她而言法律程序也不是铁板一块，因为法律是人来执行的，所有的由人做的事情都有回旋余地。派出所里不过就是那十几个人罢了，总有愿意替人消灾解困的人。她认为那个所长就是这样的人，而且她认为不止所长一个人。

她通过一家证券公司的老总介绍，见了公安分局副局长，又通过副局长找到所长，又通过所长直接与分管的户籍警面对面交涉。户籍警刚好是个喜欢助人为乐的人，于是成人之美一口气开具了八份"姚明（女，身份证号码）系姚清洞之女，姚亮（男，身份证号码）系姚清洞之子"的证明。在姚亮看来完全不可能完成的任务，姚明仅仅花了十一天时间，即使天天请人吃饭也只花了区区不足四万元人民币。

尽管十一天时间不是很长，但是对客居在深圳的姚亮而言已经疲惫不堪了。

1.3.5

姚明又一次提醒姚亮，要他事先仔细阅读肖律师给他的注意事项。这一次姚亮接受教训，仔仔细细将房产过户手续的注意事项逐项落实：

1. 当事人姚清洞的身份证及死亡证明（原件）。
2. 代理人姚亮的身份证（原件）。

3. 房地产权证（原件）。

4. 契税办理证明（原件）。

5. 遗嘱公证书（原件）。

6. 与姚清泂系父女父子的证明（原件）。

姚亮认定自己与如上六条的要求完全吻合，这才又一次踏入中介机构的登记室。这一次的书记员不是上一次的那个，是个女孩。姚亮认为换成女孩是个好兆头。

但是打从他进了登记室，那女孩就没正眼看他一次。女孩的注意力全在他的那些法律文件上。在全部查验过之后，女孩又重新将几份文件从头至尾捋了一遍。

女孩抬起头："你作为唯一法定的第一顺序继承人的证明呢？"

姚亮说："我不是唯一的法定的第一顺序继承人。我还有个姐姐在长沙。那份父女父子的证明上有她的名字。"

"所有的法定的第一顺序继承人必须都到场。或者不能到场的要开具经过公证的委托书。我们这是对死者负责，也是对所有法定的第一顺序继承人负责。遗产不能由法定的第一顺序继承人中的某一个单独处理。我的意思你明白吗？"

姚亮点头："明白，是怕没到场的其他法定的第一顺序继承人的利益受损，是这个意思吧？"

"正是。"

"也就是说，没有其他法定的第一顺序继承人全数到场，或者没有带其他法定的第一顺序继承人的委托书过来，委托出售的合同便不能签署是吗？"

"正是。"

"能够通融一下吗？"

"怎么通融呢？"

"比如我把另一个法定的第一顺序继承人的电话给你，你在电话里征询她的意见。"

"这个肯定不行，没有法律文书能够证明电话对面的人就是法定的第一顺序继承人本人。先生，最好的办法是你给其他法定的第一顺序继承人电话，让他们办好委托公证快递给你。这是最快而且有效的办法。"

"明白了，多谢你小姐。"

姚亮出了中介机构的门。他习惯性地摸出手机查找姚明的号码。他忽然想起姚明走之前说的话，说他一定会打电话向她求助；他还记得自己十分肯定地说一定不会，他早就食言了，而且一而再再而三。他在手机里先向老姐道歉，姚明却提醒他同样要写委托书并且去公证，然后快递到长沙。

这个回合比上个回合快多了，到第二天的晚上他已经收到了姐姐发自长沙的快递。姚明也收到了他的。第三天进中介机构登记时的那一刻，姚亮先深吸了一口气，在心里默念了一句口诀"事不过三"，这才跨步进了门槛。

谢天谢地，姚清涧深圳房产的委托出售合同终于签了，姚亮如释重负。他希望这桩事不要拖得太久，他把预售价定得比市价要低一点，他希望能尽快成交脱手。

章四 先要认定继承权

1. 4. 1

姚亮担心姚明嘲笑他，他过虑了。

姚明根本没有闲情逸致去追究姚亮，自信满满的她刚一出马就碰了一鼻子灰。她在长沙需要做的任何事情都有一个必需的前提，就是继承权的认定。只有经过继承权的公证程序，继承权才能够被认定。而公证程序的一个要件便是所有法定的第一顺序继承人必须到场，必须明确各自的态度和立场。所以姚亮非过来不可。姚亮先被姚明嘲笑，说他无能证明自己，现在姚明也需要姚亮来证明了。

轮到姚亮笑她了。姚亮需要她这边帮忙的时候总是一个电话就可以了，而她需要姚亮就要复杂许多，一定要他本人千里迢迢飞过去才行。笑归笑，需要他去他就必得过去。他不希望自己手上的工作停顿，于是抓紧时间将父亲的保险理赔的注意事项详尽研读了一个回合，希望在去长沙期间把理赔的事情先有个开端。

到保险公司的理赔部门或客户服务部门（电话事先联系）并带上下列文件：

1. 被保险人指定的身故受益人的身份证。
2. 指定身故受益人与被保险人的关系证明。
3. 保险单。

42

4. 被保险人的死亡证明。

5. 没到场的其他指定身故受益人亲笔签署的书面委托办理声明。

6. 被保险人没有指定身故受益人的情况下，保险公司理赔部门可能会要求书面的补充声明，就是理赔申请人已经包含了所有的身故受益人（法定的第一顺序继承人）。没有遗漏。

7. 在理赔申请时，还需要填写公司的理赔申请书。

在父亲的保单上有身故受益人姚明和姚亮，这一次他们的身份由"法定的第一顺序继承人"变成了"身故受益人"。幸亏老父亲填了他和姐姐的名字，不然要将身份转回到法定的第一顺序继承人这个过程一定不会那么明晰和简单；也许他们还要去找母亲的死亡证明，甚或可能被要求提供早已作古的爷爷奶奶的死亡证明，因为这些人都在法定的第一顺序继承人（直系亲属）的栏目当中。毕竟老父亲是公职人员又是官员，他有按规矩按法律程序办事的自觉意识，他没有让身故受益人那一栏空置。毕竟他办理这张保单的时候已经接近六十五岁，这样的年龄让一张商业人寿保单的实在意义大大增强，仅仅过了二十二年就将进入理赔程序或被兑现了。

在和理赔经理交涉的过程中，理赔经理在姓名一栏上发现了涂抹痕迹。经过仔细辨认，被抹掉的是个"俭"字，补在后面的是"涧"字。姚亮解释父亲本名"姚勤俭"，后来自己根据谐音改作"姚清涧"，一定是父亲在填单时因此出现的笔误。二十几年前的单据不像如今这样全部由电子打字文本呈现，其中需要手工填写的内容全部是当事人的笔迹，出现笔误涂抹在所难免。

经理也承认笔误涂抹在所难免，但是依他的经验，涂抹处会敲上填写人的名章以示证明本人对涂抹处负责。这样的规则姚亮也知道。这样这份合同文本就出现了瑕疵。经理是个性格温和善解人意的领导，他没有让姚亮有丝毫绝望情绪。

"不要急，我会去查阅当年存档的原始案卷。这个责任不能由投保人自己承担，我们的业务员同样负有责任，是他没有按照规定敦促投保人按名章。"

他的话让姚亮心里很舒服。因为姚亮已经想到了这一点，如果经理自己不说，他也会对经理明确指出责任在保险公司而不在投保人。因为投保人在保单填写过程中必得受公司业务人员指导，所以责任不在投保人。

经理解释，历史档案不在业务门店，需要到总公司档案部去查验，说只有电子档案在网络数据库，请姚亮理解。姚亮当然理解。两人约好以电话联络，经理会在事情有所进展的第一时间将信息通告给他。

有了委托卖房事件的那些坎坷波折，姚亮已经觉得人寿保险理赔的事情算是顺利了。无论怎样，他送进去的案卷没有被硬性打发回来，这已经让他有了进展的幻觉。当然首先该感谢的是老父亲，他没有人为地给理赔添麻烦；试想一下，如果他将身故受益人一栏空置，姚亮也没有什么好抱怨的，但是他的理赔之路肯定会被拖长，长到什么程度他完全无法预料。一个显而易见的事实（父子关系的证明）居然就需要几近半个月花费数万元的反复折腾。那么他要最终完成自己的两项任务，需要的时间是多少谁又能够预估得准确呢？父亲填了身故受益人，给他的万里长征第一步开了个好头，但同时姓名的涂抹也留下一个不大不小的隐患。

姚亮的性格属于目光短浅的一族，很少有忧患意识，不愿意把个人所面对的事件往最坏处预想。这倒也给他省去了不少烦恼。车到山前必有路该死该活屌朝上，这是他的信条。所以他做事缺少前瞻和准备，缺乏预判性，经常会无功而返；但是他对失败的承受能力也比别人强许多。换句话说他的神经格外结实。他这一辈子就鲜有为什么事发愁的时候，更不会出现睡不着觉愁白了头的情形。

1. 4. 2

姚明和姚亮两个人都几十年未在祖屋中生活了，即使偶尔回来过个年节也都是来了就走，从未认真观察和体会过祖屋的情致和味道。

在深圳的时间让姚明体会了父亲生前的心境，所以她到长沙后首先找专业清洁公司给祖屋做了彻底的打扫，也让人买回来全新的床上用品，把三个房间都配齐了。因为起初没有考虑姚亮或者家里其他人过来，所以姚明当仁不让地住进父母原来的主卧室。房子是解放前的老洋房，是长沙老城里仅有的几个老洋房片区。

姚明安排车辆去机场接姚亮直接到老屋。姚亮无论如何想不到，老姐来了这么几天，家里居然已经请好了保姆。姚明说多亏了证券公司的徐总，说徐总家的保姆已经超过二十年了，是老保姆将自己老家的弟媳介绍过来，人可靠饭菜做得又可口。

姚亮进门就享受到了可口的饭菜。姐姐低声说除了卫生习惯差一点，保姆别的方面都不错。姐姐能够体谅她这一点，毕竟是在农村生活，城市里的房间在她眼里已经整洁得过了头，她根本看不见地面那些小小的污秽物，看不到家具家电上那些微薄的尘垢。

姚明继续低声："我就让她每天在固定时间擦灰和扫地，不管地上是否脏了或者家具上是否有灰尘。她一定以为我是一个很麻烦的老太太，专会在鸡蛋里挑骨头。"

姚亮笑她："你以为你不是啊？房子明明不脏还一定要又扫又擦又拖，你不麻烦吗？已经六十三岁了，你不是老太太吗？"

姚明声音更低了："你知道我给她多少钱？两千二，跟她的老姐姐一样。老姐姐已经连续做了二十年才拿到这么高的薪水啊。"

姚亮说："有钱难买你愿意啊。我说老姐，在祖屋住的感觉可真不错呀，家具都是老的，而且都古香古色。房子也是老的高品质的，而且地段绝佳。这样一套房子在上海会非常非常贵，我绝对买不起的。而且我忽然发现爸蛮有品位的，家具的款式式样都属上乘。"

姚明说："我也发现了，还特别找了专家来家看过。家具的材质很不错，虽然不是老红木，不是紫檀和黄花梨，也是柴木中最上乘的，叫红榉。款式都是清前期的，有明代家具的遗风，而且是全榫卯结构，做工绝对上乘。能入你这个大教授的法眼，说明老爸的确不俗。"

姚明为姚亮沏上她自带的陈年古树普洱茶。

"老姐，专门学过茶道吧？看你这一招一式都非常专业。"

"我们在商场，不学不行啊，不能一举手投足就露怯。你对普洱有没有研究？我这可是两万块一斤十八年的古树普洱茶。"

姚亮有模有样地抿上两口，细品。

"古树茶不会错，说存放了十八年我有一点疑问。但凡古树茶醇化了十五年以上，就会生出一种奇异的回甘。这茶回甘虽有，却是寻常的那种，我猜它应该不超过十二年。"

"你那么专业啊。"

"专业说不上，可是有几个铁杆的老茶人朋友。跟他们在一起经常会为了喝一泡茶跑几百公里。我们有一次三个人 AA 制去武夷山，喝一泡号称醇化了三十七年的岩茶。除了机票，每个人的茶钱是三千。你可以想见你老弟学茶还是当真交了一点学费的。"

"小亮，这学费交得值，果然有大的长进。"

姚亮忽然将手中的杯子底朝上翻转，之后抄起老花镜仔细查看。

"姐，不得了，怕是爸的这套紫砂茶具比这套祖屋还要贵重呐！它是明末紫砂陶大师陶人和的杰作。"

姚明以为姚亮言过其实，一套茶具怎么会比一套有文物价值的洋房还要贵重？

"言过其实了吧你。告诉你，我已经询过价。爸的这套房子原先在深圳的律师行被估价为一百八十万，其实被严重低估了。长沙一家专业的高档房中介公司给的估价是两百六十万至三百万之间。你不会认为这一壶六杯会值到三十万吧？"

"三十万？这个数字连参加竞拍的资格也达不到。前两年苏富比拍卖行将陶人和的一个摆件拍出了九千万的天价，那个摆件比这个壶也大不了多少，体量也就是茶壶的两倍左右。"

姚明瞪大了眼睛："你是说这么几个小东西有可能拍出千万级的高价？"

姚亮已经无暇理睬姚明的问题，他毫不犹豫地将姚明的名贵普洱茶倒掉，专心致志地研究起茶壶的杯底，然后详详细细地观察壶嘴壶把和壶盖。一切都是那么完美，饱满圆润的壶身线条非常赏心悦目，壶嘴与壶身之间的过渡极为平顺，壶把与壶身的接合处天衣无缝，壶盖和上口的贴合极为精妙，一定是经过了一双巧手长时间的打磨。

姚亮没有抬头："老姐，咱们先说好，爸遗嘱中的遗产清单上可没有这套茶具。"

"我没意见。遗产清单上除了钱，再就是不动产，其他的东西都不在其中。你是爸唯一的儿子，所有的动产都属于你，我没有任何要求。包括家里的其他东西，包括你喜欢的家具，也包括爸的那些字画古董。"

"老姐，那你可亏了。也许爸这些东西的价值会超过你所有的资产。"

"我亏什么？你是我弟弟，我也已经是个老太婆了，我自己的钱我就是再挥霍也花不完。爸的东西留给你也还是留在咱们姚家，不是天经地义的结果吗？不瞒你说，最近几年我都在想一件事，想把我的一部分资产转到你的名下。你的经济状况远不如我，我想让你至少在心理上宽松一下，不必为钱去劳心累心。"

姚亮说："我不可能接受你的钱，我自己的家底也还可以，算过得去吧。但是你说把爸的这些东西给我，我要。而且这些东西都有你的份。即使你自己用不到它们，我也会把它们留给龚慧和皓月。"

"不要！我们俩今天在这里就说定了，你今后也不要和她们两个提这件事，我有我的理由。龚慧的收入非常可观，她除了行医还有些大公司的股票，而且她还是一家基金会的常务理事，她在经济上比你想象的要好许多倍。秦皓月的事情我都安排好了，教育基金，包括完成博士学业之后的创业基金，还有一笔钱是专为她这一生拿年息存的本金，这笔年息我甚至考虑到通货膨胀的因素可能带来的贬值，足够维持一个中产家庭的生计。"

"老姐，那是两回事。属于她们的东西最终还是要归还给她们，你的高风亮节其实是对她们的不公平。"

"不对，她们不是姚氏家族的一员，她们俩也分别属于各自的家族。作为母亲，我对她们没有亏欠。所以她们没有得到姚氏家族的馈赠尽在情理之中，对她们谁都没有丝毫的不公平。小亮，这件事你必须听我的。"

姚亮沉默了一忽："好吧姐，就听你的。"

1. 4. 3

姚明出去办事，扔下姚亮一个人在家。看似微不足道的一套茶具，已经给姚亮带来偌大的意外之喜，姚亮觉得自己先前小看了父亲的这套祖屋，他决定认真补上这一课。他马上就又有了收获。

尽管姐姐找所谓的专家来看过家具，但是显然那个专家的专业级别不是很够，因为那套母亲从娘家陪嫁来的中式梳妆台显然被他忽略了。连姚亮这个称不上专家的门外汉，也能够粗略地从纹理上就认定梳妆台是黄花梨的，而且是地道的明代款式和工艺。也难怪姐姐请来的专家看走眼，那架尺码不小的梳妆台由于年代久远，也没人打理，原有的老漆早已剥落殆尽，呈现出来的是毫不起眼的旧米黄色，一点没有当下黄花梨家具所呈现的那种鲜亮的油浸色和透迤曼妙的花纹。姚亮一个广告人老友李小明手里有一只明代四出头官帽椅，主人怕伤了宝贝椅子的包浆，所以让它一直保持五百年以来的原色，正是姚亮老母亲梳妆台的色泽。

姚亮早听说母亲的娘家是大户，在老家有不下百间磨砖对缝的青砖大瓦房。只是在土改中被瓜分一空。对在解放前就参加了革命的母亲而言，这完全是糗事一桩，没什么值得夸耀的。这个梳妆台也许是母亲从自己那个豪门家族中带出来的唯一一件东西，如果有什么办法能够认定它当真属于明代，那它的价值一定也将以百万计。

这两件得来全不费工夫的宝贝让姚亮对父亲收藏的那些字画抱了很大的期望。他经过仔细查看，并且针对落款上的画家姓名去上网比对，居然没有一幅是大名家的作品。即使是大名家的落款，也还有一个真伪的鉴定，而且但凡权威的鉴定人收费都非常之高。即使经过这样的程序，仍然不能够完全保证不是赝品。那些真正能在大拍卖行中拍得高价的名家精品，都有一个共同的特征就是传承有序；也就是说要有若干被历史上的名人收藏过的历史，是通过这些名人的拥有才能最终完成对其非凡价值的确认。

父亲曾经是语文老师，曾经是中学校长，曾经是区教育局副局长，三种身份合成了父亲一生的履历。虽然身在官宦阶层，却是这个阶层的最底部，父亲没有机会接触到那些赫赫有名的大家精品该当在情理之中。毕竟名人字画众目睽睽，能够接触到的只有那些名门望族高官达人和富商巨贾。姚亮想想就是这么回事。

但是陶人和的茶具又怎么可能落到父亲手上呢？姚亮有点想不通。或者也许又是母亲从自己大家族中带出来的？他隐约记得父母在他小时候时就是用它们泡茶，母亲是少数一直保有喝茶传统的老太婆；他记得母亲当年喝茶的姿态是那么优雅，比父亲要优雅得多。

姚亮想起李小明教他的一种鉴别黄花梨的方法，他选择台脚着地的部位，用一张细砂纸摩擦。这一招果然灵验，尽管经历了（也许）五百年的岁月磨砺，被摩擦过的木面仍然散发出独特而强烈的药香。那种香气在十几年前李小明的家里他第一次也是唯一一次嗅过，至今仍然记忆犹新。

1. 4. 4

　　姚明进了家门，看姚亮在过去的几个小时里一直围着梳妆台忙上忙下，觉得很好笑。专家已经看过并且给出结论：不是红木，红榉而已。她不信弟弟的瞎折腾。

　　"你再怎么折腾还能把柴木变成红木不成？"

　　姚亮终于开口了："谁说要变成红木了？变成红木又怎么样？你过来，你过来闻闻，过来呀。"

　　姚明拗不过他，只好过来："有什么好闻的？"

　　"闻闻就知道了。"

　　说到这个分上，姚明只好闻了。

　　"药材铺的那种味。"

　　"那就对了。它不是红木，它叫降香黄檀。"

　　"没听说过。"

　　"它另外一个名字你肯定听说过，海南黄花梨。"

　　"不会吧。人家专家说都是柴木，那个人可是区里家具协会的常务理事。"

　　"姚亮可是国家重点大学的二级教授，请问姚总，谁的话更有公信力？"

　　"小亮，你有把握？"

　　"把握百分百。"

　　"爸的这个家里成了聚宝盆了。"

　　"也不尽然。我刚才把所有那些更像宝贝的字画和古董都仔细查验过了，居然没有一件真正意义的宝贝。正应了那句老话，有心栽花花不开。我相信茶具和梳妆台这两样东西，父亲母亲根本就没当回事，只当它们是家居用品。所谓无意插柳柳成荫是也。"

姚明开心地笑了："你这个家伙，老姐早没看出来你还是个老财迷。刚说了动产全部归你，你就开始清点了。加上你的宝贝黄花梨梳妆台，你应该也算满意了吧？"

"岂止满意，简直是大喜过望。姐，那两样东西都是真正意义的宝贝，我平日里只能在新闻里和专业画册上一睹它们的风采。就算我的脑袋被驴踢上一百下，我也不会梦想到我会拥有它们中任何一件。真的。"

"小亮，至于吗你？任何贵重的物件也只是个物件而已，即使价值亿万也没什么大不了。我以为这样的道理应该是你讲给我……你别这么看我，我说错了？"

"老姐，你当真让我刮目相看啦。我还以为你的神就是金钱，你也会认为没有钱办不到的事呢。"

"你的认为非常对，我就是这样的人。不过我最近在中央九频道看到一个关于货币的大片，我对钱忽然有了与先前不一样的理解。所有那些推动货币成长成熟的巨人，他们都是最伟大的思想家，他们对人类的贡献不亚于孔子、耶稣或者爱因斯坦。我认为金钱是人类最伟大的创造物，我完全想象不出没了货币人类会怎么样。"

"你刚刚还在斥责我恋物拜金，怎么忽然又给金钱唱起了赞美歌？你是个叫人捉摸不透的老家伙。"

"小亮，我这么多年一直在蹚资本的浑水，金钱与我从生疏到熟络，只要遭遇了它们就不会绕着我走。我也算了解金钱是什么东西，越了解它我就越蔑视它，但是蔑视并不妨碍我喜欢它。你知道我喜欢它什么？不是它的价值，不是它所象征的财富，我喜欢的是它的支配力。所以我不恋物，我从不把那些贵重的值钱的东西等同于钱本身，任何值钱的东西都只是一个物件而已，在金钱的面前它们连一点尊严都没有。"

姚亮想想，跷起右手拇指："高见！当真是高论。从抽象意义上说，金钱比所有有价的物件都更高贵。虽然古今中外的仁人圣贤都把金钱看成是粪土，说感情信仰真理这些东西比钱更高贵更神圣，但我们还是会在更多的地方看到相反的东西，许多神圣和高贵在不经意当中就会被一个合理的价格所取代。"

姚明说："你说的太玄太高深了，我想的要简单很多。钱为没有标准的世界定出了标准，人类从此有标准可依，许多事情都因此而简单了。"

"正是如此。比如我曾经做过一桩欠考虑的事，就是把儿子的名字写到我自己的房产证上。我以为那是我爱他的证明，这个感情的表示在当时我自认为是无价的，但是它有价格——当时总房款一百八十万，它的价格就是九十万。五年后的今天它的价格升值为二百五十万。"

"小亮，我一直以为你是个书生，你居然也知道你上海的房子时价在五百万左右？"

"老姐，饶了我吧，别再总当我是书生。我没那么书生气。你当真觉得我又蠢又迂是吗？"

"原来是的。可是看到你谈普洱茶，发现陶人和的紫砂陶，鉴定海南黄花梨家具的样子，我又忽然觉得你当真满腹经纶，不枉你大教授的身份。我甚至揣测如果你能有效地运用你的学识和见地，也许你能够赚很多钱，成为一个像比尔·盖茨那样的大财阀，可以对整个世界指手画脚。"

"打住。老姐，别给我灌迷魂汤，我没那么忘乎所以。你佩服比尔·盖茨我也同样佩服，我离他的距离比你要远得多。一点自知之明我还是有的，不要说做不到，就是能做得接近一点那也不是我的想法。我要那么多钱干吗？我现在的收入我已经很知足了，我从来不认为钱越多越好。我的标准是够用就得，欠一点也无伤大雅。一定不要多，过犹不及，我是宁不及而不求过。有时候欠一点反而会让你保持一点欲望的动力，我一直认为欲望是需要动力的，我特别指的是购物之欲。我经常会很享受自己一直都有购物欲。"

"现在好了，你有了价值千万的物件了，如果你愿意，你可以用它来满足你许许多多的购物欲。"

姚亮摇头："不能够。因为我不会出卖它，永远不会，它是母亲留给我们的传家之宝。"

姚明说："惨了惨了，我想看到这件宝贝兑现的梦想彻底破灭了。说实在话，你说它值上千万，我根本不信。但是我希望你的预言和判断变成现实，我希望眼看着我们家小亮由平民百姓变成千万富翁。你真够残酷的，连梦想的机会也不留给你老姐一次。"

"姐，你是不是说真格的？"

"是。正儿八经的。如果你在有生之年自己不能成为有千万家产的人，老姐愿意全力帮你。"

"其实有一个机会，就是央视二套的一个叫《一槌定音》的栏目，是关于文物古董艺术品的模拟拍卖节目，非常有趣。我觉得它更像一个给真品定价的节目。我不知道节目背后买卖双方是否有成交，但是节目的现场有很强的实感，跟真刀真枪的现场买卖没有两样；不像王刚的那档类似的节目，一看就是做戏。"

"你说的节目我看过，那个主持人叫朱轶是吧？"

"就是朱轶。"

"那是模拟拍卖啊？我还以为是拍卖行的现场直播呢。我当时想，央视真是彻底开放了，这真是个好主意，以后哪一家拍卖行都不可能是央视拍卖行的对手。"

"怎么可能呢？即使央视自己想开拍卖行，估计党中央和习主席也不会同意他们这么干。"

"小亮，我看行。"

"什么行？"

"就把陶人和送到《一槌定音》去。让他们给陶老先生定个价，也让我过过眼瘾，看看我老弟怎么就成了千万家产的拥有者。"

"我看不行。以后的日子你还让不让我过了？别人都知道我家里放了个大宝贝，我还睡得着觉吗？被各路大盗小贼惦着，绝对不会是一件开心的事。"

"笨呐，干吗非要你自己出面，找个人不就得了？"

"老姐，这事你还是让我想一下再决定吧。怎么说这都不是一件小事。"

"随便你啦。"

1.4.5

公证处的事情很简单。其他几份证明文书齐备，最后一项便是法定的第一顺序继承人全数到场。这就是啦，长女姚明长子姚亮。加上配偶死亡证明，加上本人死亡证明，加上法定的第一顺序继承人与死者关系的证明。有一份文件无法取得，便是已经去世数十年之久的死者父母的死亡证明，念其年龄过大（超过一百一十岁）并时间过久（二老均死于解放前），公证处决定放宽要求遂从略。

姚明连说两次"感谢！感谢！"姚亮则把姐姐的四个字变成了"非常感谢！"事情如此顺利大出他们的意料，但是他们没忘了到公证处的收费窗口去缴纳公证费。

事后姚亮有些纳罕，怎么更现代化当然也更法制化的深圳没有强调继承权公证，反而是相对闭塞的长沙将继承权公证设定为所有遗产处理行为的要件和前提呢？姚亮想不明白，想问姚明，想想又算了。姚明没有类似的问题要问，她一定不觉得这是一个问题，所以姚亮拿这个问题去烦她一定又会被她嘲弄。

不过他并不后悔来长沙做这个公证。如果没有这个事由，也许老姐将祖屋都处理干净了之后，他也不会到长沙来。那么他将与父母留给家族晚辈的陶人和茶具失之交臂，与海南黄花梨梳妆台失之交臂。姚亮打心底里感谢长沙的公证处。

与长沙的公证处道别之后，便是与长沙道别。姚亮也算是不虚此行了。

章五　姚明的运气总是比姚亮好

1. 5. 1

同样是要处理房产，长沙这边就不像深圳那样顶真。当然姚明此时已经与当时的姚亮的处境有了大不同，就是刚刚完成的那份继承权公证。这份公证很像一柄尚方宝剑。加上姚明拿了祖屋房产证连同自己的身份证，中介机构就没再怀疑她是个冒充的法定的第一顺序继承人。

所以在电话里姚明比较得意，说自己面善，天生一副让人信赖的面孔。姚亮深知老姐的办事能力，也认为她的说法有相当道理。这个世界就是这样，有些人出面办事一顺百顺，换了别人就千难万难。假如摒弃一切成见和积怨，可能当事人的面相真的是决定性的元素；对方看着他不顺眼，一定也就不想让他顺心，反之亦然。

电话之后，姚亮居然面对盥洗间的镜子认真琢磨起自己的面相来。这些日子总在一起，他发现自己对姐姐的面相已经非常之熟悉，他进而发现自己的面相与姐姐颇多相似之处。到底是一奶同胞的姐弟，嘴角两边的纹路像极了，连时而会下意识绷起的下巴所透出的表情都一模一样。还有，两个人的眼角同样向下，而嘴角又同样向上，都是天生的笑模样。姚亮在西藏那些年，经常会被藏族指称菩萨像，说的就是这个。也是这时候姚亮才发现他对自己的脸不那么熟悉。他也不是不照镜子，他两天刮一次胡子，都是对着镜子刮。但是他的确只关心局部，只盯着那些有胡子的部位看。他极少会在镜子里自我欣赏或者审视自己，所以他对自己的脸不熟；或者可以说根本就是视而不见。

这一次审视的结果令他沮丧。想一想，姐的脸是有亲和力的。尽管他和姐彼此相像，但他的这一张却明显缺乏亲和力。姐说她自己面善，姐的说法恰如其分。而自己的这张脸绝对不能用面善去形容，当然也算不上面恶，但至少有一点硬，有一点拒人千里之外的味道。姚亮还在其中看出了一点只有他自己才看得出来的尖酸刻薄。这一定是他办事向来磕磕绊绊的印象元素，他猜自己给任何人的第一印象都一定是不好打交道的类型。

姚亮在心里回想姐姐面对他人时的表情，并且尝试着学习做一次姐姐那样的笑脸，居然整张脸的线条都柔和了。这样的结果让他大为惊讶，面善的秘诀竟然如此简单。

姚亮在课堂上讲过法国人柏格森的《笑的研究》，当然也懂得相逢一笑泯恩仇的道理，他特别欣赏笑一笑十年少的说辞。姚亮一生自负所以鲜有将大道理与自身相对应的习惯，一次小小的对自己老姐的模仿，令他茅塞顿开。他就此给自己定下一个新规矩，每日至少一次，像这样对着镜子学习老姐的微笑。

姚亮的好心情很快就被保险公司的理赔经理所摧毁。尽管他这一次手里多了遗产权公证这柄尚方宝剑，但是它却帮不上他的忙，因为理赔经理费尽千辛万苦查到的保险底单的被承保人姓名居然是"姚清俭"，那个俭字根本没有被涂抹，而涧字压根就不存在。也就是说之前分析的姚清涧当场笔误又纠正的假设完全是虚妄的，事实是姚清涧在签过保单之后自作主张将俭改成涧，他的涂抹增删完全是个人行为，与保险公司和经手业务员无涉。

姚亮也明白，自行涂改法律文书的行为也就意味着自己将该文书的法律效力废除。这么做的后果相当严重，父亲是政府官员，应该明了其中的利害关系。

理赔经理说到另一件事，就是姚清涧当年一次性缴付的二十万保费，是由他本人在银行中的一笔存款转成保单的。这是当年保险业界很流行的一种迅速扩充业务量的手段，保险业务员千方百计去获取那些老年储户的信息，之后以银行的名义并以高利息为诱惑，动员老年储户去改存款为长寿险种的保险。老年储户通常搞不清二者之间差异，只会简单地从利息收入上判断和取舍，所以很容易被保险业务员说服。姚清俭的保单就属于此种情形。而这种变存款为保单的行为，很快就受到了国家银监会和保监会的密切关注，并在内部责令纠正。

理赔经理说不知道为什么姚清涧没有去保险公司和银行将保单重新恢复为存款，保险公司和银行应该都给被承保人和储户发出过相应的通知。

姚亮说也许父亲接到了通知，但是不想作变更恢复，可能他更喜欢这个长寿险的方式。理赔经理没有与他进一步争辩，但是姚亮从他的脸上看出了不屑的表情，并把这一点牢牢记在心里。

理赔经理说："当年银监会和保监会提出纠正，是因为有若干起承保人的家属为此与保险公司打官司的案例，认定保险公司有诱导和误导被保险人的嫌疑。从理论上说，退保还储是保障老年储户的举措，也是避免日后由保单理赔而引发出新的争端的举措。"

以姚亮的经验想不出这两个问题该如何面对，他只能再一次请教姚明。

姚明到底是姚明。她告诉姚亮，父亲改名不是一次完成的，而是两次。第一次父亲改了一个清字替代原来的勤字，姚清俭；第二次是三十年后，将俭字又改成涧字，姚清涧。这两次改动在户籍档案和户口本上都有所呈现。姚明说关于名字改动的证明，她会敦促父亲户籍所在的派出所开具，然后由她寄给他。

姚明同样认为保单上姓名的涂抹不是问题，关键在于父亲一次性缴付的那二十万保费切实已经被保险公司收到，又有合同为证，保险公司绝不可能以此为借口逃避赔付的责任。关于这一点姚明提醒姚亮，倘若保险公司明确以此为借口拒绝赔付,他可以马上找肖凌风律师作赔付委托。

以姚明的猜测,理赔经理之所以提到存款变保单的话题,是因为被承保人去世便涉及理赔的缘故。银监会、保监会提出纠正,其实对保险公司是相对不利的。按照常情常理,保险公司一方应该更反对恢复,因为恢复的结果是使保险公司的收益受损。现在是保险公司的理赔经理对被承保人的继承人提及这种纠正措施,肯定是出于对即将面对的理赔所作出的反应。因为很明显,理赔的金额肯定会大大超过退保的金额。

1.5.2

但是姚明自己也没有因为自己的面善得意很久,因为社保中心的劳资专员一定要她出具有效的法律文书证明自己是女儿,是法定的第一顺序继承人。姚明遇到了和姚亮一模一样的问题,而且也许还要麻烦。因为母亲已经过世三年多,母亲过世后父亲又活了三年多;所以应该是父亲来办理自己配偶的企业养老保险个人账户的事宜。劳资专员要求姚明提供配偶不来办理的理由。配偶死亡不是理由,因为死亡之前那三年多配偶是能够来办理的,既然配偶可以出远门旅居在深圳,当然可以到自己配偶的单位来。自己的配偶不来办理,而是多年之后由法定的第一顺序继承人来办理,而且声称配偶已经死亡,这样的情形既蹊跷又荒唐,无论怎样的解释都不能够令劳资专员释疑。

劳资专员也是个行将退休的女人,原则性极强,丝毫没有通融的余地。比姚亮年长四岁的姚明要证明自己是妈妈的女儿,显然比姚亮要证明自己是父亲的儿子还要难,因为姚清涧姚亮都姓姚,而母亲却不姓姚,母亲叫褚克勤。姚明在这时候才隐约意识到父亲为什么要改名字,原来他和母亲两个人的名字上都有一个勤字,而且母亲的勤字前有一个克字,不改不行。从户籍记录上她知道父亲正式更名姚清俭是 1953 年,是父亲抗美援朝从新义州归来后转业到地方上。也就是父亲正式在学校上班的时候，姚明可以想象当时父亲改名字的心情；换作是自己，她也一定会改。姚勤俭，褚克勤，两个名字排在一起的确别扭透了。

她先拿出由派出所开具的那份证明，劳资专员毫不客气地否决了。劳资专员指出这份证明虽然有效，但它证明的是姚明与姚清涧是父女关系，并不能证明姚明与褚克勤之间是什么关系。

姚明说："你们应该有褚克勤与姚清涧之间是夫妻关系的证明，是吧？"

"我们虽然知道褚克勤与姚清涧是夫妻关系，但是事关褚克勤本人的权益，所以你必须提供这种关系的法律证明，我们才能在法律意义上认定他们是夫妻关系。即使这样，你仍然要出具你本人与褚克勤之间是母女关系的法律证明。你是姚清涧的女儿，但不能就此推断你是褚克勤的女儿。我的意思你应该明白。"

姚明说："你说我不是褚克勤的女儿，说我是姚清涧前房带来的孩子？"

"我没这么说。但是任何可能性都是存在的，所以你必得提供能够充分证明你是褚克勤女儿的有法律效力的证明。"

一向心平气和的姚明这会儿不再心平气和了。但是她很清楚对方的解释是无可辩驳的。她当然可以不这么顶真不追究她，但是她追究她同样有充足的理由。这会儿她有了和姚亮当初不约而同的心情，就是自己惹不起她。

姚明说："我父母还有一套老房子，我找中介公司委托销售，他们也是依法查验了我的身份证就签了合同。"

专员说："房子也是褚克勤的遗产吗？"

"是我父亲母亲两个人的遗产。署我父亲的名字。"

"这就对了。中介公司的工作不够认真，没有依规矩要求你们提供相关法律文书是他们工作的疏忽，让你钻了他们的空子。还有一种可能，因为姚清涧姓姚，你姚明也姓姚，他们也就想当然地认为你们是父女，所以也就忽略了要求你提供法律文书的必要程序。你以为可以用这个说服我，那你可是大错特错了。"

她的义正词严让姚明哭笑不得。事后姚明也觉得自己提祖屋委托销售是下下策，倘若劳资专员多事，主动去找中介公司问责，也许连中介公司都会反过来找自己的麻烦。其实姚明心里有把握，她既然可以在派出所开出自己与姚清涧是父女的证明，当然也可以解决自己与褚克勤母女证明的难题。

这时候她忽然意识到另外一个难题，企业养老保险个人账户事关遗产，假使劳资专员提出所有法定的第一顺序继承人必得到场，岂不是姚亮还得再跑长沙一次？依照先前劳资专员的那种苛刻的性格，这种可能性非常之大。毕竟姚亮也是六十岁的人了，为了这么一点小事情一而再再而三地跑来跑去是太难为他了。姚明实在不想这样的事情发生，但她一下子又想不出如何去避免发生这样的事情。想不好可以慢慢想，她眼下的当务之急还是证明。

她只能又去派出所。现在她至少不必先去找证券公司的老总，再去找副局长，再去找所长，再去找户籍警了。

户籍警老张的女儿今年将从职业技术学院毕业，正在为找一份可心的工作东奔西走。姚明上一次就得知了这个信息，这一次她索性舍出自己的老脸去求长沙另外一家证券公司的老总帮忙，请他安置户籍警老张女儿的工作。得到证券公司老总的首肯之后，她以报喜讯的名义去找户籍警老张。不消说，老张自然千恩万谢。姚明似乎忽然想起，说上次忘了请老张开具自己和姚亮与母亲褚克勤是母女母子关系的证明，请老张补上。老张这次想也没想就为她将证明打印出来，仍然是一式八份。

在将母女关系证明送给劳资专员之前，姚明回过头重新面对要姚亮同时到场的难题。她也想到让姚亮在深圳的公证处做一份委托公证，但是她没有把握劳资专员是否会接受。因为委托只是不能到场的一种替代办法，具体的办事人员可能会接受，也可能不接受；这一点完全视办事人员当时的心境而定，在法律程序上没有很明确的约定。一辈子与法律打交道的姚明很清楚这一点。

而且姚明也能够想象，对姚亮而言去办这样一份公证也不是很轻易的事情，也许姚亮要跑好多次才能够完成这样一份公证，之后还要跑邮局快递给她。姚明希望姚亮能够免去这一番劳顿之苦，她绞尽脑汁想自己在长沙将这个难题解决掉。

当天晚上姚明去参加一个聚会，跟几个朋友说起自己遇到的这些烦心事，朋友都笑她这么大一个老板居然连这么点小事都搞不定。其中一个朋友忽然想到一个主意，说不必你弟弟亲自出马，找个人冒名顶替就是了，说只消让你弟弟把他的身份证快递过来，其他的事情由这个朋友来安排。

席间几个人又分别讲了关于身份证照片跟本人像不像的小故事，讲了不同的冒名顶替的小故事。当下最流行的是各种资格考试，几乎每个人都有在资格考试中找人顶考的传闻。有的成功了，皆大欢喜；有的则被揭穿，陷入万劫不复之地。

大家玩笑归玩笑，认真归认真，当事人姚明的心里却并不踏实。一向心里有数的姚明这一次怎么也想象不清楚此事被拆穿的后果，会是一次财产诈骗的丑闻？抑或仅仅是一场玩笑？她六十三岁，姚亮五十九岁，他俩是否承受得了这样的后果？

1.5.3

姚明先前少有拿不定主意向姚亮请教的情形，但是这一次她把难题推给了姚亮。姚亮凭直觉就觉得不行，觉得非被拆穿不可。他问姚明倘若对方要当事人按手印，冒名顶替的人按还是不按？不按就露馅了，按就明显触犯了法律。冒名者肯不肯去担这个法律责任首先就成了问题。姚明认为能追究的人只有姚亮自己，姚亮不追究就不存在冒名者犯法。

姚亮说："这是网络时代啊老姐，网络时代就是消灭秘密的时代，就是纸里包不住火的时代，千万别侥幸自己的秘密可以不被拆穿。你可以想象一下被拆穿的后果，你我对后果能承受吗？"

这一问彻底戳到了姚明内心的痛处："那怎么办？只有再劳你大驾亲自跑一趟了。"

"你又何必自作多情先自己决定主动跑过去呢？如果想不出防患于未然的对策，就先直接去办，实在对方强求我必得到场，我去就是。"

到底旁观者清，这几日来一直困扰姚明的难题，竟被姚亮几句话就点破了。是啊，她还没去办手续呢，已经被对方可能出现的刁难给吓住了。自己与劳资专员素无过节，为什么先就认定了她要刁难自己呢？这种前怕狼后怕虎的心态从来不属于姚明，莫非自己真的老了？

整理好心态，她带上母子母女关系证明坦坦然然去面对劳资专员。姚明很希望是自己过虑，但事实证明她没有过虑，她想的都对。对方很明显没有丝毫刁难的意思，仅仅是照章办事而已。

"没有极特殊的情形，所有法定的第一顺序继承人必得到场。这是办理遗产手续的必须。"

"什么才算极特殊的情形？"

"不能到场的法定的第一顺序继承人必须有法律效力的理由证明。也就是说，开具证明的机构需要有法律意义的公信力才行。比如公安机关和其他司法机构。"

姚明坦率承认姚亮没有这样极特殊的情形。她知道自己无力再与对方对峙，最明智的选择便是立马为姚亮订机票，让他再飞一次长沙。

由于上一次长沙之行的心情相当好，姚亮自己对再飞长沙心里倒没有很多抵触。对他而言一个人在深圳每天面对那些烦心的事务，还不如到长沙来与老姐一道，至少每天都有个说话的人共同面对烦心的事。当然姚亮也并未期待再一次的长沙之行有上一次那么好的运气。

姚亮在临行前又见了保险公司的理赔经理。他一方面拿出姚明发给他的关于父亲姓名变更的警方说明，一方面重复姚明的坚持。

"我认为保单上姓名的涂抹不涉及理赔问题，关键在于姚清涧一次性缴付的那二十万保费切实已经被贵保险公司收到，又有合同为证，我相信贵保险公司绝不可能以此为借口去逃避赔付的责任。我们承认被承保人擅自涂改姓名是一个错误，但是考虑到他当时已经六十五岁了，已经是个退休在家的老人，这个小错误应该可以谅解。这个行为并没有改变他缴付了二十万保费的这个事实，而贵保险公司的确收到了这笔保费。"

　　"我们从始至终都没有否认收到保费的事实。但是擅自涂改合同的行为的确要受到法律追究，这一点我相信你也不会拒不承认吧？"

　　"问题在于如何追究，不可能是减免理赔金额的数目吧。因为二者之间没有法律连带责任。被承保人的涂改只是关心自己的姓名是否准确，并没有涉及承保金额的增加或者减少。所以即使要对被承保人的错误进行追究或者处罚，也不应该与理赔金额挂上钩。是吧？"

　　"我并没有说要以减免理赔金额的方式去追究，姚先生过虑了。至于如何处罚被承保人对合同的擅自涂改，公司还没有拿出具体的意见，还请姚先生耐心等候。"

　　这就是姚亮关于理赔事宜进展的最新情况。姚亮于是带着这样一种不了了之的状态重返长沙祖屋。

1.5.4

　　姚亮在飞机上翻一本航机杂志。有一篇报道讲一个律师专门帮客户打遗产官司，说这个律师最擅长的便是寻找那些隐藏着的遗产。绝大多数富豪的习性是把自己的财产分成若干不相关的单元，让无论是家人还是生意伙伴都不能够对他总的资产一目了然。这个律师天生有一种敏感，专门帮他的客户寻找被隐藏起来的财产。比如分属于不同地点的房产，比如分散在不同上市公司中的股票，自然也包括那些显性的或隐性的银行账户。这个律师之所以擅长此道，是因为他本身的理财方式就是这样。他先后有过三任前妻，他身边的女人没有一个能抓住他的财产脉络。他最擅长的便是将自己的财产化整为零，分别藏匿起来。可是有一天他忽然中风了，脑袋和身体都停留在半麻痹状态。他的分别属于三个前妻的五个孩子突然面临生计难题，最大的二十二岁，最小的一岁半。前面四个都是女儿，一岁半的那个是独生子。

姚亮觉得这故事有趣，就一直往下看。

律师的一个习惯很有趣。三个前妻都离开了他，但是五个孩子都被他想方设法留下。他有一幢大房子，家里有两个保姆和一个司机。他中风之后不再出门，成了家里的一个闲人，家里的全部开销都靠他身上的一张银行卡；还好，尽管他丧失了大半记忆，但他还记得银行卡的密码，所以这个家庭的生计暂时还不成问题。卡上的存款余额有大约七十万。他的老母亲和两个哥哥都认为这样的情形不是长久之计，于是再三到他家里来想方设法启发他的记忆，让他回想还有哪些资产，都在什么地方。可是不行，他的记忆无论如何也恢复不起来。老母亲和哥哥设法从社区派出所开出证明，找专业锁匠打开他家里的保险柜和公司的保险柜。那也没有任何意义，因为保险柜里面没有他私人资产的任何文件。他们唯一的发现是两把不常见的钥匙，一个哥哥说这样的钥匙应该是银行出租的保险箱专用，也就是说他在银行里至少有两个私人保险箱。

很遗憾，故事看到这里飞机就落地了。姚亮知道航机杂志不能够带下飞机，只能留着悬念去祖屋向姐姐报到。一路上他都在想象，律师的老母亲和两个哥哥如何才能找到他隐藏起来的那些财产，想象如果那些财产被他们找到了，他的五个子女将如何应对如此复杂的局面。

他忽然想到了自己的老姐，那个律师发病前的情形跟老姐不是很像吗？老姐的子女没那么多，但也不止是一个，所以情况会比较复杂。还有自己正在面对的父亲的遗产，一方面是他和老姐的感情极好，两人不存在任何争执；另一方面两人的经济状况都不错，老姐尤其好，所以父亲的遗产在两人之间不成任何问题。

这些日子的接触让他大概对姐的经济状况有所了解，他估计姐的资产规模可能在亿万上下。他忽然很为姐的情形担心，因为很明显姐的两个女儿对自己母亲的财产状况一无所知，而且姐已经步入老年，这也意味着身体随时都可能出现状况。一旦出现了与那个律师相似的状况，她个人资产的处置将会成为一个无解的难题。姚亮相信没有一个人能够解开这个难题。

遗产的处置的确太复杂了，这些日子里父亲的遗产已经把他们两个折腾得昏天黑地。而且联想到自己的状况，联想到范柏以姚良相的名义对他逼宫上海的房产，他越发觉到杂志上那个律师的处境是何等复杂。他相信老姐的情形与那个律师也不相上下。在踏进祖屋房门的一刹那他拿定了主意，这次一定跟老姐谈一下这个话题。

1.5.5

姚明又约了上次那几个朋友聚会，她想让姚亮听听大家的说法。他们找了间环境极好的茶室。

他们当中有一位骨灰级的茶人，他专门自带了有五十一年可信记载历史的正宗大益古树茶饼过来。用他的话说，今天大家放量品，一泡不够就来两泡，两泡不够就来三泡。当今中国这种级别的茶人可以说少之又少，能够放言如此豪迈的就几乎只此一人。

姚亮低声问老姐此人是谁。老姐说只知道人称桂老，见过三次了就没人知道桂老的名讳。

另一位人称孙总的在茶艺师沏泡的间隙，从怀中掣出一个棉纸小包，是一块色泽黄中透红的玉雕件请桂老过目。桂老将挂在前襟的红金镜框的老花镜擎在鼻梁上，细细端详多时。

桂老说："孙总好福气，此种成色而且在三两以上的田黄十年也难得见一次，可称得上是极品了。"

孙总连连颔首："有桂老掌眼，小孙心里就踏实了。"

姚亮从心里很希望桂老给众人传看一番，但是桂老将田黄直接交回到孙总手上，孙总也没有让大家一饱眼福的想法，径直将他的宝贝放回自己的怀中深处。

终于有人提议"看看姚总的难题怎么解决"。姚亮估计此人应该就是提议找人冒名顶替的那位，果然是他。他说既然姚总的弟弟已经来了，他已经物色好的那个老演员也就用不着了。姚亮吃了一惊，原来自己的替身已经物色好了，倘若他不想过来，也许替身演员已经代他出场了。

姚亮说："还是专业演员吗？"

"就是。三十年前在话剧团里演过几个小角色，后来早就下海了，是我公司里的一个副总。姚总把你的照片给我看了，他的模样与你真还差不了许多，年龄也相仿。说句冒犯的话，他的气质比你还像大学教授呢。"

姚明说："其实姚亮真还不像个大学教授，说他是个工厂里的老工匠我看更靠谱。"

姚亮说："要不是怕日后闹出是非来，我还真挺想看看这个人代我出场会是什么情形。应该挺好玩的。"

那位孙总接上他的话："那可使不得！当是玩笑说说可以，无论如何当不得真的。您是大教授，是社会名流，这种玩笑万万使不得。"

姚明说："当初就是不想让他跑这一趟才东想西想的，其实来也就来了，也没什么大不了，而且还有机会跟大家见上一面。也就此向大家道个谢，谢大家关心。"

姚明的几句寒暄忽然令姚亮后悔来参加这个聚会。这是一群与自己完全不同的人，可能很有钱，而且品位不低，但是姚亮觉得自己跟他们没有任何共同的话题。但他同样明白这就是老姐的圈子，老姐自己就是这样的人。姚亮慨叹物以类聚的法则是如此厉害。物以类聚。

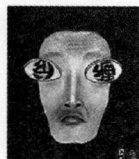

卷二

章一　姚亮需要一个律师

2. 1. 1

姚明告诉姚亮，说龚慧已经为姚良相办好了去纽约的工作合同，说姚良相在两周之内便会到纽约履职。姚亮说整个事情都搞颠倒了，姚良相的状况居然需要你来告诉我。姚明说不是姚良相需要，是我认为必得告诉你，我估计姚良相自己没通知你吧。

"当然没。老姐，你不说，我当真不知道。"

"也就是说，姚良相没给你电话。"

"没给。"

"也就是说，姚良相自己没跟你谈房子的事情？"

"没谈。他自小就很要面子，以我对他的了解，这种话他自己说不出口，所以才通过他母亲来说。"

"我不这么看，我认为事情刚好相反，逼你的宫要你卖房子的也许压根就不是姚良相，一切都只是范柏的一厢情愿。"

"据范柏的电话，话里话外都是姚良相的意愿。"

"那是因为范柏自己没资格跟你讨论你的资产。她以姚良相的立场跟你交涉，就说得上了，她当然要强调是姚良相的意愿了。如果范柏对你公开声称是她自己的意愿，岂不是等于公开声称自己是图谋他人财产的恶人吗？范柏不会那么愚蠢。"

"老姐，你觉得她今天的作为还不够愚蠢吗？有时候我自己也想不通，那么多年我怎么会看不出她居然是这种人。我居然和这种人在一个屋顶下生活了九年，想一想真是可怕。"

"你也不要把问题放大。范柏的心思也没有你说的那么严重。她只是为了自己的儿子去争一下，到目前为止她所做的全部事情只不过是给你的几个电话；既没有过激行为，也没有严重的不良后果。或者说她也只是在电话里小小吓你一下，带一点连严重也说不上的威胁意味，如此而已。是你自己的心理反应太大，因为范柏的举动大大超出你对她过往的了解。而且你们这些文化人把谈钱当成最大的耻辱，依我看是你自己太过敏了。事情没有什么大不了，也没有多么严重。"

姚亮不习惯与姐姐做认真的争辩，所以他没有马上还口。这样的一个好处是他会把老姐的话沉淀一下，沉淀的结果便是充分汲取其中的道理。是啊，她做了什么？她只是打过三个电话，说了些（他认为）不该说的话，到目前为止她没做过任何有伤及他人后果的事。这就是说与做的差别；说要杀人不等于就杀了人，这个道理姚亮非常明白。还有一点被老姐说中了，就是所有的话出自范柏一人之口，姚良相关于房子一句话也没说。姚亮认定姚良相与母亲图谋房产完全是捕风捉影。

姚亮说："老姐，看来我是得调整心态，我得好好反省反省。你跟那个劳资专员是怎么约的？"

"小亮，你跟小时候一样，挨了批评就想开溜。我要你心悦诚服地面对自己的家庭事件，不要把简单的问题复杂化，更不要把很平常的争执扩大成对整个人品的怀疑和否定。在我看来，范柏的想法和做法都很正常，都在可以理解的范围之内。"

"老姐，我本来不想和你争论，但是我不说话你就以为自己都对，别人什么都不对。我自己家里出了状况，我根本不想拿出来跟别人讨论。但是我不说不意味着没问题或者问题不大。跟你说，其实问题非常严重。姚良相有四整年不跟家里发生任何联系！你试想一下龚慧若也是如此，那是怎样的情形？非常非常严重的冷暴力！而且他和我之间居然从来没有过任何面对面的争执，也就是说，他对我们这个家庭施行的冷暴力没有任何缘由。这一切你是不是觉得都很正常啊？是不是觉得你所说的都在可以理解的范围内啊？是范柏的电话才让我意识到事情的严重性，四年以来是她在背后作祟，所以才有姚良相的冷暴力。你当真以为这是一件小事，仅仅是由于我的过敏才被我夸大了？"

　　姚明的确没料到姚亮会说出这样一番话。两个人在许多年中建立起来的报喜不报忧的交流方式，的确让姚明在对姚亮的判断上有极大的盲区。姚明这会儿忽然很感慨于那句老话，家家有本难念的经。姚明想想，她自己曾经独自面对的那么多困境那么多难题，她也从来没有对姚亮叹过一句苦经。姚亮说的冷暴力她感同身受，因为龚慧与自己之间就曾有过整整一个月不打电话的煎熬。她们母女之间在三十年里完全由电话连接彼此，每日每日从无或辍，只有中间的一个月例外。这种事情只能发生在子女对父母，绝对不可能反过来。姚明心里对姚亮所说的冷暴力痛恨至极。

　　姚明低声说："小亮，我不知道你的情况这么糟，老姐给你道一声对不起。"

2. 1. 2

　　姚明给姚亮讲了自己与户籍警老张交朋友的故事。姚亮问她为什么不把同样的故事在劳资专员那儿复制一遍呢？劳资专员与她既无私仇又无积怨，她若诚心诚意帮她一个大忙，相信她也绝不会对她原则性十足，不会让她觉得她一直不可通融。

　　姚明也不知道自己为什么没想到这一层。也许是女人之间天生的那种提防和敌视吧？男人和女人之间天生就不设防，就像户籍警老张与她之间，只是几句闲天聊下来，他便将自己的与她毫不相干的心结抖搂出来；这才给了姚明一个帮他大忙的机会。

　　姚明说："劳资专员就无意给我这种机会。我总不能主动问她有什么困难需要我帮忙吧？这种显而易见的交换太赤裸裸了，不要说她，连我自己也不能接受。"

"我也不是要你去做交换，你知道我在这方面比你要低能得多。我只是纳闷，原本用在老张身上这种百试不爽的交朋友方法，你为什么没用到劳资专员头上？你甚至不惜采用更麻烦更不可行的方法，去寻求朋友的帮忙，去给我找替身。你这么做让我想不通。而且你费了这么复杂的心思，想达到的目的却仅仅是让我少跑一趟路，我估计在常人看来都会觉得太得不偿失了。你一向头脑清楚，做任何事都拎得清轻重缓急，这一次可太不像你的风格了。"

姚明很当真地想了想："是我脑子出毛病了？还是因为我说你，你就反过来找一套说辞来打击我？"

这一次他们绝不打无把握之仗。他俩先把律师行的注意事项逐一对照。

母亲的企业养老保险同时也连带医疗保险，清算个人账户的机构是其原单位或个人参保所在地的区社保中心。需要携带的资料包括：

1. 医院出具的死亡证明复印件，或公安部门出具的注明死亡日期的户籍注销证明复印件，或人民法院宣告死亡的判决书复印件。

2. 非单位养老人员另需提供：

（1）申领人本人有效身份证原件及复印件（第二代身份证需正反面复印）。

（2）公证处出具的证明申领人身份的公证文书，或户籍所在地公安部门街道等一级组织出具的与终止人员的关系证明。

（3）申领人本人在本市开立的实名制银行结算账户卡（折）原件及复印件。

3. 领取医保余额时，需带上社会保障卡或医保卡、户籍注销证明或死亡证明以及代办人身份证。办妥后，医保管理部门会将清算资金和打印的个人医疗账户资金清算表交给办理人。

4. 领取个人账户余额时，要扣除原来领取过的一次性抚恤费、已领取基本养老金中应从个人账户中分摊的部分，如果有结余若没有直系亲属需要供养或领取一次性救济费的，可以退还给法定的第一顺序继承人。

与第一条对应的是死亡证明；但是父亲也有疏忽，居然没有将母亲的户口去派出所注销，母亲之名仍然留在父亲的户口本上。

第二条第一款，申领人就是姚明和姚亮，身份证不是问题；第二款就是户籍警老张开的证明；第三款姚明已经有所准备。

第三条，母亲的社会保障卡以及医保卡都在，母亲自己的事情从来都是井井有条。死亡证明及代办人身份证没问题。

第四条不是要求法定的第一顺序继承人的条款，而是给法定的第一顺序继承人的提醒。

反复对照之后，相信再没有疏漏，他们这才郑重在区社保中心露面。细心的姚亮特别注意到姐姐的表情，姐姐居然收起了她那标志性的极具亲和力的微笑。而为了模仿她的微笑，姚亮自己曾经私下里对着镜子做过不下十次练习。姚亮猜老姐先前面对劳资专员时，也一定如此严肃，不然劳资专员不会感受不到姚明的亲和力的。于是姚亮主动露出酷似姚明的那种笑容，他希望自己的努力能够化解掉劳资专员那张冰冻一般的面容。

姚亮的努力没有白费。劳资专员大部分时间都埋头于他们提供的案卷，偶尔抬头一瞥马上与姚亮带笑的目光有一个短暂的交接，她的表情在瞬间就变得柔和。那不是笑，但的确明显地柔和了。姚亮自己觉得这很像是一场在电视上流行的心理学游戏节目。

劳资专员将所有的案卷规整了一下，在台面上顿一顿，说话时仍然面无表情。

"三日后过来核对养老保险个人账户的余额和个人医疗保险账户的余额。"

姚明说："还在您这里吗？"

"就在这里。"

姚亮说："所有法定的第一顺序继承人都必须到场吗？"

"不必了。只是清算两个账户中的余额，然后予以确认即可。"

依旧是姚明的"多谢！多谢！"和姚亮的"非常感谢！"走出社保中心的大门那一刻，姚亮感慨：这就完了？也难怪老姐千方百计想为他免去这一番劳顿之苦，姚亮也以为自己的这一趟往返太过莫名其妙了，只是露了一下面而已，连一句询问或者质疑都没有。

姚明感慨万端，以她的成本核算方式，姚亮的出场费至少价值两万元；加上路费交通费连同时间成本，这个法定的第一顺序继承人必得到场条款的单人成本就是几万元人民币，太过昂贵了。

姚亮有不同的理解，他认为是那些条款给了办事人员展示自己权力身价的机会，不然公众怎么领会他们的权威和他们的身价？

姚明说："你自觉不自觉就把自己放到了与社会与法律对立的立场上去，其实那些法律条款的制定都是为了保障你的权益，都是为了你好。试想一下，如果条款不那么严苛不那么机械，势必会有很多被假冒或者被钻空子的漏洞，为图谋不轨的人留下可乘之机。在事关人身安全和财产安全的大是非当中，我宁愿被执行部门所折磨，也不愿意他们在执法过程中轻易地通融和放任。"

"那你干吗还要感慨执法的成本太高了？"

"是太高了啊。那些月薪两三千的工薪族怎么承受得了呢？"

"怎么承受不了？是你的算法太苛刻了。你过来只是来领取属于你自己的家庭遗产，你凭什么问人家要动辄几万元的出场费？你可不可以不坐飞机头等舱？深圳到长沙的火车票才几个钱？毕竟养老保险和医疗

74

保险的账户上还有十几万余额，即使乘飞机经济舱过来，也算不上很奢侈。我看不出社保中心的要求有什么不妥，是你自己的成本核算方式有问题。"

"有问题的是你啊小亮，你怎么突然没完没了地对我发起难来？我就不信为了这样不痛不痒露个面，就让你跑来跑去你会很开心。看来我为你订头等舱是我脑子进水了，我就该给你买个硬座火车票。你个浑球！"

2.1.3

姚亮拿不定主意自己该不该请个律师。姚明觉得这么小的事情姚亮根本没必要纠结，想请就请一个好了，要是觉得没有很大的必要不请也罢。姚明自己曾经有过多个法律顾问，在她看来请律师如同吃饭喝茶一样平常，根本没必要思前想后。

但是姚亮不同。他这辈子就没跟法律有任何直接的交道，因此他把请律师看作是个人的一个大事件，请律师也就意味着他卷入了法律旋涡，需要靠律师的拯救。为了把握起见，他乘老姐的顺风车，找姚明的法律顾问封君大律师咨询。

大律师到底是大律师，人家提问的方式也与众不同。他详细追问买房前后的时间次序，追问支付房款的方式，追问转账银行和转账凭证单据。还好所有这些与购房相关的单据和凭证，姚亮都集在购房合同卷宗内，大大小小都在。封律师格外关心是否有外边的资金进入，比如从亲朋好友处取得的借款？有。以什么方式进入的？都是先打到姚亮账上，再由姚亮的账上转至开发商账户。有几笔，数额是多少，与你是什么关系？都是姚亮的同事（均为大学教授），共三笔，每人各十万元。房款总额是多少？二百一十万。其余的一百八十万都是你自有存款？是的。

封律师告诉姚亮这些信息非常重要，因为它们可以证明一件事，即这套房子的购房款中没有来自于姚良相的哪怕微小的份额。姚良相当时是在读中学生，自身没有经济来源；他的名字之所以在房产证上，盖出于父亲的无偿赠予。这套住房是姚亮本人的家庭的居住用房，所以其中属于姚良相名下的产权，可以被认作是购房人姚亮留给自己儿子在遗产意义上的份额。也就是说，在姚亮的有生之年，属于他自购的自有住房不存在被他的受赠人独立分割的问题。

姚亮说："受赠人无法自作主张出售房子，是这个意思吧？"

"反过来说，赠予方要出售它也需要取得受赠人的同意才行。因为那部分产权已经变更为受赠人所有，法律对双方都是一视同仁的。"

"我连卖自己房子的权利都没有了？太荒唐了吧！"

"你这样反问说明你在赠予的时候并没有想清楚。但凡财产的赠予行为，都必得三思而后行；贸然行事的结果自然会麻烦连连，会有没完没了的后患。姚教授，姚总已经介绍了你遇到的问题，我对这个案件的结论是相对乐观的。尽管在产权上你已经处于被动局面，但是在法理上你拥有主动。因为你对姚良相的赠予是出于父子之爱，所以倘若姚良相希望将你的赠予变现的话，他在舆论上将处在不利的位置。如果形成财产争夺官司，姚良相的胜算并不大，他在情理的天平上落在下风。"

"也就是说，尽管我不能随意处置这套房，我也不会很轻易就失去它，是这个意思吧？"

"那是你的理解方式，也不能说不对。但我们做律师的，说法会不一样。你这样理解也好。"

律师的专业意见把姚亮原来混沌一片的担忧一下给廓清了。如果姚亮想在有生之年将房子保有在自己手上，在法律上是完全可能的。但是由于当初他的赠予行为，他从此不能够独立处置它；任何方式的处置都必须取得姚良相的认同。就是这样。

姚亮体会到请一个好律师的必要性，他跟姚明讨教如何聘请封律师。姚明说他现在需要的只是咨询，他没有什么官司要打，可以不必专门聘请。他可以付封律师一笔咨询费，封律师一天的收费标准是五千。

姚亮耽搁他不足两小时，两千三千都在情理之中。姚亮于是备了三千元红包，但是封律师执意不收，说他和姚总是十几年的朋友，互相帮忙是必需的。

2. 1. 4

姚明说上次聚会的那个孙总请她和姚亮到他的会所做客，问姚亮是不是有兴趣。姚亮说听老姐的。上次聚会中给姚亮印象最深的就是这个孙总，或者不如说是孙总展示的那个稀世珍宝田黄石。

赴约的路上姚明告诉姚亮，这个孙总是个小有名气的书法家，他的书法名气占两分，而文房宝贝的名气占到八分；他是国内前三位的鸡血石收藏大家，他作为收藏家的身份远在他的书法家身份之上，他的会所简直就是一个鸡血石博物馆。

姚亮这才明白孙总何以在朋友聚会上展示田黄石。姚亮很清楚，国内半数以上的田黄宝石都在鸡血石藏家手上，玩鸡血的大都是最早意识到田黄石价值的人。他们中的许多人在多年前就千方百计找寻田黄，并且以拥有一小块田黄宝石为傲。在圈子里，拥有上好鸡血的藏家早就被视作业界翘楚，拥有上好田黄的就更让同行们艳羡不已了。最近两年，体量大一点质感品相好一点的田黄的拍卖价格已经远远超过极品翡翠。

孙总的会所一部分用于宴宾待客，另一部分则完全布置成展厅。他手上的鸡血石无论数量还是质量都令姚亮大开眼界。姚明说的业界前三果然不谬。姚亮数年前在收藏杂志上见识过的一张照片的实物，竟赫然摆放在展柜之内，是一尊名曰万山红遍的鸡血石雕，重达四百多公斤，雕塑顶端的大片血色鲜艳欲滴，浓烈而灵动，在业界号称鸡血王。姚亮在石雕下的角落读到一行镌刻在抛光铜板上的小字，"香港苏富比拍卖行1997年估价港币一亿元"。

姚亮不知何时孙总已站到他身后。

孙总说："姚教授，那是十六年前的估价。"

姚亮说:"孙总的宝贝果然不同凡响。那边那块形如缺月的'皇天在上'就是上次孙总请桂老掌眼的宝贝吧。"

孙总点头:"我喜欢它的这个名字,田黄,皇天,是不是很贴切?"

姚亮说:"它的光泽和形状都像月亮,真是这个世界的大美。为它命名者也是个有大想象力的人,在这样的宝贝面前任何人都只有仰视它的份。皇天在上,一个再贴切不过的名字。"

孙总笑了:"姚教授一定听说过印度的月亮宝石。"

姚亮说:"不如说是柯林斯的月亮宝石,我相信他的那一块月亮宝石也不过如此吧。"

孙总略一躬身:"衷心感谢姚教授的美言。"

"更感谢孙总给我这个机会令姚某大饱眼福。"

2.1.5

姚亮又要走了,他在动身前履行了来时路上的心愿。

"姐,想和你谈谈你自己的事。这些天你都在关心我,我在临走之前也想关心你一下。"

姚亮讲了在航机杂志上读到的那个故事。它也同样吸引姚明,姚明很关心后来的结果。姚亮说结果只能是个悬念,不知道回程的飞机上有没有这本航机杂志。姚明说这个傻瓜律师太糊涂了,一辈子光算计别人,却怎么也没算好他自己。

"姐,你不觉得他跟你有点像吗?没人搞得清他的资产,除了他自己。可是到头来他自己也搞不清了。"

姚明摇头:"不对,你没看到这个故事的结尾,不过我猜得到。说他丧失记忆都是障眼法,他是在装糊涂。"

"我恐怕你是在装明白吧?"

"你想想啊小亮,他把其他的资产如数端给母亲和两个哥哥会是什么样的结果?"

"我也担心他五个孩子会被贪心的奶奶和伯父搜刮得精光。他那个又年轻又简单的大女儿怎么能是奶奶和两个伯父的对手？"

　　"看看，连你这么头脑简单的教授都能觉到的危险，如此精明的大律师怎么会预见不到呢？所以说他的糊涂是假装的，他在表演一场失忆游戏。"

　　"你那么有把握，你肯定对自己的财产早有安排了。你真的那么先知先觉吗老姐？"

　　"先知先觉说不上，你说的那些人人都会想得到的可能性我怎么会想不到呢？你老姐没那么笨。我没有你故事里那个律师那么多心机，也不用提防那么多人。我把所有的房产手续放一个纸袋里，把所有的存款放一个纸袋里，把所有的证券放一个纸袋里。你知道我不恋物，所以我没收藏任何值钱的东西。我有一个成年的女儿，一个未成年的女儿，还有一个大教授弟弟，我的事情有那么复杂吗？"

　　姚亮笑了："是我杞人忧天。得，就此打住。"

　　姚明也笑："小亮，既然你今天话说到这，我就不妨多说一句。如果我死在你前边，或者糊涂在你前边，你就是我的遗产委托人。我已经留了遗嘱，一切由你全权处置。如果我在你后边，我就把全部一分为二，姐姐一半，妹妹一半。你还有什么不放心的？"

　　"没有，绝对没有。我干脆就是吃饱了撑的！"

章二　姚亮发现父亲陷进了一场骗局

2. 2. 1

回到深圳了。这是姚亮心里的声音，这是这个世界末日之后的第一个元月，他居然已经来深圳三次。姚亮依稀记得 1 月 3 日的第一次到达是"来深圳了"；上次从长沙过来是"又来深圳了"；这次为什么是"回到深圳了"呢？箴言的伟力。事不过三就是一句箴言。连续三次的结果，让姚亮不由自主地将自己当成了深圳人。

姚亮在这一点上与姚明很不一样。他不喜欢深圳，也一直当深圳是个陌生的地方。姚明曾经问过他，他既然承认深圳年轻有活力而且高度现代化，怎么会不喜欢深圳呢？他想了又想，还是想不出不喜欢它的理由。可是他忽然说"它连一些老街都没有，也没有老房子"。这算是他的理由吗？他喜欢香港。尽管深圳是模仿香港建起来的，但它就是没有香港的那种味道，老街老房子的味道，殖民地的味道，包括时间的味道。在此之前姚亮来过深圳也差不多有十次了，他相信自己永远不会喜欢它，也永远不可能适应它。

然而仅仅是连续第三次，他就已经在下意识里把自己当成了深圳人，把第三次到达称之为回到。想到这一点，姚亮自己也觉到了诧异。惯性的力量真是可怕。

回到深圳也就回到了先前的纠葛当中。他马上要面对的还是那家保险公司，还是那个理赔经理，还是父亲的那桩存款变保单的事件，还是父亲擅自涂抹修改自己名字的莫名行为，还是将面临保险公司如何处罚的问题。所有这些纠葛都没有因为姚亮的长沙之行而有任何改变，姚亮忽然想起了卡夫卡，想起了卡夫卡小说里的那些莫名其妙就陷入纠缠的人物。比如《城堡》和《审判》中的K。姚亮心里很明白，正是这些没完没了的纠缠给了他错觉，让他在不知不觉中就改变了立场和初衷，以为自己就属于这里（深圳），就属于这些纠缠。

他在长沙也和姚明进一步讨论了关于保单的两个问题。姚明说如果仅仅依照法律，父亲的单方涂改的确是相当严重的问题，保险公司完全可以向法院申请判此合同无效。但是向前探究就出现了一个新问题，既然被承保人已经死亡，那么这笔保费和这张保单所代表的财富该当归谁所有呢？肯定不是保险公司，这一点毋庸置疑。

如果我们作为被承保人的法定的第一顺序继承人把这个问题提出来，保险公司也会明白这笔款项它是无法侵吞的，任何法律条文都不会支持它。从理论上说，最终法律将它判决做怎样的处理才是它的最终归属。

姚亮说："法律的判决应该是在充分调查的基础之上，而调查的结果显而易见。既然钱是姚清涧所出，要么宣布保单作废，将钱退还给出钱的人；要么将继续需要赔付的保单执行赔付。应该只有这样两种结果。"

姚明认为保险公司会选择前者，因为赔付的结果总是多付出，而退保的结果则是不输不赢。

姚亮认为也不一定，这样的结果会被公众当作一个事件，公众会因为这个事件对这间保险公司投不信任票。都说保险公司最看重的是口碑，口碑是保险公司的最大广告，口碑方面的损失也是保险公司最难承受的。如同幼儿园，家长对一个幼儿园失去信心，后果可想而知。保险公司更是如此。所以姚亮不认为保险公司方面会选择让姚清涧退保这样的下下策。

姚明关心父亲这二十万保费究竟能得到多少赔付，她让姚亮当面委托理赔经理去结算一下，她说银行和保险公司的计算方法都特别复杂，说储户和保户永远也弄不清自己的收益是如何构成的，只能最终接受他们给你的结算数字。

姚亮这一次没有和理赔经理去纠缠各自的责权利，他开门见山请理赔经理帮他结算赔付金额。他在心里已经有了约他下一次再给结果的准备。但是经理只在电脑上敲了不到一分钟，清单就从旁边的打印机中轻盈地跳了出来。

姚清涧保费赔付总额一栏 RMB190,000 元

十九万。姚亮相信他一定弄错了。交了二十万保费，交了二十二年！姚亮不懂保险的名堂，但他至少还知道每次飞机的航空保险是二十元，提供的保险额度为二十万元，一赔一万的赔率。

姚亮说："经理先生能解释一下吗？"

2.2.2

"姚清涧先生投保的是人寿保险的一个比较新的产品，如果简单地解释，相当于是利息较高的存款，它的红利略高于普通五年期定期存款的利息。这个产品每五年分红一次，根据数据库记载，姚清涧已经收到四次产品分红。您现在拿到的这张结算单的数额就是投保人当初购买产品的本金。您可能会有疑问，为什么本金不是 20 万而是 19 万，这一点在产品购买合同中有明确约定。请您翻到合同第二页第 N 条，'该产品一经售出便属被承保个人所有。被承保人再有转让或退保行为，必须支付保费金额的百分之五作为违约金'。"

姚亮说："我不明白，为什么这其中看不到任何意义的赔付行为。投入保费二十万，最终结算还是以二十万为基础。既然是保险产品，怎么会没有赔付呢？"

"我刚才说得很清楚。这是一款理财产品，以分红为主要盈利点；

而且是保本分红，没有任何风险，所以它与银行的定期储蓄相类似。被承保人已经得到分红利益了，当然不可能再从产品中获得双份收益。不知道我的解释能不能让您满意。"

姚亮说："绕来绕去还不就是定期储蓄，都是骗人的鬼把戏。"

"您这么说话就不妥当了。"

"有什么不妥当？如果不是骗人，银监会和保监会为什么要叫停和纠正这种做法？连你自己也承认，让储户将存款变为保单的行为存在一定的诱导嫌疑。"

"姚先生，我之所以在事先对您讲解银监会和保监会的纠正举措，正是给您的一个提醒。您有一个选择，就是可以提出退保还储申请，我们可以为您补办退保还储的手续。这也是为被承保人的利益保障着想的举措。"

姚亮重新让自己心平气和，他不能够带着情绪面对理赔经理，那样的话他就很难搞清楚其中的这些弯弯绕。他的口气缓和下来，与此同时他也能感觉到对方的情绪也得到了舒展。

原来从最初理赔经理告诉他可以纠正时，经理的意图就是帮他减少损失。他若选择退保还储，他就不用缴付由于违约被扣除的百分之五的违约金。因为退保还储是中央金融机构的一项指导性举措，专门为被承保人的利益而设定的；只要被承保人有这样的要求，保险公司必得全力配合。或者可以这样理解，这个产品的设置对消费者显失公平，所以要被纠正。

由于姚亮和姚明对产品的性质不是很清楚，以为是保险业传统的赔付性产品，所以在先前坚持不退保还储，这才造成了要支付违约金处罚款一万元的格局。

经理说因为理赔手续都还没进入程序，所以如果法定的第一顺序继承人选择退保还储，还是可以操作的。他们可以因此减少一万元损失。

姚亮仍然有疑问，就是父亲已经领取过的那四次分红。若退保还储，这四笔分红的金额是否要退还给保险公司？既然保单作废，分红行为还能够成立吗？

经理说这其中也有一个双向选择的问题。因为事实上这笔钱在保险公司手上，那么保险公司就应该在保单的有效期内，支付给被承保方红利；以退保还储的日期为限，就是此时此刻。当然，由于相关的责任在保险公司一方，所以保户也可以有另外的选择，就是责成保险公司将保单有效期的收益换算成银行利息。

姚亮记得经理先前的话，分红略高于银行利息，选择银行利息显然不如选择分红。

"经理，我再问一下，为什么最后两年没有分红？"

"很简单，合同上的分红约定是五年一次，所以还没到第五次分红的时间。而且被承保人违约在第五次分红之前，自然也不能够享受三年之后的分红。"

"这个账我算不好。姚清涧若选择分红，也就相当于放弃了两年的利息。若选择退保还储，则明显多出了两年利息。计算下来的话两者哪一个对姚清涧更有利？"

"应该差不多吧，因为多出的两年利息不能按定期利率计算，相当于储户提前主动废除了定期利率。您知道活期利率很低的，两年算下来可以说微乎其微。而原本红利的比率设定就略高于同期利息，所以差别很小。"

这些账姚亮自己不会算，但是经理为他算下来他还是听得清楚明白的。其间最大的落差在于，明明是保单而且到了赔付的当口，却最终只能取得存款的收益。姚亮也想过是不是给姚明打个电话，把情况跟她详细摆一下，但是想想他还是放弃了这个念头。事情非常明显，姚明的意见绝对改变不了理赔的结果，这一点姚亮看得非常清楚。姚明可能有的任何说辞，包括姚亮在内可能为这份保险合同做的任何努力，都不可能对理赔的结果产生根本性的改变。既然明知道是无用功，不做也罢。姚亮甚至考虑到放弃那百分之五，他怕退保还储的手续太麻烦，而挽回的金额也只有一万元。

理赔经理还是劝他做退保还储，他给他的理由是自己麻烦一点没关系，能为保户挽回损失是他的职责。他这么说了，姚亮也就恭敬不如从命。他还有一个没对姚亮说的理由，就是公司要求他们必得尽量将所有保户恢复成储户，以避免日后令公司反复遭遇理赔官司，而这样的结果对公司的口碑非常不利。

因为在此之前保险公司已经对诸多同类案例进行了纠正恢复，所以已经有了很成熟的一个程序软件。操作人只要将被承保人的姓名输入，其他所有的数据都将进行自动运算，瞬间便会完成退保还储的所有复杂过程。

对坐在经理对面的姚亮而言，这个时间是五分钟。姚亮不能够确认的是，倘若他放弃那一万元，选择违约退赔(已经不是理赔了)的话，不知道五分钟的时间够还是不够。

经理需要姚亮提供一个法定的第一顺序继承人账户，姚亮便把老姐已经重新开立的法定的第一顺序继承人专立账户给了他。他只消将密码输入一次，姚清涧的二十万保单的理赔工作便宣告结束。

经理最后一句话："姚先生，请到柜员机查看一下属于您的存款是否到账。"

2. 2. 3

事后姚明对这件事还是有她自己的看法。理赔经理说承办业务员有诱导嫌疑，其实可以换一种方式来理解。保险公司自曝诱导嫌疑，等于是承认自身的行为存在着欺诈嫌疑。诱导在法律上是一个属于擦边球的词汇，介于犯法与不犯法之间；如果只停留在字面意义上，它后面不加那个嫌疑二字也罢。但是加了嫌疑，诱导字义的本身在程度上就明显嫌轻了。我们经常说到犯罪嫌疑人，表示的意思是不能够轻易下结论对方就是罪犯；嫌疑二字是对罪字的一个补充，是对程度上的一个暂缓的表达，不涉及犯罪便不需要将其称之为嫌疑。所以姚明认定所谓的诱导嫌疑根本不存在，诱导本身是确凿存在的，而且没有任何疑问，所以不必用嫌疑二字做补充描述。如果说的是欺诈，事关犯罪，用欺诈嫌疑来表达是恰如其分的。姚明的结论是理赔经理偷换了概念，从而在面对消费者时规避了保险公司必须要负的责任。

姚亮一边说跟老姐在一起长了很多学问，一边又说保险公司的责任最终规避了与否都不会改变被承保人最终得到的钱的多寡。

姚明说："我跟你谈的不是钱，是对事情的判断依据，包括方法论。日后你自己面对类似的事件，你就会形成自己相对准确的判断，选择对自己最有帮助的方法论。"

"多谢老姐提点，老弟长进了。"

"我还要告诉你另一点，他们保险公司推出这种类型的产品应该是违规的。因为这种储蓄类型的产品根本就属于银行的范畴，保险公司很明显在做越界业务。他们把吸保变成了吸储，也难怪银监会保监会都责成他们纠正。也许这次纠正压根就属于叫停。"

"你说得那么严重，是不是我们这么轻易地接受退保还储是太便宜他们了？你分析我们还有更有利的赔付方式吗？"

姚明摇头："你分析得不错，你的脑子非常清楚。无论我们这一方做怎样的努力，我们也不可能得到比二十万多哪怕一块钱的赔付。父亲当初根本就是入了他们的圈套。而且他们的做法也不能就说是犯法，不一定能被法院判定为犯罪行为，他们也只是打了一个擦边球。如果当事人自己没有先知先觉，糊里糊涂就入了他们的圈套，那你只能是自认倒霉。以我的经验，保户很难在这样的官司上赢过保险公司。"

姚亮原本的判断都得到了姐姐的印证。在他的心里，能够将所有的投入平平安安收回来，已经算是胜利了；他压根就没做赚一大笔的梦，他这六十年的一辈子就从没遇上过天上掉馅饼的好事。

姚明在电话里想起问他是否联系《一槌定音》节目了？他没有。他根本就没把姐姐的话认真看待，以为她只是说说而已。他答应姚明自己会尽快联系。他没有把陶人和的茶具带往深圳，因为深圳并不是自己的家。他在长沙的银行里租了保险箱，将紫砂陶存放在其中。梳妆台尺寸太大，保险箱里根本存放不下，所以被他装在一个大的旅行箱中，拖到了深圳父亲的房子里。

说心里话，他对带紫砂陶茶具去北京参加央视的节目是有顾虑的。因为那是易碎品，折腾来折腾去很容易伤残破损，而且还要冒着被偷被抢的风险。相比之下，若将梳妆台带到电视节目上秀一把，他倒觉得并无不可。他知道姚明所关心的是价值千万级别的茶具，而百万级别的小件家具根本不在老姐的眼里。但他还是想好了，参加《一槌定音》就送梳妆台。能够向老姐证明自己的眼力，也就足够了，不一定非要明确地给紫砂陶定价。倘若事后老姐还是坚持，第二次再送紫砂陶不迟。

2.2.4

姚明那边遇到了一个既认真又挑剔的客户，他对祖屋很感兴趣，已经是第二次自行约定来看房。姚明为祖屋定的挂牌价是二百八十万。那个客户第一次来的时候，说价钱太高，他的开价是二百二十万。姚明看得出这个人有购买意向，便打算吊一吊他的胃口，说二百八十万已经不算高，不能再还了。姚明说的不是不还价，而是"不算高不能再还了"。她既没有一口回绝把话说死，也没有明确的可以议价的口风。虽然临走时彼此留了电话，但是姚明先已经设定等他的电话，绝不给他打电话。

这个回合姚明占得了先机，客户终于没能熬过她，在三日后首先给她打来电话。电话里他没谈价格，说的是想再看看房子。无论如何这算是个好消息，表明客户的购买意愿更清晰，而且也对报价没有很强的抵触。

第二次看房他不是一个人，还带了另一位看来对建筑颇有研究的专家类型的人。专家似乎对建筑本身极有兴趣，对梁架对层高对起拱的外窗都花了很多心思。姚明不懂他为什么关心起铸铁边框的窗子来，甚至对已经不甚灵活的把手也有相当的兴趣，反复开关几次。

姚明在一旁说："年头太久了，铁边框都锈了，谁买房子都得重新装修。把它换成塑钢和铝合金的就方便多了。要想多花点钱，换那种外铝内木的高档门窗最好。"

专家摇头："再高档的新门窗也比不上这个。这种精铸的铁边框是地道的英国货，表面有这层包浆就再也不会生锈。人家这东西真是厉害，八十年以前就已经做成真空玻璃了，密封做得多好！而且这把手都是青铜的，又耐用又好看。这些部位只要稍作清洗，就可以再用八十年。想换，到哪找这么漂亮的东西？"

客户在陪专家仔细看过之后，两人单独聊了一会。之后他一个人过来。

"大姐，我再加二十万，二百四十万。我的这个朋友说房子质量不错，我就咬咬牙给你这个价。"

姚明说："上次我说了，不好还价的。我又没有漫天要价，就是不想给买家还价的机会。"

"我还的二百四十万不算少啦，你不会觉得我没诚意吧？没诚意我就不会再跑这一趟。这是我能给的最高价了。大姐，你也认真考虑一下吧。"

姚明几乎要脱口而出说"二百六十万"，但是她从对方的眼里看出了他已经打算离开；她知道这种时候，自己的进和退都是不明智的，不如就接上他的话头。

"好啊，你我就都再考虑一下。我等你的回头。"

"不，这次我等你。你有意向了给我电话。"

久战商场的姚明听得出来，二百四十万就是他给她的最后报价。成交与否现在只是她一个人的问题。

他们讨论的价位上，横亘着一个大家都忌讳的数字，二百五。姚明知道，如果不是这个忌讳的数字，再加十万元应该是客户能接受的成交价；但是客户明显不可能接受二百五买房的结果。从心理层面说，这个客户显然不会接受二百六十万的高价。现在姚明有两个选择，一个是以讨吉利彩的名头，提出二百四十八万成交；再一个就是冒着客户流失的风险，最后吊一次客户的胃口。

姚明在瞬间的抉择中选定了后者。

"好啊，电话上说吧。"

她把这些都在电话里跟姚亮说了。姚亮问她为什么不选择二百四十八万成交的提议，问她是否期待二百六十万的价位。她说不是，只是在商业谈判中形成的一些坏习惯而已。她不想让对方觉得她在退让，她更希望看到退让的是对方。她告诉姚亮，尽管她没有主动提议，但是最终很可能成交的价位就是二百四十八万。因为那个客户诚心想买，而她也诚心想卖，二百四十八万同样可能出自对方的提议。这是一个彼此都能够接受的临界点。如果她的猜测没错，对方也许会主动做这个提议。

2. 2. 5

姚亮再一次表达了对老姐的钦佩，因为那个客户果然自己给姚明报出了二百四十八万的彩头价。但是姚亮没有想到老姐会不接招，说是要"再想想"。

姚明讲了自己所以要拖延的理由。原来她给在上海对房地产颇有研究的朋友打了电话，专门询问关于"优秀近代保护建筑"的问题。上海的朋友告诉她，通常这种挂牌的"优秀近代保护建筑"都有超高价位成交的记录。同样地段同样年代的房子，有牌无牌的差别经常在百分之五十上下。比如无牌的卖两千万，有牌的就有可能卖到三千万。这位朋友建议姚明在长沙当地通过朋友找建设厅建设局的官员，敦促当地为"优秀近代保护建筑"挂牌；这样做会极大提升政府的保护力度和此类房产的单价，是业主与政府实现双赢的好点子，政府肯定会积极响应而且马上动作。

姚明立马与一位分管建设口的副区长朋友通了电话，而且得到副区长朋友的首肯。他说他即刻着手运作这件事。大约两小时之后，副区长朋友打来电话，说他的另外一个朋友有意按照姚明的挂牌价二百八十万买她的房。姚明没想到上海朋友的一个电话，会这么快就提升了父亲祖屋的价格，而且比她的心理价位提升了三十二万，她相当开心。

姚亮同样觉得不可思议。很显然，那位打算出二百八十万买房的人是听副区长说了要实行挂牌制度，在其中觅到了赚钱的机会才决定下手的。政府官员的一句话，居然就能为某些人提供偌大的赚钱机会，典型的中国特色。姚亮在电话里恭喜老姐。

说来有趣，父亲遗产的捐赠已经铁板钉钉，已经不再属于法定的第一顺序继承人姚明和姚亮。可是经手人姚明却在尽心竭力地为房产的价值兑现费尽心思，姚亮也在为即将实现的价格远远超出预期而欢欣鼓舞。不知是他们的利他境界太高，还是人类贪婪的本性使然？谁说得清呢。

在连续两日的好消息之后，事情忽然急转直下。先是副区长朋友说区长叫停了挂牌的动议，说要报省厅批准后全省一盘棋，由省厅来统一布置这件事。半小时后副区长朋友打来第二个电话，说他的那个朋友买房的想法也变了，说是以后再说。

这样的变故在姚明这边完全有心理准备，因为她原本也没有期望房子卖那么高的价钱。而且她还有退路，因为已经有客户给了她二百四十八万的出价。姚明自信主动权依旧操在自己手中。前面两个回合都是客户在采取主动，她这一次主动一点也算是有来有往。

姚明给客户拨了电话。第一次拨通了，响了三声后被挂断。姚明分析可能客户不方便接电话。过了半小时，没等到客户的回拨，姚明于是又拨过去。与前一次一样，依旧是拨通了后响了三声再被挂断。看来客户是个业务忙碌的人。这个时代所有忙碌的人，无疑都是有钱赚的人。姚明就没见过哪个人忙忙碌碌却赚不到钱。

直到晚上很晚的时候，姚明才下决心拨第三个电话。这一次客户接了。姚明说自己想好了，就按对方的出价，问对方什么时候方便去房地产局办手续。对方很有耐心听她把话说完，这才说自己以为两次挂断她的电话已经让她明白自己的意思了。说他谢谢她没在当时同意他的出价，如果她同意了，也许他们已经办妥了手续。那样的话他后悔也来不及了。

"因为我刚又买了另外一套房，比你那套的地段更好，面积更大，而且年代和质量都更胜一筹。他的报价比我第一次给你的出价还低，才二百一十万，最后成交是二百万。所有手续费都由对方承担。大姐，真谢谢你，谢谢你当场没点头。你要是点头，我跟这套房子就没缘分了。"

姚明手脚冰凉，她想不出别的话，只能"那就恭喜你了"。她心里再清楚不过，按当初自己的心理底线，二百二十万绝对会卖，甚至二百万也不是没得商量。她知道自己应了"贪心不足蛇吞象"的箴言。她忽然不想把这个消息告诉姚亮了。她想起人们常说的一句话，买房子是需要缘分的。看来缘分未到，这房子的新主人还没准备好出场呢。

章三　姚良相忽然要去纽约

　　龚慧告诉姚明说，姚良相的机票已经为他订好了，一周后由巴黎飞纽约。姚明马上又把消息告诉姚亮。对姚亮而言，这个变故无论如何是快了一点。姚亮这辈子换过两次工作，每一次都是犹豫了很久。第一次是去西藏。他 1974 年由知青上调，进了长沙的铁路中专；次年便起意去西藏。但当时的西藏还没有修铁路的丝毫迹象，他作为铁路系统的后备役人员（学生），没有被分配去西藏的可能性。下一个机会是他 1978 年高考进入武汉大学，他的人生又将面临一次毕业分配，他于是又一次郑重向校方提出入藏申请。这一次他得偿所愿于 1982 年到了西藏。从 1975 年第一次起意算起，这一次跳槽他用了七年时间。

　　第二次是 1991 年的离婚。他与范柏议定四岁的姚良相归他，当时他便下了决心，无论如何都要将姚良相带在自己身边。但那段时间他的生活极不稳定，终年在全国各地游走；若带上儿子一道，不仅他自己不方便，对儿子的童年教育也会是灾难性的。所以儿子在外婆家又延宕了两年，之后跟着奶奶爷爷读学前班读小学。直到姚良相小学临近毕业的那一年，他才找到了在大学里教书的新工作，使他来得及将儿子的中学生涯安排在上海开始。用他自己的话说，不能只做姚良相口头上的爸爸，他必得身体力行。他给自己身体力行做爸爸的时间是六年，姚良相的初一到高三。他携姚良相到上海的时间是 2000 年，这一次跳槽他用了九年。

有一点儿子与他很像，就是跳一次槽总是跳得很远。第一次姚亮从武汉跳到拉萨；姚良相从上海跳到巴黎。第二次姚亮从拉萨跳到上海；姚良相则马上要从巴黎起跳到纽约。

而且姚良相的跳槽都是在转瞬之间就决定了的。2004年范柏有机会在巴黎工作一年，她提出要带姚良相去巴黎一年。姚亮征求姚良相的意见，姚良相当然想去，就去了。其间只有不足两个月的时间。这一次更快，从姚良相与龚慧见面那一天算，到姚良相赴纽约机票的时间，刚好满四周（二十八天）。

即使是姚亮这种一辈子都在颠荡变换中的男人，对儿子如此之突然的人生方向的转换，还是很难一下子适应。突然就要去美国，而且是要在美国工作了，就是这么回事。几十年里姚亮只短暂地出过两次国，一次欧洲一次加拿大。所以他还不能够在心理上适应在整个地球上跳来跳去的那种生活，哪怕只是想象，他仍然不能适应。当然现在不是他自己去过那样的生活，是儿子；而儿子不是他。

想到九年前姚良相离开上海那会儿，在姚亮心里他还是个百分百的小男孩，他的一切都需要父亲的操心。九年后的今天他走得更远，却连招呼也没打算和父亲打一下，更不要说与父亲商量，更不要说让父亲为他操心了。姚亮想到这一点，忽然很心酸，儿子已经离他很远很远了，儿子看来再也不需要他了。

他和姚明商量，是不是需要在经济上再给姚良相一些帮助。姚明觉得时机不是很好，因为姚良相去纽约工作的事情，他自己不想跟父亲谈；姚亮若太主动要给钱，彼此都会很尴尬，因为父子之间都找不到给钱的理由。毕竟姚良相正在与父亲僵持的状态中，钱显然不是打破这种僵持的最恰当的东西。

姚亮相当绝望。连姐姐都这样说，可见儿子对父亲的成见之深。姚亮想当然地认定姚良相会跟大姑跟大姐谈自己对父亲的看法，所以他会认为姐姐是知情者。他这么想其实冤枉了姚明，姚明充其量也只是听龚慧说他父子俩的积怨太深，不要指望短时间内会解开而已。

2.3.2

有一点被姚亮预见到了，就是姚良相曾经对龚慧讲过与父亲的积怨。事关一对底款"大明成化年制"的五彩手绘瓷瓶。

那是九年前2004年暑期，姚亮带即将远赴巴黎的姚良相去长沙看望爷爷奶奶。那对瓷瓶是爷爷的宝贝，已经在家里摆放了几十年。那一次爷爷忽然感慨自己快八十岁了，忽然孙子要走那么远，说想把他的宝贝瓷瓶送孙子作礼物。奶奶也说瓷瓶是家里的传家宝，很值钱的，孙子出国念书正需要钱用。姚亮当时不同意，说父亲的宝贝在父亲有生之年该陪伴在父亲身边。但是老人家坚持让儿子孙子将瓷瓶带走。

姚良相在父亲长年订购的收藏杂志上，看到一只类似的成化款瓷瓶卖到六十七万的高价。他希望父亲在他动身时，允许他将属于自己的瓷瓶带走。姚亮却说放在家里更安全，没同意他。去法国的最初几年，姚良相每年都回来，每次都跟父亲提出带瓷瓶走，每次都遭到否决。四年前他最后一次回家，当时父亲已经又结婚了。他听父亲说上海朵云轩拍卖行的一位专家来看过瓷瓶，给的估价是一百五十万。他看得出父亲很得意，他于是很小心谨慎地问父亲，它还是不是我的？父亲义正词严地说，是你爷爷的，当然也可以看成是你爸爸的和你的。

姚良相当时很崩溃，父亲话里的意思非常明白，父亲不承认那是爷爷已经给他的事实。既然已经从爷爷家里带出来了，爷爷也说明了是给孙子的，爷爷当然已经不是它的主人。但是父亲也明确表达了不打算给姚良相的意愿，父亲不给他的结果就是将它留在父亲自己手上。

姚良相告诉大姐龚慧，自己已经是成年人，父亲不要以为自己什么都不懂。他一定要在恰当的时候，拿回属于自己的东西。

龚慧根据自己的理解，认为姚良相的说法缺乏法律依据。外公如果给他写了字据，明确是给姚良相本人，姚良相才可以认定瓷瓶是属于他自己的。以她的理解，外公将瓷瓶让他父子俩带回上海，是让他们将瓷瓶变卖，之后解决姚良相在法国的学习费用。

姚良相说这些年自己在法国的费用，是由父母亲分摊的。父亲根本没有把瓷瓶卖掉，用卖瓷瓶的钱支付自己的开销。

龚慧则认为这是舅舅出于家庭经济状况的全面考虑，瓷瓶卖与不卖，决定权该在舅舅。毕竟姚良相还没有在经济上独立，家庭的经济安排该听舅舅的。

姚良相坚持自己才是瓷瓶的拥有者，而且自己也已经成年，他有权利要求把自己的东西拿在自己手里。

龚慧不同意他的说法，因为没有证据支持。

姚良相说："这一点我爸自己也没有否认过。"

龚慧说："我相信舅舅也从来没有认可过你的说法。在他心目中，瓷瓶就是外公的，只要外公在，瓷瓶既不是他的也不是你的。"

姚良相说："现在爷爷不在了，我看他再怎么说。"

龚慧说："我劝你不要在外公刚去世就去找舅舅理论这些事。中国的人伦传统不会支持你的说法。舅舅也一定不会在外公刚闭上眼，就急着把属于外公的东西分掉。你在这种时候逼舅舅，有可能让舅舅在一怒之下将瓷瓶划归到外公的遗产之列。你知道，外公的全部遗产已经属于那间小学了。"

姚良相说："绝不可能。大姑和我爸都已经明确，爷爷的遗产只包括金钱和房子。"

龚慧说："我不懂你为什么这么着急要分割你自己和舅舅的财产。"

"我爸已经有了他自己的新家，又有了新的孩子。他不会再给我什么东西。"

"不对呀，他不是已经给了你二十几年的抚养和教育吗？你是他唯一的儿子，这一点是永远也不能改变的事实。"

"大姐，你不知道，我爸不是你以为的那种人。有一次媒体采访他，他面对媒体公开说自己最大的愿望就是在有生之年，把自己赚的钱花光。他不是那种会为自己儿女着想的人，他只关心他自己。他根本不会考虑到他这么说，他自己的儿子会是怎么样的感受。"

"我读过那篇采访，他还说他不要给自己的孩子留钱，但他会努力让自己的孩子受到好的和完善的教育。"

"我不想听这些空话。我几次跟他要爷爷给我的瓷瓶，都被他否决了。他这是摆明了不给我。他不给我打算给谁？大姐你想想。"

"瓷瓶留在家里，他只有你和你妹妹两个孩子，当然属于你们俩。"

姚良相大摇其头："她不是我妹妹。我和她的这种关系是同父异母兄妹，充其量也只能算半个妹妹而已。她是她，我是我，没有什么东西会共同属于两个人。瓷瓶原本就是爷爷给我的，跟她有什么关系？"

龚慧叹一口气："我在美国三十年了，可我仍然当自己是中国人。中国人讲一笔写不出两个姚字，你和小妹当然是亲兄妹，你怎么会有这么多莫名其妙的想法？"

"大姐，我不愿意跟你说我爸的不是，但他实在太，太那个了！他是社会名流大教授，开奔驰车，有多处房产，他是何等风光。你知道我和我妈在巴黎过的什么日子？真的很惨。"

龚慧说："小弟，你还在读书，你比我当年读书的经济状况一点都不算差。还有一点我要提醒你，你母亲过怎样的日子是她自己的事，舅舅既没有责任更没有义务对她的生活负责任。"

"我不跟你争辩，大姐。我能告诉你的就是，我爸绝对对不起我。你信就算，不信我也不想说服你。而且他也不要以为瓷瓶他不给我我会这么算了，我不会。"

从姚良相的话里，龚慧觉得他有许许多多怨恨。电话里也不可能把所有的话都说透，她决定表弟到纽约之后，再和他慢慢聊，将闷在他心里的前情往事打开。

2. 3. 3

马上就春节了。姚亮也想过回上海，但是再想想，也许把老婆孩子接到深圳更有意思。老婆是海南籍，上海的冬天对她是太冷了。深圳显然比上海暖和许多。还有就是在嫁给他之前，老婆曾经在深圳打工，对深圳一直保有很好的记忆。

老婆对到深圳来过春节非常开心。先前姚亮曾经打算给上海家里补装上暖气。他本来是为老婆着想，怕她在上海过冬不适应。但是没想到老婆会反对。老婆的理由是他很快就退休了，退休了他们就要去海南；而装暖气需要一大笔钱，这笔钱不花也罢；一个冬天总是可以捱过去的。

姚亮这个学期的课已经在年末的最后一周结束，只剩下两个班级的期末考试。他出来奔丧，监考的事情托付给其他老师。这会儿学校已经放假了，他也没必要在寒假结束前回上海。这几天房屋中介机构都有电话约看房，他就把时间定在春节前后这几天，老婆孩子过来刚好帮他分担一下这些日子的辛劳。

还有一点，就是出来太久，当真很想念小女儿。

爸在深圳的这套房子八十九个平方，三口人临时落脚刚刚好。1月30号她们娘儿俩到了。明天是姚良相动身的日子，姚亮让小女儿给哥哥拨一个电话。

姚亮不知道姚良相对妹妹的抵触心理，他一直希望儿子与女儿见上一面。姚亮不想用自己的电话，因为他没有把握儿子看到他的号码是否会接。他索性把号码告诉小女儿，让她直接打给哥哥。第一次拨号就通了。

女儿相当开心："哥哥，我是姚纱。你是我哥哥姚良相吗?"

女儿嘟起嘴委屈地哭了。姚亮问她怎么了，她不肯讲，只是一边摇头一边将眼泪摇落。

老婆过来将女儿拥在怀里："姚缈不哭。哥哥在忙，哥哥不忙的时候会给姚缈打电话的。"

女儿懂事地面朝姚亮："爸爸，妈妈说哥哥不忙的时候会给姚缈打电话的。"

姚亮对女儿伸出双臂："姚缈真乖，姚缈是爸爸的乖女儿。"

女儿紧紧抱住他脖子。女儿的亲昵融化了他的愤懑。

老婆说："他明天要出远门，今天肯定忙得不可开交，要收拾东西，要和朋友道别。他是不是要把整个家都搬到纽约去啊？"

"龚慧说他有个女朋友，说女朋友跟他一起去纽约。两个人一起走，也相当于搬家了。"

"女朋友也是中国人吗？"

"说是混血。女孩的爸爸是在巴黎出生的华人。"

"那样还好。女朋友的家在巴黎，他们不至于一定要搬家，带上日常用的东西就行了。"

她和姚良相见过一次，就是四年前姚良相回来的最后一次。姚良相叫她"小姨"，从当时的情形看对她没有任何抵触。中间的这四年里尽管姚良相不给姚亮电话，也不接姚亮电话；但是她的电话姚良相还是接过。她一直没有放弃主动联系姚良相，她觉得他们父子之间需要她这样一个链条。她很希望能通过自己，使他们父子俩的紧张关系得到缓解。她拿过女儿刚用过的电话，用很长时间才完成了一条短信。她将手机递给姚亮。

　　良相，我是小姨。听你爸爸说，你明天由巴黎飞往纽约。刚才是你小妹打你电话，想祝你一路平安。我和你爸爸连同你小妹衷心祝你一切顺利。

"老公，这样可以吗？"

姚亮点点头："挺好的。老婆，不说谢你了。"

老婆露出嗔怒："你敢说!"

2.3.4

去纽约工作的事情如此顺利，令姚良相的女友非常开心。她是公共交通公司的流动验票员，最初选择这个职业是因为这份工作有很大的自由度。她负责三条公交线路，可以听任自己的心情自由出入在三条线路的任一公交车上，根据自己的好恶随意选择某一个乘车人，要他出示自己的乘车凭证。她做这一行有三年了，已经练就了不错的眼力，对那些逃票者几乎一抓一个准。开始她会为自己的成功而得意，久而久之这种成功已经不再带给她任何新鲜感。

她正是在这样的工作当中结识了姚良相。他拍照片的姿态很酷，会令每一个见到的女孩注目。她欣赏这个黑头发男孩的同时，忽然凭直觉就认定他没买票。

平心而论他很少有不买票乘车的时候，但是那一天他一直在跟拍三个跳街舞的男孩。男孩们在街舞之后守住一个售货亭买水喝，之后又跟跟跄跄冲上公共巴士。他紧随其后在最后一秒钟也登了上去。她是在下一站上车的，刚好看见他躲在另一个乘客身后抓拍那三个男孩。她的目光一下被他拍照的姿态吸引了，她知道自己有一个冠冕堂皇的借口与他搭话，她当然不会放过这个机会。结果他被她抓了个正着，他当真是个逃票者。他来自遥远的中国，这让有着中国血统的她感到亲切。他是在读的大学生，他已经拿到了绿卡。

她当然可以处罚他，但是她没有。他们就此成了朋友，后来很快就成了男女朋友。他觉得她的职业很有意思，她说当初自己也是这么觉得才选择了干这行。可是现在她已经厌倦，她希望离开巴黎，到世界的其他地方走一走。她二十一岁，就在巴黎城出生和长大。

这也是她为什么很希望姚良相的纽约之行能成功的缘由。纽约是她在这个世界上最想去的另外一个城市，就像许多纽约的男孩女孩最想去的城市是巴黎一样。姚良相表姐为他预订的机票一经确认，他们就马上在同一个航班上订了第二个座位。动身的前两日，姚良相在电话里告诉表姐，说自己的女朋友将和自己同往。

龚慧很高兴这样的情形，因为表弟有人照应，也就会给自己省去很多麻烦。毕竟一个男孩子在面对新生活时，会有很多需要人照应的方面。她怪姚良相没早说，那样她就可以给他们两个人一同订票了。她安排他俩先住在自己家里，之后再考虑是否需要出去租房子。

姚良相的女朋友有一个最欧洲化的名字，Mary，在中国通常翻译成玛丽。玛丽还是坚持日后要自己租房，她认为长时间住别人的房子不妥当。但她同样觉得先住在表姐家里比较好，因为他们俩眼儿一面儿黑，对一切都还不熟悉。这么说太绕了，玛丽表达的无非是眼下的格局乃最好的格局，也是她最希望的格局。谁让她是女人呢，女人就这么绕，无论是法国女人还是中国女人。

正如姚亮老婆猜测的那样，玛丽和姚良相在巴黎的最后一晚，大半时间都纠缠在携带物品的取舍上。

他们在巴黎的住处是玛丽承租的公租房，他们有自己已经习惯了的炊具厨具和餐具，有更多的起居用品和诸多摆设。玛丽可以把其中的一部分拿去父母家里，但父母家里的情形也不是很理想，那些摆设她的父母根本就不喜欢，只能堆放到一个面积不大的地下室去。幸好他们的家具都是公租房的固定配置，他们没有处理家具的烦恼。

他们还有一个选择，就是公租房不退租，以交房租的方式来保留这个家。这无疑是个很奢侈的选择。尽管是公租房，房租不算高，每个月两百二十欧元。但是对姚良相和玛丽而言，这笔钱仍然是个不小的负担。最后还是玛丽下了决心，退租。她算一算那些家居用品连同炊具餐具这些，充其量价值不足两千欧元，相当于九个月的租金。而姚良相在纽约的工作合同是两年，他们最少要在纽约生活两年以上。

这样一个决定也就带来一个后果，即他们要尽量携带能带的一切。实在带不了的只有三条出路：让家人和朋友尽量拿走是其一；利用网络和跳蚤市场卖出是其二；留给下一个承租人是其三。

都是自己日积月累购置的物件，哪一件都舍不得扔。但是他们两个人的行李托运限制只有六十公斤，他们能带走的只有极少的一部分。玛丽将绝大部分物品在网络上以废品的价格卖出去。由于她的标价低，物品的实用性也都不错，所以在网络上走得相当顺利。

2. 3. 5

姚良相收到了小姨的短信。当然先前他也收到了姚纱的电话，听到了姚纱的声音。但当时他的心理准备不足，没有想好该怎样与姚纱对话。所以他即兴用法语问了两声"是哪位"和"请说话"，之后就挂掉了。

玛丽当时问他是谁，他随口回答打错了；自己主动将妹妹的电话挂断，这种事他对玛丽说不出口。

先前他和玛丽讲过上海房子的事。玛丽曾经问他，是否真的想让父亲一家人搬出去，把房子卖掉，然后将一半房款分到自己手上？他想了又想，说自己不是那个意思，自己想的只是保住属于自己的那部分。玛丽不懂，他既然不是那意思，为什么还要通过母亲对父亲做那种意思的表达？你父亲有反悔说那房子没你的份额吗？既然没有，为什么你会要求父亲马上将房子兑现给你呢？你知道这样的结果会极大地伤害你父亲吗？还是你执意要伤害他？玛丽不懂他对父亲的这种仇恨究竟是怎么回事。玛丽发现他回答不了自己的疑问。玛丽的这些问题让他很纠结。

姚良相不能把这些问题的答案都归结到母亲身上，他不能让玛丽对他的母亲留下不好的印象。无论怎样母亲都是为了他，母亲经历过生活的变故，比他有更多的人生经验，许多他想不到的变故或可能性，母亲要给他必要的提醒。母亲这样做正是因为爱他，怕他在遇到复杂的变故时吃亏，是在全力保护他的利益。他深知任何对母亲的疑问和指责，都是对母亲最大的伤害。

保护母亲不受到外人的指责和伤害，这是姚良相给自己下达的死命令。一定保护好母亲。

姚良相在心理上对小姨没有抵触，他很清楚她一直致力于缓和他与父亲之间的对立情绪，从这一点上说她是无可厚非的。她偶尔的电话让他为难，他当真不想听她转达父亲的想法和说法。有时他干脆选择不接，他想象也许她以为他没听到电话，或者随便她怎么想了。而姚缈的电话却让他有些慌乱，不知该如何应对。

面对小姨的短信，他想了又想，终于没能想出适当的回应。他于是又像以往一样，不做任何回应，就像她的电话没打过来或者短信没发过来那样。

一想到明天就要飞纽约，他的心情一下轻松了。毕竟这两年的大学生涯让他非常压抑，当初选择学光学根本就是一时的心血来潮。他一直喜欢英国人毛姆的小说《刀锋》，他对主人公拉里的挚爱几近于崇拜。是拉里的生活给了他错觉，以为学习纯粹的科学会让他离绝对和真理更近。他在第一个学期就知道自己选错了专业，那根本不是他所要的生活。

他决心回到离自己内心最近的职业方向上来。他一直喜欢摄影，连他父亲也认为他有这方面的天赋，鼓励他向这个方向发展，并且支持他买了他的第一架单反相机。但是他已经过了二十四岁生日，在这样的年龄上再去选择一门学习费用昂贵的新学科，在他的心里很有压力。他于是利用一个机会，以中国式的拜师学徒方式进入美国国家地理杂志专业摄影师吉姆的工作室。对他而言这是一个关键性的转折点，他就此结束了学生阶段，进入到人生的工作阶段。他知道这一次转变将一直延续到他丧失工作能力那一天为止。他在吉姆工作室一直非常努力，吉姆对他相当赏识，也会主动给他专业性的指点。吉姆成了他心中的偶像和榜样。所以当表姐的言辞轻慢了吉姆时，他不由自主地开始反击表姐。

这个世界的事情就是这样奇妙，轻慢老师的表姐却成了给他提供更大机会的人。表姐提供的机会一方面让他能够马上自食其力，同时也给了他更自由的发展空间，让他能够独立去完成自己的想法，充分展示自己的才能。表姐几乎为他包办了一切，包括让玛丽兑现她自己的愿望。表姐在玛丽那边为他挣足了面子，这是姚良相从心底里最感激表姐的一点。

一直以来相对比较窘迫的经济状况，让他总有些许自卑感。他很清楚，无论欧洲在表面上是多么开明，一个亚洲来的学生和打工仔在这里都永远只能是二等公民。姚良相在玛丽的父母亲家里，明显能感觉到她母亲对他的轻视。也许是因为中国血统的缘故，她父亲让他觉得他在她的家里是受欢迎的。

他们都明显对他的摄影师职业不感兴趣，他们不是那种有艺术感觉的家庭，这一点让姚良相郁闷。这里可是巴黎啊，是世界的艺术之都，是普桑、安格尔和德拉克洛瓦的故乡。这里居住着蒙娜丽莎、米洛的维纳斯和胜利女神（像），曾经养育了伟大的毕加索、乔伊斯和海明威，这里有卢浮宫和巴黎圣母院，是雨果和加缪的故乡。

姚良相当真郁闷到了极点。还好，他寻觅到了属于他自己的维纳斯。现在他就要带着他的维纳斯远行了。

章四　姚明精疲力竭

2. 4. 1

姚明给自己揽下的差事桩桩件件都不简单。在继承权公证的那个回合，她还算开心；因为她预见到了一个人物的重要性，所以让接下来的事情也都顺风顺水，那个人就是户籍警老张。主动帮老张一个大忙，让她结结实实交上了老张这个朋友。

第二件事就有了坎坷，母亲的社保养老金。仅仅由于那位坚持原则的劳资专员顶真，需要往送的相关文件经历多个回合才被接纳。而且在账户余额的认定时，劳资专员发现了新问题。由于母亲死后，父亲没能及时向相关部门去申报注销母亲的名字，结果造成终止养老金发放时间的拖延。也就是说事实上在母亲的社保养老账户卡上多给付了一年零九个月的养老金。是当时的另外一个劳资专员发现这个问题，再三努力找到姚清涧，才办理的终止手续。对于代办养老金支付的社保中心而言，这件事情很严重，属于隐匿死亡不报而冒领的违法行为。社保中心方面已经为此成立专门的调查组，事件进入立案侦查阶段。

尔后的祖屋的出售一波三折，最终仍然挂在那里。事后姚明只能骂自己贪心。二百四十八万那一次若点头成交，她不但省去了接下来的麻烦，也会是在当下所能拿到的最高价。姚明从心里发誓，一定接受这个教训。

爸爸的粗心让她吃尽了苦头。她心里非常清楚，冒领养老金是很严重的违法行为。因为其中涉嫌诈骗，甚至也许会牵涉到刑律。

面对如此复杂的局面，姚明不想凭一己之力去面对社保中心对已故老父亲的指控。她决定聘律师代为面对。律师介入之后，对情势的判断还算乐观，这也让姚明稍稍松了一口气。

父亲的年龄可以算是一个说得过去的申诉理由，母亲走的那一年父亲八十四岁，报称患有轻度的老年痴呆当在情理之中，老年痴呆的症状中有一项便是健忘症。另有一个可据理申诉的事由，便是死者家属（姚清涧）没有主动去社保中心领款的故意。由于养老金发放是在每月的固定时间直接打进卡里，虽然事实上款额也进了死者的囊中，但是的确没有冒领的故意。

姚明听律师如此说，大大松了一口气。

"至少可以明确一点，就是老人家没有冒领行为。"

"肯定没有。有的只是死者账户上继续收到的入账记录。而且根据银行卡上面的记录，姚清涧本人从未动过其中的一分钱。这个事实表明死者的法定的第一顺序继承人中，没有人企图占有死者银行卡中的不义之财部分。这一点非常重要。假使在你母亲死后，你父亲曾经动用过这张卡中的金额，在法律上你父亲便很难脱责；冒用非法所得的行为可以等同于冒领。"

姚明倒吸一口冷气："好险啊。幸亏父亲一直只带着自己的工资卡，母亲的卡一直放在她自己的盒子里。"

律师说："也没有您说的那种危险。因为事实很明显，姚清涧根本就没有隐瞒褚克勤死亡事实不报的主观故意。只是由于对个人的法律责任不明确的缘故，没有去履行注销妻子姓名以及其作为自然人的其他相关权益的终止申报，这才造成社保中心多支付养老金的事实。而且这个事实的受益者，也就是死者的配偶对此并不知情。以我作为律师的经验来判断，姚清涧没有冒领褚克勤养老金的故意，所以不必承担由冒领而招致的法律后果。这个事件不知社保中心如何考虑，是否会以冒领之名追究姚清涧的法律责任，也就是将它变为一场官司。以我看来，他们不至于这样。最大的可能还是调解。姚总，如果是官司，我来代您出庭。如果他们提出调解，您一切听他们的就是了。因为调解也就意味着他们没有深究和为难您的意思，您也不必太过坚持。人家放我们一马，我们也该以礼相待。"

律师不这样说姚明也会这样做，连日来的大小麻烦已经严重挫伤了她的积极性，当下她的心情是巴不得从这些没完没了的纠葛当中脱身出来。回头想一下，她先前面对这些麻烦时还有点其乐无穷的劲头，与天奋斗与地奋斗与人奋斗，每一分进展每一寸胜利都令她欣欣鼓舞。她会在第一时间把好消息告诉远在深圳的姚亮。现在想一想真是傻透了，人家主动找上门报给她二百四十八万，她居然自己给拖延掉，她真是傻到不能再傻。

律师的一个判断没有被验证，社保中心不想对死者家属的过失轻易就原谅。社保中心的立场非常明确，一定严厉查处死者的法定的第一顺序继承人这种冒领养老金的违法行为，绝不姑息纵容。调查取证程序一经被确认，马上启动诉讼程序。

特别让姚明觉得刺耳的是，先前所称的死者家属现下变成了死者的法定的第一顺序继承人。这种称谓的变换有显而易见的潜台词，即参与冒领养老金的不只是配偶本人，也包括了其他家庭成员（法定的第一顺序继承人）。也就意味着将姚明和姚亮同时纳入了违法人的范围，这让姚明相当愤怒。

律师的解释是，近来以死者不死的方式诈骗犯罪的事件屡有发生，政府相关部门连同警方都加大了对此类罪案的打击力度。作为政府职能部门的社保局首当其冲，所以才会有如此严厉的对应手段和说辞。

"姚总，您父母的情况与那些诈骗案有明显不同，相信法官绝不会轻易断定此案件有犯罪嫌疑，官司的前景没有丝毫的悲观。"

姚明与法律打了一辈子交道，她从律师前后话语的变化中已经嗅到了不祥的味道。律师先前认定官司的可能性不大，更大的可能性是调解，说明律师先前将事件的严重性低估了。现在既然已经成为官司，调解的大门已经关闭，也就意味着主动权已经不在自己手里，意味着在官司中完全可能会失败。社保中心代表政府，政府起诉个人应该是有很大胜算的，政府不会打无把握之仗。所以姚明对前景的判断比律师要悲观得多。

2.4.2

相比之下姚亮这边的情形算是比较平稳。春节之前有三个意向客户来看过房，第一个是东北人。东北人关心房子的朝向，很强调坐北朝南。父亲的这套房子相对偏东西朝向，主卧室算是朝东同时偏北十八度左右。南方的房子大半没有坐北朝南的考虑，商品房大部分以路为基准，所临的道路若朝向方正，房子的朝向也会方正；若路是斜的，房子多半也会是斜的。但是东北客户再三强调朝向问题，说朝向不只关乎日照，同时更关乎风的走向，要南北朝向更主要的是求得良好的通风效果。

姚亮从客户如此严格的朝向要求上已经先自我否决了成交的可能性。

"不好意思，房子已经如此了，我恐怕它怎么也满足不了您的朝向要求，我替这房子道一声对不起。"

"别呀哥们儿，何必这么阴阳怪气呢？你容不得别人说你的房子不好，是不是？让我告诉你，你的房子就是不好，你阴阳怪气它还是不好。别吃饱了撑的自讨没趣。看你也是几十岁的人了，还是省省吧。听明白了没有？"

老婆在一旁打圆场："这位先生，您消消气。我们家的房子您没看中就再看看别人家的。他这人说话就是不中听，您大人不见小人怪，别跟他一般见识。"

东北客户就当没听见她的话，仍然看定姚亮一个人："我问你听明白了没有？"

"明白了，我说话不当，请谅解。"

"这就对了。大过年的，良言一句三冬暖，恶语伤人六月寒。让别人心里痛快也就是让自己心里痛快，是这个道理吧？"

这一次东北客户没再逼他的口供，转身出了他的门。老婆觉得那个人好凶，倘若姚亮不应他的问话，他也许会说出更多难听的话来，也许会骂人也说不定。老婆没有责备姚亮的话不妥当，但是姚亮心里很明白问题出在自己。他的确没必要那么刻薄。客户对房子朝向的要求都在情理之中，每个人的想法不一样而已，客户的话没有不妥当的地方。不妥当的只是作为卖房人的姚亮的内心，所以他说了太过刻薄的话，也因此受了惩罚，向态度强硬的客户主动示弱。这才算了了这段公案。

第二个看房的客户是二十年的老深圳了，他为自己的父母购置安身之所。这是个老上海人，属于算路很深的精明一族。他对周边每个楼盘的二手房价都了如指掌。他把那些信息一一报给姚亮，借以证明姚亮的要价太高。他的意图很明显，是希望姚亮能够主动降低要价，之后再进入讨价还价的阶段。用他的话说，"要价太高没办法讨论"，摆明是让姚亮先退一步。

姚亮的挂牌价是老老实实按照律师行的估价，三百万，每个平方三万三千出头。而姚亮的心理底线是要价的百分之十差价，姚亮认为二百七十万应该差不多。他从客户一方面说他的价高，一方面又与他耐心讨论这一点上，断定他有购买意向，只不过是想用最便宜的价钱拿下来。基于这样一种判断，他决定让客户自己还价，暂不作退让。

"也不要说张三的房子多少钱李四的房子多少钱，咱们就说我这房子你打算出多少钱买它？"

"谁说我要买它了？你这么高的要价我不会考虑。"

"那么要多少钱你才会考虑呢？"

"肯定价格要靠谱。"

"在你心目中什么才是靠谱的价格呢？"

姚亮自以为得计，但是对方根本不进他的圈套。尽管对方有一点依依不舍，一直没急着夺门而出；但是却也死都不肯把自己的心理底线交出来。姚亮套来套去最终仍然是一场空，他比对方更早失去耐心。

"我看你也没心思买，或许还没攒够买这房子的钱，咱们买卖不成仁义在，就不啰唆了好吧。"

"好的好的。你是不是以为你用激将法我就给你还价了？怎么可能呢？你不肯退一步也就只剩下仁义了。我告辞。你不用送。"

"慢走。欢迎回头。"

客户笑了："你想得美。"

老婆在事后说你们斗嘴我在一旁忍不住笑，还真看不出你那么有心眼；早看出这个怕不敢嫁你了。姚绵问妈妈，爸爸心眼很多是吗？老婆说让你爸爸自己回答。姚亮说就是心眼很多啊，不然怎么能把你妈妈骗到手。姚绵很开心，哈哈，原来妈妈是被爸爸骗到手的。老婆说妈妈自己愿意被爸爸骗。姚绵说那就是说，爸爸不是坏人，是妈妈一定要爸爸做坏人。姚亮说爸爸是坏人吗？姚绵说爸爸不是，可是妈妈要爸爸骗妈妈，我就搞不懂到底谁是坏人了，是妈妈还是爸爸？老婆说为什么妈妈爸爸之间非要有一个是坏人呢？姚亮说是啊，妈妈若不是坏人，爸爸就必得是坏人吗？姚绵想想，妈妈不是坏人，爸爸也不是坏人啊，到底谁是坏人呢？老婆说到底谁是坏人呢？姚亮说到底谁是坏人呢？

谁呢？只剩下一个人了，是谁呢？

姚绵大声："不是姚绵！"

2.4.3

姚明也和其他法律经验更多的朋友讨论过。父亲的过错是肯定的，但是这个过错应该与配偶褚克勤的养老金清算不发生横向联系。社保局多给付的二十一个月养老金依旧在褚克勤的账户上，理论上社保局只消将此笔款项收回，也就相当于纠正了姚清涧的错误，也挽回了此笔国有资产款项的流失。至于对姚清涧本人的错误做何种处罚，鉴于姚清涧本人已去世，便也失去了任何处罚的意义。对姚清涧错误的处罚，不可能用减少褚克勤账户余额的方式；谁的错就是谁的错，该处罚谁只能处罚谁。如果社保局方面坚持一定要追究和处罚的话，对一位已经去世的八十七岁老人显然是过分严苛了。

幸好主要责任在死者的配偶身上，其他两位法定的第一顺序继承人都已经年长，且与死者及配偶已经有几十年的各自独立生活，不然姚明和姚亮分别作为遗产继承人的麻烦就大了。设想一下，倘若在母亲去世的三年多时间里，母亲的账户卡余额曾经被提取或转账，作为褚克勤的女儿和儿子，她和姚亮就真是跳到黄河里也洗不清了。因为现在父母双双身亡，能够有机会接触账户卡的只有她和姚亮两个人，他们连证明被使用的钱是父亲所为这一点也做不到，因为死无对证。

朋友的分析让姚明也觉得官司前景不那么悲观，只要母亲账户卡中的钱没被动过，她和姚亮也就没有被警方指控有恶意冒领嫌疑的可能性。她征求朋友的意见，问是否仍旧请这个律师作为父亲的辩护律师。朋友认为这个律师的头脑很清楚，完全能胜任这场官司。至于先前律师的乐观判断，是基于常情常理，没有将近期在加大对冒领者的打击力度的因素考虑进来。应该不属于律师的判断失误，与律师的判断力无关。

当然，这些讨论只限于姚明和朋友之间，并未让律师有丝毫察觉。对律师而言，他作为姚明处理她父亲遗产案的律师这个事实从始至终都没有变过。姚明的朋友甚至认为，由于上一个回合对形势判断的小失误，律师会加倍努力为官司有更理想的结果去全力以赴。

再来捋一捋这桩官司的脉络：

1. 母亲褚克勤于 2009 年 5 月去世。

110

2. 褚克勤的户籍并未及时去派出所注销。

3. 褚克勤的养老金发放一直延续到 2011 年 2 月。

4. 是社保局方面发现褚克勤配偶姚清涧未及时申报褚克勤死亡而导致死者的养老金被继续发放,社保局终止了由于姚清涧的错误给国家造成损失的恶果。

5. 姚清涧在此后并未主动将褚克勤账户中的非法所得部分退缴给养老金代发机构(政府社保局),将此错误并连带的严重后果一直延误到自己的死亡之日。

6. 作为褚克勤与姚清涧两位死者的法定的第一顺序继承人,姚明和姚亮至今未退缴此笔非法款项。

被检方列为被告的首先应该是姚清涧,但是因为姚清涧已去世,检方遂将被告改为褚克勤与姚清涧的法定的第一顺序继承人姚明姚亮二人。指控的罪名是隐匿死亡事实,以冒名领取养老金来达到恶意侵吞国家财产的罪恶目的。

这样的一种定位和定性,让姚明哭笑不得。案情是如此简单明了,一个人死了,她的配偶没及时去派出所销名字,没去面对其他有关死者的手续,后来配偶自己也死了,配偶于是犯下事关国家的重罪,他们的儿女也因此被起诉。

姚明说:"不是不知者不罪吗?我和姚亮对其中的所有事项一无所知,这样的话我们的罪名居然就是因为我们一无所知。我们自己已经到了老年,我们对更老的父母的经济状况不知情,这就是我们被起诉的理由。"

朋友说:"老大姐,你遇到的困境就是这样。你父亲不作为,因此招致了长时间冒领大笔养老金的指控。老人家在被告知并被终止了配偶养老金的发放之后,居然没有主动退缴非法所得,结果造成其长时间非法占有这笔国有资产,直到自己去世为止。而且在你父亲去世之后,你和你弟弟作为他们的法定的第一顺序继承人，也在继续你父亲非法占有的行为，未将国有资产退缴。你们不作为的行为是你们父亲的行为的继续，这就是事情严重的地方。先是你父亲的不作为，导致占有国有资产的事实；然后是你们的不作为，又延续了你父亲造成的恶果。如果你父亲的行为被判有罪，那么你们的继续也会被判有罪。"

先还说官司前景不悲观，如此推理下来姚明头都大了。听来这宗官司他们必输无疑。

2. 4. 4

由于递送传票的空间距离缘故，姚亮收到传票比姚明晚一天。姚明始终也没有想好，该怎样对姚亮解释这件事；以至于姚亮对此事一无所知。收到传票让姚亮很吃惊，如果有姐姐的电话，他也就会有心理准备。不会是姐姐自己也出什么意外了吧？这么大的事情姐姐不打电话，太反常了。姚亮首先想到的是联络姐姐，他甚至已经想到了姐姐的电话打不通；或者打通了接电话的人也许不是姐姐，是警方或者什么陌生的人也说不定。姚亮想到了最坏的可能性。

事实证明他想多了。电话提示音到第二声姚明就接了。这几天姚明有一点咽炎，所以她的那一声"喂"显得有些嘶哑。这么一点小小的变故足以将姚亮吓得灵魂出窍。

"喂，老姐！老姐是你吗？"

姚明不懂："小亮，你怎么慌慌张张的？"

"真是你啊！吓死我了。"

"我怎么就吓你了？"

"你怎么会不告诉我被起诉的消息？这么大的事情你不会跟我说你不知道吧。我还以为你出什么事了。"

"我能出什么事呢？再说了，告诉不告诉你会有什么分别吗？先告诉你了只能让你的心情早两天坏掉。"

"老姐，我没那么脆弱。我不相信我们没做什么，真的会被法院判有罪。中国不是奥匈帝国。"

"什么奥匈帝国？"

"老姐不会不知道卡夫卡吧？"

"那个写小说的卡夫卡？还是日本人什么春树的那本书？我记得书名叫什么卡夫卡在海边？"

"老姐不简单啊，连《海边的卡夫卡》也知道。以后别说什么春树，他名字很好记的，村上春树。我说的不是这本书，是那个叫卡夫卡的小说家。"

"为什么要扯上这个卡夫卡？"

"他的一本小说就写了这样的故事，说一个人莫名其妙就被起诉了，然后莫名其妙被拖到官司当中，无论他怎么努力也没能搞清楚他自己为什么陷入了这场诉讼。这个小说开始被翻译成《审判》，我不懂他们的语言，不知道是否翻译有误。但是根据里面的故事，我觉得翻译成《官司》更有意思。"

姚明说："小亮，你把我转糊涂了。这跟中国还是奥匈帝国有什么关系？"

"当然有关系。卡夫卡是奥匈帝国的臣民，我们是中华人民共和国公民。他的背景历史连同社会形态与我们有本质不同，我们不应该遇到与他一样的荒唐事情。没做任何触犯法律的事情，莫名其妙就被起诉，实在是太荒唐了！"

"我们没做，可是父亲做了啊。该向有关部门申报母亲去世他不申报，该终止继续领取母亲养老金他不终止，该退缴这笔不义之财他不退缴。指控他恶意侵吞和长期非法占有国有资产，我们又如何能将他的作为在法庭上辩解清楚呢？"

"老姐，我看你先已经判我们有罪了。但是我坚称我和你无罪。老爸没做任何违法的事，他的错误充其量也只是没有作为而已。你我更是如此，我们完全不知情。不知情和没作为何罪之有？"

"我先前的想法跟你一模一样，但是你不要回避，我问你什么，你回答什么。你怎样才能证明父亲对母亲死后账户上继续增长养老金的事实不知情？因为母亲的账户卡在父亲手上。"

"父亲压根就没碰过那张卡啊。"

"你可以这么说，但是你怎么证明？"

"我证明不了。"

"你证明不了这一点，也就无法为父亲瞒报母亲死亡的事实辩护。正是由于父亲瞒报了母亲死亡的事实，才导致了母亲死后一直继续领取养老金的结果。这就是为什么社保局认定父亲是冒领养老金者，瞒报本身带来巨大的利益后果，说瞒报仅仅是不作为，这种辩护显然很难站得住脚。你说呢？"

"父亲的确需要证明他的瞒报不是恶意，但是父亲已经走了，要证明这一点的确不容易。"

"更严重的问题在于母亲的养老金被终止之后。这时候父亲当然已经知道多领了许久养老金这个事实，父亲理应主动到相关部门退缴这笔钱。父亲没去退缴，结果就是继续了长期非法占有的事实。养老金由政府发放，属于国有资产，关于这个你有不同看法吗？"

"该去退缴的没去退缴，而且后果相当严重，当然用不作为很难解释得通。"

"这也就是社保中心为什么会打这场官司的基本立场。父亲的不作为由于后果严重，的确很难进行成功的辩护。恶意非法占有的指控，被告方很难推翻。"

"可是把你我列为被告人，我们岂不是太冤枉了？说我们也在继续非法占有，显然不是事实，因为我们也是刚刚去面对父亲的死亡才发现这件事的。"

"说才发现这一点也需要我们自己的举证去证明。因为母亲的死亡日期是在三年多之前，而且你我无一例外都是母亲法定的第一顺序继承人。你知道，要证明你我对父亲在世时有侵吞和长期占有国有资产的事实不知情，是非常困难的。所以说'才发现'很难站得住脚。"

"老姐，你说的似乎很有道理，但是反过来说，检方要证明我们知道，同样非常困难，而且是不可能的，因为我们当真不知道。我知道法理上有一条叫疑罪从无，说的就是要指证一个人有罪，必得由理由充足的证据链条来证明。对我们被告人来说，由于许多无法取证的障碍，会让我们相对被动。但是原告要证明我们的不作为的恶意和主观故意，他们同样面临无法取证的困境，因为事实上我们没有这种主观故意和恶意。所以老姐，你不要总是长他人志气，灭自己威风。我深信这场官司我们不会输。"

2.4.5

姚明的律师很欣赏姚亮的态度。他说相对于政府，作为被告的个人是弱势群体；政府对个人的指控不能只从结果来做判断，政府有责任也有义务主动去证明自己的观点，政府的举证是政府对个人的一种行为示范。只有你政府先做了负责任的举证，你才可以要求你所指控的个人做同样负责任的举证。

前面的推理看似无可辩驳，但都是从结果意义上去做的推理，都没有在证据链的意义上予以证明。所以我们的重心要放在敦促法庭要求原告方，对指控提供完整的证据链。而在这一点上我们占有明显的优势。

首先，父亲的年龄就是有力的证据链之一，一定程度的老年痴呆可以证明父亲的不作为是有理由的。其次，母亲的账户卡从未被父亲或其他任何人使用过，这一事实可以间接证明这笔母亲名下的钱与父亲没发生过直接关联，从而可以导出父亲没有恶意和主观故意的结论。倘若父亲的罪名被推翻，姚明姚亮作为子女的罪名也就自然不能够成立，这是律师的方略。

章五　范柏不期而至

2. 5. 1

　　法院传票确定的开庭日期是 2 月 18 号，也就是春节长假后的第三天。从开庭日期的确定这一点上看，无论是法院还是原告方都出于人道考虑，让被告平平安安过这个年。姚亮约姚明和秦皓月也来深圳一道过年。秦皓月已经答应爷爷奶奶，所以舅舅这边就只能推辞了。

　　姚明在除夕当天乘中午航班飞抵深圳。姚亮一家人去机场接她。姚明为小侄女买了一套三只原装进口的芭比娃娃作新年礼物。芭比娃娃真是个了不起的创意，全世界的小姑娘就没有谁会不喜欢她。姚缈开心死了。

　　这些日子姚亮一直在用侯总的座驾。当奔驰车开回到父亲的小区时，他们这一家四口谁也没能想到一位不速之客正等候在单元大门之外，是范柏。

　　范柏在除夕之夜将临的时候不期而至，给完全没有心理准备的姚亮以很大的压力。他不知道范柏意欲何为，会否对自己的家庭做出意料不到的举动。而在此之前他完全没有想好该怎么对老婆讲范柏的三个电话，没想好怎么讲当然也就无从讲起。没讲的一个直接结果便是老婆对此毫无心理准备。倘若范柏自己开口说房子的事，姚亮想不出她会如何说，更想不出老婆心里是否能承受来自范柏的蛮横要求。

　　姚亮从未对老婆说过范柏的一个不字，老婆对范柏也一直尊重有加。而范柏的这一次出击，直接受到伤害的应该就是老婆和小女儿。姚亮深知范柏那种咄咄逼人的方式，而那种方式本身也正是范柏手中的利器，姚亮对此历来都有所忌惮。

但是这一次姚亮决定反击，他绝不允许范柏无端地伤害他老婆孩子。有前面三个电话作为心理基础，姚亮的抵触意识在瞬间就生成为敌意，他不想对她寒暄和客气，他打算直截了当下逐客令。

但是姚明已经抢在他前面了。

姚明迎向范柏："真没想到家里来了贵客！范柏，你能跟我们一起过年我真开心。"

姚亮心里"咯噔"一声，他先还没意识到，见到范柏这一刻刚好是过年的当口。跟我们一起过年？就她？她凭什么？那段也许只有百分之一秒的时间里，姚亮心里连续蹦出一百次拒绝：不不不不！但是不用他拒绝，范柏自己已经在拒绝了。

"不是，大姐。我是路过，我刚好到深圳来办事，刚好路过这里，就想过来看看你们在不在。我听良相说正在处理这房子，猜也许你们还在这里。"

姚亮老婆说："范柏姐，快到屋里坐。姚绱，叫大姨。大姨是良相哥哥的妈妈。"

姚绱说："大姨好。良相哥哥已经到美国了是吗？"

范柏说："姚绱真乖。良相哥哥到美国好几天了。"

四个女人的话让姚亮闭紧了自己的嘴。他从心里不欢迎范柏，他尤其不喜欢她这种不期而至的风格。但是姐姐对她表示了欢迎，老婆对她表示了欢迎，他也就不好再开口申明他不欢迎她。他那样做就是在打老婆和姐姐的脸。但他实在不欢迎她，他也无法强迫自己学女人的样子说他欢迎她。他怕自己开口说出不当的话，索性用力将嘴巴闭合。他这会儿需要自己管住自己的嘴巴。

他老婆说："快进来。"

范柏说："我坐一下就走。我晚上的飞机回北京。"

她的话让姚亮从心里松了一口气。

进到房子里之后，大家都主动找借口回避，只留下范柏和姚亮两个人。姚亮不想把简单的事情复杂化。

姚亮开门见山："说吧，你来了有什么企图？"

范柏看定他："你嘴臭的老毛病就不打算改啦？"

"是追到这里来讨要上海的房子？不至于这么急吧？还是对我父亲的这套房产动什么歪心思了？"

"以己度人是你的又一个老毛病。我怎么就不可以来看看姚绲，怎么就不可以来看看你们会怎么处理良相他爷爷的遗产？"

"来看姚绲？你是来看姚绲的？你是姚绲哥哥的母亲，你第一次来看姚良相不满四岁的小妹妹，你当真是来看姚绲的吗？"

"姚亮，你拐弯抹角想说什么？绕来绕去说话不是你一贯的风格。你无非是指责我连礼物也没备一件，说我来看孩子是假的，对不对？我若是你我就承认这一点，就不这么拐弯抹角。"

"拜托，你可千万别是我。来看姚绲？这种漂亮话你也说得出口。你大老远到深圳来，我猜你肯定有企图。有什么话你就直说出来，也请你不要拐弯抹角。"

"我怎么拐弯抹角了？"

"看你手上的行李箱，连托运标志都还在，你分明是刚从机场过来，何必说是刚好路过呢？专程来就是专程来，不要不好意思承认。我也听你说了你今天要回，就把你想说的话说出来，回程也会安心和踏实。我姐我老婆和我女儿都躲出去了，她们就是给你留出说话的时间，让你把你想说的话说完。范柏，说吧。"

2.5.2

范柏还是提议他们出去坐，姚亮没有异议。毕竟两个人谁都对彼此

118

会说出什么没办法掌控，万一哪句话不对，局面就将不可收拾。因为谁都不会买对方的账，并且都不想向对方示弱。

奔驰车被姐姐她们开走了。即使车还在，姚亮也不会选择开车带范柏出去。两人出小区打车是唯一的选择。姚亮算是主人，他选择了一家五星级酒店里的茶室要了包间。他觉得这样的环境会约束两个人的火气，让两个人不至于在如此讲究脸面的环境中情绪失控，说出不当的话或者做出不当的举动。

范柏没有像姚亮期待的那样开门见山，好像她穿越了大半个中国的目的只是想与前夫聊闲天。叙旧在整个交谈中占的比重不大，五分之一或者六分之一。共同熟悉的人，这些人的今天和昨天，谁谁有了什么变化，如此等等。姚亮反正不急，她有话要说就等着她自己说出来，他不催她。看来她在故人往事上也没有很大的热情，所以后来的话题就转到了国际经济大势。而这个领域刚好是姚亮的强项。姚亮几度在电视台参与各档节目，每每都与经济环境和经济形势有关。姚教授在大上海算是数得着的国际问题专家，所以这个话题比较对姚亮的胃口。说自己的房产肯定很没劲，因为事关切身利益；但是说到国际经济，相对就比较来劲了，因为事不关己，而且发挥的余地颇大。

范柏认为自己从欧洲回来，对欧洲的经济形势更有发言权。说金融危机给欧洲带来的重创，几乎可以和上个世纪 30 年代全球的经济危机相提并论。

姚亮说："你说 30 年代全球的经济危机我不了解，那时候离我出生还有几十年，我不关心我不知道的事情。但是我对这一场金融危机的看法与国内这些经济学家完全不同……"

"我说姚亮，我们随便聊聊天，你不要用那些个人攻击的方式好不好？"

"我怎么个人攻击了？"

"什么叫你不说你不知道的事情？你无非就是说我在说我不知道的

事情。你什么意思嘛？"

"我说我自己，你又何必主动去对号入座呢？你不会是专门从北京飞过来跟我吵架吧？"

"你觉得我会吗？不要总是把别人想得那么坏。"

"你刚才说欧洲经济形势比中国人对这场金融危机理解的要严峻许多，我非常同意。中国的经济学家每天在媒体上唱高调，以为中国的经济一枝独秀，他们完全是在自欺欺人。先自欺，以为自己滥发钞票的主意奏效，中央政府加印四万亿钞票，再让地方政府配套八万亿，以为这十二万亿的虚拟财富可以帮他们捱过这场金融危机。殊不知如此之大的款额，最终都会溶解到中国老百姓的人工和物价当中去。所以中国的经济统计数字看起来比整个世界要漂亮许多，其实隐患也比世界上的其他经济体要大得多。欺人的最终结果，还是会让所有的后遗症落到自己的头上。"

"你说的这些我不懂，但是我知道欧洲的经济很惨，每个家庭都节衣缩食。欧洲跌得最狠的是房价，西班牙希腊和意大利这些国家的房价已经跌到了历史最低。经济最好的德国人现在的日子也不好过，他们比法国和英国也好不了多少。金融危机最大的问题是经济泡沫，是虚拟经济的活跃带给公众的假象。把这些经济泡沫挤干净是一个漫长而且痛苦的过程，欧洲和美国在这一方面先走了一步，所以相比之下欧美的日子比世界其他地方更难过。"

姚亮笑了："想不到你成了经济方面的专家了。"

"我知道你才是专家，我知道的这一点肯定是皮毛。但是有一点是显而易见的，中国的问题更严重，中国的经济泡沫也更多。"

"严重同意。十二万亿虚拟财富的滚动，让许许多多中国人沾了光，以为自己的财富忽然就膨胀了许多，以为自己发了财成了有钱人。比如我，我上海的房子买的时候是九千的水平，不足六年已经升到了两万五。我于是以为自己成了有钱人，因为我的房子大大增值了。其实房子还是原来的房子，我一家人住在里面，它增值与否跟作为住户的我没有任何关系。可是我却幻想自己成了有钱人。"

范柏说："所以啊，你在低价的时候买入房子，到价格的高点时把它卖掉，这样你才享有了财富增值时代带给你的好处。中国目前的经济泡沫还非常坚挺，但是不久之后一定会步欧美的后尘进入痛苦的挤泡沫过程。到那时候中国的房价一定比九七年的香港和现在的欧美跌得还厉害。你知道吧，九七年香港的房价一下子跌去了三分之二，许许多多按揭买房的人在一夜之间破产，他们按揭的房子成了负资产。"

姚亮又笑了："连负资产这样深奥的事情你也懂，看来你当真是经济专家了。讲讲负资产，帮我开开窍。"

"你少来这一套，你不就是想让我出丑露怯吗？我说得不对你纠正我。"

"千万别这么客气，尽管说。"

"比如，一套房子的房价是一千万。你付了两成两百万首付，之后按揭贷款八成八百万。可是房价跌了，你尽管已经付了两百万首期，但你的房子已经由一千万跌到了三百三十万。而这时候你因为这个房子的缘故欠了银行八百万贷款，这笔贷款需要你在未来的三十年里每天每天去偿还。你这套房子的价值远远抵不上你的贷款，换一个说法，你即使把房子还给银行，你仍然欠银行四百七十万的债务。我理解的负资产是这个意思吗？"

姚亮为她三声鼓掌："太是了。"

范柏说："所以要对经济大势的前瞻有一点预见性，比如你已经赶上了房产增值的大好机会，你将房产在价格的高点上变现，充分享受房产增值带来的个人财富的迅速增长。一定不要错失大好良机，等到房产价格狂跌那一刻的到来。这个世界是没有后悔药的。"

"你的话听上去很有道理。"

"欧洲的今天也许就是中国的明天。我来来回回一直在中国和欧洲之间飞来飞去，所以这一点我看得比较清楚，当下是把已经大幅度增值的房产脱手变现的最好时机。"

姚亮点头："士别三日当刮目相看。看来我和姚明在这个时间节点上处理父亲的房产，该是个不错的时机。"

"我听说良相他爷爷的房产不是全都捐了吗?"

"是捐了。但是我和姚明都希望父亲捐献的总额更大些。所以我们也都希望把这两处房产的价钱卖得更高一点。你说现在是卖房子的好时机，对我们这些卖房子的人是一个不小的鼓舞。"

范柏说："也别光想着为他人做嫁，我觉得你也该为自己多一点谋划。他爷爷的房子卖多了属于别人，你的房子卖多了属于你自己。"

"我们已经在海口又买了房子，上海的房子的确有卖出去的考虑。"

"不要光停在考虑上，该出手时就出手，有时候获取财富的机会转瞬即逝，切不可坐失良机。哎呀，我时间差不多了，该动身往机场赶了。"

姚亮看看表："还有两个半小时呢，茶室里有简餐，很快的，吃了再走肯定来得及。"

姚亮知道范柏很称道日本的生活起居，就为她点了日本料理鳗鱼套餐。他们接下来的话题就很散了，再没有集中到哪一个点上。四十分钟之后范柏上路，她坚持不让姚亮送她，姚亮也只能恭敬不如从命。

看着范柏匆匆远去的背影，姚亮的心里忽然觉得她很可怜。她永远是一副自信满满的样子，无论是神态还是说话的语气，甚至包括她急匆匆的步伐所透出的意味。一个一直要在人前表现自信的女人，她的内心里一定不自信，极不自信，而且缺乏真正意义的安全感。

2.5.3

老婆很关心范柏此行的意图，姚亮就把他们谈到的话尽量复述给她。而此前范柏的三个电话他没对她讲过，所以她没对范柏来深圳有丝毫不好的猜测。的确。现在做一个假设：倘若之前范柏没有打过那三个电话，仅从她刚才的一席谈话中很难得出她有不良动机的结论。

老婆也发现了范柏不是碰巧而是专门过来。既然是专门过来，这样的谈话似乎不合常理。老婆甚至猜姚亮没说实话，也许姚亮与范柏之间面对的事情不方便告诉她？这也在老婆能够理解的范围之内。老婆并没有猜疑和怪罪姚亮。两人在最初就约定了，互相不胡乱猜疑，两个人都严格恪守着这项约定。老婆相信他。

他们的这个除夕夜与绝大多数中国人的除夕夜没有许多不同。他们在先已经预订好的餐馆吃了年夜饭，之后四口人放弃了打车，选择从餐馆一路往家里徒步回来。这是一次长散步，由于迁就步幅还太小的姚缈，他们走了一小时十几分钟，半程马拉松的竞赛时间。一路上姚缈几次喊累，想让爸爸和大姑抱她，都被母亲制止了。长散步让老婆很开心，因为姚亮和老婆之间最喜欢的方式便是长散步。老婆在怀姚缈的时候，他们每天都要至少散步一个半小时以上，连姚缈出生那一天也是如此。长散步成了他们日常生命中最享受的时间。

但是今天的长散步有一半以上的路程是姚明姚亮姐弟俩走在一处。姚明很关心范柏的谈话，有时姚亮说得不具体，姚明马上会追问一下。整整一路她都在听，几乎没有发表自己的想法。她不说话反而让姚亮不懂了。

"老姐，我想不通，她为什么要先打那三个电话？如果没有那三个电话，我无论怎样也想不出，她这次来深圳的真正意图。我会当她只是关心，是朋友式的关心。可是在打过那三个电话之后，她再说今天这些话不是很愚蠢吗？"

"女人的心思你不懂。她走这一遭的目的，绝非是让你误以为她以朋友的方式关心你。她当然没那么蠢。但我还是没能猜出她的意图。"

"意图很明显啊，不就是讨我的口信，想知道我会不会卖房吗？"

姚明摇头："你认为她为了探你一句口风，就花费时间金钱几千公里跑过来？只消一个电话就能得到的结果，她何必如此大动干戈？你想没想过，对她来说来见你一面是一桩大事，她绝不可能一时心血来潮就飞过来。你们离婚二十二年，这是唯一的一次。她肯定是下了大决心，才走这一遭的。这么重要的一个决定，怎么可能只为了听你一句并不确定的口风呢？"

"那你说她可能是为了什么？"

"这也正是让我困惑的地方，各种假设都解释不通。以范柏的性格，她也不是个很让人捉摸不透的人，她的这个举动太反常了。我觉得她的意图一定非常简单，也许旁观者一眼就能看透，但是我们陷到了盲区当中。"

"是啊，根据我对她的了解，她是那种你一下就能猜到她要怎样的性格，她不是个复杂的人。她这一次突然出现在深圳，的确让人很难理解。"

"小亮，你为什么不把她先前的三个电话告诉你老婆？是怕损害范柏在她心目中的好印象？"

"我只是没想好该怎么对她说，没想到范柏忽然就来了。到了这时候再说电话的事，似乎不是个好的时机。事后再跟她解释，她不会怪我的。"

"我能觉到你对范柏的印象坏到了极点，但你似乎又不愿意把你的印象让你老婆知道。我觉得这一点不是很好理解。"

"老姐，你知道要把前前后后解释清楚，不是一件很容易的事。我希望有从从容容的时间再去解释，一定让我的解释别在她心里留阴影。如果匆匆忙忙，也许有解释不清的地方，那会在她心里形成疑问，我不希望这样的情形发生。"

"小亮，我有一点担心，怕你处理不好，影响你们彼此之间的信任。我能觉到你们都非常信任对方，这也是你们两个人过得比别人好的根本，千万不能让这种信任蒙上阴影。"

姚缈在前面大声说:"大姑,爸爸,快走啊,已经八点了,春晚要开始了!"

2.5.4

无论如何,范柏的突然出现还是给姚亮的心里罩上了诸多谜团。姚明分析的重点在于,是什么动因才促使范柏下如此之大的决心跑这一遭。表面的显而易见的探口风之说,显然解释不通。探口风的确不值得如此大费周折。范柏的心理诉求一定另有所在。

那会是什么呢?现在的情形,很像是有一张纸挡在了姚明姚亮面前;一个显而易见的事实就躲在这张纸的后面。姚亮很想即刻将这张纸拿开,却发现这张纸很重,绝不是一下子就可以拿开的。

每一年的春晚都有一个悬念,就是赵本山。先前这种悬念只存在于长江以北的观众,属于半个中国。后来这种趋势迅速向长江以南的广大地区蔓延,成为整个中国的春节经典悬念。前几年赵本山的身体有了故障,悬念由原来的"出什么节目"变成了"会不会出场",后来又变成了"今年推哪个徒弟"。范伟,刘流,小沈阳,"刘能","谢广坤","赵四"。姚明和老婆津津乐道,猜测赵本山今年会出什么新花样。刚刚过去的 2012 年春晚上,赵本山许多年里第一次缺席,让一直喜欢赵本山的姚亮忽然就决定戒春晚,从此往后再也不以期待赵本山的方式度过除夕夜。

其实今年的除夕夜应该有新的内容,或许他们该去香港,一家人聚在半岛酒店前面眺望港岛。或者在不夜的兰桂坊逛夜街,感受有着百年殖民地传统的香港之夜。他们已经在深圳了,他们就不该像在上海在北京在长沙那样度过被春晚绑定了的除夕夜。

不过姚亮想想,自己事实上已经践行了不看春晚的自我约定。他的思绪一直被如何拿开那张纸所缠绕。老婆已经发现了他的心不在焉,他一直坐在电脑前,显示屏上却没有任何有实际意义的内容。

125

老婆过来低声问他："心里有什么过不去的事情？"

"没有。我想查几条法律方面的条文。"

"你什么事也瞒不过我的，你电脑上一直都是那些跳来跳去的广告。是不是范柏有什么事情为难你了？"

"我就想不通她有什么必要跑这一遭，不可能就为了试探我想不想卖上海的房子。她到底打的什么主意？"

"是不是因为房产证上有良相名字的缘故？"

"是有良相名字啊，那又怎么样？"

"她会不会觉得有良相的名字就归良相所有，卖了房子也必得分给良相一份？是这个让你心烦吧？"

"她没有资格要求我怎么处理自己的资产。"

"她这样要求了吗？"

姚亮点头："不是现在，是几天之前电话里说的。"

"我们到里间去说。"

老婆继续："老公，你不是早就决定了上海的房子给良相吗？她这样要求，你心里有什么过不去的？"

"我怎么想是我的事，轮不到她来打歪主意。"

"她怎么说呢？"

"她的口气就是把房卖了，钱分给姚良相一半。"

"老公，你原本打算整个房子都给良相，范柏只是要求一半而已，也没有很过分啊。"

"问题在于她凭什么要求？"

"凭房产证上有良相的名字啊，她是良相的妈，妈为儿子的事情出面是天经地义的。我一点不觉得奇怪。"

"是我觉得奇怪，为什么遇到事情了，你总是站到跟我对立的一方去？你就不觉得前妻打前夫财产的主意，是违反人伦的恶劣行为吗？不管她找的是什么样的借口，是儿子的还是她自己的！"

"老公，你对我发火能解决什么问题啊？这种事情司空见惯，所以我说我一点不觉得奇怪。你说她恶劣，也许她也会说你恶劣，可是互相指责有意义吗？"

"老婆，我是生气，我的火气不是冲你的，原谅我好吗？"

"我也知道你心里不是冲我，但你还是对我发了脾气，我眼泪都流出来了。"

说话的同时，她的泪水果然扑簌簌落下来。姚亮伸手为她擦眼睛，他的心里很不是滋味。他非常清楚，老婆是为了释他的心结，根本不是他所说的站到跟他对立的一方。他就是故意去曲解她以释放自己的火气。

"老婆，我这几天的心情都不好。我从来没想过范柏会是这种小人，你也知道我从没说过她一句难听的话。她的电话对我的打击特别大，让我觉得自己瞎了眼看错了人。老婆，你和姚缈来这两天，什么都是乱七八糟的，就没来得及跟你安安静静说一会话，所以也就没提到范柏来电话的事。别怪我，我不是成心瞒你。"

"我知道，老公，我什么都知道，我不会怪你的。别为这种事生那么大的气，你已经决定了房子都可以给良相，何必在乎范柏怎么说呢？"

"但是我说的给良相跟她说的给良相，不是同一个意思。房子，包括钱，所有这些都是我们这个家庭的统一资产，不存在马上分给谁的问题。我说房子给良相，是给良相用，不是要分家产。如果良相回国创业，如果他需要的是钱，我同样会考虑卖了房子支持他。以这种方式用钱是家庭当中的安排，仍然不是分家产。"

"但是老公，因为我们一家人在一起生活，所以我理解你的想法。但是良相不跟我们在一起，他不一定能理解，也许他想的就是要分一笔钱，由自己去安排这笔钱该怎么用，是读书还是创业。他已经成年了，他会有属于他自己的打算，你应该理解他。"

"我不能理解的只是范柏。良相自己有什么想法，他可以告诉我或者直接跟我提出来。分家产的话不应该，也没道理从他母亲的口里说出来。他是我儿子，他母亲在其中算是什么角色？"

"他也是他母亲的儿子啊。"

"你无论怎么说，我都不能忍受范柏跟我讨论属于我个人的家产。我的家产如何使用如何分配，这是我家庭内部的事情，是我自己的权利，轮不到范柏插嘴。"

"老公，你的问题就在于你对范柏姐的怒气，所以你不能容忍。但是你换个角度想一想，她是良相的母亲，母亲为了儿子是可以做任何事情的，这没有什么不好理解。范柏姐做的，只是一个母亲在常情常理范围内所做的事情，你是因为自己的火气把这件事妖魔化了。她的所作所为没有你想的那么严重。"

"你怎么会认为我想的有多么严重呢？"

"因为你说了两次恶劣，恶劣还不严重吗？"

2.5.5

敲门声。姚缈推开门。

"爸爸，妈妈，你们不看春晚了吗？"

老婆说："要看。老公，一起看春晚吧。除夕夜要一家人聚在一起，不许你一个人耍单。"

姚亮站起身："走，姚缈，一起看春晚。"

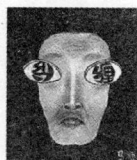

卷三

章一 官司

3. 1. 1

　　姚明订了初三的机票。初九就要上庭了，她必得和律师对即将面临的官司作前期准备。临行前她嘱咐姚亮不要去过多分心，有专业律师会对案情有详尽的分析和对策，她和律师会把庭审需要面对的问题给他列出详单，到时候他只消照单应对即可。

　　初三这一天年味还在，爆竹的残烟和火药味依旧在深圳那些高耸的楼宇之间飘荡，赋予这个晨曦以与往日不同的情致。姚亮开着车，街道上随处可见昨夜爆竹的碎屑。

　　姚亮顺便向姚明汇报了昨晚对老婆的解释，让姐姐放心，这件事不会影响到老婆对自己的信任。姚亮格外强调了老婆对范柏那三个电话的立场。

　　姚明笑他只听老婆的话。因为在先前，姚明已经明确告诉姚亮，说范柏的所作所为是完全可以理解的，根本没有姚亮以为的那么严重。但是她的话他听不进，坚持认为范柏是大逆不道。现在怎么样？老婆说了几乎一模一样的话，他不但听进去了，而且奉为至理名言。

　　姚亮自我解嘲："听老婆的话不对吗？"

　　"对，太对了。我想说的是，老姐的话也未必不对。老姐到底不如老婆，所以老姐只能自甘人后了。"

　　姚亮打趣她："老姐也有吃干醋的时候啊？"

"我更关心的是你的态度。你承认不承认，因为那三个电话你把范柏妖魔化了？"

"只能说那三个电话让范柏露出她的原形。我接受你们的说法，范柏的作为并非不可理解，因为金钱本身就是一面照妖镜，每个人都会露出原形。的确是我把很正常的事情看得太过严重了。"

"你这是典型的性恶论。这些日子我发现了一个事实，虽然你平常看上去什么都无所谓，但是你骨子里对人的看法非常悲观，比我要悲观得多。"

"没办法。老姐，我没你那么忙，我每天每天都有许多闲工夫，所以我胡思乱想的时间比你多得多。我又不是那种每天会去想赚钱的人，所以我胡思乱想得总是很抽象，或者说很形而上。就是你所说的悲观吧。把人这种东西看透了，的确很绝望。人在骨子里是个自私透顶的东西，连人自己也不否定这一点，所以才有'人不为己，天诛地灭'的箴言。"

"我可不想鼓励你发这些宏论，你一下就把我绕糊涂了。我只关心眼前的事，关心你对范柏的态度和立场。我以为你改变对范柏的态度了，但是看来不是。你的态度仍旧是敌视，不同的只是加进了'理解万岁'的意味。你的所谓理解说到底只是出于你对人的绝望。所以我说你是典型的性恶论。"

"老姐的分析再精到不过了。你说敌视还不如说是蔑视更准确，她让我瞧不起她，就是这么回事。我可以理解，但是理解了仍然改变不了瞧不起她这个结果。"

"小亮，你老婆比你达观多了，她心胸比你大。"

"那当然了！她这个人很怪，她几乎很少读书，也不会为了什么事情殚精竭虑去苦恼。但是她天生离上帝很近，她总是能在我迷失方向的时候，把唯一正确的路指给我。我告诉她这个，连她自己也不相信，以为我是在夸她哄她，故意说让她高兴的话。我真的不是。"

"她那么神啊?"

"真就这么神。"

"可是你昨天的疑问呢? 你不是怎么也想不清楚范柏为什么跑这一遭吗? 你老婆怎么说?"

"昨晚她也没想明白。可是今早睁开眼她就告诉我,说她梦见良相要回家过元宵节。她的梦一向很准,我相信我们马上就会知道良相是不是会回来。"

"小亮,她的梦怎么就能说明她离上帝近? 我脑子不好用,不太明白你说的这两件事彼此有什么关联。"

"如果她说的是准确的,也就一下解开了你和我的疑问。我们不是不能够理解范柏的用意吗? 那是因为我们认定范柏是在探我的口风,而探口风不值得她跑这一遭。如果良相果真回来,范柏的用意一定是要我的口供,要我应许卖房这件事。有我的口供了,范柏会让良相立马回来,盯住我把房卖掉。老姐,现在美国是什么时间?"

"晚上。大约十二个小时时差。干吗?"

"这个时间龚慧肯定不会在睡觉,你给她电话,问她良相是不是要回中国。"

这一次姚亮料事如神,让姚明对老弟刮目相看。龚慧说姚良相突然决定回国,她劝他珍惜在纽约的工作机会,可是他仍旧坚持要走。他让表姐为他解释一下,尽量为他保留这个工作机会。龚慧再三追问他原因,他说是他母亲的意思,说他母亲那边有什么急事,让他必得回中国。接这个电话时姚明有意将手机设置到免提,所以龚慧的话姚亮也一字不落地听了个清楚明白。

挂上电话好一阵子姚明都没有吭声,还是开车的姚亮首先打破了沉默。

"老姐,我老婆是不是很神啊?"

姚明颔首:"太神了。真太神了。"

3.1.2

律师又一次回过头来帮助姚明将整个案情捋一遍。事情很明显，如果法官了解姚清涧这个人，如果法官了解姚明和姚亮这两个人，法官马上就可以清楚明白地判断出这是一场误会。但是没有如果，做如上的假设没有任何意义。

社保中心的起诉，已经把姚清涧的错误定性为犯罪。之所以做这样的定位，盖源于一个不争的事实，便是姚清涧在明确知道多收了褚克勤二十一个月的养老金之后没去退缴，而且此种情形一直延续到他本人的死亡。这是一起事实清楚的明知故犯行为，会让法庭顺理成章就认定是主观故意，进而认定是恶意。

律师特别指出姚明和姚亮在父亲死亡之后，首先该做的事情是将多收到的养老金部分退缴，退缴之后才应该去清算账户余额。正是由于他们没主动去履行退缴手续而是直接去清算，导致原告方认定他二人作为法定的第一顺序继承人同样有继续长期非法占有国有资产的主观故意。这也是原告方将姚明姚亮作为被告予以指控起诉的法律依据。

这也是姚明无论如何很难在心里接受的关键之点。对父亲的指控她相对容易接受，父亲的确有明知故犯之嫌；但是她自己没有，她肯定姚亮也没有。如果一定要说她和姚亮有过错，他们仅仅是错在对程序的不懂；由于不懂才造成了这样的结论。

律师提醒她，无论谁来做辩护律师，都不可以拿不懂作为违法或犯法的托词。姚明很清楚他说得在理，所以她同意律师的意见，放弃从否决被告方是否该被起诉这一点做抗辩的思路。她还是遵从律师设定的抗辩次序，把重心放在对主观故意和恶意的否决。

律师告诉她，把心态放平和对被告至关重要。以平和的心态去面对检方和法官的询问，她的回答一定更少漏洞和破绽。这一点对将案情朝着有利于自己的方向推进，会有极大的帮助。

姚明属于那种有相当反省能力的性格类型。她知道律师的话很要命，自己当下的心态的确少了该有的平和。而她的任何抵触情绪在法官眼里都会被放大，其结果自然对她有百害而无一益。她的性格让她一生都居于强势地位，因此她很少有机会面对自己的性格缺陷。所以想清楚看到自己的短处，必得有一个如律师一样的角色给她严厉的提醒。

她这会儿的思维方式很像下棋，她尝试着用一种思路前进，同时尝试着站在对方的立场去应对。结果她发现若按照自己的性格逻辑去推进的话，自己将很快钻进牛角尖，最终无路可走且没有退路。而律师的指引更具灵活性，每每让自己处于可进可退的境地，进可攻退可守，不至于把自己的棋走死。

姚明开始意识到官司到底不是生意，并非自恃有一点法律常识就可以从容应对。她先前的应对策略更像是面对一单生意时候的思路，生意自己就可以判断和抉择，甚至可赢也可输。官司要严密许多，要将所有漏洞补好，将所有的疏忽消灭殆尽才有可能让自己立于不败之地。官司一定不可以输，输了便难有挽回的余地；所谓一失足成千古恨，再回头已百年身。

姚明悟出一个道理，这就是为什么生意自己可以做，打官司一定要请律师。但她没有把这份心得告诉律师，她不想让律师在没出庭之前太得意，她必得保证让律师在整个诉讼过程中保持最好的作战状态。但是姚明会把她悟出的这个道理告诉给姚亮。

打官司一定要请律师。请好的律师。

3.1.3

对律师而言，被告就是被告，无论被告有几个人都可以只当他（们）是一个人。前提是所有被告的立场必须一致。后一句话的意思是说，被告不要自己起内讧，被告不可以自相矛盾。

律师之所以这样强调，是针对姚明要为姚亮准备详单而言。律师认为姚亮没那么弱智，不会节外生枝让自己与姚明相冲突。姚亮完全可以看定姚明的反应再做出自己的反应，根本不需要看着一张规定他怎样做的纸去行事。律师认为那样做的结果会授对方以柄，让对方识破我方的策略和立场，并且有可能被对方利用了这一点。

姚明强调姚亮是那种容易冲动的性格，她怕姚亮在冲动之下说出不当的话或做出不当的反应。

律师在坚持，若有她说的那种可能，莫不如让姚亮三缄其口，无论怎样都不说话。话多有失，这是一句箴言。即使是智者，这句箴言仍然有效。但凡智者都懂得谨遵这句箴言。就说好了，不让姚亮开口。因为毕竟他没有参与开庭前的准备，一切为了保险起见。

律师先已经见过为姚清涧诊疗的医生。医生在律师的要求下开具了姚清涧患有轻度老年痴呆的症状证明。律师还在社保局的网站上查询了四年以来所有与褚克勤相关的账户资料，将其不做任何剪辑地下载并打印。律师还回过头去找姚清涧一直在使用的银行卡，这张卡上有姚清涧在许多年里的所有开销记录，所以律师将银行卡上的资讯也作为呈堂证供而打印装订到一起。

律师还拟定了详尽而细致的问答题，主要是针对姚明姚亮与其父母亲各自独立生活的事实所设，以资能够证明女儿或者儿子的生活与已过世的父母的生活没有任何经济方面的联系。只有儿女对父母的孝敬，没有父母在儿女身上的任何开销。这套问答题律师与姚明之间做了反复的练习，以保证问题本身没有瑕疵和漏洞，每有任何微小的疑问或歧义都要回到问题本身做必要的调整。律师对这一点充满信心，也是因为它不只是一种战略，同样也是姚明姚亮与父母关系的真实状况。作为当事人的姚明不需要演戏，只需要如实面对即可。

问：你母亲褚克勤是什么时间去世的？

答：2009年5月去世。

问：你母亲去世时你们两个是否到场？

答：到场。

问：你们两个是否参加了褚克勤后事的全过程？

答：参加了。

问：你们两个是否注意到你们的父亲姚清涧并未去派出所注销褚克勤的姓名以及户口？

答：没有注意到这一点，因为没接到有关方面的通知或提醒。

问：你们是否知道褚克勤的葬礼的开销是谁支付的？

答：是我。我比姚亮早一天回到长沙，由我出面找到殡葬公司，定出葬礼的时间，葬礼的方式，葬礼的开销标准以及付款方式。是由我统一划卡支付的。

问：你为什么没用你母亲自己的养老金账户卡上的钱来支付？

答：我没有见过这样一张卡。

问：你为什么没让你父亲去用他的钱支付？

答：父亲的钱是他自己的，与我无关。我要做我作为女儿该做的事，我认为用女儿的钱给母亲送葬是天经地义。

问：葬礼后你父亲没有提出葬礼的钱由他来出吗？

答：没有。父亲没有认为我为母亲的葬礼付费有什么不妥。

问：父母亲与你们之间有经济往来吗？

答：没有。有时我们会孝敬父母，给他们寄或者给他们带一些他们需要的东西，但是他们不要我们的钱，他们自己的退休金应付日常生活绰绰有余；而我们的收入都比父母要多许多，根本不需要他们的资助。

问：根据银行的原始资料，姚清涧2010年元月在深圳购买的房产是由姚明付款，请说明一下情况。

答：是我和姚亮两个人的意愿，希望老父亲在深圳有一个比较安定的居所，由两个人做主并付款为老父亲买下这处房子。房子是我和姚亮送给父亲的礼物，并非是我们作为子女与父亲在经济方面的交往。我们遵从父母本人的意愿，在几十年前便已经与父母脱离经济往来，在经济上各自独立。

问：你们对褚克勤的养老金发放一直延续到2011年2月这个事实有什么看法？

答：我们根本不知道这件事。

问：但是你们在几天前到社保中心来清算账户余额，这件事你们做何解释？

答：父母双亡，我们只是从北京和上海赶过来处理后事，父母亲的遗产处理也是后事的一部分。我们依据律师行给我们的遗产清单来社保中心询问关于母亲养老金账户的事宜。是社保中心的劳资专员告知，我们才知道有一张账户卡在领取人手中，所以我们在母亲的遗物中找到它。我们不是来清算余额，我们是过来咨询。

问：你们如何看待褚克勤账户卡中有本人死后二十一个月的养老金数额？

答：我们没有母亲账户卡的密码，我们没有办法知道账户卡中的具体内容。我们对这笔钱一无所知。

问：你们对姚清涧长期非法占有的事实怎么看？

答：因为我是在几天前经过社保中心工作人员的提醒才知道有账户卡的，所以我不知道关于这张卡的任何具体内容，当然也就不知道我父亲长期非法占有了这笔钱的事实。现在我被告知事实清楚，我认为首要的事情是将这笔误发到我母亲账户卡上的钱返还给发放机构，之后再面对账户卡的余额清算问题。退缴在先，清算在后。

经过几番问答，律师决定对检方指控姚清涧的问题不做对抗性抗辩。律师认为姚清涧的有罪指控很难在抗辩中被推翻，长期非法占有这笔钱的事实非常清楚，所以放弃做对抗性抗辩是以退为进。承认父亲的行为有罪，让法官觉得被告方有勇气面对现实，从而博得法官对被告的认同感，此举对后来的最终判决会有益处。

从社保局方面发现褚克勤配偶姚清涧未及时申报褚克勤死亡而导致

死者的养老金被继续发放，所以社保局及时终止了由于姚清涧的错误给国家造成损失的恶果。在此基础上姚清涧本该主动将褚克勤账户中的非法所得部分退缴给养老金代发机构（政府社保局），但是姚清涧没有这样做，而是将此错误并连带的严重后果一直延误到最后。姚清涧的错误无疑是严重的，理当受到法律的追究。这是律师给姚明（并姚亮）的基本立场。

要把姚清涧的错误与姚明姚亮的责任分割开，一定不要混淆在一起。分清楚这是两件事之后，每件事再去分别对待。

姚清涧的责任在于后果严重，但是鉴于姚清涧已经八十多岁兼患有老年痴呆症，所以才会导致如此严重的后果。法官最终应该会酌情判罚。

而姚明与姚亮的责任必须全力拖向"不知者不罪"的判定。只有这样才有可能最终脱罪。作为死者的子女，已经数十年没有从父母处得到经济方面的好处，这一点至关重要。对父亲的"长期非法占有"的事实不知情的证明必须充分。只有这样才能改变法官对"作为褚克勤与姚清涧两位死者的法定的第一顺序继承人姚明姚亮至今未退缴此笔非法款项"这一事实的成见，不是"未退缴"，而是压根就不知道此笔非法款项的存在。

只要充分证明了"不知道"，才能最大限度地靠近"不知者不罪"这个中国式的民间法则。

姚明清楚了律师的整体战略。由于姚明姚亮在经济上与父母素无依赖，所以姚明姚亮完全可能"不知道"母亲账户卡的存在。因为"不知道"卡的存在，所以"不知道"卡密码同样成为可能。由于无法获取卡内的信息，所以"不知道"那笔不义之财同样成为可能。既然"不知道"不义之财的存在，也就没有了"继续长期非法占有"的主观故意和恶意。这是律师建构起来的逻辑链。

3.1.4

18 日开庭。姚亮提前三天于 15 日到达。

律师不厌其烦，将他与姚明讨论的一切详详细细对姚亮复述了一遍。响鼓不用重槌，姚亮听得清楚明白，没有任何疑问。他对律师的战略非常佩服。律师也想到了检方的律师可能会绕开姚明，专门讯问姚亮。姚亮让律师放心，他不会多说话，他会用最简洁的方式回答，能说一个字的绝不说两个字。律师也尝试着以自己的方式给姚亮几个颇为刁钻的问题，姚亮的回答让他相当满意，他知道他尽可以对姚亮的智商放心了。

剩下姚明姚亮两个人了。姚明问姚亮是什么心情，姚亮说自己很兴奋。姚明也说自己兴奋，她觉得很奇怪，明明是要过堂了，应该紧张才是，为什么会兴奋呢？姚亮认为人在临战状态都会兴奋，紧张与兴奋没有矛盾。

姚明说："你说怪不怪，我最初只是以为那个女人在刁难我，认为她在利用手中的权力给自己找乐。我怎么也没想到事情会闹到今天这个地步。我以为就那么点事情，说清楚就得了。"

姚亮说："问题是说不清楚啊。爸也真是老糊涂了，怎么就想不到去把多领的钱给退了？问题不都出在这吗？爸去把钱退了，所有的问题一了百了。"

"任何假设都没有意义，我们不能够去假设爸把妈的姓名注销了，户口注销了，养老金账户终止并且结算，一切都井井有条。如果那样那也不是爸了。我说的是我们自己面对的现实，还是眼前这个局面，还是同一件事和同样的尴尬，事情的发展还有没有别的可能性。"

"我没懂你的意思。你想说什么？"

"你看，我开始觉得问题不大，很简单，我自己就完全可以解释清楚。后来忽然发现事情不简单，父亲没去退缴让我们遭遇了很难摆脱的

140

困境。再后来又认为只消抓住几个要点，让父亲和自己脱责还是有希望的。再后来被指控起诉，很绝望，根本看不到出路。经过最后这几天又信心满满，相信我们一定会渡过难关。你说为什么会这样呢？"

"你刚才说了三个回合，每一个回合都是一来一往。第一个回合问题的严重性被你轻视，所以你胜券在握。第二个回合你自己换位站到了对方的立场上，所以你放大了对方的优势，结果把自己给吓住了，以为我们必败无疑。第三个回合是你重新找回了方向，用了毛泽东的'战略上藐视，战术上重视'的方法论，这样做的结果是你拾回了信心。最为关键的一点是我们遇到了一个头脑极为清楚的律师，他对大势的判断我非常钦佩。其实就是他把'战略上藐视，战术上重视'的方法论交到你手上的，这家伙当真了不起。"

姚明提醒姚亮，这场官司的结果不会给他们自己带来一分钱好处，受益受损的结果只对檀溪小学有意义。姚亮说只有这样的格局才更有意思，他们不是为自己而战，但是他们仍然全力以赴。姚明说他们的举动与父亲的捐赠从抽象意义上说很相似，都属于义举，都是一种利他精神的推动。姚亮不认可她的说法，因为已经有范柏指责他是出于私欲才支持他父亲的捐赠；姚亮说他可不敢给自己戴利他主义的帽子。

姚明问姚亮对官司的胜算有几分把握。

姚亮说："这话该是我问你才对。你一直在应对官司的准备，你对一切都了如指掌，所有的细节你们都有过反复的推敲，对官司的成败应该都在你心里。"

"我的纠结在于了解得太多，所以反倒失去了判断。我一会儿对自己说能赢，一会儿又说太难了。官司和生意当真不一样，一桩生意走出前三步之后我基本上就知道输赢了；可是官司已经准备到最后一步，胜算却依旧没有超过百分之五十。我跟你说过吧，我悟到一个真理？"

"一个什么样的真理？"

"打官司一定要请律师，一定不要自以为是，而且一定要请好律师。"

"这算什么狗屁真理？老姐，你不如告诉我说太阳明天会从东边出来，说吃饱了不饿，这不都是废话吗？"

3.1.5

姚良相22号飞上海，航班信息当然是姚明告诉姚亮的。对姚亮而言在上海迎候儿子已经是很久以前的事了。可是现在他们一家人偏偏都不在上海。

官司应该在18日开庭的当天就有结果，也就是说，姚亮可以在姚良相到上海之前先行赶回上海，时间很充裕。这是第一个可行方案。

因为姚良相只见过小姨，未见过姚纱，所以第二个方案是一家三口都回上海，让姚纱也加入迎接哥哥的队伍。这样做动作比较大，而且深圳的事情还没结束，见过姚良相之后姚亮肯定得回深圳，老婆孩子是否也要再去深圳就需要考量了。因为毕竟在深圳只是客居，而且不知道哪一天会结束在深圳的事情。

但是如上两个方案都只是姚亮的一厢情愿，姚良相没给姚亮电话，只是龚慧在电话里告诉姚明的。这也就意味着姚良相也许仍然不想见到姚亮和其他家人。倘若他拒绝相见，姚亮专门飞回去，或者一家人都飞回去就会面临一种很难化解的尴尬。所以还有第三个方案，设法将钥匙转交给姚良相。姚亮的一个学生当年是家里的常客，也与姚良相相熟，姚亮可以把钥匙快递给这个学生，请他帮忙先去家里搞一下卫生，然后再将钥匙转交姚良相。

姚亮最终还是选择了第三个方案。因为这样比较稳妥。他自己贸然回去和全家人贸然回去都有很大风险，这个家庭已经有了太多的尴尬，不能够再人为地去增加尴尬了。姚亮的学生可以从姚良相的态度里知道，他是否想见到父亲和他的新家庭。倘若他想见，他们再回来不迟。这个消息让姚亮有一点心烦意乱，毕竟明天就要开庭，而开庭很需要有平和的心态。

章二　节外生枝

3. 2. 1

原先以为这只是一场普通的民事官司，涉及金额不算大，而且这笔钱因为已确认要捐赠，所以并不涉及哪一个人的经济利益，所以以为当日当场就会宣判。

被告律师在进入法庭之前，还在嘱咐姚明姚亮一定要按照既定方针，绝对不要在过程中别出心裁。所以在庭审当中，他们首先认可了检方对姚清涧的有罪指控。

事后证明这不是一个好的策略。如此不加抵抗地让对方长驱直入，造成的大效果便是被告方一击即溃，两位被告人的父亲便是一个恶意冒领养老金的犯罪嫌疑人，并且成功地将长期非法占有的事实延续到自己的死亡。回过头分析，辩护律师不应该把持与被告方完全一致的立场，他应该对原告方律师和法官的提问进行拦击阻截式的抗辩。姚明姚亮可以对指控的事实予以认可，但是同时辩护律师不可以赞同自己辩护人的立场，对所有未经判决就予以定位的犯罪行为做坚决的抗辩。

律师的阻截尽管会给法官以抵触，但是被告本人的认同会将法官的抵触心理予以大部分消解，不至于形成对峙的敌视心理。这样的结果远胜于被告和律师的同步后退。

当然这是姚明的看法，律师并不认同。姚明认为没有达到他们预期的在第一个回合将父亲的犯罪与自己的过失清晰分成两件事的初衷。而

143

律师认为这个初衷已经达到了。姚亮对此无从判断，他觉得律师与姚明的话各有各的道理。

意外出现在一个他们事先没有预料到的证人的出庭，是社保中心的另一个劳资专员。他作证姚清涧在生前某一个时间节点上，曾经到社保中心来领取褚克勤的账户余额。他没有拿褚克勤的账户卡，他拿的是褚克勤原单位开具的证明和自己的户口本并身份证。据证人回忆，当时姚清涧的解释是自己年龄大了，想不起账户卡放在哪里了，所以到单位去开证明。证人在当时就已经发现了冒领的事实，所以拒绝为姚清涧办理清算，并且责成姚清涧回去找到账户卡，回来这里办退缴事宜。据证人的证供，姚清涧一去不返，再也没有回来过。

控方律师认为证人是国家公务员，证人的证词非常清晰地证明了姚清涧的犯罪意图。是由于国家公务员的发现并阻止，才让犯罪嫌疑人的犯罪意图没有最终得逞。当时姚亮就失控了，在没有得到法官批准的情形下直接斥责控方律师信口雌黄。法官在盛怒之下，令法警将扰乱法庭秩序的姚亮驱逐出庭，之后宣告择日再审。

事后姚亮也承认自己错了。他实在听不得别人将已经去世的老父亲称之为"犯罪嫌疑人"，而且一口一个"犯罪行为"。姚亮不懂，这正是控方律师的计谋。控方律师已经发现了他们的方略，即认死人的账不认活人的账，以此来博得法官的心理分数。控方律师当然不会让他们的目的得逞，所以故意用极富刺激性的词汇去称呼姚清涧描述姚清涧的行为，借以达到让被告人失控出糗的目的，使法官将被告方已经取得的心理分数彻底减掉。没有经验的姚亮果然中了他的圈套。

庭审是这样的结果，让姚明姚亮连同他们的律师都很沮丧。姚亮相当自责，使得姚明也不好再说他什么。但是姚明心里的火气没释放出来，她于是坚持认为律师所采取的方法有问题，让自己一方从开局就非常被动。律师当然不认可她的说法，相比之下律师比较有涵养，没有与她面对面辩论争执，他只是坚持说预定的目标已经达到，说中了对方的圈套纯属意外，说择日再审还是有胜诉的把握。

两个人都没有指责姚亮，反而令姚亮加倍地自责。姚亮心里很明白，是姚良相帮了对方的忙。姚良相忽然奉范柏的指令回上海，这才是自己乱了阵脚的根本原因。这么想的结果便是把所有责任又都推到了范柏身上。

很明显，律师制订的在法官心里拿分的战略全面溃败，而且责任完全不在律师。姚明在情急之下对律师的指责肯定也是一招坏棋。在此之前他们合作得相当好，现在内部出现了裂痕，姚明姚亮已经觉得形势不乐观。姚亮看得很清楚，这样的格局对他们相当不利，他们当下最要紧的是捐弃前嫌，重新拧成一股绳，以合力去面对下一次庭审。他知道他需要做姚明的工作。

姚明不认可控方律师用计谋的说法，她认为那是自己的律师在为自己的责任辩解。

"控方律师之所以张口'犯罪嫌疑人'闭口'犯罪行为'，都是由于我方律师的软弱和退让所助长起来的气焰。如果我方律师从最初就不允许他们这样说话，后来你的失控也就无从谈起了。根本就是律师对大势的判断错误。"

"老姐，我还是觉得你冤枉人家了。我从自身找原因，我认为是姚良相回国的事情扰乱了我的心绪。我们原本已经设定了对父亲指控的认可，所以对方称父亲是'犯罪嫌疑人'是犯罪，我应该有心理准备。我们的目的是打赢官司，而不是跟对方争吵占对方的上风。不管对方这样说父亲是否是圈套，我都在不该失控的时候失控。这一次的失败分明是我的全责，你又何必一定把责任推给律师呢？你的问题在于从最初那一刻就对他的能力有所怀疑，你不是甚至考虑过换人吗？"

"我承认我有过怀疑，但我为什么怀疑呢？还不是因为对他的能力缺乏信心吗？"

"但是我对他的能力有信心。你的朋友不是也劝你就用他，不要换人吗？用人不疑疑人不用的道理不用我讲给你，你比我清楚。老姐，听我一句话，你自己主动给人家道个歉，只有这样才能把他的心拉回来。解铃还需系铃人，现在形势不利，所以我们必得拧成一股绳。只有齐心合力才能有胜算，化不利为有利。"

因为事情已经过去一整天，所谓时过境迁，时间让姚明从当事人成了旁观者，所以她现在能够听得进不同意见，也能够看到自身的局限。她没有再和姚亮争执，她让姚亮约律师一道商量对策，因为再过两天就是再次开庭的日子。

3.2.2

三个人统一思想的好处是重新提振了士气和斗志。也有坏处，就是让已经绷紧的弦又有了松弛。姚明和姚亮又在思想上开小差了。

姚良相这次不是一个人回来，还带了一个人，是个法国女孩，龚慧说她有中国血统。按照姚明姚亮的理解，主动往家里带也就意味着儿子已经确定了跟这个女孩的关系，也许是打算结婚的表示。儿子已经到了正常的结婚年龄，带女孩从遥远的地球另一端回来，或许目的就是来求得父亲母亲的认同。尤其他和姚亮的关系处在一个极其微妙的阶段，带女朋友回家也可以理解为是打算与父亲和解。这是姚亮的自以为是，谁都希望把事情往好的方向去想。

但是姚亮当然很清楚姚良相为什么回来。他是奉了范柏的指令，甚至冒了失去纽约工作机会的风险而来。可以想象得到，他此行志在必得。根据范柏在电话和见面时透露的信息来分析，姚良相的目标很明确，就是卖房分钱。带着这样一个目标万里迢迢而来，又让姚亮觉得姚良相怎么也不像是来和解。

姚亮不是那种会自寻烦恼的性格，他不想猜测。让一切都自然而然地展开吧；兵来将挡水来土掩，这才是他一贯的应对原则。

姚明提醒他，既然范柏曾经在电话里对他申明，说姚良相已经是成年人，有独立的民事权利，姚亮就该提防着姚良相自作主张将房子卖掉。害人之心不可有，但防范范柏之心不可无。

他相信姚良相不至于连招呼也不打就去卖房，这不是姚良相的行事风格，也与他的性格不相符合。而且姚亮已经咨询过，房产证上有两个以上人的名字，房屋的买卖必得有其他产权人的认可；认可的方式一是本人到场，一是本人实在不能到场可提供所在地公证机构出具的委托公证书。

姚明说："在你看来，范柏是否对姚良相说了要他回来做什么？"

"应该是说了，不然姚良相不可能糊里糊涂让回来就回来。"

"那么既然对他说了，他也回来了，是不是可以推断姚良相答应了范柏的要求呢？"

姚亮想想："估计是这样的情形。"

"既然他答应了，也回来了，事实上他又不与你联络，那么你认为他卖房会跟你打招呼跟你商量吗？"

"我认为应该会，他不是那种偷偷摸摸做事的性格。所谓江山易改禀性难移。"

"也许是我多虑了，我的习惯是事先把事情想清楚。姚良相的做法让我想不清楚，所以才有刚才的疑问。希望是我想错了。我无论如何不想看到那样的事情发生。"

"谁都不想看到。那样的话整个事情的性质就变了，完全变成了一次谋夺家产。姚良相倘若如此作为，就把自己变成了一个十足的坏人恶人。他应该不会，他本质上不是坏人，即使有人怂恿也不至于做这样的坏事。"

"你还是坚持把钥匙快递到你学生手里吗？"

"已经快递过去了。我告诉我学生，姚良相在上海，钥匙就让姚良相拿着；姚良相离开时钥匙还留在我学生手里。"

"姚良相走了你就一点不担心会出意外？"

"问题是你担心不担心又能怎么样？能改变事情的走向吗？人不可能提防每一个人，尤其不可能提防自己的家人。无论你怎样提防，该发生的都会发生；而且你再提防，结果还是无可改变。"

　　姚明也认可姚亮的说法。既然结果无法改变，就一定不要去做任何意义上的提防措施。因为你的措施会极大地伤害你的家人。

　　姚明说："我有点理解你为什么敌视范柏了。原来我只是以为你们之间有成见，是成见带来了误会。现在看事情不那么简单，以范柏眼下的态势，她把你在房产证上写姚良相名字这件事当成了一场战争，她执意要发动这场战争，而且抱着必胜的信念。"

　　"老姐，你认为她能胜吗？"

　　"她肯定认为她能胜。不然她不会连姚良相那么好的工作机会都打算放弃。儿子的工作机会在她绝不是一件小事情，而且这机会可以为姚良相每年带来数十万人民币的收入，她绝不可能坐视不顾。"

　　"她认为她能胜，那只是她的一厢情愿。卖与不卖的决定权在我，绝对不在她。"

　　"可是你已经答应她了，你同意卖。"

　　"不对，我同意卖并不意味着肯定会卖掉。卖不卖的关键在价格，要我认为的价格合适才能卖。我不想卖的话那就没有一个合适的价格，多少钱都不合适。"

　　"你当真打算把上海的房子卖了？"

　　"有这个打算，但也没有一定。卖要看心情，以我现在的心情我对别人胁迫我做的事情绝对抵触，我恐怕十之八九不会在这时候考虑卖房。"

　　"你不是一直标榜'听老婆话跟党走'吗？你老婆不让你与范柏结仇，认为卖房分钱不是不可以接受，你不打算听老婆话啊。"

　　"可是对如此恶劣的行为让步，不是助长恶人的嚣张气焰灭自己的威风吗？"

"你不想她恶劣她就没那么恶劣，而且也许她的作为压根就说不上恶劣。说到根本上还是你的心理问题。这些话我们都说过了，再说就是车轱辘话了。"

"老姐，我倒是很想看看良相会找个什么样的女朋友，看看儿子像不像父亲。你相信吗，有时候儿子与父亲的相像会到让人惊讶的地步？开心的方式，生气的方式，包括发愁的方式，包括喜欢的女人的类型，什么什么都一模一样。"

"听说过这样的事，有时候血缘的力量会很吓人。小亮，我看你对你儿子回国这件事，开心大于担心。你能这样我也就放心了。我先前一直担心你心里过不去。"

"我是死猪不怕开水烫，再大的愁事也不会愁。很多男人都是我这种情形，'没什么大不了，该死该活屌朝上，车到山前必有路'。"

3. 2. 3

律师提醒姚明姚亮那个新出现的证人不是好兆头。他们原来的战略是将姚清涧的事情分割出去，现在的形势对姚清涧极为不利，因为新证人的出现等于是将姚清涧牢牢钉在恶意谋财的罪名上。

先前考虑将年龄和老年痴呆症作为减罪措施，看来是行不通了。姚清涧的主观故意已经极明确，事实清楚到没有丝毫的含混。

现在他们没有别的路可走，唯有努力将他们自己的"不知者不罪"抗辩到底。

这样一种大势分析令姚亮很沮丧，因为他考虑到父亲的捐赠理想原本是张扬利他精神，如今却落得个冒领养老金恶意侵吞国有资产的罪名，父亲的亡灵一定很难安息。

他的话却提醒了律师，倘若如此为姚清涧定罪，那么明显与姚清涧遗嘱中的崇高境界相冲突。

也就是说，姚清涧的遗嘱应该是另一个可以洗刷姚清涧罪名的强有力的证据。律师马上将订立捐赠遗嘱的时间与案情中的时间相对照，惊喜地发现立遗嘱在先，亲往社保中心取钱在后。这个事实非常重要，因为一个已经决定将所有遗产捐给公众的老人，不会也不可能同时是个恶意侵吞国有资产的坏人。

用姚明的话说，是姚亮的绝望使案情生出了希望。父亲的捐赠无疑是一个壮举，是百分百的学雷锋行为，是一个伟大灵魂的起程。现在有人意图将这样的壮举变味，给雷锋精神抹灰，有意让这个伟大的灵魂蒙羞，这是他们无论如何都不能答应的事情。

姚清涧的捐赠事关六七百万巨额资产。姚清涧只是一个老师，一个基层的普通干部，他的捐献是彻底的毫无保留的。他能有如此高尚的情操和无私的奉献，是长沙这座伟大城市的骄傲。姚清涧是长沙人民的好儿子。任何恶意诽谤姚清涧的企图都必须被终止。姚清涧的崇高精神必须被张扬！

这才是真正明智的方略。律师这一次坦坦荡荡地检讨了自己的方向性错误，他感谢姚亮的及时提醒，让自己能够迷途知返回到正确的路径上来。

先前三个人的沮丧一扫而光，阴霾正在褪去，希望重新降临。换了正确的思路之后，刚刚被自己否定的高龄以及老年痴呆症的证据重新成为抗辩的利器。姚清涧在确立了将遗产全部捐赠的目标之后，发生的所有不可理喻的事情，在如此高龄和患有老年痴呆症的情形下都不是不可理解的。他没有对不义之财的觊觎之心，没有把国有资产占为己有的主观故意和恶意，因为这些推断与他无私奉献的行为并置是无论如何解释不通的。他在几件事情上表现出来的延宕，完全可以理解为正常记忆的缺失，而不是起诉书上所称的主观故意和恶意。

对姚清涧个人人品的定位是新思路的关键。伟大行为的背后必定有一个伟大的动机和伟大的人格。而一个伟大的人格不可能同时具有一颗卑劣的灵魂。这是律师此次庭辩的基点。

3.2.4

被告方面的起死回生的变化，原告方面完全一无所知。从上一次休庭到今次开庭仅有三天时间，而休庭的局面明显对被告方不利。除了被告方三个人外，首次到庭的所有人几乎无一例外都认定被告方必输无疑。连立场相对中立的法官也没料到被告有翻盘的可能。

第二次开庭的场面相当富有戏剧性。控方律师洋洋自得，而辩方律师则满脸阳光，从双方的情绪上根本看不出上一个回合的局面如何。

这一次辩方律师增加了一位证人，是姚清涧做捐赠遗嘱公证的公证处公证员。

控方律师分明想接续上次庭审中原告的舆论优势，再传劳资专员证人以确立姚清涧主观故意的事实。轮到辩方律师询问。

辩方律师问：“你能够确定姚清涧要清算的是哪一笔钱吗？”

证人答：“是褚克勤养老金账户卡上的余额。”

问：“你确认姚清涧说的余额包括那笔死后的二十一个月的养老金吗？”

答：“姚清涧只是说清算，并没有特指哪一笔款项。”

问：“姚清涧是怎么解释他没有账户卡的？”

答：“他说死者的东西从来都是自己保管，所以他找不到褚克勤的养老金发放凭证，他于是去褚克勤的单位开具了证明。”

问：“也就是说姚清涧压根就不知道褚克勤有一张养老金账户卡？”

答：“按照姚清涧的说法，他不知道有这张卡。是我告诉他有一张专门记录账户往来的银行卡。”

问：“姚清涧向你提供了褚克勤的账户余额吗？”

答：“没有。他应该不知道余额。”

问：“你为什么这么说？”

答：“我当时问过他余额，他说他不知道。”

问："是否可以做这样的理解，即姚清涧根本不知道褚克勤的账户上多出来的二十一个月的养老金？"

控方律师大声："反对！辩方律师在误导证人。"

法官说："反对无效。证人需要回答。"

答："给我的印象，姚清涧应该不知道。是我发现了账户上的问题，向他指明他该当首先将这笔款项退缴，之后才能来办理清算业务。"

问："我可以理解为姚清涧不知道账户上多了这笔钱，也不了解程序，所以才出现前来清算的行为吗？"

答："我当时是这么理解的。"

"我没有问题了。"

这个回合辩方律师取得了明显的进展。控方的证人证明了姚清涧的行为出自不知情，也间接地证明了不可简单推定姚清涧有主观故意。这是一个显而易见的胜利。

但是这个胜利并未引起控方律师的足够重视，他还沉浸在上一次庭审取得胜利的喜悦当中。控方在上一次的最大优势就在于辩方对姚清涧犯罪行为的认可上，他可能还以为这是他已经胜券在握的战利品呢。

控方律师有这个幻觉是因为此时辩方律师尚未吹起反击的号角。

接下来辩方律师传下一位证人，公证处的公证员。

问："这里是一份姚清涧本人的遗产捐赠公证书，你是这份公证书的经办人吗？"

答："我是。"

问："这份公证书的时间是哪一年的哪一天？"

答："2009 年 6 月 16 日。"

问："公证书的具体内容请你当庭读一下。"

答："我叫姚清涧，我自愿将我死后的遗产（包括房产和现金）全部捐赠给长沙檀溪小学。"

问："遗嘱上还有别的内容吗？"

答:"还有。姚清涧儿子姚亮女儿姚明的同意并且签字画押。就这些。"

问:"姚清涧对自己的行为有说明吗?"

答:"我记得他当时的话,他说老了,脑子记不住了,怕以后忘了。他还说老伴刚死,说这也是老伴的意思。我问他为什么一定是檀溪小学呢?他说是他的母校,他小时候就是在檀溪小学读的书。"

"我没有问题了。"

法官说:"控方律师有问题吗?"

控方律师说:"辩方律师明显在转移法庭的视线。因为这份遗嘱与本案没有任何法律意义的关联。"

法官说:"辩方律师对控方律师的话有疑问吗?"

辩方律师说:"有。这份遗嘱与本案的关联极为密切。请注意,这份遗嘱的公证时间是褚克勤去世不久,也就是说因为姚清涧知道自己患有老年痴呆症,所以在其配偶死亡之后马上立了捐赠遗嘱并去公证处进行公证。而这份遗嘱表明了姚清涧本人对待金钱、对待财产和对待公共事业的立场和态度。我们知道姚清涧的遗产价值有六七百万之巨,他和他的配偶没有把如此巨大的一笔钱留给自己的家人,而是全部捐赠给了社会,给了与自己没有任何血缘关系的孩子们。这样一位值得我们所有人尊敬的老人,他会不会为了一己私利去谋划侵吞仅有三万多块钱的国有资产?我这里要明确指出这一点,老人以自己无私的境界弘扬了雷锋精神的伟大,老人有一个无比高尚的灵魂。今天这个法庭上对老人的犯罪指控,是对老人美好意愿的抹杀,是对这个高尚灵魂的玷污。姚清涧老人是我们所有人的楷模,也是长沙这个伟大城市的骄傲,是长沙人民的好儿子。作为辩护律师,我希望法官能够终止对姚清涧的犯罪指控。我也希望今天到场的媒体朋友,你们能把姚清涧老人的高尚情怀向全社会张扬,使老人身体力行的雷锋精神发扬光大。"

这是一个谁也没料到的局面,连久经沙场的老法官也没能在第一时间做出该有的反应。旁听席上很快响起掌声,开始还稀稀落落,马上就欢声一片。叫好声和掌声形成压倒一切的气场。

3.2.5

应该说当时的法庭里,局面有些失控。法官在众人的欢声间隙中拍了两下惊堂木,马上有法警在四周齐声吆喝:"安静,请大家安静。"

法官说:"请控方律师和辩方律师上前一步。"

两位律师马上聚到法官跟前。法官和律师的低声磋商大约一分钟。之后律师回到各自的位置。

法官说:"刚才法庭和控辩双方律师交换了想法,是辩方律师首先提出庭外和解。在征得了控方律师的同意之后,本庭宣布本案进入庭外和解程序。休庭。"

姚明与姚亮对了一下目光,显然两个人都觉得意外。毕竟辩方律师已经取得了明显的优势,在此种情形下主动提出庭外和解而没有选择乘胜追击,作为被告方他们不是很理解律师的意图。姚明已经决定出面否决辩方律师的意见,在她开口的那一瞬间姚亮一把拉住她,将她的话打断。姚亮率先鼓掌,之后是全场的应和。

掌声一片。

最后连姚明也被动地鼓起掌来。

庭外调解很快就完成了。结论是谁都想得到的,由原告方提出撤诉,被告方无条件接受。姚亮事后紧紧握住律师的双手,用力摇动了好一阵。

"太谢谢了!太谢谢了!你当真太了不起了!"

到这一步的时候姚明当然已经全面理解了。他们的目的从来也不是要占政府的上风,他们要的就是现在这样的结果。辩护律师为他们取得了他们想要的,而且是以得饶人处且饶人的方式。他保全了社保中心,也就是政府的面子,保全了法官的面子,同时赢得了官司。

他果真是个好律师，一个极好的律师。但是他心里很明白，是更聪明的法官给了他这个机会，让这个官司的结果得到所有各方的认同。就是法官让他和控方律师上前一步的时候，他知道那是法官给他的机会。

章三　玛丽带来的意外

3. 3. 1

社保中心的撤诉，等于是自动为褚克勤养老金账户的清算扫清了障碍。已经纠缠了姚明姚亮太久的这桩公案基本上告一段落。

当然是首先将误发到褚克勤账户上的那二十一个月养老金退缴。这个手续相当简单，只是社保中心单方面在账户上进行划拨，之后注明款项用途，然后由褚克勤法定的第一顺序继承人姚明姚亮签字。褚克勤的养老金月入一千七百九十元，二十一个月的总额是三万七千五百九十元。完成此次划拨的劳资专员只消敲一个键，曾经生出无穷是非的这笔钱，就平安无一丝损耗地回到国家手里。

在完成了如上的退缴程序之后，还有另外一项同样是由于姚清涧不作为而耽搁了的抚恤金连同丧葬费的发放程序的补办。

根据相关规定，死者的死亡抚恤金为其(工资或)退休养老金月收入的二十倍，即二十个月的(工资或)退休养老金。丧葬费一项实报实销(据国营殡仪馆开具的发票或收据)。另有抚养费一项，系特指死者有未成年或丧失劳动能力的直系亲属而定。

计算的结果如下：褚克勤的二十个月退休养老金总额为三万五千八百元，丧葬费收据金额为三千五百元；褚克勤没有未成年或丧失劳动能力的直系亲属，抚养费一项从略。死者褚克勤的直系亲属应领取的死亡抚恤金加丧葬费两项合计金额为三万九千三百元。

姚明看到这个数字微微一笑，居然比母亲被误发的那笔非法金额还多出一千七百一十元。仅仅从加法减法上，也能够看出姚清涧是多占了还是少拿了。这是姚明自己的心情，她没有把话说出来。

按照社保中心的例行规定，这两笔钱的发放，同样需要法定的第一顺序继承人出具所有的相关证明，同时接受全部严格的询问和审批。由于前面官司的缘故，社保中心方面省略了严格的询问和审批，只是将所有的相关证明粗略浏览一下便封档入户。法定的第一顺序继承人与政府的经办人彼此间一团和气。

姚亮说："老姐，这才是政府职能部门和公民之间该有的状态。和谐社会的口号空喊了十年，你就根本觉不到和谐在哪里。"

姚明说："在嘴里啊。正是因为没有，国家才大力提倡。有了就不必说了。"

"也是。1919年的时候中国人吃不饱，所以毛泽东在《民众大联合》中提倡为吃饱肚子而奋斗。现在国人可以吃饱肚子了，所以国家也就不再提吃饱肚子的口号。"

"无论说什么话题，你总要扯到远处去。"

"老姐，我发现你真的厉害。如果你去搞哲学，会是个有建树的哲学家。"

"你少给我扣高帽子，我可不吃你这一套。"

"真的真的，用你刚才的逻辑想一想，所有那些被提倡的冠冕堂皇的名堂，其实都是没有的。我们这个族群的历史习惯一直如此。"

"你对那些没用的东西总是津津乐道，你就不会关心点有用的？"

"对我个人没用，但是对一个广大的人群未必没用。我们一直喜欢说孝道是我们的传统，这种说法是事实吗？显然不是。"

"怎么不是？你不孝还是我不孝？我看绝大多数国人都还是奉行孝道的原则。"

"不是吧老姐？你说的那个孝只是相对那些显而易见的不孝行为，

而我说的是绝对意义的孝。一个八十多岁的老年人，他生命中最重要的东西是什么？你说你孝，你能给他吗？"

"你说是什么？"

"对他而言最重要的肯定不是大房子，肯定不是富足的生活，肯定不是儿孙绕膝和无尽的美好回忆。我说最重要的东西是营养均衡的一日三餐，是定时定量的一日三餐，那才是他生命的动力所在，是他的健康所必需。这么简单的东西，你能给他吗？"

"我自己没空做这些，但是我可以请人啊。"

姚亮摇头："有了问题用钱去摆平，这就是你的孝道？用钱摆平的孝还是真孝吗？你细想想这个道理。你知道中国有一句俗话，每一个中国人都认可这样的说法，久病床前无孝子。为什么大家都认可呢？是因为压根就没有孝这个东西。作为儿女做一时可以，做什么都行；但是一直做下去就不可以了，大家都做不到。所以才有久病床前无孝子之说。"

"你究竟想说什么？不要再绕了，直接说你的结论。我绕不过你。"

"不是我的结论，是你的。因为做不到，因为没有，所以国人最喜欢反复说的话题就是孝，百善孝为先，听上去真是太动听了。在我们嘴上的东西也就是我们没有的东西。这是你刚才的结论。非常之精辟。"

"小亮，你说心里话，你发这些宏论，是不是因为姚良相的不期而至？"

"什么都瞒不过我老姐。我儿子只有二十几岁，我还健健康康地活着，他忽然万里迢迢回来分遗产，你说我心里沮丧不沮丧？作为父母我自认为已经尽到了抚养之责，我为什么还要承受自己的儿子来分遗产的羞辱呢？我还没死啊，我还活得好好的！这种羞辱也只有自己的儿女才做得出来。"

"儿子是你自己的，子不教父之过，这样的结果你怪不到任何人。既然你觉得你儿子回来要卖房分钱是对你的羞辱，你就该检讨他为什么会这样做，在你儿子心里为什么就没有你所希冀的孝。你打算去上海看他吗？"

"悲哀的是决定权不在我。就是我想去，他若不想见我，我有办法吗？我怎么会不想去呢？他是我儿子啊。我就不懂他对我的误解究竟是怎么形成的，唉——"

"小亮，要我说你想去就去，别在乎他怎么想。要我说你就先飞到上海去等他，他不是后天到吗？你明天到，你在你家里等。"

3.3.2

解开姚亮心里的结，对姚明而言是如此简单。虽然姚亮也不是很赞同她的话，但是他有听她的话的传统，她是他的姐，这种彼此间的格局是几十年以前就确定下来的，他早就习惯了。

他于是先姚良相一天到了上海。

他自然是先给老婆打了电话，让她们娘儿俩也作好动身的准备，如果姚良相没有不见自己小妹的意愿表达，老婆和姚缈就马上也飞回上海。老婆笑他陷在官司里太久，连电话也像是官司了——意愿表达这种话当然是典型的官司话。

老婆不愿意在上海过冬，嫌上海太冷。但是老婆愿意看到姚良相与姚亮和解，更愿意看到姚良相和姚缈兄妹的相见和相聚。所以这一次对回上海她没二话。

姚亮的学生找来了另外两个女生。姚亮就带着这一男两女洒扫庭除，连位于复式二层的空中花园也一并整理得清明洁净。姚亮的空中花园是这套房子的最大亮点，有大约八十个平方。其中有一湾花生形状的鱼塘，有一块果岭草的草坪，北墙是一排常绿的苦丁茶树，西墙则是成排的紫竹（秉持宁可食无肉不可居无竹的理念），紫竹墙的南端和北端各是一蓬紫藤，藤蔓早已覆盖了有玻璃的穹顶。玻璃穹顶下面的部分是茶桌和秋千椅，脚下则是经过防腐处理的香柏木地板。

这个花园的妙处是极好的视线。由于房子在共和新路旁侧，刚好位于大上海南北中轴线之上；加之前面是成片的多层建筑不遮挡视线，所以远在二十公里之外的东方明珠、国际金融中心和金茂大厦三座高塔赫然在目，晴和的天气时可以看得非常之真切。

搞过卫生的姚老师并三个学生一道坐下来喝茶。两个女生还并肩坐到秋千椅上，通过双脚的踏动让自己荡起来。三个学生都在读研，年龄也都与姚良相仿佛。他们对姚老师儿子的境遇流露出羡慕，毕竟不是每一个学生都有机会在巴黎留学又去纽约工作的。

姚亮心里想到的却是"家家有本难念的经"啊。

送走学生，姚亮自己到最近处的大卖场家乐福购物。儿子和女朋友一起回来，他需要将体量巨大的对开门冰箱装满。姚良相小时候喜欢吃肉，他于是买回来山猪五花肉和猪脚，肋排，肥牛卷，火锅专用的濑尿贡丸鱼丸，水鸭，走地鸡，不一而足。他还买了品种繁多的蔬果炒货和干果。将这些东西从汽车后备厢搬进电梯，他足足来回两趟，偌大的冰箱即使装不满也会装上大半了。

跑超市这种事情尽管每周都要有一次，但是买什么是老婆的选择，他的任务通常是开车推车和装货。他知道老婆会事先准备好一张购物单，然后照单挑选以免疏漏。他没有照猫画虎，因为他压根就心中没数。他以为这样更好，看到什么再去决定买和不买，这样的结果一定会增加购物乐趣。在来到寝具商品区域时，他忽然想起给老婆打个电话，问她家里有没有新的床单枕头被子这些，是否需要买新的。回答是当然有，并且详尽告诉他放在什么地方。

家里的房子在装修的时候就已经为姚良相单独备了一间，这下可以派上用场了。姚亮遵照老婆的指点，找出全新的床单被罩和枕套，自己动手为儿子和他的女友铺排一切。他忽然有了一种送儿子结婚的幻觉，这绝对是前所未有的。儿子还没有结婚，只是和女朋友回来而已。而且为什么是送呢？通常只有女儿出嫁才会说送啊。姚亮想的的确是送儿子结婚，他不明白自己为什么会这样想。

他躺在自己的卧室里看电视，是那种屏幕很大的电视，五十五时还是六十时的他不记得了，总之很大，有那种小电影的感觉。他的习惯不好，看电视总喜欢躺着，甚至连读书看报也要躺着。老婆不赞同他躺着看电视的坏习惯，所以让他为自己单独备一间有电视的卧室。他自己的卧室与家里的主卧室分属楼上楼下两个不同的楼层，主卧室在楼上。楼上只有一间主卧室和起居室，再就是屋顶花园了。

　　这个晚上他没有心思看电视，索性早早熄了灯。但是那也没用，他根本没有睡意。在黑暗中躺了一小时左右，他终于套上厚厚的羽绒服蹀到花园里。他一个人在秋千椅上荡来荡去，繁星在头顶闪闪烁烁。他这会儿的角色是父亲，所有那些有关姚良相儿时的记忆都回来了，像一部纪录片一样在他的脑海中复播。

　　他和范柏离婚的时候儿子四岁。范柏没有和他争儿子的抚养权，儿子归他。但是范柏希望儿子在外公外婆家里再过渡一段，因为儿子出生之后一直在外公外婆身边，范柏担心孩子的突然离开会让外公外婆受不了。

　　儿子是两年之后回到姚家的。照看他的人变成了奶奶和爷爷。之所以选择在他六岁转移，是考虑到他要上学了，上学期间最好不要变换地方。转学，尤其转学到外地，对孩子的学习会有很大影响。范柏和姚亮都不愿意看到这样的事情发生。姚良相的学前班并整个小学时代都是在爷爷奶奶家里度过的。

　　姚良相六年级这一年，姚亮意识到不能再这样继续下去了。自己生了儿子，儿子长到十三岁，自己还没真正脚踏实地地履行过爸爸的职责。十三年来是外公外婆和爷爷奶奶在做属于爸爸妈妈该做的一切，这样不行。

　　姚亮决定先把自己的位置定下来。他强制自己去找一份能约束自己的工作，让自己每天都必须留在家里，这就是他现在的教师职业。他运气不错，赶上了学校最后一批货币分房的机会，使他和儿子在上海有了一个家。他用了两个月时间，夜以继日将新家装修好，让他能够赶在暑假开学前入住。他在姚良相十三岁那一年的初夏将他由长沙接到上海，他开始了自己身体力行做父亲的人生阶段。

做父亲的内容很具体，他要保证一日三餐有荤有素有青菜有水果。他所在的那个年代还没有网购，他需要的任何东西都要到商场去寻找。除了入口的，还有琐碎到牙刷牙膏手纸这些无穷无尽的日用品，还有不但要保暖而且要让人养眼的并且是不同季节所需要的衣装鞋帽，还有每一个社会人都需要履行的没完没了的各种手续，还有其他说不完全的人生意外。儿子来了，姚亮变身为百分百父亲。他给自己确定的时限为六年，初中，然后是高中，这是他实实在在做父亲的时间。

后来事情有了变化。满三年，也就是姚良相初中毕业这一年，范柏因为一个国际项目要去巴黎一年，她希望姚亮同意她带姚良相同往。她的日程在一年之后，所以她建议让姚良相休学一年，去读姚亮学校开设的法语强化班攻一年法语。姚亮在征求了姚良相自己的意见之后，同意了范柏的计划。于是姚良相在姚亮身边的第四年里都在大学学法语。

时间真快啊，连那也都是八年多之前的事了。如今姚良相在法国已经逗留了八年多，早就拿到了绿卡，而且正在筹划改成法国国籍。孩子已经成了百分百的法国佬了。而且曾经的亲密无间已经灰飞烟灭，儿子在他已经成了真正意义的陌生人。不久前的再见，姚亮就是这样的感受，一个相当陌生而且拒人千里之外的姚良相。

3.3.3

姚亮提前一小时就到了机场。好在飞机没有晚点，反而提前了大约二十分钟。姚亮眼巴巴地看着一拨又一拨乘客从里面出来，很多人都推着巨大的托运行李推车，但是他没有看到姚良相的身影。距离航班到达预告的播放一小时之后，他还是没有看到姚良相他们。

他于是拨通姚明的手机，让姚明再问龚慧是不是姚良相的行程有了什么变化。又过了一刻钟，姚明的电话打过来了。没有变化，是龚慧自己开车送姚良相和他女朋友两个人去机场的。姚亮只能耐着性子再等。

他找到一位站在国际出口之内的负责人模样的人，请他帮自己查询一下一位从巴黎来的叫姚良相的旅客。此人态度和蔼，满口答应。他用手中的对讲机呼叫，竟然很快就有了下文。说姚良相旅客正陪同病人出来，说因为需要寻找轮椅，所以耽搁了时间。对讲机的声音姚亮听得清清楚楚，所以也不必由负责人转述。

陪同病人，也就是说姚良相的女朋友病了，而且看来病得不轻，非得等候轮椅不可。姚亮忽然意识到，姚良相的第一站也许不是家，而是医院。病得如此严重，回家是无论如何也解决不了问题的。

姚明第一次就说过姚良相女朋友的名字，可是一闪即逝，姚亮当时没记住。刚才姚明电话里又说了一次，姚亮当时特意记了一下，可是一转身又不记得了，好像是一个很常见的外国女人的名字。这个在飞机上忽然生病的女孩叫什么来着？不行，姚亮怎么也记不得了。

他终于远远地看到一位着白大褂的人陪同一个推轮椅的人往这边来。轮椅上的人蜷缩成一团，看来情况很严重。大约三分钟之后，他认出了推轮椅的人正是姚良相。他猜白衣人应该是机场的医生。又过了两分钟他们终于到了出口。

姚亮对白衣人说："多谢医生。"

医生说："你是患者家属吗？"

姚良相说："爸，她是 Mary，她受伤了。"

姚亮说："很严重吗？"

姚良相说："有点，她这会儿不能说话。谢谢你大夫。"

白衣人说："不谢，你们马上去医院吧。"

姚亮又说一次："多谢医生。"

姚亮大步在前，姚良相推着玛丽紧随其后。他们用很快的速度穿过机场长长的廊道，又乘坐电梯下降到车库停车场。姚亮快走几步，拉开后座车门。姚良相将玛丽从轮椅上抱起，放到后座上躺好。

姚良相说："我先去还轮椅。"

姚亮说："我去还，你照料病人。"

"也好。"

姚亮尽可能地快走，一直将轮椅推到国际出口之内，交还给工作人员。然后一路小跑着回到停车位，拉开车门上了车。这时姚良相已经在后座一端坐好，将玛丽的头抱在自己的怀里。姚亮伸手到前排右座的侧面，将座椅尽量往前调，给后面的姚良相腾出最大的空间。

姚亮将车子平稳快速地开出车库，开出机场区，开上机场高速路。姚良相没有开口说话，姚亮也就不好问玛丽的伤情。姚亮将车载电话打开，拨114查询离浦东机场最近的医院。然后在GPS上设定，按照语音指挥去往医院。

3.3.4

玛丽被推进急诊室。姚亮负责去挂号缴费，姚良相则守在急诊室外等消息。待姚亮刚将急诊号拿到手，姚良相匆匆赶过来让他改挂呼吸内科，说这是急诊室医生的吩咐。重新排队，退号，重新挂号。玛丽从急诊室出来，被推到呼吸内科的值班医生面前。直到这时候姚亮和姚良相才能站在科室外喘一口气。

姚良相主动谈起玛丽的症状。他说她两三天之前就提到过胸闷，但他和她都没放在心上。上飞机八小时之后，她说左胸口疼得厉害，而且呼吸困难。一开始她还忍得住，但很快她就有了缺氧虚脱的迹象。姚良相马上叫来乘务员反映情况，乘务员又向乘务长汇报，乘务长在第一时间将玛丽转移到空余的头等舱位上，她还拿出机上的救急氧气罐为玛丽输氧，并且立即联系了浦东机场。于是在姚良相和玛丽落地前半小时，便已经有医务人员在机场待命了。

玛丽的痛感时重时轻，呈一种波浪式的起伏状。当痛感有所缓解时她说她从前得过一种肺疾，英文名称是 Pneumothorax。如此生僻的专业名词姚良相不可能明白，更不可能将其准确地翻译成中文，所以也就没法通过乘务长给地面医务人员以明晰的病症病史资料。直到飞机落地，医务人员登机并亲眼看到玛丽的病情，才有了初步诊断，怀疑是继发性气胸，一种较为常见的肺疾。

姚良相说换成中文了结果还是一样不明白。姚亮说到了医院就听医生的吧。姚良相说也只能如此。

医生从里面出来，说马上要做手术。医生把一张缴费单给姚良相，预付款需要人民币一万元。

姚亮说："给我。"

拿过单据马上往一楼的收费处去付款。

姚亮在最短的时间里赶回来，将付款单给医生。姚良相在医生的帮持下用有脚轮的医疗病榻将玛丽送进楼上的手术室。就像所有电影里的情景一样，手术室的大门在患者亲友的面前无情地关闭了。

姚亮问儿子要不要出去吃点东西。姚良相摇头。姚亮问他是不是在飞机上也没吃。姚良相点头。姚亮于是说他一个人出去买点吃的，让姚良相守候在这里。姚良相点头。

姚亮估计手术不会一下子就完成，所以他决定哪怕费一点事也要给姚良相买一点可口的东西。他对医院附近的环境很生疏，但是他凭直觉拐到右手的一条巷子里，马上发现这是一条食街。他的目光迅速溜过一整排招牌，忽然被八个字所吸引，老城隍庙蟹粉小笼，就是它了。正如他预料的一样，要吃老城隍庙蟹粉小笼就必得排队。他前面有六七个人，他等了大约二十分钟。他还为姚良相配了一罐老鸭粉丝汤。

当他兴致勃勃地把热腾腾的汤包送到手术室楼层的时候，发现儿子已经在走廊的长椅上瞌睡了。他能够想象儿子在飞机上那段难熬的时光，儿子累坏了。儿子已经到了家，以后有的是睡觉的时间。吃一餐热腾腾的汤包对缓解这一路的疲劳会大有裨益，他决定叫醒儿子。

姚良相揉揉眼睛，之后便将个头不大的汤包逐一投到饥饿的大嘴之中。姚亮相信他根本没经过咀嚼，更不要说品味了。六两小包子瞬间就滑进姚良相的嘴巴，似乎还有一点兴犹未尽的意思。姚良相只说了两个字：

"好吃。"

他又将姚亮已经递到他面前的塑料汤罐接过，将温热的老鸭汤一下倒进肚子。他再开口的时候不像第一次那么吝啬，两个字变成了三个字：

"真好吃。"

两句话只说了一个词，但是姚亮已经很满足了。

3. 3. 5

手术很顺利。但是医生说拖延得有点久，说继发性气胸的抢救关键在于时间，越早进入手术室痊愈的希望就越大。医生说还要住院观察一周。

姚亮明白在一周之内姚良相和玛丽都不可能回家，姚亮于是为姚良相在近处的宾馆开了房，以便于他在玛丽睡觉的时候也能小憩一下。

姚良相要父亲先回家。姚亮从家里出来去机场那一刻算起，已经过了十小时，他这会也的确觉到了疲惫。他将身上余下的现金大约三四千递给姚良相。姚良相说不用。姚亮说你刚从外面回来，身上肯定没有人民币，拿着吧。姚良相从喉咙里咕噜出两个字：谢谢。

这是他们父子之间的一个传统，姚良相读初中的时候他的零花钱是每周五十元，每个周一的早上姚亮把钱给他时，他总会重复这两个字：谢谢。姚亮记得有一个星期一的早上他有一个会，由于赶时间他忘了这个例行节目。到了周三晚上，已经憋得很难受的儿子终于忍不住了，说爸你还没给我这周的零花钱呢。姚亮很惭愧，马上拿钱出来给儿子。儿子接过的时候仍然说谢谢，让姚亮在转过身的那一刻热泪盈眶。

眼前的一幕让姚亮又回到了当年，他又一次觉到了眼眶发热。儿子忽然又变回到当年的那个儿子，那个只有十四五岁的姚良相。

　　姚亮回家之后给了自己一个长长的懒觉。前面的那一觉他睡得很迟，而且又不踏实。之后又经历了那么漫长的一天，他当真是累坏了。这是一个睡到自然醒的懒觉，睁开眼有一会儿他甚至都没意识到自己身在何处。因为这一向他一直在深圳和长沙两地往返奔忙，频繁地更换睡觉的房间和床，所以睡眠的效果都不是很好。这是很久以来他的头一个好觉，又深又长。每有这样一个又深又长的好觉之后，他总会有一种重生的感受。

　　他没有睁开眼，他用了大约三分钟才想清楚自己身在何处。记忆重新慢慢地爬回他的脑海，他想起姚良相，想起昨天的种种，他知道自己起身之后便要往浦东去。他想也许姚良相的女朋友可以跟他们一道出去，吃一餐可口的美食。想到这一步时，他睁开眼，坐起身。

　　新的一天开始了。

章四　父亲另有退休金的问题

是母亲养老金的波折让姚明忽然想起父亲的退休金。父亲是国家干部，退休之后领取的是退休金。父亲的退休金仍然在区政府领取，是一张寻常的银行卡，现在这张卡也在姚明的手上。

姚明想当然地将父亲的死亡证明并那些可以证明她和姚亮是姚清涧法定的第一顺序继承人的文件，带到区政府财会室。第一步是注销工资关系，以便停发退休金。这都没有什么问题。问题出现在领取抚恤金和丧葬费，因为涉及到领钱，所以财会按照规定要求所有法定的第一顺序继承人都要到场。这一点姚明也已经作了准备，她带上了经过公证的姚亮的委托书。

姚亮的这份委托书是在深圳的公证处办理的，而姚亮的身份证却是上海的；也就是说姚亮只是用身份证就在异地办理了遗产委托公证。承办人对此提出了疑问。

遗产委托不同于普通的金钱往来，因为事关不同的法定继承人的利益，所以必得慎之又慎。由于近期利用身份证行骗的案件层出不穷，所以仅仅靠身份证去证明身份以领取数额较大钱款的行为，受到警方的格外重视。警方要求各企业事业机关单位的财务部门务必警惕，把好审查关。抚恤金属遗产范畴，当然要慎之又慎。

姚明为了说服区政府的财会主管，便将随身公文包中的母亲褚克勤的养老金账户卡并抚恤金发放手续拿给对方。对方详细地研究了那些文件，之后指出同为法定的第一顺序继承人姚亮在发放褚克勤抚恤金的时候应该在场，而且签名画押。这让姚明很后悔自己的多此一举。等于是自己为对方提供了佐证，证明了姚亮的应该到场。

主管说在异地做遗产委托的公证，最大的问题在于身份证的照片太小。以那样小的照片，去找一个相貌相似的人很容易蒙混过关。假使当事人的身份证遗失，就会让骗子有可乘之机。所以如遗产委托这样的重大事项，即使要做也一定要在委托人户籍关系所在地做，并且附上所在派出所出具的证明书。主管建议姚明让姚亮回上海去完善遗产委托的公证。或者直接过来一趟最好。

姚明还要争辩，主管打断她，说我们也是为了你们在遗产处理上不出问题才坚持原则的，希望你们理解。很显然姚明再说什么也就等于不肯去理解，也就太不近人情了。姚明退一步想，这会儿姚亮刚好在上海，也许去重新做一次遗产委托的公证不是太麻烦。

如果顺利的话，姚亮出动三次即可以完成。一次去派出所，一次去公证处，最后一次去邮局发快递；姚明已经为姚亮计算好了。

为了父亲遗产的兑现，已经让办事能力低下的姚亮跑来跑去这么多个回合，她心里很不安。虽然那些都是办事部门的强行要求，但她会觉得是自己在反复折腾已经六十岁的老弟。六十四岁的她从来没觉得自己上了年纪，反倒一直认为姚亮已经一大把年纪，再也经不起折腾了。

这一向她已经对给姚亮打电话有了心理障碍，几乎每次电话总是要姚亮做这做那，或者要他再来长沙。她很想把所有的事情都扛在自己肩上，但似乎所有的办事人员都看透了她的心思故意与她为难，都一定不许姚亮躲清闲。事情就是这样棘手，她不想给他找麻烦的电话，但是她没得选择。这样的电话她打也得打，不打也得打。

3. 4. 2

接电话的时候姚亮正在去医院的途中。他将车载电话定在免提档，他答应姚明今天就去派出所，如果时间来得及再去公证处，他会尽早将新公证书快递回长沙。

他也是这时才发现，自己昨天一整天都没有给她电话，她还不知道玛丽生病的事情。他于是把昨天的事情讲给她。姚亮没想到姚明也曾经患过气胸，所以她对气胸相当熟悉。她告诉姚亮说自己当时的情形相当危险，抢救不及时完全可能命也没了。她想了一下时间，居然整整三十年了，是 1983 年的事情。那时候姚亮还在西藏，怕他担心就没告诉他。

姚亮说自己正在去医院的途中，还不知道玛丽术后恢复得怎么样，不知会不会还有危险。姚明说只要手术及时，术后通常不会有什么危险。危险是在能否及时得到手术急救。她自己的运气不错，已经整整三十年了再没有复发过。她说玛丽的这种情形属于复发，所以才被确诊为继发性气胸。她让姚亮集中精力开车。

姚亮说："你打电话我怎么集中精力？"

姚明说："所以我不跟你说了，挂了。"

就挂了。

尽管姐姐说的事情紧急，但他还是先按既定方针到医院。他直接去了呼吸内科病房，并且一眼就看到守在床边的姚良相。姚良相介绍父亲，又介绍玛丽。

姚亮这会儿才清晰真切地将姚良相的女朋友看个仔细。从相貌上姚亮几乎觉不到她有任何华人的血统，她的轮廓和肤色是典型的白色人种。这样的第一印象让姚亮或多或少有一点心理隔膜。不知为什么姚亮会比较接受黄种人，他总觉得黄种人以外的人种更像是动物，似乎与自己不属于同一个种群。但是在审美上他并不排斥黑人白人，黑人在运动方面的才能令他折服，而白人在哲学、科学、工程、艺术方面的成就更令他惊叹。

这种隔膜其实在心理上又不构成障碍，他设想儿子娶一个白人老婆他不会有抵触心理。但他一定会觉得那有点怪。倘若有了混血孙子他会不会觉得怪呢？

看来玛丽恢复得还不错，按照姚明的说法气胸经过抢救不会有什么危险。但是医生说过要观察一周，在医院里医生的话就是圣旨。他问姚良相睡了没有，姚良相说零点以后见她睡了自己也回去小睡了四小时，他回来的时候她还没醒。四小时也不错了，聊胜于无。

姚亮告诉姚良相食街在哪里，让他自己买自己喜欢吃的，说自己还要去派出所和公证处。他也简单地说了长沙和深圳的遗产处理的进展，他没有把握姚良相有兴趣还是没兴趣。不管儿子怎么想，他觉得主动告知总不是一件错事。

他从他俩的眉宇间能够看到两个人感情非常好。两个相爱的人在一起，无论他们做什么不做什么，旁边的人都能感受到他们的爱意。姚亮和老婆之间的情形让他很容易体会到姚良相和玛丽之间的情形，他心里很暖。

姚良相在他身后说："你该忙什么忙什么，不要总是往医院跑了。我这边有事会给你电话。"

儿子的话里透着关切，让他很享受。

3. 4. 3

相比之下学校派出所的事情是最好办的。他们整个学校的户籍都在派出所管辖之内，所以派出所为他们学校辟出一个专门的档口，使他们可以不必和辖区的居民混在一起。

姚亮把意图说清楚了，片区警察很快打出一份给公证处的身份证明，并且指明为办理遗产委托书专用。姚亮只消附上自己的身份证，便可以顺利完成在公证处的遗产委托公证。这就是上海政府职能部门的效率，从他进门排队（前面有一个办事的人）到自己事情的办理，总共花费的时间为八分钟。

他生平第一次对派出所这样的机构心存感念。实在是这一向为了父亲母亲遗产的事情，他跑衙门的次数太多了。每跑一次必定伴随着各种各样的坎坷和羁绊，无穷无尽的麻烦连同无穷无尽的烦恼。也难怪姚明可怜他，怕再给他添烦添乱。

一次小小的顺利居然会令他心满意足。

他在心里给自己加油，再接再厉。他先向警察问清楚公证处的位置，道谢后回到车上定好了GPS。他有心创造一个奇迹，就是一次办妥三件事。第二站是公证处，第三站是邮局。这在过去是他想也不敢想的。

公证处果然如他预期的一样顺利。是指向明确的派出所开具的专项证明发挥了作用。法律文书在此显示了力量。办理公证手续很顺利，前后也只用了十几分钟。但是有一项规定令姚亮的美梦夭折了。办理此项公证需要三个工作日才能出证，也就是说手续办完了，仍然需要三天之后才能领取公证书。

中国衙门里的工作日制度令所有来办事的人都无可奈何，姚亮就想不明白，明明瞬间即可完成的一纸打印，为什么中间一定要加进可怕的工作日时限？三个工作日算是最短，最常见的是十五个工作日。没有任何办法，就让老姐再多延宕三天吧，不是十五天已经够庆幸了。

姚亮向老姐汇报了进程。老姐似乎比他有更好的耐性，再等三天不算什么。姐弟两个有不约而同的心理，都觉得对方太辛苦，都希望尽可能减轻对方的无奈，都在努力宽解对方的焦灼。在为对方着想的同时，自己的辛苦反而被忽略了。姚亮给姚良相电话，说自己的事情办完了，问玛丽能否出门，说他想接他们出来吃一餐地道的上海菜。姚良相即刻同玛丽用法语交换了想法，他告诉父亲玛丽说可以。

姚亮随即拨打了美林阁的电话订房间，居然所有房间都已经被预订，所以只能在大堂里订一张桌了。

姚亮担心医院会阻止玛丽离开病房，于是他电话里叮嘱姚良相，他俩要一个一个分别出来，尽量不要引起护士的注意。他把车停在住院大楼下面等他们。姚良相先到，大约五分钟之后玛丽也到了。她用法语叽里呱啦地对他说了一通，表情相当兴奋。他告诉姚亮，她说她做了间谍，跟护士玩起了捉迷藏游戏；她一直从远处瞄着负责她床位的护士，直到护士进了卫生间。她用最短的时间将住院服脱掉，藏进自己的行李箱，然后蹑手蹑脚经过卫生间往电梯间这边走。她甚至看见了护士的身影，但她还是成功地在她出门前进了电梯。她很为自己成功出逃而开心。刚刚躲过了一场大难的女孩啊，这样一个小小的躲护士游戏已经让她非常之满足了。

3.4.4

姚清涧二十七年前便离休了。离休与退休的最大不同，是原工资不降。他当时的工资不高不低，属于公务员的中等水平。随着这些年连续不断的增长，他的退休金已经达到了每月五千三百元。之所以比褚克勤高出那么多，一个重要的原因就是离休。

他和褚克勤都是解放前就参加工作的，同属于离休干部之列。但是由于褚克勤在企业，而且她原来所在的企业经过关停并转之后已经不复存在。所以她被推到了社保的行列，只能维系在较低水平上，原来离休干部所能享受的待遇也都莫名地化为乌有。而姚清涧不同，他一直在政府系统，他的离休干部的资历让他在每次涨工资中，都居于最高的标准。试想一下，共和国已经成立六十四年，能在共和国成立前就参加革命的老干部已经少之又少，国家当然会在待遇上尽可能地关照他们。姚清涧是沾了公务员身份的光了。

所以姚清涧的抚恤金一项，按照原来的规定就已经超过十万了。区政府对丧葬费一项的态度也比较宽松，普通干部为一万，不需要报销单据。离休干部又增加了一万。所以粗算下来他的抚恤金加丧葬费应该在十二万六千元左右，是个相当可观的数字。也难怪财会部门严格把关了。但这些数字对姚明姚亮而言仅仅是数字而已，是最终统计父亲捐赠数额的一部分。

姚明这会儿回想起姚良相上一个回合在深圳的话：

"是啊，那可是老爷子一生的血汗啊。也包括大姑的。他学他的雷锋，没必要把大姑的血汗钱都让大风给刮走了。我说一句难听的话，这些钱到了他们手里，只是给他们提供了挥霍和贪占的机会。爷爷当真会以为这些钱一分一角都用在学校的建设上？我不信老爷子会那么糊涂。他呀，就想在死后留一个清名，让那些认识他的人念他一个好。单凭这一点爷爷真够自私的。"

姚良相把受赠方称之为他们，说爷爷的捐赠只是给他们提供了挥霍和贪占的机会。姚明在当时就知道姚良相说的有道理。父亲把钱捐了，但是父亲根本不可能知晓这些钱的用途。而且这些钱当真包含了她自己的很大一部分，除了深圳的房子，还要加上办理这一切手续的全部开销，包括不下十张的头等舱机票钱。

她为什么在这种时候想起姚良相的话呢？也许是因为在她和姚亮的支持下，父亲将所有的财产都捐了；他们的行动非但没有得到应有的尊重和赞美，反而在执行的过程中被百般刁难，她的心理很难平衡吧？

如果是索取，遭遇再多的责难也还算值得，但他们做的是奉献啊！

单纯从姚良相的话上，可以简单地认定这个在欧洲太久的青年有些自私，也比较消极。但是回到终极结果上，姚明不得不承认姚良相的话有相当的道理。父亲把遗产捐给学校，他行使的是一纸捐赠遗嘱，他根本不关心这笔钱的使用和监督，他这样的捐赠的确是不负责任的。用他孙子的话说，他只是为了博一个好名声，所以他自私。

姚明进而想到自己在其中的角色。用姚良相的话说，爷爷的捐赠中也包含了大姑的血汗钱。他的话没错。在面对父亲的捐赠意愿表达时，她无条件支持。姚亮要她把深圳的房子收到自己名下，她毫不犹豫地回绝。她为什么要这样？想表现自己的慷慨大度？还是想表示对父亲的孝敬？这样问自己的时候姚明知道她无法回答。

她的确没有认真正视过父亲捐赠这件事，没有考量过这件事的实质意义。表面的意义大家都清楚，类似于学雷锋做奉献之类，但实质意义真是如此吗？她这会儿想到姚良相的话，正是对实质意义的追问。她承认姚良相的话不无道理。当然她并不赞同姚良相说这番话时的动机，她知道他之所以这么说，是舍不得这么多属于家族的财产说放弃就放弃了；而且这笔财产又可能会落在他（作为长孙）的头上。

换一个角度考虑，姚良相的想法也无可指责。他就是姚清涧的长孙，他不希望姚清涧的财产莫名就被大风刮走，他反对大姑和父亲对爷爷捐赠的支持。他哪里做错了？

倘若父亲的捐赠果然欠考虑，倘若姚良相的话句句都在理上，那么姚明自己的立场和态度就是错的。应该说这不是一件小事，自己的草率是所有问题的起因。姚明不是一个匆促行事的性格，数十年的经商经历早让她养成了三思而后行的行事准则。但是在这件事上她出了点意外，她居然想也没想就投了父亲的赞成票。她知道是自己的态度影响了姚亮，姚亮同样是想也没想就投了她的赞成票。她和姚亮的支持令父亲自以为正确，自以为做了桩天大的好事，就是这么回事。

姚明有了这番反省，并非她打算推翻父亲的成命。以她对法律的熟悉，她知道就算她打算推翻也推不翻，而且她压根就没有这样的念头。她反省的意义基于一个简单到不能再简单的立场，即人生在世做对的还是做不对的，她更倾向要做对的。她不愿自己的生命中有大的遗憾，对她而言有大遗憾的人生是失败的。她绝对不希望自己收获的是一个失败的人生。

3.4.5

这几天事情又有了变化。那个曾经试图推进将"近代优秀建筑"挂牌的副区长，不甘心自己的一个有创意的点子被搁置，通过与区委书记的汇报和沟通，终于求得区长的支持，在区内通过了这项动议。

而那位看到了商机准备以二百八十万的价位拿下姚清涧祖屋的投资人，也就重新打起了房子的主意。他也打听到曾经有人以二百四十八万开价，他于是自己找到姚明面谈，说他出二百三十八万。

姚明先前的悔悟让她毫不犹豫就答应了。

但是忽然有不速之客找到她，居然是檀溪小学的校长，他同时又是檀溪小学的法人代表，姓覃名湘。覃湘在这个时候露面绝非偶然，他当然是有备而来。他带着全套能证明自己的文件，包括身份证，包括区教育局的调令，包括学校的法人证书，包括学校开具的与姚清涧遗嘱执行人交涉的介绍信。

覃湘四十二岁，是那种典型的精明强干的面相。这个人和他所携带的证明文件出现的那一刻，姚明的心头一沉，她心里忽然有了不好的征兆。

她没有邀他进门，她当时也没有过多地考虑，她只是把他邀到离家最近的一间茶馆。她要了一个包厢。

覃湘满脸堆笑，态度和蔼到不能再和蔼。他首先向姚明表示他衷心的谢忱，他感谢姚清涧老先生的无私奉献，感谢姚明和姚亮两位对姚老先生的支持。他的感谢不只代表他自己，同时也代表四百七十一名学生和三十九名教师。他用这种方式把自己感谢的砝码加重了不少。

姚明意识到这是个不好对付的角色，对方的话滴水不漏又步步紧逼，马上让姚明觉到了呼吸困难。他的潜台词非常明显，即姚清涧的所有遗产都已经归属到自己名下。他对她着重强调了自己的法人资格，法人，法定代表人。

覃湘说:"姚总,早听说您是大老板,也知道您对姚老先生的捐赠非常支持。其实您尽可以早些日子通知我,这些处理遗产的事情就不必劳烦您的大驾了。"

姚明说:"遗产的清理还远未完成,您作为受捐赠方的代表过早介入恐怕对清理工作于事无补。我打算完成清理之后再联系您,与您办理交接手续。"

"姚总,既然姚老先生的遗嘱是全部捐赠,清理遗产自然也是受赠方的分内之事。您尽可以放心地交给我们来做。"

"不是我不放心您,而是许多事情您和学校做不了。您知道办理遗产事事处处都需要法定的第一顺序继承人亲自到场,出示所有的相关证明。我和姚亮两个人已经为此忙碌了小两个月。"

"姚总,那是因为你们是个人,个人对公家办事必得履行严格的证明程序,不能够出现任何偏差。如果同样的事情换成公对公,相互间的关系就不那么对立了。"

姚明点头:"的确,个人行为缺乏公信力,所以我们办一点小事都大费周折。但是姚清涧的遗产又的的确确属于个人。尽管他已经在遗嘱上承诺捐给学校,也相当于捐给公家,但是在处理上许多手续都需要法定遗产继承人自己出面。"

"姚总,对您来说更省事的方法是把遗产交给我们,所有您遇到的那些麻烦由我们去应对。请您相信我们一定会化解其中的所有困难,将事情处理妥当。"

"事情恐怕没那么简单,这两处房产中的许多物品都需要处理,包括父母亲的存款连同抚恤金。我说了,这些事情都只能由我们个人去面对。"

"姚总,作为受赠方我希望你们能够对我们有所信任,这些事情学校自己有能力处理好。"

"您误解了,我没有不信任你们。但是我说的房产中的物品不在捐赠范围之内，所以要我们自己处理之后再考虑捐赠方式。"

"为什么不在捐赠范围之内呢？遗嘱上不是说全部捐赠吗？"

"看来您没有细读遗嘱。上面有两个关键词，是房产，包括现金。家庭物品肯定不在这两项之内。"

"不好意思姚总，的确是我的疏忽。可是我听说两套房产都分别在长沙和深圳挂牌了，有这回事吗？"

"是已经挂牌了。怎么，有问题吗？"

"关于接受遗产的处理问题，我们专门开过会，会议的决议是遗产保持原来的形态，即房产还是房产，现金还是现金。决议中没有将房产出卖变现的内容。"

"关于捐赠我们也开过家庭会议，姚清涧个人的意见是将房产变现，之后与其他的存款一道交付给檀溪小学。作为姚清涧的遗嘱执行人和他的法定第一顺序继承人，我觉得尊重捐赠人的个人意愿比较好。"

"姚总，我多说一句，您别见怪。因为我们已经看到了遗嘱复印件，很清楚遗嘱的具体内容。姚清涧老人已经去世，您说的捐赠人的个人意愿在遗嘱上并没有表示，所以我希望您能够尊重作为受赠方的檀溪小学的会议决议，我们不希望姚清涧老人捐赠的房产被人卖掉。"

姚明有好一会儿没说话。覃湘的咄咄逼人让她愤怒到极点，但她不好发作，她不能把一件好事变成一种难堪。她的无言给了他一种错觉，他当真以为自己占了上风，以为姚明无言以对。

"姚总，不是我为难您，我的话也不代表我自己，我代表的是全校五百多名学生和教职员工。我是校长，是学校的法人，我要对他们全体负责。我是檀溪小学的当家人，我必得当好这个家，我不敢有任何意义上的疏忽。不知道您是否能体谅我的苦衷？"

"能体谅，你要对你的学校负责，对五百多名师生负责，你有你的原则和立场。你尽可以坚持你的原则和立场。但我是姚清涧的女儿，我也有我的必须履行的责任，我必得按照我父亲的遗愿将父亲的遗嘱执行到位，以安抚老人家的在天之灵。你刚才说到捐赠人的个人意愿在遗嘱上并没有表示，但是我想说它在别的地方有表示，仍然具有法律效力。"

姚明对覃湘出示了父亲生前的另一份有签名画押的意见书：

> 我遗产中的房产，在我死后由我女儿姚明负责出售变现，并将收入金额并入我的个人工资卡交给檀溪小学校方。姚清涧 2009 年 6 月 15 日（指印）

"覃校长，您的意见怎么样？"

"姚总，我当然希望您作为遗嘱执行人尊重檀溪小学的决议。但是如果您一定坚持将房子卖掉，我们也不考虑对您追究法律责任。"

覃湘给姚明一个九十度大鞠躬，之后全身僵直地转过身离开。姚明忽然间觉得全身的骨头缝都在疼，这是父亲去世后她最最难过的一刻。忽然一切都崩塌了，父亲的美好意愿，她和姚亮对父亲的全力支持，许久以来她为此付出的全部热情和努力，忽然都崩塌了。

是茶馆的茶艺师先发现了她。那会儿她已经一头栽在茶海上，也弄翻了紫砂茶壶，热茶烫伤了她左侧脸颊。幸好覃湘在傲慢地离去时并未回手将包厢的门关上，这才让茶艺师在最短的时间里发现客人出了意外。茶艺师马上通知老板娘，老板娘则在第一时间抓起姚明面前的手机，在通话记录栏上迅速拨了第一个号码。

"喂，这里是普洱茶会馆，这位客人忽然晕倒，请问您是客人的什么人？"

"她是我姐姐，她怎么了？"

"请你马上到会馆来，马上。"

"喂，小姐，我马上到不了，我在上海。"

"先生，请您马上通知您姐姐的家人，让他们马上到会馆来。"

"对不起，她的家人也都不在长沙。小姐，麻烦您拨 120 急救电话，求求您一定帮忙。"

老板娘想想："这样啊……那好，我找120送急救。120来了您再和他们讲话。"

"好的好的，太谢谢了！改日我一定登门拜谢。"

章五　姚明留下的烂摊子

3. 5. 1

这一次姚亮是在第一时间赶往机场的。去机场的一路他先是打电话给姚良相，告诉他大姑出事了，自己马上去长沙，让他和玛丽自己照顾自己。同时又接到茶馆老板娘的电话(用姚明的手机打来)，对120急救的医护人员讲明患者与自己的关系，连同患者当下的特殊境遇。他请120医护人员自己做主施行抢救，也问明了抢救医院的名称和地址。

茶馆老板娘很快又追来一个电话，说在整理包厢时发现了一份关于遗产处理的意见书，问姚亮该如何处置。姚亮请老板娘帮忙收好，同时记下了老板娘茶馆的名称和地址。

看他一路都在忙忙碌碌地打电话，出租车司机趁一个电话间隙插进一句，问他120急救提没提到押金问题。姚亮说隔着上千公里，要押金也只能等他到了再付。司机说现在的医院只认钱，对不起了，押金没到只能请您委屈一下。候诊室有椅子，请坐下等候，等你的家人把押金送过来再进抢救室。

姚亮说120联络出车的这家为民医院看上去不那么功利，始终没提押金，估计等我到了再付押金也不迟。司机说等你到了你又告诉他们没钱，你付不出押金，你也付不出医疗费，你说医院不是吃苍蝇了？姚亮说人家已经帮了我们大忙，我们怎么可能赖账？司机说不是说你怎么说，是医院首先要反过来问你，谁能保证你不是恩将仇报的小人？所以

181

对不起了，请先交押金。

姚亮笑笑："看来我遇上好人了。"

"好人？这年头还有好人？你信有好人吗？"

"可是他们为什么没提押金的话题呢？按您刚才说的，押金没到只能在候诊室耐心等着了。"

司机分析，也许对方听他说他是上海的教授，所以认定他不至于赖账或者跑单。还有医院可能怕影响自己的名声，所以例外放患者一马，为了名声担一次风险。

出租司机的话让姚亮心里发冷，类似的消息他也在各种媒体上有所耳闻，司机说的那种情形也并非不可能。倘若果真遇到了类似的情形，姚明的安危的确令人担忧。

姚亮不敢耽搁，在机场的补票柜台上补办了最近一班飞长沙的机票。一个多小时的航程姚亮都处在心神不宁的状态，连翻翻杂志看看报纸的心情都没有。机上的餐盒他动也没动，只是喝了一杯加冰的橙汁。姚亮可谓创造了一个奇迹，从接到茶馆老板娘电话的上午十点二十三分那一刻算起，他赶到远在长沙的为民医院重症监护室姚明病榻前，总共不到六小时；他到达的时间是下午四点十九分。

姚明的情形不乐观，属于突发性脑溢血。发生脑溢血的原因很复杂，但是面临的首要问题就是保命。经过抢救初步脱离了危险，呼吸已经趋于平稳，但仍处于昏迷状态。据当值医生说，患者脑损伤的程度较为严重，也许会对知觉和记忆有不良影响。

医生的话永远是模棱两可的，让人充满遐想空间。姚亮的理解比较偏重于智力障碍和行动障碍，类似于中度中风患者那种。血瘀也许会对脑血管的通路造成堵塞，也许会对主干神经形成某种压迫，造成肢体的部分麻痹以至于行动不便之类。姚亮想不出脑损伤的直接后果，是失忆还是丧失部分记忆，或是失去逻辑能力，或是仅仅失去语言表达能力。

但是无论怎样的后果，都是姚亮无法接受的。老姐从来是姚亮的心理依靠，是那种运筹帷幄指点江山的性格，是高智力和头脑清楚的典范。老姐这一生最能彰显她个人特色的便是她非凡的脑力，同样也是她的脑力造就了她个人的亿万财富。

姚亮与医生探讨了康复的可能性，医生的结论是不乐观。渡过了保命这一关之后，患者会有一个较长的过渡期，如果疗养得当，过渡期的病情会相对平稳。企望在过渡期有很快的功能恢复是一种奢望。医生同时不排除奇迹的发生，因为的确有少数病例在极短的时间里就恢复得不留痕迹。但是通常医生不会做这样的承诺，不相信奇迹是医生的天性。

姚亮想起在上海去机场那一路上出租车司机的话，他于是主动与医生请教缴费问题。他知道为民医院已经尽到了人道主义义务，而且并未对不能及时到场的患者家属给予任何金钱方面的压迫性要求，姚亮从心底里感激医院方。主治医生给姚亮开出一张数额不菲的押金单，姚亮心里没产生任何抵触，毕竟医院已经对濒危的生命施行了有效的救治，而且也没以先行缴付救治押金为先决条件给患者家属以心理压迫。姚亮一次性交缴的押金额为三万元。

3. 5. 2

姚亮稍稍犹豫了一下，终于还是给龚慧拨了电话。他如实通报了病情，也说了医生的意见。眼前初步脱离了危险，但是不能确保病况不发生反复。他让龚慧自己判断一下，是否需要赶回来守在母亲身边。

两人也讨论了是否该将情况告诉秦皓月。姚亮认为暂时不告诉为好，怕她慌了神身边又没个大人。龚慧考虑到责任问题，怕一旦有万一不好交代。她的顾虑也是姚亮的顾虑，所以姚亮也同意给秦皓月一个电话。这个电话姚亮说自己打，毕竟是他在这里。秦皓月马上让舅舅给她订机票，姚亮让她自己通知她父亲。

三个小时之后龚慧电话来了，说她已经请好了假并订好机票，明天就会到长沙。

一定是在冥冥之中听到了两个女儿要来的消息，姚明在黑暗之河中奋力击水，终于从深度昏迷中游出来。她睁开眼睛第一个看到的是姚亮；她认出了他，她想叫他的名字，她努力开口但是听不到自己的声音，她这才知道出了问题。究竟是什么问题她不甚了了，她只是知道自己完全无能为力，她不能支配自己的嘴，同样也不能支配自己的肢体。她的眼前忽然一片空茫，她看见姚亮的嘴在动，知道他是在说话，但是她同样听不到他的声音。她在瞬间回想起她刚刚离开的无边的黑暗，她猛地抖颤了一下，某种她不熟悉的深藏着的恐惧从心底里升上来。刚刚被她认出的那个人又被她忘记了，她觉得很累，疲惫一下子笼盖了她整个人。她又合上眼睛，她所担忧的黑暗并未重新将她吞噬。眼前是一片混蒙的红光，她能感到自己被包裹其中，温暖的色调让她很有安全感，与先前让她恐惧的无边的黑暗完全不同。

　　虽然同样闭了眼一动不动，但是姚亮已经知道她苏醒了，她只是在昏睡而已，如同每天的睡眠一般无二。他一直悬着的心终于放下，他给医生留下自己的电话，他要回家休息一下，他太疲惫了。医生想起将患者（姚明）的手机交给他，说是她留在现场的。

　　姚亮忽然想起一件事，他拨了通知他的那间普洱茶会馆的电话，接电话的正是老板娘。他即刻赶过去，先行致谢再结了老姐的茶单。老板娘没忘了将姚清涧手书的意见书交给他。这份意见书姚亮没见过，他也不明白老姐为何在昏迷时拿出这份意见书来。

　　老板娘说当时喝茶是两个人，另一个是位大约四十岁的男人，衣冠楚楚的看上去是个有身份的人。

　　姚亮回到家，躺下。虽然很疲惫，脑子却格外清醒，睡意飞到了九霄云外。一个衣冠楚楚的男人，谁呢？老姐是在与他谋面时发病的，这个人会是老姐发病的缘由吗？那么老姐发病是否就是这个人一手造成的呢？据老板娘说这个人先行离开了，他离开的时候老姐是否已经发病了，或者他离开之后老姐才发病的？老板娘对这个人没有印象，但是她对老姐很熟，她说老姐经常在她这里会客。老板娘有把握这个人是第一次来。

人海茫茫，要找到一个只出现在别人口中的人谈何容易。但是姚亮这会儿脑子很清楚，他马上想到老姐的手机。老姐与人见面必得先在电话里约定，手机上应该有显示和记录。姚亮在手机的电话记录中找到当时的几个号码，有拨进的也有拨出的，他不能够断定哪个号码与这次普洱茶会所的约定有关。

姚亮知道，这个人既然没留在老姐病发的现场，无非有两种可能。一是他离开时老姐尚未病发，一是见到老姐病发他想逃避责任便悄悄溜走。第一种情形是不知，第二种情形是故意。倘若是故意，他一定会矢口否认见过老姐。所以姚亮决定不用老姐的手机去寻找这个人，他用自己的，而且他决定不让对方知道他是谁。

他尝试着拨第一个号码，一拨就通了。对方的振铃是自设的，是一段类似广告的独白："这里是长沙历史悠久的檀溪小学，创建于公元1935 年……"姚亮忽然警醒了，檀溪小学？这么熟的名字，他对它太熟了，可是怎么一下子想不起是哪里呢？檀溪小学，对了，就是老爸捐遗产的那间学校。

"喂，请问你是哪里？"

姚亮完全没有心理准备，下意识地将电话切断了。可是对方马上将电话回拨过来，姚亮犹豫着该不该接。但扰人的铃声不给他思考的时间，他终于按了绿键。

对方的声音："请问你哪里？为什么不说话？"

姚亮说："对不起，拨错号码了。"

"莫名其妙！"

姚亮对他的斥责无言以对。可是檀溪小学的电话怎么会出现在老姐的电话记录上呢？他忽然意识到老姐病发前约见的就是这个人，或者正是这个人约见的老姐。

姚亮决定找到这个人，他要弄清老姐发病的真相。

3.5.3

他有意将秦皓月的航班安排在与龚慧航班到达相近的时间段里，这样他去机场可以同时将两个人一次接回。姚明的突然病倒给了她一家人再次团聚的理由，这也是不幸中之大幸，毕竟一家三口天各一方，团聚的机会太少了。相比之下，他一家三口一直在一起，团聚的幸福一直是他小家庭的常态。对，把老婆孩子也一道聚过来，两家人再相聚一下。反正老婆孩子人生地不熟地留在深圳也没什么意思，姚亮估计长沙这边的事情一时半会儿难有结果，老姐的身体也不允许她乘飞机旅行，所以估计有相当一段时间会逗留在长沙。他马上查找时段相近的航班为老婆孩子也订了票。明日接机一举三得，来自三个方向的四口人几乎会同时到达。光这么想一想也已经让姚亮很开心了。

他在傍晚又去了病房。姚明还在沉睡。医生认为姚明睡得不少了，以温和的方式叫醒她不会对她的病情造成不良影响。医生三十几岁，他有姚亮这个年龄无论如何想不出的方法，他所说的温和方式。他在手机铃声设定上选择了"教堂钟声"；这种振铃方式的设计很特别，钟声开始时很轻，每一次都有明显的加重，而且有那种悠长而深远的回响。姚明果真在优美的钟声里醒来。

姚明懒洋洋的声音："小亮。"

"老姐。你睡了好久啊。"

"是吗？我可是有点饿了。"

医生说："患者家属可以在重症监护室的食堂里订餐，订三号套餐就可以。"

"好的。老姐，等着我，我去去就来。"

三号套餐是为有深度昏迷的患者专设的，是粥品。由于有温度控制，所以患者马上就可以进食。医生说进食要慢，慢进食才不会对心脏造成压迫。姚明这会儿像个听话的孩子，细嚼慢咽一口又一口，居然把一份定量的套餐都消灭掉了。看她吃好，又为她擦去额头的细汗，姚亮这才告诉她明天龚慧秦皓月连同他老婆孩子都过来。姚明说都来了好啊，大家又聚在一起了。她说她有点累，想眯一会儿。姚亮让她闭上眼睛别说话。她在两分钟之内就又睡着了。

医生告诉姚亮，回去安心睡一个大觉，说患者至少会睡十二小时以上。

姚亮从医院出来。他决定找一个公用电话。他拨了那个檀溪小学的号码，一拨就通了。他耐心听完了那段代替振铃的广告语，对方刚好按了按键。

"请问是檀溪小学的负责人吗？"

"我是檀溪小学校长，我叫覃湘，请问贵姓？"

姚亮事先已经准备好自报老婆的名字卢冰。

"免贵姓卢。覃校长，想跟您请教一下小孩子入学的问题。很想跟您面谈一下，不知您是否能忙中抽闲？"

"可以啊，您看哪里方便。"

"同里街的普洱茶会馆，可以吗？"

姚亮从电话里听得出对方略有迟疑。

"也，可以吧。卢先生，请问是你自己的孩子吗？"

"是我的外孙。覃校长，您看您多久能到？"

"半小时吧。"

"那咱们就半小时之后会馆见啦。"

"一会儿见。"

姚亮坦诚地对茶馆老板娘说了自己的用意，他要查清姐姐在这里病发时的真相。他希望老板娘能帮他的忙，辨认一下来人是否上一次那个人。老板娘说自己不是记得很清楚那个人的相貌，说再见了面也许认得出，也许不能够确认。姚亮说无论怎样也帮忙辨认一下，不能确认也没有关系。

　　姚亮也曾考虑是否还订上次老姐的那个包厢，想想还是算了。他怕惊扰了这个覃湘。索性订了个与那一间相去很远的房，不让覃湘有所联想。他与老板娘约定，在来客出现之后如果认定是那个人，就给他一个手势让他心中有数。老板娘显得有些为难，但终于还是点了头应承下来。

　　姚亮心里有一点紧张，仿佛自己在做坏事。他也把最坏的情形和结果考虑到了，最坏也就是面对面的责问和睁着眼睛说瞎话地否认罢了。他自想不会让这样弱智的结果发生。从电话的声音里他认定自己不喜欢这个覃湘，他不喜欢他那种带点霸道的口吻。

　　这个人的突然出现肯定不是什么好的兆头。因为姚亮和姚明先前商量过，要将所有遗产处理完之后再联络檀溪小学校方。而从电话记录上看，是这个覃湘主动打电话进来，受赠方主动找遗嘱执行人，一定是有所要求或有所企图。有一点可以肯定，是由于这个覃湘的要求或企图，姚明才会将父亲的意见书展示给他看。

　　姚亮忽然发现自己错怪了覃湘。姚明病发时覃湘肯定人不在现场，因为那封意见书还留在姚明手里。倘若姚明病发时覃湘还在，他一定会将这份有法律效力的意见书拿走。姚亮同时也明白了覃湘的诉求是什么。也就是说覃湘的诉求激怒了姚明，两人不欢而散，之后导致了姚明的脑溢血发作。

　　从普洱茶会所老板娘那里拿到父亲的意见书时，姚亮并未知晓其中的玄机，他在眼下这十分钟时间里忽然一目了然。他仿佛亲眼看见了姚明病发前的那一幕，他要按照自己的方式去揭破真相，并且要在这个覃湘的嘴里得到证实。他甚至想到该把这一切记录下来。他的手机既可以录音也可以录像，还好手机电池电量相当充足，支持个把小时肯定没问题。他将手机设置好，挂到窗上，镜头正对着茶台。

3.5.4

姚亮刚来到柜台前就看到老板娘给他使了个眼色，他转过头，覃湘正推门进来。他假作不经意扭转脸，接过老板娘递给他的茶单埋下头翻看。

覃湘在他身后："请问老板娘，有一位卢先生……"

姚亮转身与他面对："是覃校长吧？我是卢冰。"

姚亮把覃湘请到自己订的包厢，对跟随在身后的老板娘点一下头。

"先来一泡09年的紫鹃吧。"

"好的，请稍候。"

老板娘出门。姚亮伸手示意覃湘请坐。

姚亮说："覃校长，我就擅作主张点一泡紫鹃。"

覃湘抱拳："卢先生太客气了。三四年前紫鹃的价位正在最高峰上，堪比十年以上的生普，可称得上极品了。我就恭敬不如从命客随主便了。"

"看来覃校长你也是好茶之人。"

"好茶谈不上，刚入门而已。还请多指教。"

老板娘特意遣上一次为姚明泡茶的茶艺师过来。茶艺师分明认出了覃湘，随即露出笑靥。

茶艺师说："老板您又来了，欢迎啊。"

覃湘说："小妹真是好记性。"

姚亮说："看来覃校长是这里的老客了。"

覃湘说："偶尔，偶尔一次而已。"

茶艺师开始洗茶温杯这一套程序，之后为客人斟上第一道茶。二人举杯相互示意，一饮而尽。

姚亮说："多谢茶艺师。我们聊点事情，斟茶我们自己来。"

茶艺师起身："需要我请按铃，我随时过来。"

剩下两个人了，姚亮不想多耽搁。但覃湘先开口了：

"卢先生，说说您外孙的情况吧。"

"我想把外孙的事情放一放，跟你谈点别的。覃校长，三天前你来过这里是吧？"

覃湘的眼里充满警惕："你什么意思？"

"我想知道你约姚清涧的家人想谈什么。"

"我想谈什么关你什么事？"

"因为我也是姚清涧的家人。"

"你是姚亮？"

"是我。姚明是我姐姐，你三天前在这里见过她。"

"你找我有什么事？为什么要化名？"

"我知道我姐姐和你谈话不投机，我想也许你跟我会比较容易沟通。所以我特意背着我姐姐约你见面。"

"你姐姐的确不可理喻，我跟她那种人就没道理可讲。但是姚先生，我要跟你郑重声明，我跟姚明个人没有任何口角和冲突。"

"姚明是姚明，我是我。姚明也没说你们之间的争执，她只说让我找你，让我们两个互相沟通。你有什么话可以直截了当对我讲。"

"房子不卖是学校的决议，我对姚明说得很清楚。可她一点也不给我说话的余地。她说你父亲的意愿高于一切，她根本不把学校的决议放在眼里。我告诉她我不是代表我个人，我代表的是全校五百名师生的共同利益和意愿。我是学校的法人代表。"

"然后姚明就拿出那张我父亲签字画押的意见书？她让你和你的五百名师生见鬼去是吧？"

"她没说得那么难听，但她就是那个意思。"

"于是你就正告她，姚清涧的房子现在已经属于你，她无权擅作主张。是吧？"

"我比那要客气得多。我说姚总，我当然希望您作为遗嘱执行人尊重檀溪小学的决议。但是如果您一定坚持将房子卖掉，我们也不考虑对您追究法律责任。"

"你说得那么客气啊，连法律责任你也不要追究？"

"我就是这么说的。对她这样的人你就没理可讲。"

"你不追究法律责任。说得真是漂亮。你很大度啊。你他妈的算个什么东西？"

姚亮的突然翻脸让覃湘猝不及防。

"你，你想干什么？你敢骂人？"

姚亮一把薅住他的领口："骂你？日你祖宗十八代！你个王八蛋！"

尽管比姚亮年轻近二十岁，覃湘还是被吓住了。

"你撒开我，你有话好好说嘛。撒开我说话好不好？有话好好说。"

"姚明若有个三长两短，看我不要你的狗命！"

覃湘如梦方醒："姚明怎么了？姚明出什么事了？"

老板娘和茶艺师这会儿已经冲进来，将姚亮和覃湘两个人拉扯开。

老板娘说："姚总当场脑溢血，好危险啊。"

茶艺师说："幸好我们及时打120，姚总才算保住了这条命。"

覃湘说："后来的事我根本不知道。"

姚亮说："你还敢嘴硬！你的那些话跟直接杀人有什么两样？姓覃的，你给我听好，咱们这笔账我会跟你清算到底。姚明的命保住了是你的幸运，我饶你不死。但是她有任何后遗症，我都不会饶了你。"

覃湘说："我奉公守法，我来跟她谈公事，她出什么意外跟我有屁关系？你以为你凶我就怕了你了？咱们走着瞧！看谁斗得过谁！"

他话音未落先转身落荒而逃。留下姚亮在原地气得鼓鼓的。他先前的心理准备没派上任何用场。

3.5.5

姚亮说想一个人待一会儿。老板娘说让茶艺师在这里给你泡茶，她不多说话的。姚亮没表示出异议。

现在事情已经很清楚了，这个覃湘来找姚明，出面干预卖房。姚明于是拿出先前与父亲备好的意见书。也就是说她当年已经预见到日后的麻烦，这一点姚亮是无论如何也想不到的。明明是自己的房子，明明是想做善事，却偏偏事与愿违，最后连老姐自己也搭进去了。

茶艺师说："姚先生，喝杯茶吧。"

姚亮喝茶："紫鹃果然不同凡响。"

"它的香气很独特，回甘有一种特殊的绵柔。"

是啊，特殊的绵柔，一如茶艺师的悄声细语。他忽然从心底蹿出一个念头，有什么办法能够终止父亲的遗嘱呢？倘若不设法终止，父亲所有的遗产都将落到刚才这个坏东西的手里。姚亮特别不能容忍他口口声声要代表五百名师生的那种腔调。姚亮相信，任何一个真心为学校利益着想的校长，都不会把这样一句话放在口头上。说这样的话，这个人一定心怀鬼胎。姚亮对此深信不疑。而且这个人甚至等不及遗嘱执行人将遗产清理完毕再交给他，居然自己找上门来干预遗嘱执行人的遗产清理工作。姚亮完全有理由怀疑覃湘主动找上门来的动机有问题，这时候他想起了一个老同学，她刚好是区教育局的什么领导。姚亮在同学聚会的时候留了每个人的电话，他在电话簿上找到她的名字马上拨通她的电话。

简单的寒暄之后，他直截了当问她现在的职务。她说在纪检当书记，真正是无巧不成书了。

姚亮于是把父亲的捐赠连同他眼前遇到的困扰简单说了一下，他最后说他已经见过受捐赠方檀溪小学的校长，他说他信不过这个人，希望老同学能够帮他了解一下这个人的背景和履历。他明说他不希望父亲一生的血汗落到一个坏人的手里。老同学非常理解他的心情，说一定会仔细了解覃湘的情况并人品。

打过这通电话姚亮的心里总算舒缓了许多。他心里很清楚，媒体已经对姚清涧的捐赠做了若干报道，尽管捐赠的仪式和手续还未履行，但是生米已经做成熟饭，覆水难收，取消与更改绝对没有可能。

姚亮与姚明的疑问不同。姚明是对整个事情的质疑，而姚亮仅仅是对受赠方的法人代表个人的成见。而姚明的质疑却被疾病锁在她的心里，无法与姚亮形成沟通和对接。尽管方向不一样，姚明与姚亮两个人内心的取向，却都在向姚良相当初信口开河的那个方向靠拢。

更为有趣的是姚亮自己并未意识到这一点，他也不会承认自己会朝着自私自利的儿子的方向靠拢。

又是茶艺师特殊而绵柔的声音。

"姚总恢复得还好吧？"

"还好。连主治医生都说她恢复得太好了。"

"当时真把我吓坏了，姚总的脸就贴在茶海上，茶壶也被打翻，水弄湿了姚总的围巾。"

姚亮这才想起是茶艺师第一个发现了姐姐病发。

姚亮说："真要谢谢你的及时救助。如果你不在近旁，后果真不敢想象。"

"姚先生言重了，那是姚总的福分。"

结账的时候他专门给了茶艺师一千元红包以示谢忱。

卷四

章一　新麻烦缠身

4. 1. 1

　　姚明的病倒，将所有的事情一下子堆到姚亮一个人肩上。尽管龚慧和秦皓月马上就到，她们的意义也仅限于陪自己的母亲；尽管老婆和女儿也过来，她们也帮不上他什么忙。

　　姚亮需要捋一下所有这些杂乱无章的事务的次序。

　　　　首先是姚明的治疗；

　　　　其次是关于未成年的秦皓月的安置问题；

　　　　依次往下是祖屋的处理。其中又包含了如何与檀溪小学校方面对，包含了出售及其相关的各种问题；

　　　　再往下是与龚慧商讨姚明个人资产的处置；

　　　　再往下是母亲养老金账户卡清算的遗留问题；

　　　　再往下是父母亲银行存款的领取事宜；

　　　　再往下是深圳房产的出售；

　　　　再往下是面对姚良相并上海房产的连带考虑。

　　姚亮历数一下，发现只有最下面两项原本属于他自己。老姐突如其来的病倒将他压在了万劫不复之地。经过这一段事务性事件的磨砺，他非常清楚如上的任务没有哪一件可以轻而易举就完成。他头大得要命。

但是他没得选择，这就是他的命。

　　今天不是他自怨自艾的时间，他今天的使命是接飞机，而且接的不是一个，是三个。包括从市区出发，他估计自己的一整天都将消耗在接飞机上面。根据过往的经验，最难确定时间的是国际航班，晚点几个小时都在心理接受的范围之内。他估计老婆女儿她们的航班不会有太多延误，因为纬度相近处同一个气候带，天气原因的变数会比较小。北京就难说了，纬度差异大，因而带来的变数也随之加大。从他心里的期待他希望老婆和女儿先到，之后他们可以一起接上秦皓月。女人和女孩之间会比较融洽。如果先接上的是秦皓月，他必得以舅舅的身份去面对和交谈，那都不是他想要的局面。

　　然而事与愿违，首先到达的偏偏是北京航班。现在姚亮无论怎么不情愿都必得与小外甥女聊她的妈妈了。偏偏秦皓月是那种特别关心细节的女孩，她反复追问的是妈妈病发的情形；而偏偏这又是姚亮最不清楚也最不想聊的，他不想和秦皓月这样的小孩讨论覃湘的介入这么复杂的话题。

　　姚亮说："当时的情形，那个为他们泡茶的茶艺师最清楚，你可以到普洱茶会馆找那个茶艺师听她怎么说。"

　　他用这个方法最终逃脱了小姑娘的追问。还有就是纽约航班抵达的通告也救了他的驾，秦皓月的关注转移到即将见面的姐姐身上。

　　外公去世那一回虽然姐姐回来，但秦皓月没有与她单独相处的时间。龚慧太忙了，白日陷在事务当中，到了晚上便是大睡，而且马上就回美国了。还是小姑娘的秦皓月很想和姐姐多聊聊天，居然就没有一次长谈的机会。这次是妈妈病倒，估计姐姐不会像上一次那样来去匆忙。青春期的小女孩有太多的迷茫需要姐姐的指点。

　　现在姐姐来了，秦皓月当真很开心。她很想冲上前去抱住姐姐，但是青春期的羞涩和刚刚才诞生的矜持拖住了她的双脚。她眼睁睁地任由姐姐先走向舅舅，与舅舅相互问候，询问妈妈的病况。所有这些之后才轮到她，无非也就是例行的问候罢了。秦皓月心里很失落，但她努力把自己的情绪遮掩起来。好在这时候舅妈和姚缈妹妹她们的航班也到了。秦皓月偷偷呼出一口长气。

三个航班到达时间的间隔总共才四十几分钟，这是姚亮无论如何也不敢期待的顺利。面对两个甥女是姚亮这个舅舅的责任，所以只有当卢冰和姚缈出现在他视线的那一刻他才真正的释然了。

许久以来姚亮早就形成了对老婆的心理依赖。老婆在身边他会很放松，无论有什么烦心的事都会从容去面对。一旦老婆不在身边，他便会烦躁不安，甚至会发无名火，身体也会出各种各样的小故障。卢冰成了他的主心骨，女儿当然是他的开心果了。

今天天不从人愿，偏偏晚点的是深圳航班。他原来的安排深圳航班最先到，之后是北京航班和纽约航班。有老婆在女儿在，面对甥女的尴尬就不复存在了。

4.1.2

刚刚还是姚亮孤零零的一个人，这会儿突然变成热热闹闹的一群人。这样的变故让姚亮在不自觉当中就放松了日常的警惕性。机场到达大厅里熙来攘往，有人撞了他一下，他并未在意。可是在一分钟之后他忽然有所醒悟，下意识地去摸西装内袋，钱包果然不见了。他环顾左右，很茫然。一分钟可以跑四百米。不要说四百米，四十米也太远了。在这样人挤人的公共场合，十四米对于得手的偷盗者已经是足够安全的距离了。

姚亮马上意识到事情的严重性，其中的两三千元现金是小事，相对比较严重的是那些证卡照等等。他能想到的只有即刻报警，其结果便是被巡警带到机场派出所内询问和笔录。没办法，刚刚被接到的小甥女大甥女并老婆女儿，现在只能任由她们耐着性子去等候了。

派出所里等候处理的旅客还有别人，先来后到的民间法则必定会更长久地耽搁姚亮这一大家人。警察不急，那是他们的日常工作，对他们而言一桩一件的落实更要紧。终于轮到姚亮了，他们让他尽量回忆钱包中的具体内容：

三张银行卡。

身份证社保卡医保卡。

行驶证驾照。

几份要命的关于遗产手续的证明信。

几张缴费卡购物卡。

在修理的手表的取表凭证。

已经缴交的煤气费水电费收据和其他购物发票。

肯定还有其他。

姚亮眼下能够报给警方的只有想起来的这些。在警察的督促下，失物清单的开列令姚亮开始明了，这次小意外将给他带来无穷无尽的麻烦。

首先是银行卡的挂失。他的三张卡上至少有十几万现金和数额更大的储蓄，如果挂失不及时，很快将被刷成三张空卡。其次是那几份关于遗产手续的身份证明书，接下来的遗产处理手续都将有赖于这些证明书；而证明书都是经由姚明的手办理的，现在没了姚明的指点，他去补办将茫无头绪。再其次，更为严重的是身份证。

如此关键时刻，需要他跑来跑去往返奔忙，没有了身份证他将寸步难行。谁也不能够想象六十岁的姚亮乘长途大巴车往返于上海长沙深圳这样一个大三角区域。而在异地补办身份证更是难上加难，他首先要解决回上海面对上海警方的难题。

当务之急是银行卡的挂失。警察首先需要姚亮证明自己的身份，之后才能以警方的角度与银行卡开户行联系挂失。姚亮自己刚刚丢失了所有能证明他身份的东西，但他还没到山穷水尽的地步，因为他的老婆与女儿就在身边，她们的身份证是辅助的佐证。警方可以依据卢冰和姚缈的身份证，通过对户籍的查勘，最终验明姚亮的身份。而姚亮的身份一经鉴明，从警方角度去帮助他挂失就成为可能。

但是完成这个过程肯定需要一定的时间，而这期间的每一分每一秒都关乎银行卡内金额的安全。这一点在眼下是一个相当突出的矛盾，时间的紧迫性与证明的必要性尖锐对立，警方必得从这个悖论当中走出来，迅疾找到一个可以化解悖论的解决之道。

派出所长不愧是资深的老警，他提出第一步要证明姚亮的话是否属实，方法是找来卢冰和姚缈，她俩的身份证足可以证明这一点。证明了属实之后，即通过警方的网络将姚亮的三张银行卡先行冻结，截断被恶意刷卡的渠道，将主要矛盾在最短的时间内封冻，不让其构成进一步犯罪的源头。

做到这一步所长总共用了十三分钟。从事后的结果看此举甚为高明。因为盗贼在十三分钟里仅仅来得及刷上第一笔，是耐克专卖店消费，包括鞋子运动服在内的一揽子购物单。总金额一万三千二百一十八元。

操作完成银行卡的冻结手续之后，所长又为姚亮分析了其他丢失物品可能给他带来的后患。诸如社保卡的冒名顶替，医疗卡的恶意透支，诸如假驾照肇事的可能性，诸如行驶证可能引发的一系列关于车辆的归属，诸如补办身份证那三个月的工作日周期会给他带来的困扰……听着听着，姚亮的脊背上一阵阵发凉。

不说别的，仅眼前他寸步难行这一点，已经让他没一点脾气了。说句残酷的话，仅此一项就已经将他钉牢在长沙动弹不得。而姚良相刚刚携女朋友从美国到上海，而且女朋友急症入院，使小两口有家难归。再有就是深圳的那一大摊子烂事，都等着他去应对。

姚亮此刻的心里只有反反复复的三个字：死定了。

4. 1. 3

姚亮没有把丢钱包连同由此带来的那些心烦的事告诉姚良相，所有这些麻烦都是他自己的，他跟儿子说不着。他只是告诉儿子，大姑的病情让他在短时间内脱不开身，让姚良相照看玛丽和他自己。

玛丽对他们万里迢迢来中国逼老爸卖房投不赞成票。玛丽当然知道，那都是姚良相母亲的意思，而他是不能容忍对母亲有丝毫指责的。所以玛丽不能投反对票。她的暴病将姚良相跟父亲摊牌的时间推迟了。父子俩见面没有摊牌的时间。现在大姑那边又横生枝节，绝对不是一时半晌能够了结的。也许他父亲直到她和姚良相回美国时都回不到上海。

玛丽想不出姚良相会如何应对如此复杂的局面。如果她的身体痊愈得顺利，她在想他是否会考虑去长沙与父亲面谈。以她对姚良相的了解，他一定不会把如此重大的事情在电话里跟父亲讨论。如果他会，他们就不必要往返几万公里跑中国这一趟，同时还冒着失去一个绝好工作机会的风险。

而大姑已经彻底病倒，倘若跑到长沙逼老爸卖房，这样恶劣的行径姚良相绝对做不出来。也就是说他两个人这一次完全有可能无功而返，这绝不是姚良相所能接受的。他们现下的经济状况很糟糕，承受不起这样的损失。玛丽看不到姚良相的出路在哪里。

玛丽自己的身体又不争气，偏偏在这种时候暴病。姚良相不肯用父亲的钱，但是很明显他们自己眼下根本就无力支付一场大病的开销。所幸他父亲已经将治疗押金付掉了，倘若需要更多的医疗费看来他父亲也会承担，这一点让玛丽的心里有了些许宽慰。

玛丽知道自己有必要跟姚良相认真谈一次。

"姚，你想过该怎么跟你父亲谈你的事吗？"

"我的什么事？"

"你是为什么回来的？你的什么事还要问我吗？"

"你说的是卖房子的事吧。我还没想好该怎么谈。"

"不是该怎么谈的问题，而是有没有机会谈。我觉得很大的可能是没有机会。你知道你大姑已经病倒了。你父亲也许很长时间回不到上海来。"

"完全可能。"

"那你怎么办？你不会追到长沙去吧？"

"大姑已经彻底病倒了，我那么做还是人吗？"

"我就猜你不会，所以我问你怎么打算的。是先留在上海，还是去北京你母亲那儿，或者回纽约抓住那个难得的工作机会？"

"我心里很乱，这些事我也想不明白。"

"还有就是我的医疗费，你不要你父亲出钱，可是我们自己怎么办，到哪儿去弄那么大一笔钱？你知道你母亲帮不了你。实在不行的话，我去找我父亲想办法。"

"不要。那样太丢人了，我还算个什么男子汉？毕竟是在中国，我相信总会有办法。"

"相信没用的，问题在于办法本身。我不是逼你，具体的问题就摆在我们面前。至少我们眼前要面对的是走还是留，我们必得做一个决定。"

"玛丽，你的病还需要治疗。你给我两三天时间，我会尽早拿出个可行的主意来。相信我玛丽。"

"姚，我亲爱的，我当然相信你。"

姚良相说自己运气不好，处处事事都不顺利。玛丽以为不是运气，只是他的定力太差，很容易就把已经决定的事情推翻。姚良相也认可她的说法。倘若他们回纽约丢了那个工作机会，那么之前所有的努力包括从巴黎搬家，都将失去意义。这时姚良相自己说出一句话。

"都怪我妈无事生非。"

"你们中国有句话怎么说的，是羊丢了或者怎么样？反正是那个意思。"

"亡羊补牢,羊丢了还是要把羊栏补起来。"

"我们要不要考虑亡羊补牢?"

"你说怎么补?"

"比如现在回去。问龚慧姐姐,若能保住工作就尽快回纽约。"

"可是你在生病啊。"

"我没关系的。我的身体我心里有数。"

"可你是第一次到中国来,连看也没看看就这么回去了,岂不是太遗憾了?"

"第一次没看就第二次再看,别错过了工作机会是最要紧的。不然我们怎么能'亡羊补牢'?"

姚良相知道玛丽说的在理。但是如此荒唐的一次中国之行,对他和玛丽来说是太过莫名其妙了。以他们现在的经济能力和现状,做这样一次又尴尬又无趣的旅游,的确是他们力所不能及的。在纽约订购的往返机票用去了他两人全部的积蓄,现在回想起来这样的做法完全是孤注一掷,连他自己也无法解释为什么会有如此疯狂的作为。

事情很明显,若父亲根本不考虑卖房,他唯一的出路便是与父亲力战到底。他几乎就没给自己留后路。至于玛丽的暴病就更在他意料之外,意外中的意外。

4.1.4

儿子的困境对姚亮而言根本不存在,姚良相不会说,姚亮自然就无从知晓。他为儿子所能做的,他自然会努力去做;做不了的他也只能听天由命。

他现在要面对的是自身的困境。

在丢钱包之前,排在首位的是姚明的治疗。现在排在首位的是他自身身份的认定了。姚明的病情相对稳定,而且身边也有了照顾她的人。

但是没有身份证带给姚亮的困扰却极难解决，而且拖延不得。万不得已的方法就是租上一辆的士昼夜兼程往上海，先将身份证补办，然后再考虑工作日的缩短问题。现在这些事情只能与老婆商量，老婆也提不出更可行的办法。

进一步的问题是在工作日无法缩短的情形下，他下一步的出行方式如何解决。总不能再来长沙还用这样又奢侈又疲惫的方式，身体上吃不消，经济上也吃不消。他又不可能一个人窝在上海，一直等到工作日结束。当然上海还有姚良相和玛丽，他们也都需要他。而且他与他们之间还有另外一道难解的大问题。

龚慧坚持让舅妈她们住大房，自己和秦皓月住小房。姚亮也试探着问过龚慧，如果住不惯就去住酒店，龚慧毫不迟疑就否决了。好在家离医院不远，步行也只需要十二三分钟。

龚慧分析，警方对姚亮的这种情形应该有应对之法；比如一种临时的身份证明，就像她多年前在中国时所见过的那种带照片的证明信，或者诸如此类的。

她的建议提醒了姚亮，姚亮决定跟学校里的相关管理层探讨，看有什么方式可以替代身份证来证明自己，让自己可以自由来去。他主动提到带照片的证明信，看有无操作性。学校的相关负责人很体谅姚亮当下的难处，亲自去所在地派出所找所长协商。所长答应想办法。

小小的派出所长当然不可能推翻上级机关制定的工作日制度。但是中国的事情有时候并非铁板一块，所长也有自己的人脉，他希望能通过人脉来打通中间的环节，想方设法将工作日的长度缩短。毕竟姚亮教授是有影响的知名学者，特事特办也就有了名正言顺的理由。经过所长的不懈努力，最终的决议是姚亮不必本人到场，但必须提供近照，由学校出面证明其身份证已挂失，在七个工作日上补发新身份证。

事情有了如此的进展令姚亮大为感动，他心里想好回上海的第一件事就是为所长送一面致谢锦旗，而且要找媒体的朋友将所长的美名发扬光大。对于已经身处绝境的姚亮而言，获得这样的帮助，意义比天还大。

姚亮通过电话与开户行联系，知道三张银行卡都已经被冻结，其中一张有一次刷卡消费记录，就是前面说到的耐克专卖店那一次。这已经是万幸了。

还有一件较为尴尬的事情，就是姚亮接下来的开销。平日他们家庭的习惯是银行卡主要在姚亮手上，卢冰自己卡上的钱不多，万把块钱而已。现在一家三口在外，卢冰的那一点钱显然应付不了几日。所以姚亮决定把自己的困难告诉龚慧，他打算先借姚明的钱。龚慧认为当然应该这样，她让舅舅自己带上母亲的卡。姚亮认为不妥，他坚持让龚慧用姚明的卡取出十万元，然后他将这笔钱存到卢冰的卡上。又一个难题解决了。

4.1.5

姚良相主动给姚亮打来电话，这也是姚亮连期待也没有的意外之喜。不过事情不如他预料的那样，姚良相不是要主动和解，他和玛丽要在最近几天里回纽约。

姚亮自然想不出其中的复杂，他凭自己的心情力劝姚良相他们在上海玩一玩，他说自己这边的事情有了眉目就会尽快回上海。玛丽的病情恢复得不错让他很高兴，但他提醒他们还是要格外注意身体。他没忘了自己作为父亲的责任，他让姚良相去开一张银行卡，他给他的卡上打过去一些人民币。姚良相说不用。

他与儿子之间的关系是如此微妙，在任何大事小情上他有的只是建议，他只能被动地承受姚良相的选择。

他忽然想起上一次在上海，他给姚良相零花钱，姚良相也说不要，但是他一坚持儿子便也收下了。他于是让老婆为姚良相开一个新的银行卡，存上一万元现金，之后将银行卡连同密码快递给姚良相。他相信儿子这一次也不会拒绝。

眼下他实在无法更多地顾及儿子和玛丽，为他们做一点儿子能接受的事，姚亮内心的歉疚也会有些许减缓，算是一份心理安慰吧。

姚亮这边所有的反应都只是他的一厢情愿，对于远在上海的姚良相的意义极其有限。仓促而冲动的中国之行令姚良相将自己置身于困境，这是姚亮怎么也帮不上他的。除非姚亮主动考虑将上海的房子卖掉，并将钱分给姚良相，而这种可能性在当下近乎零。

姚亮哪里有闲心去考虑卖自己在住的房子？父亲的遗产已经让他焦头烂额了，加上姐姐的病倒带来的连锁麻烦，再加上丢钱包的所有困扰。所以姚良相尴尬在于没有人能帮到他，除非他放下身段主动与父亲和解，并且在此基础上将自己的困境全盘道给他父亲。能帮他的只有姚亮，但是他放不下身段就无法得到姚亮的帮助，这样的悖论只有姚良相自己清楚。因为他是作茧自缚，所以他无法独自将捆绑自己的茧子挣脱。

姚良相已经与龚慧通过电话。龚慧说只要他回去，工作机会就一定还在，看来她与商业摄影家的渊源颇深。但是玛丽认为也许事情会有所变化，她的理由是龚慧自己也许会做出改变，因为母亲已经病倒，她自己的工作安排必得考虑到母亲的身体；她最终决定回中国也说不定，她不可能倚靠未成年的小妹去照料母亲。倘若龚慧自己有变化，那么她为姚良相提供的工作机会就不会有变化吗？这是玛丽的考虑。所以她建议，他们还是早一点动身回纽约比较稳妥。只要他们自己抓住了这个工作机会，而龚慧的个人变化在后，那么这个机会仍然会属于姚良相。

玛丽开始提回纽约的时候，姚良相并未认真考虑。现在不同了，尽快回纽约抓住眼下的工作机会，这一点成了他们两个人的共识。这也是摆脱现有困境的唯一办法，姚良相回去上了班，马上就会有薪水，他们的生计也就暂时有了保障。这一点对小两口至关重要。

无论如何父亲快递过来的那张银行卡，对他们眼下的困局是一个小小的疏解。既然已经跟父亲在电话里打过招呼，姚良相决定确认返程机票的航班。

玛丽提醒他该先和母亲打个招呼。姚良相摇头，说确定了再告诉她。他心里很清楚，就这么无所作为回美国，他跟妈妈交不了差；而且他从心里对妈妈一定要求他回来也有所抵触，他遭遇的这许多尴尬都是由于他贸然回来所致，回来本身就是个错误。

眼下他最关心的倒是玛丽的病情，毕竟发病的那一刻他就在她身边，他领教了继发性气胸的厉害。他心里很清楚它完全可能要了她的命，所以他真被它吓住了；他无论怎样也不敢想象她离他而去的情形，她是他的命，是他的一切，他对她的爱没有一丝一毫的杂念。

缺乏沟通是这个世界最可怕的状况。

试想一下，如果有沟通，那个唯一能帮姚良相的人会义无反顾地帮他。因为那是他自己的儿子，儿子无论做了怎样不可原谅的事情，最终都是可以原谅的。血缘，血统，以往这些抽象又抽象的词汇在这一刻显出了独有的价值和意义。

再换一个角度去想，作为儿子的姚良相在充分的沟通之下，不可能对自己的父亲有如此之深的误解。一旦误解不在，之间的矛盾瞬时便土崩瓦解，姚良相当然也就不会有眼下诸多的困境。

但这本身就是个充满悖论的世界。缺乏沟通才是这个世界的真谛，企望有充分的沟通根本就是奢望。

医生对玛丽的病情没有任何不良的预测，这也是姚良相定下两日内动身的主要原因。他用电话将这个决定告诉给母亲。而对父亲的方式则是用短信。

玛丽思虑再三，还是决定暂时不给她的父母亲消息，让他们误以为她还在姚良相的家乡逗留。他们从纽约起身前，她曾经给家里电话说要去上海，但她没说是去做什么。她父母能够想象从纽约到上海是一个不小的举动，而且他们刚刚到纽约，生计还是个问题，他们做这样的决定一定有他们自己的理由。可是忽然又要回纽约，他们一定想不通，一定以为两个孩子疯了。

姚良相说："你不告诉他们不好吧？他们日后知道了肯定会责备我们。"

"可是我怎么告诉他们？就说我们是疯子？这样吧，等我们在纽约落下脚，你的工作有了着落，我再告诉他们我们回纽约了。这样不至于让他们很担心。妈妈一直很放心我，从小到大一直都是。只是在认识你之后她不放心了，我觉得很对不起她。"

"我发誓我一定会让你妈妈改变，让她重新对你放心。玛丽，是我不好，让你受委屈了。"

"别那么说，姚，为了你我什么委屈都受得了。天下的父母都希望自己的孩子好，只要我们过得好，妈妈也就一定会放心的。我对你有信心，我们一定会渡过眼前的难关。我爱你，我相信你。"

话已至此，姚良相能收获的也只有感动了。

章二 虎落平阳的姚明

4.2.1

从姚明刚苏醒那一刻的情况看，医生和姚亮都很乐观。因为首先她没丧失语言能力，她能说话，这是个很好的兆头。许多脑损伤患者先就丧失了说话的能力。能说话又表明了她并未丧失思考能力，也就是脑子没坏。

但是从肢体的状况上看又不很乐观。她的全身呈轻度麻痹状态，表面上看都还有知觉，但她自己又不能完成任何动作；诸如翻身，诸如独自抬起手臂和腿，这些她自己都做不到，一定要有人协助才行。值得庆幸的是大小便完全可以自控，当然一定要护士拿便盆为她接便。

姚亮和龚慧都努力逗她多说话，但效果不理想。她不爱开口，即使开口了句子也很短。医生说她最好能多说话，因为说话本身可以带动大脑的活动，需要启动其中的逻辑机能，这一点对脑康复有直接的帮助。但是她就是不爱说，说得太少。这种状况让姚亮和龚慧很焦虑。

龚慧说："一定是受伤的脑组织处于很衰弱的状态。说话需要的能量让脑组织不堪重负，所以下意识就对开口说话这样需耗费能量的动作下了禁制令。也许现在还不是开口说话的恰当时机，伤口还需要进一步弥合，需要做进一步的自我修复。我们急也没用，只能耐心等。"

姚亮说："以我能理解的范畴，你的话是对的。脑血管如此脆弱，伤口的弥合和自我修复一定是一个相当缓慢的过程。我相信思考，逻辑能力，包括说话这些行为在充分康复后肯定会自行恢复。而康复本身是不可以强求的，只能由自身机能去慢慢发挥作用。"

"舅舅，以我的经验，妈妈这种状况在医院的环境里并不是很适宜。因为这里的气味是典型的医院气味，是充满了来苏水和各种药品以及其他消毒剂的嗅觉环境。现在她的其他知觉都偏弱，所以嗅觉相对会很敏感。她所看到的又都是医者和患者，这对她的心理暗示会很消极，让她随时意识到自己也是患者，下意识中会堆积起悲观甚至绝望的情绪。"

"你的意思是离开这个环境？"

"我也看了每日的治疗药物，主要都是些安神类型的。其中只有一种是作用于血管壁康复。这些治疗我们不在医院里也可以完成。"

"可是爷爷奶奶家的环境也不是很理想，老房子总会有一些霉气，有某种令人颓丧的气息。倘若考虑出院，最好找一家有自然山水的度假村。"

"是个好主意，我们这一两天抓紧时间找度假村，定下来就办理出院搬过去。舅舅，那就劳烦您去找地方，妈妈这边有我。"

龚慧的考虑很周到，现在也只能是这样的格局。

原来被姚亮忽略的秦皓月这会儿有了施展才能的机会，成了舅舅最得力的帮手；因为她所精通的电脑和网络，她可以轻而易举地将城市周边的那些有真山水的度假村找出来，让舅舅逐一挑选。

姚亮从没想到网络会让原本复杂的事情变得如此简单，他在一天之内就浏览了三十一家度假村。它们有的有大量照片，有的甚至有录像，其中的环境布局连同设施都一目了然。而且最奇妙的居然有报价，有相当诱人的优惠以及折扣。现在姚亮要做的便是电话咨询。

姚亮毕竟也是老人家了，他不会仅仅看过照片和录像就下单，他还是属于眼见为实的那一辈人。在经过比照挑选，又电话咨询过七家类似的机构之后，他还是挑出了三家作为候选。他要亲身到场而后再行定夺。在他看来，最后选中的这一家就是一段时间里老姐的临时家园，或者同时包括自己的一家三口。老姐已经如此，他一家人绝不可能在老姐彻底康复前与她分开。

说真山水也许并不适合如姚明这样的病人。但凡有真山水的，必定是在山中，有山路上下起伏，既不适合轮椅更不适合徒步。最理想的是山脚下有天然水系的地方，既可以看到山，又不必攀爬起落。姚亮就是根据这样的考虑最终选定了桃花源度假村。里面有个桃花潭。如果一定要追其究竟，李白的千古绝句肯定在姚亮心里起到了暗示作用：

桃花潭水深千尺，不及汪伦送我情。

4. 2. 2

既然有潭就一定有天然水系了。那是一道流瀑，水量不是很大，当然水也不急。不过被称之为桃花潭的水面还是比较开阔，差不多有上千平方米。说桃花潭水深千尺，姚亮以为那是比兴，多少带有夸张的成分。这里的桃花潭水，深千尺肯定是没有，说深三尺还差不多，至少比一般的人工水景要深一些。比较有意思的是商家将潭水外流的渠道完全实景再现，以一比一的比例复制出九曲流觞，著名的绍兴王羲之旧居之名景。

桃花潭背倚的桃花山名副其实，山上至少有三分之一的植被是桃树。与桃树并重的还有竹林。另外的三分之一是各种阔叶乔木和藤类植物的交织，其中不乏品类繁多的灌木。这里的环境的确很美，也很自然。姚亮租下一幢面积有二百八十平方米的别墅。

让姚亮开心的是姚明喜欢这里，这也是他的初衷。

尽管那道流瀑本身说不上有多壮观，但是姚明喜欢让家人把她推到流瀑对面。她会长时间地面对流瀑发呆，甚至完全听不到家人对她说的话。

茂盛的园林让龚慧很满意。桃花源是一个富氧的环境，而母亲的脑恢复最需要的就是这样的天然富氧。卢冰在龚慧的指导下承担了护士的职能，她主要做的事情是为姚明挂点滴，每日三次，是不同的药剂。

龚慧告诉姚亮，姚良相和玛丽已经回到纽约，下周一便是姚良相上班报到的时间。姚亮说他们绕了半个地球回来一趟，他居然没有一点时间陪陪他们，心里觉得有几分歉意。他不知道姚明已经在电话里将姚良相要回国逼宫卖房的事告诉给龚慧。

龚慧说："舅舅，我听说了，良相回来的目的是逼你卖房。他没提这件事就回去了？"

姚亮说："他跟你说的？"

龚慧摇头："是妈妈。他刚到纽约，而且费了那么大劲，突然就要走，又没对我说清楚到底为什么。我就在电话里问了妈妈。"

姚亮说："可能就是因为他和我没机会深谈一次吧，毕竟卖房子是家里的大事，可能他觉得在电话里说不太合适。而且在你妈病倒之后，也许他觉得再提这样的事情就更不合适了。他一个字也没提，就这么走了。"

"我和妈妈聊过这件事，妈妈当然不支持良相的想法，更反对你在逼宫之下做让步。但是我的想法不一样。舅舅，跟您聊这个您心里有抵触吗？"

"没有。你也不是外人。我其实很想有个人能痛痛快快说一下，而你舅妈不是个合适的人选。因为这件事涉及家里的财产分配，你舅妈和姚绲的利益都在其中。你知道你舅妈的性格，她是一切都要让的，绝对不争。所以我跟她聊这个的结果，很像是我促使她主动提出做让步似的，这不是我的本意。而且我的确对范柏在背后推姚良相做这件事很抵触。"

"既然您说了这些话，我也就说说我的想法。您心里最想不通的还是范柏阿姨的唆使，如果没有她在背后，如果仅仅是良相自己有这样的要求，您还会有现在这么大的火气吗？"

姚亮想想："不会那么大吧。但还是会生气，因为毕竟在成年之后提前来要属于他的遗产份额，他的自私还是太过了。我不愿意看到自己的儿子把钱看得这么重。"

"良相这么多年不在您身边，我觉得他有这样的想法不足为奇。或者说很自然。你和舅妈姚纱，你们一家三口和和美美，良相会觉得这个家跟自己关系不大。他提这样的要求有两种可能，一种是您想的看重钱，还有一种是他想引起您的关注，想提醒您他也是您的儿子。您想想是不是有这种可能？"

姚亮再想想："可能。因为隔着千里万里，他又已经长大了，我平日里想到他的时候的确不是很多。"

"他到纽约之后我们之间的交流比较多。我知道他在巴黎的时候很想去读专业摄影，但是他的年龄大了，学费和专业方面的开支都远远超出自己的能力范围，这种时候就很想有一大笔钱来支持他完成自己的愿望。可能就是这时候，范柏阿姨提醒他房子有他一份，他可以去要求自己的权利。我们这些在国外待久了的人，都比较习惯从法律的角度想事情。所以他会觉得母亲的提醒有道理，既然那是属于他的财产，他什么时候需要使用就理所应当对你提出来。这种情形在国外是非常普遍的。在国外，长辈对晚辈的财产赠予非常明确，而且有一整套法律做保障。我猜良相压根就没想过，您在房产证上写他名字是在遗产意义上给他的保障，他会认为您就是完成了一次赠予行为。这就是国外的教育。"

"明白了，这也是他不以为自己做了错事的原因。或许他只是觉得父亲在提前做财产分割，分到他名下的他当然有权自由支配。但是小慧，这是在中国啊，中国不是法国也不是美国。仅仅是因为父亲对儿子的爱，在房产证上写上儿子的名字，儿子就应该把父亲从自己的房子里赶出去，把房子卖掉之后分钱？这种事情在中国行得通吗？说他是在外国，他毕竟是在中国长大的，他对中国并非不了解。就因为出去了几年，就回来拿外国的法律来对付中国的老爸？"

"即使在外国，他的这种做法肯定也是不对的，也会受到有良知者的谴责。外国与中国的不同是这种做法会受到法律的支持。我这么说也许偏颇，也许在中国同样会受到法律的支持。但是从良相的作为上看，他也并非就没有良知的提醒。比如他尽管迢迢数万里回来了，却终于没有张开这个口，我想这正是良知在良相心里的作用。还是困境让他有了非分之想，但是他在去实行的过程里又受到良知的制约，这就是我的想法。"

"小慧，你看得比舅舅清楚。毕竟你们之间有相近的经历，所以彼此的理解会比较近。站在我的角度很容易火冒三丈，认为一切都是贪念恶念在作祟，认为不良企图的教唆导致了贪念的膨胀。我没能设身处地从良相的角度去看这件事。舅舅这一辈子都是在自以为是上面栽跟头，到了这个年纪还是不接受教训。可悲啊。"

"舅舅，你也用不到这样自责，换任何一个人站在您的角度上去看这件事，十个有十个都会像您这样。意气用事原本就是人的天性。倘若每一个人都丧失了意气用事的本能，都用法律的和社会约定的方式去面对自己的难题，这个彻头彻尾的理性世界真的有意思吗？真的更适合人类的继续吗？我很怀疑。我之所以对您说了上面的话，还是因为您是我舅舅，良相是我表弟，我不愿意看到你们俩之间因为财产而结仇，所以持了和稀泥的立场。而我自己压根就不是一个喜欢和稀泥的人。"

"小慧，你让舅舅明了了很多舅舅从来不去面对的道理。我明白公说公有理婆说婆有理的意思，但我就是不愿意又站到公的立场，又站到婆的立场。所以有些道理你一生都不去面对，你也就看不到事情的另外一面。你今天当真是给舅舅上了一课呵。"

4.2.3

卢冰开车带秦皓月和姚缈去买菜。她们去的是十几公里之外的一家大润发超市。

她们出发之后，姚明要龚慧关了大门。姚亮看得出老姐有话要说，将她的轮椅推到客厅里大窗的跟前，他和龚慧坐到她对面。姚明像变戏法一样手指忽然从掌心捻出一枚钥匙。

姚明说："我跟你舅舅讲过，有个保险箱。"

姚亮点头，他其实并不记得什么保险箱。他依稀记得曾经聊过她的遗产话题，但也只是一聊而过。

姚明又说："就是这钥匙，你和舅舅去弄吧。"

龚慧说："弄什么？怎么弄？我没明白你的意思。"

姚明有气无力："随便你们了。"

姚亮说："别，这可不行。你们的家务事你们自己处理，别扯上我。老爸老妈的遗产已经够烦了。"

龚慧说："舅舅，您别推卸责任啊，妈妈既然委托您，您怎么好意思推辞呢？"

姚明显然不想多说话："你们两个一起。小慧，推我去瀑布那边。"

姚明就是这房子里的武则天，她说什么大家只有听的份。她让龚慧推她，也就意味着她不让姚亮留在她身边。姚亮就是这么理解的。所以龚慧将母亲推出大门时，姚亮自动留在了大窗前。他从这里可以看到龚慧推着老姐往流瀑方向去。他努力回想当时姚明是怎么说的，他希望自己能够弄清楚姚明的想法。

记忆真是个奇妙的东西。不经意的时候似乎它根本就不存在，一旦你能够凝神入定，你会发现所有的记忆都会回来。

他甚至回想起当初他和老姐是怎么说到她的财产的，但在他的记忆中压根就没有一个保险箱。他很清楚地记得她说有三个纸袋，她一定是把自己说过有三个纸袋的话误记成保险箱了。也就是说三个纸袋是放在某一个保险箱里。找保险箱应该不是件很困难的事，家里，公司里，或者是在银行租借的那种。

他还记起了她要他做她的遗嘱执行人，也就是说她有属于她自己的遗嘱。现在他明白了她刚才的意思，她要告诉自己的成年女儿龚慧，财产处理由舅舅帮你。应该就是这个意思。但是姚亮不想过问太多，因为龚慧早已是成年人，有自己对财产和金钱的看法；而且姐姐尚在，根本轮不到他来对龚慧指手画脚。但他同时也能够理解老姐的心思，她已经大病当头，她怕自己不能够自作主张去处理财产，所以特地当着大女儿的面申明"你们两个一起"。毕竟龚慧与秦皓月都有各自的父亲，她俩将来的利益是不一致的，所以老姐需要有一个人为两姐妹主持一个公道。而他正是那个她选定的人。

姚亮用了不到十分钟就弄明白姚明的意思。

通过这一段对遗产以及遗嘱这些事情的介入，他基本上已经搞清了一些约定俗成的经典法则。

诸如，配偶在整个家庭财产中占有百分之五十的比例。除此而外，他（她）同时作为遗产的第一顺序继承人也拥有与其他第一顺序继承人分享遗产的权力。

诸如，第一顺序遗产继承人中有未成年者，要首先在遗产中分割出未成年人的抚养教育份额，之后再将所余遗产按人头平均分配。

诸如，倘若遗嘱中有立遗嘱人专门设定的遗赠事项，则先将遗赠部分分割出来，之后再将所余遗产按人头平均分配。

姚亮在心里为如上三条排了次序。A 配偶为先，首先扣除配偶的部分，其余的才属遗产；B 遗产中的利益首先考虑未成年者，将抚养教育所需金额扣除后，余者按人头分割；C 之后是遗嘱为先，遗嘱中有遗赠则先行分割，余者按人头分割。

姚明的财产尚不属于遗产，但由于姚明目前无独自处置其财产的能力，因而可以参照上面的基本法则。

配偶一项略，无配偶。未成年法定继承人有秦皓月，而关于秦皓月的抚养教育费用正是需要他与龚慧讨论的事项。再有就是遗嘱中的赠予内容，目前尚不清楚，需要找到之后才能知晓。当然眼前最重要的还是财产本身，姚亮知道那三个纸袋是关键。

老姐要他留下，让龚慧陪自己出去。很明显她有话要对大女儿讲。但是依照她当下的身体状况，她最多也只能说两句三句，而且都是短句。以姚亮的判断，极有可能是"有遗嘱，舅舅是执行人"，或者诸如此类的。当然也不排除是体己话，毕竟姚明与女儿从血缘上比姚亮更近。没有什么是不可能的。那样的话姚亮便无法揣度了；所有体己话都是秘密，秘密不需要别人的揣度。

4.2.4

正如先前姚明自己的话，她的事情比较简单。她说的保险箱就在自己家里，而且姚亮也知道，只不过他忘记了而已；而且不久之后他便会想起来。这会儿姚亮即使想起来也毫无意义，因为眼下他不可能去北京，他没身份证根本无法作长途旅行。

所谓时机未到，应该就是这意思。

姚亮心里忽然咯噔了一下。都说人到时候了自己知道，老姐这时候要龚慧和他去处置她的财产，难道老姐知道自己的时候到了？这么想的时候姚亮有如五雷轰顶，不会那么严重吧？医生不是说她的情况很乐观吗？在姚亮的心里，人还活着的时候就买保险或者讨论遗产都是不吉利的事，典型的中国逻辑，老古董的意识。他知道老姐比他开通，他把这些说出来她会笑他。

在他看来老姐的财产问题可能会比较简单。龚慧的经济状况看来相当好，她完全不需要来自母亲方面的帮助，所以也不至于为分割母亲的财产而你争我夺。秦皓月尚未成年，根本没有这方面的诉求，而且她得到的会是超过一半的份额，应该不会再起意生出事端。

当然龚慧不是她一个人，她还有老公孩子，她背后也有自己的父亲，这些人会不会出什么幺蛾子就很难说。姚亮也知道秦皓月的父亲是个很难缠的家伙，当年和老姐离婚的时候这家伙很是折腾得厉害。但是后来便销声匿迹了，再没出现过，连秦皓月也没有他的消息。

老姐卧床的结果让姚亮忽然挺起了腰杆，他意识到自己责任重大，所有那些需要老姐面对的事情现在都转到了他的肩上。他自认为他责无旁贷。

他也和龚慧聊过她的去留，龚慧说已经请了长假，母亲的状况不允许她离去，毕竟纽约在地球的另一端，万一出现了紧急状况她是无论怎样都来不及的，所以她已经有了失去工作的心理准备。请长假的结果就是把岗位让出来给其他人，她自己能够再回去时还会不会有她的岗位就难说了。她说这些话的时候轻描淡写，而姚亮作为听者却并不轻松，毕竟她那是一份高薪的职业；她早就是美国人了，一份稳定而且高收入的职业对任何人都不是一桩可有可无的事情。

换一个角度说，龚慧为了母亲选择了留下来，仅就这一点已经让姚亮这个做舅舅的很钦佩了。为一个孝字，龚慧已经做出了莫大的牺牲，甚至可能因此改变以后的生活轨迹。姚亮很清楚，她这个美国人做到的，绝大多数中国人都做不到。他自己首先就没做到这一点，他不可能为了年老体弱的父亲母亲而放弃自己在上海的教授职位，回到长沙守候在父母亲身边，他当真做不到。

他和龚慧商量，该让秦皓月回北京继续学业。尽管现在是假期，但是离开学的日子也不久了；让小孩子长久笼罩在母亲生病的阴影之下，对她的心理肯定会产生许多负面的东西。龚慧认同他的想法，他们着手为秦皓月预订了几天后的机票。

以龚慧的想法，给秦皓月的银行卡上补足足够她一学期开销的金额。

但是姚亮有不同看法，因为他认为龚慧定的数额太大，远远超过了姚明先前的标准。姚明之前是每学期一万五千元（学费在外），姚亮认为她母亲的想法很好，不让她从小就养成奢靡浪费的习惯。她是住校生，自己要面对一个学期里所遇到的全部问题，一切开销都在其中。一个学

219

期五个月，平均每个月三千元。但是她的卡余额经常保持在一个很高的水准上，她要有应对不时之需的准备。应该说姚明的策略是成功的。

龚慧想的是女孩子正在青春期，如果条件允许就不要让她太拮据，不要让她总是抑制自己的一些需求。另外女孩子富养要优于穷养，穷养的结果会让女孩子对钱有太强的欲求，所以可能会导致为钱而自轻自贱。这个世界的诱惑太多，能够避开金钱的诱惑对一个女孩子不能不说是一种幸运。这也就是穷养儿富养女的道理。

姚亮不好与龚慧争辩，只是说六万元无论如何是太多了，把那么多闲钱放在孩子手上总归不妥。因为谁都知道钱是个很容易生出事端的东西，多了不一定就是好事。钱多了自然会助长欲望，当下这个世界，不是欲望太少而是太多了。龚慧见舅舅如是说，便主动提出将六万元改成两万元，只在母亲先前的水准上增加一点。

4. 2. 5

姚明的手机响了，是一个陌生的号码。龚慧接通了之后将手机递给姚亮，对方是个女的，说她是檀溪小学的教导主任。姚亮马上想起那个叫覃湘的校长。

教导主任声音很好听，语气也很柔顺。她问姚先生是否能抽出时间见一下。姚亮问她有什么事，她说她想了解一下姚清涧遗产的清理进行得怎么样了。姚亮电话里说遗嘱执行人病倒，所以遗产清理暂时停下来。她还是坚持请姚先生在百忙中抽时间见一下。姚亮发现自己很难去拒绝一个和蔼可亲的声音，只能答应下来。她说她会把见面的时间和地点用短信发给他。

卢冰说见面似乎不妥，因为之前与那个校长的冲突并没有一个结果。说不定是校长的一个阴谋，将他骗过去跟他算账，以报上一次会面之辱。姚亮不以为然，倘若对方想报复，他是躲不掉的，因为老房子的地址校方非常清楚，所谓跑了和尚跑不了庙。卢冰认为是校方找不到姚亮，才通过电话来找他。毕竟他们现在没住老房子，而桃花源这个地址校方是没有的。依照上一次会面的情形，那个叫覃湘的校长也许将姚亮起诉了也说不定；卢冰说这个教务主任也许就是来送法院传票的。

"是福不是祸，是祸躲不过。真要是来送传票的，我东躲西躲反而会有大麻烦。见，我还怕了他不成？"

是他们一家人想多了，事情根本没那么复杂。

教导主任是个五十岁左右的小个子女人，她那张脸毫无特征，不会让人留下特殊的印象；但她的声音的确悦耳。她要表达的意思基本上与覃湘相同，但她的方式要委婉许多。

"姚先生，我们覃校长是个说话不中听的犟巴头，其实他人很好的。当初我们开会讨论的时候，他考虑的是姚老先生的美意不可以被滥用，他认为如果房产都在仓促中变现，在价格上会打很大折扣。而且学校原本是国家全额投资，在经费方面没有问题，所以也不急等着用这笔钱，不必将房产在经济形势最不好的时候以低价卖掉。覃校长还是希望姚老先生这笔宝贵的捐赠能够利益最大化，发挥更大的作用。所以学校做出这样的决议，也是出于对这笔捐赠的重视。还请姚先生理解。"

"您这么说我当然能够理解。其实你们覃校长完全可以不必用他那种方式去面对这一次的捐赠行为，毕竟捐赠方和被捐赠方的立场是没有冲突的，双方完全可以坐下来，可以和颜悦色地商讨这件事。他一上来就拿法律在手的口气压我们，太可笑了。"

"还是请姚先生不要太计较他说话的方式，我们作为他的下属和同事，经常被他的说话方式所伤害，也经常会和他针锋相对大吵一通。我们了解他，就比较容易原谅他。但是他用同样的方式对姚老先生的家人就太不对了，无端地伤害对檀溪小学有恩的人，他这种行径的确让人气愤。姚先生，我代表檀溪小学，在这里向你赔不是了。"

姚亮摇头："不是赔礼道歉的问题。覃湘的无礼和直截了当的伤害，导致了姚明脑溢血突发，人已经完全病倒，经过抢救才脱离了生命危险。这一点普洱茶会馆的老板娘和茶艺师都可以出庭作证。覃湘已经造成了直接的人身伤害，已经不是赔礼道歉可以解决的问题了。"

"我非常理解您的心情，学校会对覃湘的行为给予必要的教育和处置，我们会责成覃湘本人来面见您和姚明，向你们做诚挚的道歉。姚先生，感谢您肯见我，也希望您能对覃湘的冒犯予以宽容和谅解。"

章三　天上掉下个姚哥哥

4. 3. 1

姚明的手机又响起来，手机在姚亮身边，来电显示上有五个字，"派出所老张"。姚亮按下绿键。

"请问是姚明姚总吗?"

"我是姚亮，姚明的胞弟。请问有什么事?"

"是这样，有一位叫吴姚的自称是姚清涧老人的儿子，听说老人去世的消息，便找上我们要求行使继承人的权利。他听说了姚明和姚亮在处理老人的遗产，便要求面见你们两位。我没有马上答应他，想先跟姚总打个招呼，看看姚总的意思，见还是不见?"

"老张，多谢你。我听姚明不止一次讲到你的帮忙，真是太谢谢了。你说的这种事情明摆着是骗子，根本不要理他。我父亲绝不可能有私生子。"

"姚先生，他带着村委会为他开的证明，上面有十几个村民的签名画押。据证明信上说，这个吴姚的出生日期是 1948 年 3 月，是姚清涧在老家的发妻所生，是姚清涧的长子。村委会所在地是湖北省公安县下姚村，请问与你的老家所在地是否相合?"

"老家是这个地址，可是……"

姚亮忽然意识到某种莫名的恐惧，不会真的是父亲不可告人的秘密吧? 他和姚明当真有一个连他们母亲也不知晓的哥哥? 这个人比姚明大一年又七个月，而他非常清楚父亲参加革命的时间是 1947 年 9 月。母亲比他早半年。从时间上分析，这种可能性不是没有。

"老张，你知道姚明病得很重，肯定没办法面对这样的事情。这样，我马上回市里，我去面见这个人。本来也打算抽时间去拜会你，我们一会儿见。我们见过之后我再去见他。"

"你过来最好。我这边已经与湖北公安县警方联络过，他们已经调取了下姚村吴姚户籍和照片发给我们。可以确认来人与警方的资料相符。所里警力有限，不可能派专人去当地辨认，所以只能把辨认此人并证明信的事情交给你们自己。你过来吧，过来了再说。"

事情过于突然，让姚亮有些无所适从。他决定先不跟家人讲，自己先过去见一下，做出判断之后再考虑该如何应对。

他通过度假村总服务台向神州租车行订了一辆皇冠牌小轿车。他考虑到也许需要经常跑市里，索性就包了两个月。车行的价格是鼓励长租，所以包月比零包的日租金要低很多；包两个月在包月的基础上又有折扣。他要求对方将车直接开到桃花源交付。

到底是中国最大的车行，他们的服务很到位，不到一小时车就到了，同时随车带来了全套的租车合同。姚亮所要做的只是阅读合同，签字，验车和刷卡。姚亮就此成了这辆车的临时主人。送车的业务员得知姚亮去市里，便委婉地询问可否搭车。搭车当然不是问题。

姚亮先见过老张，再一次道谢。

老张以他老警察的身份帮他分析，这个吴姚冒名顶替的可能性不大，估计是真实身份。至于他的故事是否真假，老张说他无从判断。

他给姚亮看了那张证明信的复印件，他说原件在吴姚自己手上，他不肯让它离开自己。复印件的字都可以辨认，但略显模糊。老张说原件已经很旧了，看上去至少有几十年光景了。

据吴姚自己讲，证明信是 1952 年秋天由村里开具的；当时他母亲已经听说他父亲在城里又讨了老婆，他母亲不想告官，不想让他父亲变

224

成陈世美为所有人唾弃；他母亲想的只是让他去跟了他父亲，也过上一份城里人的日子。他母亲带上他在当年去城里找他父亲，找了两个月还是没找到，只能作罢。那时他母亲已经又嫁了人，而且已经生了一个妹妹。他后来就随了继父姓吴，这么一过就是六十年。是他（吴姚）的孙女在网上意外发现了姚清涧的名字，说这个姚清涧（原名姚勤俭）因为遗产在打官司。她听爷爷讲过他自己的父亲叫姚勤俭，就把这件事给爷爷说了，说他可以找到姚清涧现在的地方。还真就叫他给找到了。他说他没别的意思，一个是见见妹妹和弟弟，一个是有遗产自己也想分上一份。

从吴姚的故事上姚亮还真听不出破绽。但是自己也六十岁了，忽然天上掉下个亲哥哥，姚亮在心理上还是很难接受这样的意外。如果退回三十年四十年，他也许会当这是意外之喜；但是现在不行。他与姚明是姐弟两个，这样的格局已经延续了六十年，忽然多出一个亲哥哥，太奇怪了。这个人在他整整一生中从来不曾存在，那就不要在他的生命中出现好了，他从骨子里拒绝这样一个人。还有就是这个人出现的契机不对，早不出现晚不出现，父亲死了而且有遗产的时候他出现了；很明显他是为了遗产而出现的，这一点让姚亮格外不能够接受。

姚亮决定见他。同时也决定了不认可他。

可是万一呢？万中有一也不是多么罕见的事情。姚亮一个人莫名地摇了摇头，他拒绝这种假设，没有万一。他更愿意把这个意外干脆看成是一个骗局，做出这样的决断一下子把复杂的事情简单化了，他即将面对的就是一个骗子，他接下来要做的就是戳穿骗局，让骗子的阴谋和企图破灭，让公理和正义得到伸张。

可是万一这个吴姚句句是真呢？不论姚亮怎样努力不让这个问题变成一个完整的句子，它还是完完整整地蹦了出来：

可是万一这个吴姚句句是真呢？

姚亮从时间上判断，哪怕他句句是真，父亲也肯定没见过他，甚至完全不知道他的存在。这个人跟父亲的一生没发生任何关联，哪怕他果真有父亲的骨血，他仍然不曾在父亲漫长的一生中真实存在过。

姚亮脑子里只允许否定的意见存在，所有偏向肯定甚至趋于中立的意见都被他的主观驱逐殆尽；这就决定了他在面对这个自称是他亲哥哥的吴姚时，绝对不会动丝毫的恻隐之心。

4.3.2

这是一次奇特的会面，年长的那个当是见到了弟弟；而相对年幼的那个已经把对方认定是骗子。

一面之下姚亮心里轻松了不少，这个人与自己和姚明无丝毫相像之处。而且这个人跟父亲也不像。相貌上的比照更坚定了这是个骗子的信念，姚亮一辈子对自己的眼力都有信心。

但进一步的观察让他惯有的信心有所动摇，他可以认定这是个忠厚之人，绝不应该是一个大骗局的男主角。这是个两难推理，要么他是骗子，要么他真就是他哥哥。但是姚亮解不开这个结，这个人的面相绝不可能是骗子，当然更不可能是他哥哥。

现在可不是他纠结的时候，因为他就和他面对面，他们之间必得说点什么。

吴姚说："兄弟……"

姚亮打断他："先别。你说你叫吴姚是吧。"

"老娘给我起这个名字，就是让我记得我姓姚。"

"我想问，你要找我们做什么？"

"认弟弟，认妹妹啊。"

"你多大年纪了？"

"六十六。干吗问这个？"

"我不管你六十五还是六十六……"

"你管不管我都是六十六。"

"你身份证上是六十五。"

"身份证算个什么东西？你在你老娘肚子里那一年不算啊？"

"得，我不跟你扯这些。我想跟你说的是，六十六年了，你有过这个弟弟和妹妹吗？"

"听你这口气，你是不想认我这个老哥了？"

"既然你六十六年都没有这个弟弟这个妹妹，现在又何必一定去找弟弟妹妹相认呢？太奇怪了吧。"

"你说的什么屁话，老子一定要认你？你想得美！看你那张臭脸吧，呸！真叫我恶心！"

"你千里迢迢跑过来，就是来骂人的？"

"你算个什么东西？骂你？我怕脏了我的舌头。要不是看在老头（爹）份上，你以为我会理你？"

姚亮最初的那种咄咄逼人的气势不见了。他还是不想以被臭骂一顿收场，如果他还想去寻找真相，他必得设法将这个吴姚的火气熄灭，不然只有不欢而散一条路。

姚亮说："我不太明白，为什么这么多年了才想起要找老头（爹）。老头（爹）活着的时候你可以来找啊。"

"你站着说话不腰疼，我去哪里找？要不是我家孙女说，我这辈子怕也找不到。"

"老头（爹）已经没了，你找过来又如何呢？"

"老头（爹）不是有女儿和儿子吗？我就不能过来看看我老妹老弟，谁能想到你会是这么一张臭脸？"

"你除了打算看看老妹老弟，还有什么打算？"

"不是说老头（爹）还有遗产吗？他们都说该有我的份。有我的我就带回去，放在这也是给别人添麻烦。"

"听明白了，来看看老弟老妹，来分遗产带回去。"

"我说的有哪不对吗？"

"听上去没哪不对……"

"你说听上去是什么意思？"

"没什么意思，我说的是手续。办遗产清理需要很多能证明自己的手续，要证明你是谁，和死者是什么关系，由警方判定你是否有资格参与遗产的清理。"

"我有啊。有身份证，有村里的证明信，那上面签名画押的都是老头（爹）认识的，好几个还是爷爷辈的。"

"我听派出所的人说，那证明信是六十年以前的，那些签名画押的人都没有身份证复印件。"

"那年月哪有身份证？再说了，什么东西也不比按手印靠得住。这年月什么都造假，就是手印假不了。"

"那些签字画押的人有活着的吗？"

吴姚摇头："最小的也靠九十边了，骨头渣滓也都烂没了。有几个老的那一两年就死了。"

"所以手印也断不出真假，死无对证呗。警方单凭证明信也没办法判定上面的内容是真是假。你说是不是这个理？"

"理是这个理，可是我人在这里啊，人还能是假的？再说村里还有老辈人活着，他们也都能证明。"

"能证明姚清涧是你生身父亲？"

"那么大岁数的人倒是没了，但是他们能证明我啊，人假不了。什么都能假，就是人假不了。"

"可是警方要你证明的不是你这个人，而是你和姚清涧的父子关系，证明你是他儿子。"

"真是笑话。儿子还有冒名顶替的？谁吃饱了撑的找个外人去叫爹？"

"可是叫了爹就会分一大笔钱，恐怕就有人了，而且不在少数。"

"你个狗日的，你说我是为了钱冒名顶替？"

"你也是当爷爷的人了，怎么可以张口就骂人呢？我们说的是警方，警方这么要求就是要防范有小人。你承认不承认，这年头为了钱，人是什么坏事都干得出来？警方这么做有什么错？"

"谁说警方错了？你狗日的别绕着弯糊我。那你说说，我怎么才能证明姚清涧是我老头（爹）？"

"有法律效力的证明，只有公安局才能开。我们的证明都是公安局开的。"

"你让给你开证明的公安局，再给我开一份不就得了。我跟我们那里的公安局说不清楚。"

"我怕你跟我们这里的公安局也说不清楚。公安局不是我们家开的，我让他们做什么他们就会做什么吗？"

"咳，我也是昏了头，你怎么会帮我的忙呢？这跟鸡找黄鼠狼讨吃的有什么两样？"

姚亮心理又不平衡了，到底谁是黄鼠狼啊，这个世界的事情真是颠倒了。

4.3.3

姚亮原来以为凭自己的阅历，他会毫不费力就戳穿吴姚的伪装。但是一场见面下来他反而懵懂了。他就找不出吴姚的丝毫破绽。他定下神来想一下，一个结论让他恍惚了。他要么是个骗子，而且演技极高超；要么他就是真的。很显然，连姚亮自己也倾向是后者。

吴姚说他不会很快就走，姚亮便留了他的电话。留电话的当时他不能够确定自己会不会打给他。

他一路开车回去，一路都在纠结这一次见面。不行，他一个脑袋怎么也转不开这其中的弯弯绕，他知道他不可能把这件事瞒住家人，因为他需要家人的共同参与。一个脑袋不够用，就几个脑袋一起来吧。

老婆卢冰是那种凡事都会退一步考虑的性格。她认为是真的可能性比较大，因为假的太容易被戳穿了，会处处都有破绽；而且这件事的前景并无利益可言，冒名顶替的最好结果将会无利可图；一个人如此辛苦又冒着触犯刑法的危险，去做一件无利可图的事，唯一的解释只能是他脑子进水了。

姚亮假设骗子并不知道捐赠，以为会有利可图。卢冰还是认为成功率太低，犯罪的风险太大，而且即使成功，所得也不明确。她的结论是肯定是真的。

龚慧赞同姚亮的立场。这个人是真是假并没有那么重要，因为舅舅和妈妈不需要在这个年龄再去认一个不相关的人作哥哥。其实这个人也没有这种心理需求，不能想象他会在垂暮之年迫切需要一个弟弟一个妹妹。既然整整一生都没有任何关联，这层兄妹兄弟关系又有什么实在意义呢？重要的还在他所出现的时间点上。外公死了，死了才来相认，既见不到人又无法续上父子缘，这种相认的意义只剩下遗产（钱）了。他就是为钱而来，这一点是毋庸置疑的。不管他是真的假的，单就他为钱而来这一点就该当他不存在。

他们在聊的时候姚明也在一旁。姚亮几次瞄她，都不能够确定她是否在听他们说。从面容上她似乎在听，但是也可以当她是在冥想，她非常安静，没有一次插嘴的情形发生。她也没有合上眼或者做出不感兴趣的表情，她的神情显得平静而专注。

两个孩子在花园里玩，大人们的事情与她俩无关。

但是姚亮不能释怀的还在于真假。若是真的，他的余生便会多出一个亲人，真正有血缘的亲哥哥。是的，他（亲哥哥）在他（姚亮）前六十年的生命中没意义，但这并不意味着在六十年之后的生命中也没意义。龚慧的立场更切近法理，而且对她而言那个人即使是真的，也只是个名义上的舅舅。他不同，是真的就是亲哥哥，所以他和龚慧的立场是有分别的。他的这个想法不能够拿出来与龚慧分享，因为其中含了对龚慧的责备，在责备她不能设身处地替舅舅设想。

姚亮说："有一点可以肯定，绝不能让他在分割遗产的这件事上得

230

逞。于情于理都不能让他得逞。至于真假与否，还是让警方去做判断，恐怕我们自己的力量很难去判明。"

龚慧说："舅舅，恐怕警方不会花费大量人力财力去做这件事，因为警方没有一个能让自己信服的理由。更关键的一点，如果我们立足于阻止他的企图，我们必得自己去证明他是假的。证明不了这一点我们就只能自认失败，只能眼看着他的企图被认同，进而得逞。"

卢冰说："我觉得这事情没那么复杂啊，不是可以去验 DNA 吗？什么能造假，DNA 总不能造假吧？"

龚慧摇头："恐怕有问题。假如他是真的，毕竟这个人和妈妈舅舅还不是一母所生，DNA 还是有所不同。我们设想一下，如果这个人有父系血缘，他不只是可以从父亲这里承继，同样也可以从舅舅的爷爷辈承继啊，或者来自于舅舅的叔叔辈。我是医生，我知道异母同父与异父同母的兄弟姐妹之间，他们的 DNA 有明显不同。所以验 DNA 能够验明他们之间有血缘关系，但是并不能验明他们是否有共同的父亲或母亲。"

卢冰惊诧："这么复杂啊，真不是我们普通老百姓能够说得清楚的。"

姚亮说："要自己证明也行。我知道现在有一些从公安退役的人做私家侦探所，我们可以去找一家这样的机构，我相信我们一定可以找到这个吴姚的漏洞。"

卢冰说："我还有个疑问。我们为什么一定要去证明他是假的呢？因为爸爸的所有遗产都已经确定要捐赠，他是真是假也得不到任何东西。我们既然防范的是被人分割遗产，而分割遗产这件事是不成立的，我们又何必费尽心机去证明他是假的呢？"

姚亮摇头："不只是防范遗产被分割，这背后还有许多问题。第一个是防止有丑闻发生，防止被人就此事大做文章，被指有猫腻；这些都是我们承受不了的，防人之心不可无。第二个是我们自己的心理，明确真假会让我们有相应的立场和态度；而有了立场和态度我们就会找到自己的心理平衡。有这个哥哥和没有这个哥哥，在我心里是不一样的，我必得确知有还是没有。第三个，还有一个公理和公平的问题，他是假我们就一切如常，是真的话我们就没理由绕开他的存在去独自处理父亲的遗产。我的教育让我不能无视公理和放弃公平。"

龚慧说："舅舅这么说了，那就一定查个水落石出。的确，心理平衡是最要紧的，我们做什么事情都不能不给自己找到那个平衡点。"

卢冰说："那就找私家侦探吧。我来联络。"

4.3.4

基本方略确定了，姚亮决定再去见吴姚一次。

他为自己这一次的基本出发点做了预设，即一切为了接下来的侦查，给私家侦探的工作铺平前路。

吴姚看来对姚亮的聊天全无提防，他问什么他就说什么，几乎完全不假思索。这也正是姚亮想要的状态。姚亮自然是从他母亲聊起。

据他母亲对他的讲述，她和姚清涧的婚姻是指腹为亲，两个人的家庭彼此相熟，所以早早就说好了要做亲家。她娘家姓赵。

事情也有凑巧，赵姚两家几乎同时怀上了孩子，也就在同一天里两家的孩子都降生了。这不能不说是一个奇迹，先说好的做亲家，之后竟然同年同月同日生。

两个家庭的走动比先前愈加频繁，俨然已经提前成了亲家。你家有好吃的，一定要叫上我家；我家也是同样。两个孩子就一道玩耍，整个白天都在一起，只有晚上回家睡觉才分开。他们吃饭都是在一起，今天吃赵家的，明天吃姚家的。他们自小就被指是两口子，而且就这么长大了。村里的老人们都知道这回事，一时传为美谈。赵家是村里的富户，有骡子有马，也盖了大瓦房；所以大家都说姚家好运道，结上一门好亲事。姚家的心里自然美滋滋的。

可是天有不测风云，姚清涧六七岁上的一年他爹忽然得暴病撒手归西，原来还过得去的日子一下子不行了。赵家并未因此而嫌弃姚家，依旧保持着原来的那种频密的来往，依旧以亲家称呼姚妈妈。赵家的日子依旧红火，而且又有三个孩子先后降生。三个大的都是女儿，第四个是儿子。

当地的传统是重儿子轻女儿。但凡家里能供得起孩子读书的，总要供儿子去上学。赵家有这个能力，奈因前面都是女儿，所以就主动提出供姚家的儿子上学。读私塾一年要花好多银两，但赵家权当是在供女婿，反正肥水不流外人田。按照当地的习俗，姚家是欠了赵家天大的人情，姚家的儿子理当去赵家做上门女婿。

这样的情形大概一直延续了七八年，姚清澜在私塾里读到十五六岁，把私塾先生的所有学问都搜刮干净之后，他被私塾留下来做了小先生。

赵当家的没有因为给姚清澜出银子读书而要求他倒插门，他很器重这个准女婿，征求他自己的意见。姚清澜说有老娘，他必得尽孝道，所以不能到赵家上门。赵当家的理解他的心情，便主动提出帮他建他自己的房。房盖好了，就置办了喜酒，赵当家的把女儿送出了门。那时候尚年在弱冠的姚清澜，已经成了许多小男子汉的羡慕。有一份人人眼热不用下田的生计，有娇妻，又有新房，着实羡煞人也。

姚亮怎么也不能把这个吴姚的故事与自己的老父亲对上号。他不得不承认他的故事很有趣，尤其是把故事里的人想象成是自己刚刚过世的父亲，那就格外有趣。

4. 3. 5

姚亮有一点疑问，因为已经到了这个年龄，所以便随口说了出来。既然十几岁就已经婚配，怎么过了好些年才有了孩子（吴姚）呢？按照他的推算，父亲参加革命的年龄是二十二周岁。姚亮早年读过一本革命回忆录《我的一家》，著者是老革命陶承妈妈。她的丈夫欧阳梅生也是老革命。他们结婚那一年陶承十三，欧阳梅生十二；不到一年他们就已经有了自己的孩子。姚亮非常清楚记得某一章是这样开始的：说起来惭愧，还未脱尽稚气，我们就已经开始做父母了。

连这样高深的问题也没能难住吴姚。他说老娘在他小时候就说过，她怀孩子很困难，她和他爹为了怀上孩子找过不少郎中，可是都不奏效。连他爹走的那会儿（参加解放军）他都不知道他女人怀上了孩子。她没怀孩子的经验，所以见肚子鼓起来才知道是怀了孩子。这时候他爹已经走了，而且再就没了消息。他说他爹应该不知道有他，这也是他娘没特别怪罪他爹的缘故，不知者不罪啊。而且据他娘说，她也没有死等他爹回来她就和他后来的爹好了。乡里乡亲没人责怪她，怪的只是那个没良心的男人，他自己有福不会享，白白把那么好的一个家那么好的一个女人给丢下了。

对姚亮而言这个故事越发令他胆战心惊了。一个负心汉，花女人家的银子读了许多年书，之后把女人的肚子搞大就拍拍屁股走了。这个人当真是自己的老父亲，是那个一辈子循规蹈矩不越雷池半步的姚清涧老先生吗？吴姚的故事仍然滴水不漏，没有一丝一毫的破绽，至少姚亮找不出破绽。

吴姚说后来的老爹待他不错，跟亲儿子也没两样。可能也是因为老娘和他再没有生孩子，所以这个老爹也只能拿他当自己的嫡出。

"那老头（爹）是个好人啊，他死了二三十年了老子还是愿意念他的好。"

吴姚的故事大体就是这些。

姚亮梳理了一下。问题的核心都在时间上，那封古老的证明信有六十年了，那些能够知情的人也都不止六十岁了，真正对姚清涧婚事有所了解的应该在九十岁以上。因而侦查的重点应该放在下姚村的古稀老人上。

当他问及村里是否还有古稀老人时，吴姚的回答很含混，"应该还有吧"。姚亮很清楚自己不能够进一步追问，那样会让吴姚陡生反感，那不是姚亮想要的情形。反正已经决定了要请侦探，就交给侦探去寻找吧。事已至此，再将吴姚设定成对立面显然不妥。无论如何他也是个年长的老汉，他讲自己的故事也并没有伤害到姚明姚亮他们。所以他们也没有理由在真相未搞清楚前就敌视他。姚亮想起一句法律上的术语：疑罪从无。据此也可以摆明他（吴姚）和他们之间的位置。

章四　执行遗嘱被叫停

4.4.1

首先打电话过来的居然是深圳凌风律师行。

肖凌风律师说收到姚清涧户籍所在地公安分局的电子函，叫停与姚清涧遗产相关的所有事项，理由是在法定的第一顺序继承人的问题上出现了歧义。原有的全部两位继承人之外，出现了第三个自己声称有继承权的人。肖凌风说他不清楚发生了什么，问姚亮是否清楚。

姚亮很明白，他不能隐瞒事实，他于是给肖律师讲了关于吴姚的大概状况。肖律师说这样的情形肯定会叫停遗产处置，并且一定要在弄清真相之后，才能够重新启动。

根据肖律师的经验，这样的事情要弄清真相会需要很多时间，需要大量的人力和财力。他提醒姚亮要有这样的心理准备。

姚亮忽然想到，也许请肖律师来做这件事是个最恰当的选择；毕竟其中会涉及诸多法律方面的问题，包括取证的合法性，包括证据的法律价值和法律程序。尽管聘请律师的费用会因此增加，但是调查取证也会与法律规定无缝衔接。

"肖律师，你不打电话来我也正有个问题想请教你。我们对这个吴姚的出现是有疑问的。他倘若是出现在我父亲活着的时候，那样的话事情会比较简单，如他和我父亲单独面对便可以解决所有的疑问。但他出现的时候我父亲已经去世，他们相认的最好时机已经过了，吴姚的现身只有一个意义，便是遗产的继承权问题。"

"你的意思我明白，他是出于要继承遗产才现身的，这样的事实让你们不得不怀疑，是这个意思吧？"

"正是。姚明病倒了，所以事情都落在我一个人身上。我打算把这件事调查清楚，所以考虑是否可以请您出面，找一个有资质的侦查机构帮助把真相厘清。"

"我们律师行出面当然没问题，若是您自己请侦探也仍然要与我们协调和衔接。只是相关的费用要你们来承担了。"

"这个自然。"

"姚先生，有一件事我必得提醒您。调查产生的费用也许很大，而所有的遗产部分原本都已经确定了捐赠；也就是说即使调查的费用是从遗产中扣除，受损失的仍然是姚清涧这一方。吴姚是否假冒，其实与遗产本身并不发生直接关系，即使他是真的，也仍然分不到遗产。所以您要考虑的是，去调查取证吴姚的真伪是否值得。我不知道我是否把意思表达清楚了。"

"非常清楚。您的建议我们在事先也都有所考虑，我还是觉得真相重要，所以最终决定这笔钱值得花。"

"我是你们聘请的律师行，所以我要清楚自己的立场。您要的是中立的真相呢，还是偏向于否决吴姚说辞的真相？您应该明白我的意思，同样是真相，这两者之间有很大的不同。"

姚亮有所迟疑，肖律师的话他当然明白。无论他与吴姚之间是否同父异母，他在这个事件上都有一个基本立场，输还是赢？

中立的真相，也就意味着吴姚也许就是他和姚明的亲哥哥；基于这样的事实他们就输了；

偏向于否决吴姚说辞的真相，这才是他们已经议好的方向。

律师到底是律师，一下就把话说到了根本。姚亮在描述的时候只用了真相两个字，似乎真相只有一个，就是事实本身，就是可以貌似公理和正义的那两个字。但是律师把两个字拆分成四个字，他向姚亮指明他所说的真相不止一个，而是两个。而作为委托人的姚亮只能选择其中的一个。律师的问题是一个难回答的问题，他等于要姚亮选择撒谎和虚伪。

姚亮还不至于那么弱智。

姚亮说："我没把事情想得那么复杂，既然您提出来了，就容我再想一想，想清楚了我会给您电话。"

"好的，我等你的电话指示。"

姚亮意识到问题的严重。

的确，中立的真相他心里很需要。不管目前是否会导致一场诉讼，吴姚与他们（姚亮姚明）事实上存在一场官司。中立的真相才是他们这场官司的公平判定，而结论在相当程度上存在他们（姚亮姚明）输的可能。从目前的情形分析，胜负在伯仲之间。但是这样的结果并不是他们在家里议定的目标，他们不能容忍吴姚企图的得逞。这就出现了悖论，去找一个中立的真相是悖论，尤其花很大的时间和财力去找就更是悖论。

但是要姚亮亲口对一个律师说，不要中立的真相，这样的话他作为一个公众人物是无论如何说不出口的。而说不出口的带有阴暗心理的诉求，他们又有什么意义花这么大一笔钱去委托给一家司法机构呢？姚亮已经发现了问题所在，他就不该用真相两个字。

他的身份让他已经习惯了使用公众能接受的词汇，所谓冠冕堂皇就是这个意思。所以他在下意识中就选择了貌似公允的真相二字。他们要的不是真相，而是打赢官司，而是法理上的胜利。这个回合他在自己的身份上栽了跟头。

他需要感谢肖凌风律师，是肖律师给了他必要的提醒；本来肖律师可以不必多此一举，接受委托就是了，有钱赚何乐不为呢？但是他的良知约束他，要对他的客户负责任，给他的客户以必要的提醒。肖律师的提醒太重要了，姚亮知道自己该自我审视了，不然也许会跌下哪一个法

238

律陷阱。一失足成千古恨，再回头已百年身。

现在他清楚了，想找到吴姚的破绽，这种事情只能自己在私下里悄悄地进行，绝对不能以公事公办的方式聘请律师行来做。聘请了也就等于将事情推到了公众的眼皮底下，不经意便把自己置于极度的被动当中。

但是他现在已经对律师行说了他们的想法，这同样让他很被动。他对律师行说取消这项动议，之后律师行自然会知道他们没取消，只是背着律师行自己做罢了。这样的结果也是姚亮无法接受的，那就意味着他们把明处不做的事情移到了暗处；他们的名誉受损也仍然无可避免。太难了。

姚亮已经有一段时间没下围棋了。他忽然想自己的围棋也许会大有长进，因为这一段他一直习惯于这种下棋般的思考。他总是一步一步向前想，然后撞墙的时候再回头，这种方式跟下围棋太像了。

他后悔在不假思索的情形下就把找侦探的委托说出来，问题都出在不假思索上。如果在开口前多想一下，他一定不会如此轻易就说出口。随便一开口，便把自己置于无边的尴尬之中。他在心里也畏惧了，他甚至想也许打消找侦探的念头才是唯一的出路。

但是一转念，唯一的出路也是走不通的。现下吴姚的出现已经有了后果，警方已经叫停了所有与遗产处置相关的事项；不解决吴姚带来的新问题，也就等于将先前的所有麻烦一并束之高阁。可是之后呢？麻烦绝不会因为搁置而消失，反而会由于时间的累积而发酵，带来更大更多的完全超出预料的新麻烦，这一点姚亮深有感触。他几乎已经被由父亲去世带来的麻烦击倒了。

4.4.2

事情的进行有时候会很奇怪，发函叫停方原本是长沙这边的警方，可是接受函件的却首先是深圳的律师行。

接下来的事情依旧是这样的顺序，姚清润买了储蓄类型保险产品的保险公司电话找到姚亮，说那笔已经兑付的保险产品的款项要追查，要实行冻结，理由是一样的。姚亮也问到冻结的程序。保险公司说需要他们（保险公司方）提供转账的账号信息，他们已经提供了。

这意味着姚明与姚亮为父亲的遗产所专设的新账户已经掌握在警方手里，或许已经被冻结了。

深圳的事情应该还不算完，姚亮预感到他随时可能收到房屋中介的电话，电话的内容会是被中止出售。这一次姚亮不是自作聪明，事情果然如他所预料的那样。接到中介机构的电话时，他不但没觉得沮丧，反而有一点小小的得意，因为毕竟被他预见到了。

深圳的三个叫停都出现在一天之内，这也是特区的效率。若干年之前这里诞生了一个国家口号，时间就是金钱效率就是生命。真是要命的口号，相信全中国没有哪一个国民不知道它。

而发出叫停指令的这家公安分局，就在姚清润的祖屋三百米远的地方。刚好应了所说的灯下黑法则，本地的社保中心以及房屋中介机构包括银行卡的发卡支行，他们通知当事人姚亮的时间比深圳晚了三天以上。当然结果是一样的，该冻结的冻结，该叫停的叫停。

说实在话，见面的两个回合姚亮真还没太把吴姚当一回事。用电影《南征北战》张灵甫的话说：轻敌，轻敌呀！姚亮无从判断是吴姚自身的能量，还是他的出现这件事本身才导致这样的结果。但有一点可以肯定，吴姚的出现非同小可，遗产整理和遗嘱执行都将面临极严峻的挑战。一句话，他们（姚明和姚亮）现在已经失去了对遗产整理的控制权了；执行遗嘱便更是无从谈起。

对他们这个家庭而言形势更为严峻。姚明已经被这件事击倒，所有矛头都指向姚亮。而且姚亮也是腹背受敌，前妻与儿子已经令他焦头烂额。要是在小说中或者电视剧中遇到这样的情况，真想不出姚亮的下场。这家伙的命够苦的。看他只有两条路，疯掉或者死掉，绝对再无生还的希望。

姚亮的运气在于他有个真正愿意与他分忧的老婆，所以所有这些东西他不必一个人扛着。人在濒临崩溃的绝境时，有这样一个人是太重要了。

卢冰是佛教徒，她把所有这些困难都看成是命运对老公的考验。在苦海中挣扎是一回事，仅仅是一场考试性质的考验则是另一回事。表面上看仅仅是同一件事的不同说法，但经过老婆的解读姚亮竟然如释重负。这实在太奇妙了。

考验。这个普通到不能再普通、以往完全被姚亮忽略的双音词，如今却忽然熠熠生辉，拯救姚亮于水火。

在卢冰眼里，所有那些用来形容命运恶劣的词汇，都根本算不上恶劣。什么绝路啊，什么病入膏肓啊，什么苦海啊，什么绝望啊。一旦你的生命中出现了上面这些词汇，你只消换上考验二字，所有的困难都会在这一刹那灰飞烟灭。卢冰在这一点上让姚亮百分百折服。

卢冰信佛有一年多，先前姚亮根本没拿这当回事，在他看来信佛信基督还是信别的什么教都是一回事，而且都不是坏事。他相信所有宗教都劝人向善，但他自己深在的怀疑本性，让他无论如何找不到一个可以让他的灵魂去寄托的宗教。

仅仅一年多，卢冰的长进已经让他诧异。姚亮问过她为什么信的不是基督教，她说佛让她觉得更近。她猜想，佛先看到了人活得不容易，所说的人生不如意十常八九，所以佛要度众生才创建了佛教。学佛信佛并不能让苦日子变甜，不能让原本的生活有所改变，但可以让人想开点。人若是想开了，苦日子也就不再难捱难过了。这应该就是佛的本意吧。

姚亮自己对佛教是有排斥的，原因在于他知道佛教在自己的诞生地（古印度）最终衰落。一种宗教不能植根于本土的民众之中，一定有它深刻的历史根源。他曾经向很多专家讨教过，他们都不能给出令他信服的解释。但是老婆的这番话让他对佛教刮目相看。如果她的佛果真如她所描述的那样，为度众生的苦厄而创建了佛教，至少有了一个无比高尚的动机。

天呐，他居然是通过老婆来读懂佛的，亏他还是个人文学科的大教授呵！卢冰只是一个普通到不能再普通的居家女人而已。

4.4.3

这一向也并非都只有坏消息，比如今天由学校同事寄来的特快专递，就应该算是好消息了。那是一张临时身份证，有效期为一个月。

上海那边为了能最大限度地帮助姚亮，也曾做出多方努力。但是改变工作日的方式最终还是被否决了。一个人的改变牵涉到一个制度的公平性，公安局是执法机构，不可以在公平性上有偏私。派出所所长的努力终于没能够帮上姚亮。

但是既然能够确认姚亮的身份，当然也就可以为姚亮开一份身份证明。通常的身份证明总是与身份证并用的，两者之间可以互为证明。但是姚亮现在的情形有不同，没有身份证，所以就不能够证明持证的是被证明人本身。一句话，也就是没有照片，无法验明正身。所长想到的就是在身份证制度之前的一种方式，介绍信上贴一张本人照片，然后在照片上加盖钢印。现在的技术不同了，于是所长想到了加本人照片的证明信方式。由于加盖了所在户籍派出所的公章，同时标明本人的身份证号码（所长是从新的驾照上得到的灵感），所以证明信也就基本具备了身份证的功能。

姚亮知道自己又活了，可以出门了，可以坐飞机也可以坐火车了。从丢钱包那一刻开始，他有一种被坐牢的感觉，现在他可以从那个虚拟的牢房里出来了。

不为了哪一件事急着去做，他只是为了体验脱离了坐牢的那一份感受，他决定飞一次深圳。之所以选择深圳是因为毕竟这一向有很多事情都要在深圳处理，在他这个年龄无论做什么都不能太过无厘头，他至少要给自己一个说得过去的理由。他心里很清楚，深圳没有哪一样事情有那么急，一定需要他即刻到场去解决；但是去深圳却是可以说得通的借口。

没有谁比老婆更了解他了。卢冰劝他把目的地改成三亚，说他这一向太累了，不要急着去面对那些烦心事，还不如给自己放几天假，去三亚看看海看看山放松一下心情。姚亮很感谢老婆没有戳穿他，他用一句经常挂在口头上的戏言"听老婆话跟共产党走"，顺水推舟就改变了自己的目的地。老婆真是伟大。

老婆之所以提议他去三亚，是因为他们一年前从朋友手里接下三亚的一套二手房。面积虽然不大，但是却远远地可以瞄上一眼海景，因此被冠以海景房的美名。他们原本打算一家人一起去的，但是这个多事之冬没有给他们这样的时间。姚明的卧床让卢冰自动放弃了去三亚度假的计划。她心疼姚亮，就劝姚亮一个人去完成原来一家人的愿望。

这个季节的三亚是最惬意的，气候格外怡人。他们那套新房在离开三亚市区的三亚湾中段。三亚湾看上去很美，但是很长一段的景观由于千篇一律而显得乏味。主要问题在于这一段路程很长，又只有入住率极为可怜的诸多楼盘。而且相应的许多配套设施都没有到位，所以人气非常之差。这里的一个好处是不那么热闹，没有市区中心包括近旁景区的那些恼人的宰客现象。宰客已经成了全中国尽人皆知又属于三亚独有的小秘密。

姚亮没有把自己关在属于自己的小房子里孤芳自赏。他用了一整个白天徜徉在亚龙湾繁华的街区，品尝海鲜，也喝茶。晚上索性在举世无双的细白沙海滩上放懒步，用了三小时以上从这一端踱到另一端。他驻足于每间酒店对应的海滩上，无论哪一家都有自己的节目在进行。夜亚龙湾才是亚龙湾的魅力所在。他早就知道这个季节(春节期间)这里的房价是地球上最昂贵的，但是他却可以不额外花一分钱去享尽夜亚龙湾的一切。

卢冰有一个委托，让他无论如何跑一趟南山寺，代替她在海上大佛面前烧三炷香。这是他无论如何不能够拒绝的。他第三天一大早就向西奔了南山寺。

海上大佛的确很壮观。但是在姚亮眼里，造像的艺术水平只能打六十分。如此之大的工程，为什么不请一位更高明的设计师甚或伟大的雕塑家来把持呢？姚亮经常会碰到这样的遗憾，他不止一次在公开场合表示对北京世纪坛设计者的蔑视，那真是一个丑陋到不能再丑陋的公共建筑，而且居然就在北京城中心，而且居然与伟大的天坛地坛日坛月坛先农坛并称为坛！他认为这是古老北京城的莫大耻辱。南海大佛让他联想到世纪坛。

姚亮完成了老婆的嘱托，他的三炷大香用掉了几百元现钞。姚亮是虔诚的，仅就他完成老婆的心愿而言。

这时候有一件意外的事情发生了。说发生也许不尽准确，因为没真的发生什么事，而只是一个人进入了姚亮的眼帘。范柏。

范柏也在烧香。姚亮从远处看她，她显然也是一个人。姚亮知道她原来不信佛，他不明白她是信了佛还是见了偶像就膜拜。姚亮在原地一动未动，他看着那个曾经是他老婆的女人上香和礼拜，又在大佛附近举目瞻望。之后他看到她一个人独对大海发呆，至少有半小时之久。所有这些时间他都一动未动，直到她缓缓踱步走出景区。他是在她走出景区之后才走近大佛的，他和大佛之间只隔着那片窄窄的海水。

南山寺这边的阳光很好。昨天亚龙湾那边的阳光也很好。而这一向无论深圳还是长沙还是上海，三个地方的太阳都躲起来了，他已经很久没有感受到这样炫目而且这样温暖的阳光了。冬天的好阳光改善了姚亮的心情。

见到范柏这件事他没有瞒卢冰，卢冰反倒觉得他无论如何该与她打个招呼，她不懂他为什么连个招呼也不肯打。他说不是不肯，是压根就没想到该打招呼。对他而言范柏早就是陌路人，他从来不会跟任何一个陌路人打招呼。没有别的原因。但是他说他没料到会看到这一幕，没料到范柏这样一个人会自己去拜佛。独自拜佛的范柏与唆使儿子找父亲逼宫卖房的范柏，如何才能重影变成一个人呢？姚亮其实并不关心答案。

但是有一点是确凿无疑的，一趟三亚让姚亮从无边的阴霾中突然就走出来了，先前压在心头的那些东西莫名其妙就消失了。后来的事实更证明了老婆的伟大，因为几天的三亚之行不但让姚亮一扫先前的晦气，而且还很大程度上改变了倒霉蛋姚亮的宿命。

也许姚亮真的转运了。

4.4.4

龚慧告诉舅舅，表弟来电话说已经上班了，玛丽也在纽约的医院里做了身体复查，说恢复得不错，在短时间内很少复发的可能性。龚慧也问了表弟的老板，他对姚良相的能力给了充分的肯定，认为他很快便可以挑大梁，可以独立完成较大的项目；他还打算给他配助手，给他成立独立的工作室。

龚慧对表弟的赞不绝口并不出乎姚亮的意料。儿子在很小的时候便显露出对影像的敏感，他对数码相机的热爱已经到了很疯狂的程度；他会随时随地将摄入他眼帘的所有有趣的画面留下，经过自己的挑选和整理建立起容量超大的良相图库。他的初中时代所在学校就为他开办过摄影作品展，精心挑选出来的一百二十三幅作品由校方出资放大装框，规模不可谓不大。他因此成为学校里的小明星。他在初三的时候已经拥有了属于他自己的第一架单反相机。

姚亮其实一直很鼓励他摄影，但是他也不清楚良相在法国为什么没把自己的摄影爱好继续下去。高中时代连同大学预科他都是在巴黎度过，这期间的每一次见面姚亮都没听他说起过摄影，无数次的电话和网络视频良相也都没表示过对摄影的兴趣。他以为儿子对摄影的热情已经

245

过去了，这也是常有的事。许多人都有过类似的情形，曾经对某一种东西极为着迷，但是过后的一生都不再对此有丝毫兴趣。当他得知儿子报了光学专业并被录取的消息时，他认定良相的摄影爱好已成了历史。

姚亮是前不久才从范柏的电话里知道他要改学摄影的，他多少有一点点意外。良相这一次是朝着他自己的历史回溯，回到儿时的挚爱，这样的情形并不多见。但是姚亮对他的这次变化反倒充满了信心，他深信儿子的天赋就在他自己选定的方向，用姚亮少年时期铭记的一句邹韬奋的名言：一个人从事自己喜爱的事情往往可以事半功倍。

姚良相给表姐电话可以认为是他在向表姐汇报，毕竟是表姐给他介绍了这份工作。也可以做不同的理解，他知道父亲跟大姑表姐表妹她们在一起，他通过对表姐的汇报完成对父亲的通报。做这样的假设时姚亮心里会舒服一点，儿子已经很久没有亲情电话了，仅此一点早就成了他的无法释怀的心结。关于儿子的任何消息他只能从老姐和外甥女那边获取，实在是太过尴尬的情形。

听龚慧说了姚良相的薪水，她说这个水平足够两个人在纽约的开销。他也不止一次通过龚慧去转告良相，如果良相有任何生活和工作方面的需要，只要他提出来他父亲都会认真对待，会给他最大的支持。姚良相最近已经连续两次见姚亮，可是都没有任何需要父亲帮助的表示。也许是已经由自己竖起的高墙阻挡了他，令他无法开口对父亲提任何要求。现在他的生计有了着落，也让姚亮一直悬着的心暂时落回到原来的位置。

龚慧建议舅舅抽时间跑一趟纽约，主动去接近自己的儿子。她相信，不可改变的父子关系会在距离缩短之后冰释前嫌。人与人之间，起决定性作用的因素经常是距离；有时候距离会比时间更有伟力。舅舅可以住在龚慧家里，姚良相住的房子仅仅在两条街之外。

龚慧见舅舅答应了便想趁热打铁，力劝舅舅即刻动身。她的理由是遗产处置被叫停，他这会儿反正无事可做。

4.4.5

秦皓月回北京的时间到了。龚慧打算自己去送她。但是姚亮考虑到姚明的嘱托，现在自己又有了临时身份证，就跟老婆商量一下随龚慧秦皓月一起去北京。老婆也认为完成姚明的托付最要紧。

他们三个到了北京，首要任务是送秦皓月去学校。

姚亮住到姚明家里。姚明的房子有将近七百平，楼下的主卧原本是给父母亲备的，现在成了姚亮的客房。他想在姚明家先设法找一下她说的保险箱。

姚亮确实不记得她对他说过保险箱的事。三个纸袋她说得很清楚，所以他认定纸袋一定在保险箱里。如果这个保险箱仅仅为纸袋所设，它的体积应该很小。一个很小体积的保险箱符合姚明作为女人的需求。她们住的是别墅，如果在别墅施工中有容纳大体积保险箱的暗箱设置，肯定会给家庭日后的安全带来隐患；因为施工者中完全可能有图谋不轨者。姚明的保险箱应该是在施工装修之后她自己带进来的，所以体积一定不会大。她不会忽略安全的考虑。

龚慧也说妈妈是个既谨慎又细心的人，她的个人秘密不会让其他人有所察觉。如果保险箱在家，肯定不会有别人的参与，更不可能由外聘的工人施工。她同意舅舅的分析，她一个人能把它弄回来并安置好，它的体积和重量肯定都不会大。

"舅舅，如果是您，您会考虑把保险箱放在哪里？"

"我们不会想那么多。我们住的是公寓，家里总是有人，保险箱就放在卧室，连一点遮盖都没有。主要也是因为里面没贵重的东西，一点首饰和照相机什么的。我们从来不在里面放现金，卡又都在身上。你妈的情形不一样。平日她一个人，又经常出差在外；你们住的又是独立别墅，所以对安全的考虑会比我们要谨慎。"

龚慧说："所以妈妈会做逆向考虑，我猜她不会把保险箱放她的卧室，因为窃贼一进来马上就知道只有那一个房间住人，她的卧室一定是主要目标。妈妈会想到这一点。"

姚亮说："不放在自己卧室她会有不安全感。对她来说这么大的房子只有在卧室里是安全的。毕竟那是她最贵重的东西。我知道有钟点工定期来打扫房间，她应该会很介意外人发现保险箱的可能性，放在卧室以外的任何地方都可能被钟点工发现。"

"她卧室我仔细看过了，应该不会有遗漏。除卧室以外，还有什么地方会是钟点工也接触不到的呢？"

二楼是三间卧室一主两次。主卧是套房，两间次卧分属龚慧和秦皓月。另有宽敞的起居室兼作书房。龚慧和姚亮详细察看了这几个空间，都未发现有可以安置保险箱的地方。他们依照在电影电视上看到的藏匿方式做起了侦探；甚至连每间浴室浴缸的侧壁都敲打一番，也包括将大书架上的大型精装书逐一检查，看其中是否有机关。一番折腾下来，连他们自己也觉得很可笑。

之后他们把战场移师一层。所有那些钟点工清洁所涉及的空间，他们仍然没放过。当然是一无所获。

章五　姚亮的纽约记忆

4. 5. 1

龚慧在厨房里瞄一眼便出来了。身后的姚亮瞥到那个巨大的双门冰箱时忽然灵机一动，埋藏在记忆深处的某一个点忽然有了一道裂缝。他进去拉冰箱的门，这才发现是有锁的。他问龚慧见到钥匙没有，说保险箱应该就在冰箱里。龚慧相当惊诧。

原来在姚明搬进来不久，她曾经向姚亮展示她刚刚收到的从欧洲来的进口冰箱。姚亮对这些洋货很不以为然，表示没兴趣。但姚明还是强拉他过来，并让他亲手拉冷冻舱的大门，之后让他逐一拉开自上而下的一排抽屉。姚亮觉得老姐很无聊，为什么要他逐一拉开呢？拉到最下面一个时他才明白其中的玄机，那居然是一个隐藏起来的小小的保险柜。姚明告诉他这是一家意大利保险柜公司的专利产品，需要从意大利单独定制。这个小小的保险箱除了极端隐蔽之外，还是世界上最难打开的机关。

姚亮当时笑她，说你们有钱人活得真是累啊。姚明当时就说这个冰箱根本不装任何东西，只是摆放在它该在的位置就可以了，谁也不会对一个在厨房里的冰箱很介意。这样一个小小的插曲已经过去了七八年，他已经将它忘得干净彻底。

龚慧说："妈妈既然只当它是保险箱，她一定不会把钥匙放在厨房里。钥匙应该在她卧房的什么地方。我刚才似乎在哪见到钥匙了，我去找。"

　　思路清晰了，找到冰箱的钥匙对他们来说只是个时间问题了。那个冰箱中保险柜的设置确实非常巧妙，我们知道通常冰箱上锁是防备孩子，也不会引起格外的关注。但是这个冰箱的锁却不是普通的那种，是由保险公司特别研发的加密锁具，这一点仅从锁孔是看不出来的，所以外人不会起疑心。龚慧没找到钥匙，她再三努力还是没能找到。还是姚亮旁观者清，他居然想起了姚明，她不是先出示一把钥匙才提到保险箱的吗？他们两个真是蠢到家了，那一把当然就是冰箱钥匙了。

　　当他们将冰箱打开之后，才发现其中的保险柜是密码锁，密码显示框很长，这也意味着密码是长长的一串数字。姚亮尝试了一下，数字应该有十八位。对于正常人的记忆来说，十八位密码几乎是不可能在脑子中记住的，为什么会设定这么长的密码呢？这不是给保险柜的持有人自己找麻烦吗？姚亮想起老姐的话，它是定制保险柜，密码的位数应该也是定制人自己所设定的。老姐设定如此之多的位数，一定有她的道理。他忽然想到了身份证号码，这是一个人不会搞错的数字。他找出自己的身份证查一下，果然是十八位。那么第一个选择就应该是她自己的身份证了，姚亮的尝试没能成功。接着尝试秦皓月的，也失败了。第三个是龚慧，仍然不对。

　　龚慧说："舅舅，你不妨试试你的号码。对于妈妈来说你就是她的家人。如果你的还不对，就试外公和外婆的。反正只有这么几个人。我有灵感，你的可能性最大。因为妈妈要你做遗嘱执行人。"

　　果然被龚慧说中了，正是姚亮的身份证号码。也正如姚亮所预料的，那个空间极有限的藏于冰箱抽屉之内的小小保险柜中，三个纸袋已经将它充满。姚亮的手机忽然响了。

　　居然是八年之前去美国的老同学。他在学校的时候与姚亮最要好，他也是班里年龄最小的一个，当年去美国也过了四十了。这些年里他们通过两三次电话，都是姚亮打给他。姚亮担心他的状况。他是他的上司被派驻美国时带去的助手，但是在美国又被上司炒了。他已经离婚，所以没有马上回国的打算；在美国又已经逗留了三四年。他们最后一次通电话时他在给一个美国家庭做花工。他说那一家的花园很大，有两公顷还多。姚亮记得自己当时心算了一下，两公顷是三十亩，也就是说他一个人要侍弄三四十亩花园。应该是份不轻松的工作，这是姚亮的印象。

现在他电话里邀请姚亮去纽约做客，机票和邀请函这些都由他来负责，他说他有重要的事情跟姚亮商量。姚亮几乎本能地就打算推托，但一转念又缄口了。不久前刚刚和龚慧讨论过去纽约的话题，现在有这样的机会为什么不可以跑一趟呢？他答应老同学考虑一下，老同学说晚上他还会打电话过来问他考虑的结果。

老同学那边究竟有了怎样的变故他不得而知。但是很显然他那边的经济状况有了明显改善，因为请人由中国去美国是一笔不小的开销。想这些也没什么意思，他既然诚心请他过去，开销肯定不是问题；而且那边似乎有什么很要紧的事情，他似乎很迫切听到姚亮的意见。

4. 5. 2

如果按先前的计划，姚亮到纽约，接他的人会是龚慧的老公桑普拉斯。桑普拉斯曾经是龚慧的研究生导师，是医学院的教授。现在这个人换成了老同学彭普。

姚亮事先就告诉龚慧，说自己不去她家里了，让她也不必对桑普拉斯说他到了纽约。他不想麻烦桑普拉斯。姚良相那边他自己设法联系，他在动身前甚至不能确定自己是否会与儿子见面。他先就设定此行的目的是彭普，不是姚良相。

彭普的状况果然有了大变化。他又结婚了，他的新娘居然是他做花工那个家庭的女主人，一个纯血统的盎格鲁-撒克逊女人。男主人在半年前暴毙于飞机失事。

彭普说："我电话里说没说过他是干什么的？"

"没说。你只说了你自己，说了花园很大，说打理花园够辛苦。"

"我没说那是个古老的花园，那宅子也是个老宅？"

"没说。两公顷还多的大花园肯定够你忙的。"

"那个老宅有超过一百年历史了。它很大，有两万平方呎。你能想到那意味着什么吗？"

"两万呎也就是两千米。两千个平方，一百多年，三四十亩花园，纽约。天呐，根本就是一个城堡。"

"它是一个城堡。它的主人叫乔纳森，三十年前他把城堡买下来。他在田纳西州拥有一个私人油田，但他从来不过去打理，他所有精力都放在他的城堡。他超级迷恋园艺，他的花园里充满了来自世界各地的奇花异卉。他有七个花工，我只是其中之一。"

姚亮的思绪随着他的故事而展开。从结果上看那是个很有点色情意味的故事，帅气的东方花工与城堡女主人暗生情愫，而粗心的城堡男主人完全被蒙在鼓里；如大家所意料，男主人终于死于一场意外，而女主人则顺理成章地投入了花工的怀抱。非常可惜的，花工不够年轻（马上就五十岁了），女主人既不美丽更已经人老珠黄（已经五十七岁）。所以这个故事在结构上虽然具备了经典的浪漫，但事实上却全无诗意。

彭普在继续他的故事："他的那些花卉有多一半属于热带，而你知道纽约是个典型的北方城市。乔纳森在他的花园下面全都铺设了地暖，让那些只有在热带才有的植物在他的花园里扎下根。我喜欢这个老家伙，喜欢跟着他创造奇迹。说心里话，我当真爱上了他的花园，每天与泥土和植物打交道让我很享受。"

仅仅四十分钟车程，姚亮就把对于城堡的想象转变成身临其境。他受到了五十七岁女主人真诚的欢迎，她没他想象的那样人老珠黄，白皙而恬静的面容让人很容易忽略她的实际年龄。她可以讲一点汉语，她称他 Yao。

她的城堡位于纽约初建时的富人区，显得老旧而且有几分凄清。这个区域几乎没什么商业，车辆和行人也都不多，姚亮甚至觉不出他身在纽约。院子的大门看上去毫不起眼，彭普掏出遥控器对大门按一下门就开了，车子进去以后门又自动关闭。

　　姚亮恍惚间回到了中世纪。向前只有靠着一面高墙的略显老旧的石板路，他甚至看不到前方的房子在什么地方。而左侧是成行的桧柏，高度基本上与右侧的块石墙齐平，大约三米的样子。桧柏的那一面他们经过了两个缺口，显然是步行甬道，有暖色调的花砖铺地。彭普停下车，他们在第二个缺口处踱进花园。

　　姚亮没有看到彭普描述的奇花异卉，但是碍于女主人在场，他没好意思问他怎么回事。彭普主动开口，说艾玛和他觉得那些为花卉专设的地暖太过浪费，便将那些热带花卉赠送给一家有温室的公园，重新换上了适合本地气候的植被，地暖也就全部停掉了。园中最为壮观的是数十株参天古木，应该都在百年以上。正是这些高大的植株阻隔了人们的视线，将城堡掩映到大片的绿色之中，令初入院门的人很难见识到那片恢宏的建筑。

　　建筑整体呈槽形，虽然只有两层，高度却不下十米。环抱着一个很大的露天中庭。姚亮目测了一下，中庭的东西向宽度约二十米，进深大约十六米。槽形缺口的方向为正南，现在是中午时分，所以阳光刚好铺满了整个中庭。这个是完全由大块石打造的巨宅，时间在那些大石头上留下了斑驳的锈色。

　　姚亮特别注意到房子的墙很厚，所以门窗都在距墙面很深的地方。而且门窗都是如父亲祖屋那样的精铸铁边框，看上去有一种古老的高贵感。两万呎，也就是说这幢房子的占地大约一千平方米。

　　彭普安排他住在东厢。这里也是城堡中景观最好的房间，正对着中心花园。彭普说西厢是餐厅厨房以及工人房这些，他先前做花工就一直住在那边。

整幢巨厦的地板和楼梯都是花纹漂亮的红橡木，由于日久年深，经常被踩踏和抚摸的地方都已经有了磨损的凹陷；而所有的边角部分都嵌了黄铜饰条，配合同样是黄铜打造的门窗把手连同楼梯扶手，华贵之气一望便知。姚亮莫名地联想起上海最著名的一幢老房子，外滩上的浦发银行大厦，也是先前的上海市政府，也是再先前的旧上海的汇丰银行总部。

毫无疑问，这是一幢真正意义的豪宅，它也是彭普的家。彭普曾经是他的老同学。

现在他们请了三个人，一个厨娘、一个清洁工和一个花工，都不是这个家庭原来的工人，是彭普和艾玛婚后重新请的。姚亮能够理解他们为什么如此，他们的新生活不需要几个老面孔的注视。这个厨娘是泰国人，清洁工是菲律宾人，花工则是秘鲁人。厨娘的手艺很对彭普的胃口，姚亮也觉得不错。请她是艾玛的主意，艾玛专为对彭普的胃口，她自己也已经习惯了亚洲的味道。

语言障碍是一个彼此都愿意接受的借口。艾玛把时间让给彭普和他的客人。

4.5.3

姚亮在东厢这边享受由彭普亲手泡制的下午茶。典型的英国式享受。茶具也都是真正的英国造，古香古色异常精美。姚亮置身于只有在英国电影里才能见到的那些古老家具的环抱之中，享受着纯粹的英国下午茶和温煦的冬阳的照耀。他恍惚间自己成了电影中的角色，成了《霍华德庄园》中的老主人。

彭普说："是不是有点回到中世纪的幻觉？"

"有点。这样的房子里很容易有幻觉。是时间营造了古老的氛围。不过跟我进院子之前想象的不太一样。"

"你想象是怎么样的？"

"是意大利的那种更古老的花园。"

"姚老大，这里是纽约诶。在纽约这里已经是很老的花园了。又老又破烂。"

"说破烂太委屈它了，该说是灿烂。把你的房子和花园搬到上海去，上海所有的大佬和权贵都会羡慕你。"

"上海是寸土寸金的地方，不可能有这么大的院子。最有名的那几个，什么席家花园啊，什么东湖路九号啊，占地都不到一公顷。"

"但是那些地方都是天价啊，恐怕都要过亿。"

彭普眯起眼："一亿人民币相当于一千六百万美元，估计在纽约也差不多是这个价格吧。"

"这个要贵得多吧。"

"会计师事务所的估价是两千三百万。因为事关遗产税，所以他们的估价相对保守。实际成交的价格也许会略高一些，应该在百分之十上下。"

"你不是说要把它卖掉吧？"

"艾玛不想卖它，她想继续住在里面。她已经在这里住了满三十年，让她换地方对她来说有点残酷。"

"没明白你的意思，继续住就继续住嘛，谁会让她换地方呢？"

"没有谁。如果一定要说有谁的话，就是遗产税。"

"我和我老姐正在处理我父亲的遗产，没听说有遗产税这东西。"

"中国目前还没有，但是早晚会有。纽约州的遗产税在全美国算比较高的，美国联邦遗产税为百分之三十五，纽约州的百分之十六，合计为百分之五十一。也就是说要交掉遗产的一半以上。"

姚亮吃惊："那不是比抢钱还要凶狠？那是不是意味着这个房子一半以上的产权已经不属于艾玛了？"

彭普摇头："有一半原本就属于艾玛，剩下的一半才属于遗产部分，这已经足够让艾玛头疼了。"

"一千一百五十万的百分之五十一，应该是五百八十六万五千。艾玛要交的税额是不是这个数？"

"没错，这还仅仅是这个房产的税额。"

"明白了，想继续住在这里，对不起，先交了五百八十六万五千再说。这对艾玛来说的确有点残酷。那她怎么办，是交钱继续住，还是把房子卖掉另外找住处？"

"遗产税已经交了，是她卖掉了一部分油田的股票。因为他们是大股东，她的抛售使股票价格下跌了百分之十三。仅就这一点，她手上的股票又损失了两个多亿。"

"美元？"

"当然了，怎么可能是人民币呢？"

"你这么说我就不懂了。既然股票会损失那么多，为什么不索性把房子卖了，用卖房子的钱去缴遗产税？"

"艾玛不懂啊，艾玛从来不碰与钱相关的事情。她根本不知道大股东抛售股票是非常危险的事。我也不明白这个，所以也没想到该阻止她。她实在是不想离开已经住了三十年的老房子。她也后悔，可是后悔也晚了。"

"你刚才说股票跌了百分之十三，是两亿多。也就是说你现在是二十亿美元的富豪了？"

"又搞错了不是，二十亿美元是油田的市值，属于艾玛个人的不过百分之二十几。另外二十几是乔纳森的，也就是遗产部分；乔纳森的部分也需要上税，税后的余额归艾玛个人。他们没孩子，所以没其他的遗产继承人，因而也省去了不少麻烦。你刚才说'你们'，你那个'们'字可以去掉。因为财产与我无关，全部属于艾玛个人。"

"听明白了。你老婆是个家资亿万的女人，而你仍然是个穷光蛋，你是这个意思吧？"

"非常之对。"

4. 5. 4

姚亮与姚良相通了电话。他说他想去他工作的地方看他，姚良相迟疑了一下还是答应了。他给了他地址。彭普答应送他一起过去。

姚良相工作的地方才是真正的纽约，距离著名的华尔街也只有七个街区。公司在一幢四十二层摩天大楼的第三十五层整层，他占据了其中的一个大约十二平方米的全玻璃隔间。他不是一个人，老板已经给他配了一个助手，两个人加上两张工位，再加上品类繁多的摄影设备照明设备，这个小空间已经挤得满满的。姚亮和彭普两个客人的进入几乎要将脆弱的玻璃四壁胀破了。

姚良相的窗子朝北，门是南向，东西两侧的玻璃刚好成了样片展示墙。正对着门前是大幅悬挂的投影屏，有如影壁一样横亘在门内；与之配套的投影仪则安放在窗内的天花板上，操控设备在窗下。姚良相带他们进来的时候，助手正在操控投影仪看样片。窗子已经被遮光帘遮蔽，投影光束和屏幕上的成像是室内唯一的光源，让这个充满了灯架和摄影器材的空间幻化出奇形怪状的阴影。彭普觉得很新奇，姚亮的感受则是怪诞。

儿子的工作居然是这样的环境，姚亮有一种说不出的心情。这个世界已经跟他所熟悉的那个世界很不一样了，正如层出不穷的新手机新电脑让他眼花缭乱一样，这种全新的工作环境连同工作方式都让他头晕目眩。他心里对这些并不排斥，而且他觉得儿子的工作和生活充满了新鲜感，也许会更有趣，也许更加魅力无穷。

他让姚良相忙他的，他说自己和彭普只做一个旁观者，希望不影响他们工作。儿子没有说不，姚亮心里的一点担忧也就烟消云散了。

姚良相和他的助手这会儿的工作就是看样片，自动幻灯机将一张又一张图片投射到大屏上，姚良相对每一张图片都有记录，有的是取舍，有的是对局部的评价和修改的设想。他除了自己的记录，也偶尔和助手交流一下想法。姚亮看得出来，儿子相当笃定，表情和言辞都透着自信和权威感。而助手则只有仔细聆听的份，偶尔会提出自己的疑问。工作的回合很简单，并不比姚亮日常上课时的多媒体操作更复杂。

但是对彭普这样整日或者整年都在城堡中花园里的生活，这里这种充满科技感的环境连同光怪陆离的工作方式，显然形成了巨大反差。彭普的兴趣比姚亮更甚，他几次都忍不住问这问那，不顾那样会影响他们的工作。

姚亮则更关心那一张又一张展现在大屏上的照片，在他看来它们都很奇特，都不是我们日常所能亲眼见到的。他完全想不出儿子如何去完成拍摄，拍摄过程一定会非常有趣。其中充满了设计感，实物与幻象巧妙地交织，完全不搭的组合生出全新的视觉效果。姚亮原来一直很认同音乐的直接与玄妙，音乐可以完全不通过任何逻辑过程就作用到人的内心。他在这一刻对影像也给予了相近的认同，原来影像同样可以如此玄妙又如此直接。姚亮不知道自己有没有机会与姚良相分享这份心得。

他们在这里的时间大约一小时。到了他们下班的时间了，或许是姚良相有意将下班的时间提前。他先已经给玛丽电话，告诉她父亲和另一位客人要来家里。

父亲介绍彭普叔叔的情况，让姚良相对他们的老宅发生了浓厚的兴趣。他尽量详细地询问有关老宅的历史，尤其关心老宅方方面面的细节。他主动提出要去拜访，彭普自然满口答应。他问彭普叔叔是否可以带摄影器材过去，彭普迟疑了一下，说回去与艾玛商量。艾玛是那种很守旧的人，她不一定会同意将自己的隐私空间展示给公众。

他告诉父亲和彭普叔叔，玛丽已经在家里准备了她拿手的意面，说她的酱汁和拌料是地道法国口味，肯定与他们在意面餐馆里品尝到的很不一样。

姚亮在心里有一点点懊悔，也许不该与彭普一起来，因为这样也许就挤掉了他与儿子单独交谈的机会。但是这个世界是没有后悔药卖的，既然已经一起来了，就不必再想别的。单独交谈也靠缘分，也要缘分到了才行；而且缘分到了是挡也挡不住的。

玛丽再见到姚亮非常开心，她打心里喜欢姚良相的家人，因为她已经把他们也当成了自己的家人。而且上一个回合在上海，她的生病多亏了姚良相爸爸的关照，她自觉在心里欠了姚爸爸的一份情。

她为他们的晚餐准备了四种不同的酱汁并拌料。一种是以鲜鱿为主料；第二种的主料是鲜牛肉粒；第三种是水禽；第四种为素食，主料来自泰国的金枕榴莲。她当然没忘了德国的香肠，英国的红茶和比利时的巧克力，而法国的红酒是一定不可以少的。玛丽将她所有的好东西都拿了出来，对她而言姚亮是最尊贵的客人，姚亮的朋友当然也是。

4.5.5

从曼哈顿这边往彭普所居住地皇后区有一些路程。他们离开玛丽姚良相已经接近午夜，但是纽约大街上的车辆行人并没有见少。彭普开车算比较谨慎，反正他们不着急，看看纽约的夜景对姚亮也是个新鲜事。

彭普要找姚亮商量的事情，对姚亮而言很陌生又很新鲜。先前带彭普到美国来的他的上司叫刘凯，是国内一家大型证券公司派驻纽约证券交易所的首席代表。刘凯除了正常的公司业务之外，自己也有一摊子事情。他们公司内部有一条铁律，本公司在编人员一律不准炒股票。刘凯为了方便自己的个人业务，在与彭普摊开了商量之后，名义上炒了彭普的鱿鱼；但在实际上是将彭普的个人账户长时间租借过来，租借金比彭普原来的薪水高百分之六十。所以彭普再不必去公司上班，又可以拿到较高的报酬，他何乐不为呢？这就是几年前他的所谓被炒鱿鱼的内幕。刘凯很义气也守信用，该付给彭普的份额他从不拖欠。但是三个月前刘凯忽然被公司召回到上海，从此再无音讯。作为朋友，彭普很惦记他，通过多方打探才得知，刘凯回国便被双规了。

姚亮说中国刚刚开过十八大，对贪腐的打击力度很大，所有那些权力涉及钱的领域都是重点整肃的目标。他在新闻上看到中纪委近期处理的县级以上官员四千九百多人，规模不可谓不大。估计刘凯就是在这一轮打击中落马的，或者是刘凯的老板落马，因此刘凯也被牵涉其中。彭普说有耳闻，电话里听公司的老同事说公司的老板易主了，具体情况还不清楚。

彭普的问题是一直被刘凯使用的属于他的个人账户。在得知刘凯被双规后，他尝试着用刘凯护照的八位数字作密码打开了账户，发现里面有三百万美金余额，另有市值约为九百万美金的三只股票。这就是彭普的问题。

刘凯先前跟他说过，用他（彭普）账户做的股票与公司无关，都是政府的几个好朋友的委托，完全属于个人行为。他说他们都是自己的小金库，连老婆也不知道他们这些钱的来路和去处。他这么说彭普就明白了。他跟着刘凯这些年，知道他有安徽江西湖南好几个市一级官员朋友，他肯定是代那些人操一些散盘。

彭普猜测这些钱的来路原本就不清楚，应该不是公司的业务范围。原本彭普的问题并不是很复杂，钱和股票是刘凯的，即使双规了也还是他的。但是事情有了突变，刘凯在双规期间死了；刘凯的老婆说肯定是被人害了，而官方给出的结论是畏罪自杀。人死了，钱和股票怎么办？彭普遇到的就是这个问题。

姚亮想不通彭普为什么会找他商量，谁都知道这种事情越少人知道越安全。他不认为自己是彭普心中的不二之选。尽管两个人在学校是玩得最好的同学，毕业后的三十年也一直保持联系。如果一定要为彭普找他去寻一个理由的话，就是他对姚亮人品的绝对信任。有一句话说男人过了四十岁就不再交新朋友了，而姚亮属于彭普在四十岁之前的朋友中最值得信赖的一个。

以彭普的分析，这笔钱不应该是刘凯贪占的赃款；因为他对他毫无戒备之心，他根本不在意把事情说给彭普，而彭普又曾经是他的下属。

260

彭普不排除它是他那些官场朋友的私房钱，显然这些人的钱来路不正，但是与刘凯没有直接的责任关联。对刘凯而言，钱既不是公款，也不是他的私产。彭普的问题就是怎么处置这笔钱和股票，说是不义之财吧，彭普既没偷也没抢又没骗；但是现在它们就趴在他的账户里，按美国的法律，他账户里的钱就是他的。进一步追查也只是朋友的钱打到他的账户上，仅此而已。他完全可以把它理解为是一笔赠予。

又是赠予。姚亮对这个词汇有一点过敏。

刘凯死了，理论上这样一大笔钱莫名就成了彭普的个人所有，因为刘凯与他之间没有任何字据和文书，没有什么能够证明它仍然属于刘凯。或者如果它在刘凯名下，这笔钱也就变成了一笔遗产，有一半以上的份额将落入税务局的口袋，之后才归刘凯的继承人。不，它不在刘凯名下。随着刘凯的消失，它已经脱离了刘凯的支配，它的主人叫彭普。

彭普给了姚亮几个选择题：

A 交给刘凯的直系亲属。

B 交给刘凯所在的证券公司。

C 交给审查刘凯的所在地纪检。

D 交给美国地方政府。

E 留在原处（相当于留给彭普）。

现在姚亮明白了彭普的难处。他的选择题是姚亮所回答不了的。五个答案都有各自的道理，但是理由都不够充分。

首先它不属于刘凯的个人遗产，所以交到刘凯的法定继承人手上的理由很难成立；

其次也没有证据表明它属于证券公司，而证券公司是有复杂股权关系的盈利机构，这笔钱交过去势必会落到某些利益人的手上，不妥；

再其次彭普已经是美国公民，他将一笔来源不明的款项交给中国的官方机构，除了证明他在帮助官方追查刘凯之外，充其量也只能证明他在努力解脱自己的嫌疑。他的做法不只是对朋友（刘凯）的背叛，也是对追查刘凯的中国官方的诌媚。他接受不了这样的后果；

再再其次，这笔钱与美国地方政府无关，虽然落在他们手里要缴纳高额税金，但是没有任何理由让它落到他们的手里；

既然做什么都是错，不做便成了唯一的选择。也就是 E，让它留在原处，留在有他姓名的账户上。

彭普把车停到了时代广场的停车场上。他曾经问过姚亮到了纽约想看看什么。他列举了一长串纽约的标志性建筑，自由女神，时代广场，帝国大厦，华尔街，百老汇，大都会博物馆，中央车站。姚亮一边听一边摇头，他的确没听到一个很想去看的地方。六十岁真是个可怕的年龄，居然对一切都失去了兴趣。现在彭普把车停到了时代广场，他也没有提出异议。他们当然可以在夜时代广场踱一踱步。

退回三十年四十年，姚亮一定会很激动，因为这里是世界上很多大事件的发生地。他忽然想起四十六年前的北京，他生平第一次踏上天安门广场，那也是一个夜晚，他得到的是一个夜天安门广场。他当时的激动是无以复加的。可是现在不一样了，这里是地球上最著名的一个广场，可是他并不激动。广场与他的个人历史毫无关联，他在这里也无法展开想象。倒是激越的鼓乐吸住了他俩的目光，那是一个独立鼓手的演奏，一组有七八面大小鼓组成的鼓阵环绕在鼓手周围。鼓手是个高挑的黑人，长胳膊长腿格外醒目。他的肢体充满节奏和弹性舞蹈于鼓阵之中，动作与姿态让姚亮联想起中国的通背拳高手。全套架子鼓的旁侧是七个群舞的黑人女孩，她们似乎与鼓乐完全融为一体，舞动的肢体很容易让人想到曼妙而富于变幻的音乐喷泉。这群黑皮肤的小姑娘是这个世界的一道绝美的风景。

看来这里是乐师和舞者的老地方，如此精彩的乐舞竟无人围观，那些在空旷的广场上游荡的人们对免费的演出全没有兴趣。这是姚亮无论如何也理解不了的，以他的眼光他们的组合属于最高水准的乐舞，拿到中国中央电视台的春节晚会上也绝不逊色。

彭普说："你说我该怎么办？"

"我说不出来。"

"如果是你，你会怎么办？"

"任何一种选择都存在问题，只能什么也不做。"

"什么也不做就意味着留给自己。选择 E。"

"或者向我老父亲学习，把它捐掉。"

彭普摇头："你那是中国的方式。美国这里的方式不一样，慈善多半以基金会的方式。但是我没有资格做慈善，因为钱不是我的。或者你也可以说是我捡的，连捡的也算不上，可以说是天上掉下来砸到我头上的，这样的钱我没资格捐。"

"这件事艾玛知道吗？"

"我没法跟她解释这件事。她是那种非常单纯的人，中国人之间发生的这些事情，她完全不能理解。"

"但她还是嫁给了一个中国人啊。不能理解的事情她需要慢慢去理解，让她一直蒙在鼓里对她不公平。"

"除了这件事，我跟她可以说是无话不谈。"

"我建议你连这件事也不要除开。我觉得对你而言，也许她的意见比我的更要紧。一个值得信赖的妻子，对一个男人比什么都要紧。"

"关键是她不会应对如此复杂的局面，她对所有复杂的事情都显得束手无策。"

"彭普，你既然大老远邀我过来，我就出一点馊主意，能否接受的主动权在你。你也刚五十岁，精力体力都还不错，你不妨给自己找点事情做，而且你手里刚好又有一笔可以做事情的钱。当然你可以在美国，你也不妨考虑回中国。比如做一点环境保护方面的事，再比如做一点濒危物种保护方面的事，再比如助学。我认为可以做的事情很多，需要的只是钱和时间，而这两样东西刚好又是你具备的。"

"有点意思。助学的事情太复杂了，尤其在中国。美国倒是有一些人在非洲认一个或几个孩子，承担他们的学习费用，定期去他们的所在国家看望他们。他们每周都有电话和视频，孩子的学习状况会由学校和家长寄给资助人。这种方式不适合我。濒危动物也不是我所感兴趣的。但是我对濒危的植物有兴趣。你说得对，我有时间又有这样一笔钱，我可以考虑在拯救濒危植物方面做一点事。"

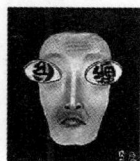

卷五

章一 吴姚的下姚村

5. 1. 1

给姚亮留下最深刻印象的是彭普的一句话。

"跟着乔纳森干的那几年，我一直当我是在给他打工。他在我心里是个了不起的人。可是回过头来想，不对啊，他辛辛苦苦一辈子，不是一直在给我打工吗？"

姚亮的机票是周日的夜航班。彭普和姚良相约定的时间是周日下午两点，这样可以一举两得，既参观了艾玛的老宅，也赶上了为姚亮送别。上次在姚良相家吃意面就约定了玛丽与姚良相一道来玩，玛丽的兴趣不在老宅，她对彭普叔叔家的花园更有兴趣。也难怪了，这个世界就没有哪个城市的建筑可以与巴黎和罗马相提并论，一个巴黎长大的女孩不可能被纽约的房子所吸引。

艾玛没反对姚良相拍照片，只是不希望这些照片用于商业行为。她其实很为自己的老宅子自豪，能与其相提并论的大宅在纽约并不是很多。

于是姚良相就背了全套的哈苏相机连同镜头。他在天黑之前有差不多四小时可以利用，在胶片时代四小时时间其实并不宽裕，但是数码就不同了，他至少可以完成三倍以上的照片。数码较胶片有一个特殊的优势，便是可以在按下快门之前就很清晰地看到成像效果，这一点无疑将每一次摁下快门的时间大大缩短。而胶片机的成像效果只能在照片洗印

267

后才知晓，按快门之前所能获取的只有想象。

让姚良相的镜头如饥似渴的不只是老宅，自然也包括与老宅配套的那些石墙石板路石栏这些，包括已经不再美轮美奂的花园，还包括了姚亮已经注意到的所有那些细节，那些地板，那些黄铜装饰，那些铸铁的门框窗框，那些天花板四角的线条，踢脚线的独特造型以及转角处的弧线处理，也包括贯穿上下两层造型华美的壁炉。姚良相同样没放过那些家具，它们明显带着古典法式家具的风格和特点，而且家具本身也有超过百年的历史，具有很高的观赏价值。

姚良相有好几次着意将女主人艾玛留在镜头之内。艾玛的着装偏古典，与宅子里的氛围浑然一体，姚良相认定艾玛就是这古宅的一部分；她的存在让她周围的那些家具连同装饰都一道活了起来，有了它们自己的生命。他也尝试着请彭普叔叔入镜，但他马上发现彭普叔叔与整个环境是不搭的，很跳，完全无法与环境相融合。这是没办法的事，气质决定一切，但他不敢把突然闯进他脑海的这句箴言说出来，他怕会伤害彭普叔叔。

在可以充分利用自然光的四个小时里，姚良相尽可能多拍。他也并不是想一口就吃成个胖子，他跟彭普叔叔约定他下一次还要过来，他要为房子的夜景和内景专门做一组照片，其中也包括了艾玛阿姨在内。彭普叔叔在征求了艾玛阿姨的同意后答应了他。

三个成年客人给了厨娘大展身手的机会，她的泰国大餐赢得了大家的一致赞赏。美食让大家开心，而大家的开心是对厨娘最好的奖励。他们餐后距动身去机场还有两小时空闲，玛丽被艾玛邀过去喝茶，彭普则要去安排工人们明天的事情，餐厅里忽然只剩了姚亮和姚良相两个。姚亮并不认为这是上天的安排，他甚至猜测是彭普这个家伙的鬼主意。但他不想与这个机缘失之交臂。

"良相，你们上次回上海，我们也没机会说说话。"

"是啊，玛丽突然生病，接着又是大姑。都太突然了，我们甚至连一个正式道别的机会都没有。"

"你上次回来，是有什么话想说吧？"

"有。没机会说。后来想想没说也挺好。其实我不说你也知道了。"

"你是说想让我卖房，是吗？"

"回去的时候是这么想的。"

"为什么说'回去的时候'？"

"因为后来的想法有所变化。"

"又不想让我卖房子了？"

姚良相摇头："是不想跟你说这样的话。我不认为我妈的想法是错的，我至今还是认为那房子有我一半。我只是觉得我不该催你，你打算什么时候卖是你自己的事，你打算什么时候把我的那一半给我，也是你自己的事。自己做自己的，不该催促别人去做什么，这就是我后来的想法。"

"我不懂，你怎么会有分家的想法。我们一直是一家人，以前是，现在还是，永远都是。"

"那是你的想法，别人不一定会赞同你的想法。"

"良相，你坦率地说，你知道当初我为什么在房产证上写你的名字？"

"当然知道。你想通过这个告诉我，你爱我，家里的一切都有我的份，你把属于我的给我。"

轮到姚亮摇头了："爱你，但不是要分家，不是你说的把属于你的给你。"

"那你什么意思？"

"我也许会再婚。我告诉你，我和你妈妈的婚姻就是噩梦，我不想吊死在那棵树上。我想的是我必得保障你的利益，我死后你在遗产分割上有你自己的一份。"

"你现在之所以这么说，是因为你又有了家庭。你把你的赠予说成是遗产，这样你可以以此来阻挠我把你的赠予收回到我手里。"

姚亮尽量将火气压下去："良相，你所说的赠予不是我们中国人自己的概念。我们两个人的时候，倘若我是把房子赠予给你，也就意味着我随时得承受你提出卖房的要求，因为我把一半的房子给你了。是这个道理吗？这是你的想法，不是我的，所以那不是赠予。可能美国的法律将这种做法称之为赠予，但是在中国不是。中国有很多父母都把孩子的名写在房证上，你应该懂得父母的作为意味着什么，是吧？"

"我不想跟你争论，你怎么想的是你自己的想法，我只能面对由你一手造成的事实。"

"你说什么？我'一手造成的事实'？我在造孽吗？我在做坏事吗？一手造成的事实！"

"你要是以这种口气说话，我跟你没什么好说的。我们不说了总可以吧。"

姚良相站起身。

5. 1. 2

他与儿子的这番对白，他只能轻描淡写地说给卢冰。姚亮与姚良相之间已经没有了深入交谈的基础，但凡说到敏感话题，姚良相的反应都是马上将屁股抬起来。他的这种做法极大地激怒了姚亮，但是姚亮无可奈何。

也已经从北京回来的龚慧认为舅舅不该急着回来，舅舅应该给自己多创造些与良相接触的回合。回合太少，彼此间的适应不足以让他们心平气和，而他们两个人只有在真正意义的心平气和中，才能进行有效的沟通。所谓心急吃不得热豆腐。龚慧提醒舅舅，在不到两个月的时间里他和良相已经见过三次，而每一次都匆匆忙忙，所以两个人之间的问题横亘在其中。舅舅应该明白，由于地理原因他们俩见面的机会其实很有限，而且给再见面又带来了新的心理障碍，彼此的心结会越来越重。舅舅已经六十岁了，不能够一再浪费属于自己的机会了。

　　龚慧的提醒让他很绝望，他的确想不出他与良相下一次见面的时间和地点，或许更重要的是理由。无论对姚良相还是对他，再见面都需要给自己一个说得通的理由。这一次是他去见儿子，他的理由却是彭普；下一次他无论如何也不能以彭普为理由了。龚慧的眼睛真是毒啊，一下就戳到了根本上。

　　肖凌风律师来电话，问他考虑得怎么样了。这一向他根本没想吴姚的事，但是没想不意味着他不必去面对。答复肖律师只是一种间接的面对，他不必太费心思，所以他说算了，随他去。他的回答太过含混，但是肖律师没点破他。因为事情非常明显，吴姚的问题不解决，整个遗产的处理便只能搁置。

　　或者他决定认同吴姚的出现，将吴姚加入到法定的第一顺序继承人之中，财产的所有处置都带上吴姚。

　　姚亮根本捋不清这些。他心里很清楚，他是绕不过吴姚这个暗礁的，所以他拿定主意自己跑一趟下姚村。说起来下姚村还是他的老家，是他祖宗的祖居之地。想想也是奇怪，怎么六十年了，自己居然没动过一次念头回老家看看。他知道三十年前中国文学界有过一个寻根的热潮，倡导寻根的作家叫韩少功，年龄跟自己也差不多。寻根，一个很有意思的字眼。他要去一个叫下姚村的地方寻根了。

　　如今有了网络上的实时地图帮忙，要找到任何一个地方都不是难事。湖北省，公安县，下姚村，这就是了。这里所有的房子都能分辨清楚，倘若卫星照片的精度再提高几倍，也许连人也可以看得清楚了。

　　他让卢冰教自己学会了使用卫星地图，还在网上下载了 GPS，并将这两样东西放到苹果 iPad 的桌面上。有了这两样东西，他相信自己无论怎样都一定不会迷路了。卢冰还特意教会他使用 iPad 拍照片，iPad 的像素不算高，但成像效果也还不错，完全可以替代普及版的数码相机。这是姚亮首次把自己用现代化装备武装起来。

姚亮将下姚村做了精确定位，借此设计出最便捷的路线图，不到七百公里路程，他动用了出租车，新开通的高铁，高速公路大巴和乡路的主要交通工具三脚猫。他一大早出发，下午四点半就到了下姚村。

他先已经拿定主意，不问吴姚，只打听上了年纪的老人家。连续问过三个中年人之后，他已经知道村里超过八十岁的老人家有三位，超过七十岁的另有七位。这也就差不多了。七十岁以下的也就跟吴姚的年龄相仿，他们可以知道吴姚，但是对吴姚的身世就很难有更多的了解了，这是姚亮的判断。他决定从三个年龄最大者入手，依年龄大小排定访问次序。

5.1.3

年龄最大的老人叫高岭土，八十九岁。他不是本乡本土的，二十多岁的时候在下姚村做长工，做了一户姚姓人家的上门女婿，如今却成了下姚村的头号老寿星。老人家的视力已经不太行了，有严重的白内障；但是耳朵还好用，对面说话不需要大声就听得清楚。

姚亮揣摩他与父亲年龄相当，也许还记得父亲。他提父亲的名字，老人摇头。他讲父亲是早年出去当兵的，老人说当兵的多了，哪能哪个都记得？老人问他住什么地方，他当然不知道，他有生以来这是头一次到下姚村。老人说他糊涂，怎么连自己的家都不记得；他说不是他的家，是他爸的；老人就又说那就问你爸爸去，我又不是你爸爸。姚亮发现跟老人根本就缠不清楚，他意识到即使老人说认识他父亲，老人的话也仍然糊里糊涂。

这时候他意识到自己犯了方向性错误，他该问的不是姚家，而应该是吴姚母亲的赵家。姚清涧的父亲早夭，肯定活着的人里没有人会记得他；而姚清涧自己也出门当兵六十多年，应该也不会留在任何人的记忆当中。而吴姚的老娘就留在本乡本土，去世也不过二十年光景，应该有人还记得她的存在。但是难点在于姚亮无从知晓她的名字，而且在乡下就很少有人记得哪个女人的名字，人们记得的只是她是谁家的媳妇，或者她是谁谁的老娘。问她是谁的媳妇肯定问不到，能问到的只有说吴姚的老娘。要是那样的话，姚亮的身份就必须暴露了，这又是姚亮所不希望的格局，他不希望把自己放到明处。如果有好事之徒把事情弄到网上，他会非常被动，也许会卷进舆论旋涡也说不定。网络时代没秘密，这一点已经得到了所有网民的共识。

真是无论怎样也预想不到的。他来到父亲的家乡，却无从打听关于父亲的任何事。不是自己身在其中，他很难相信这会是真的。姚亮后悔没在上海或者长沙找一间私人侦探所去咨询一下，他们一定有办法去克服他所遇到的困境；或者真的该聘请他们做这样的事，那是他们的拿手好戏。

高老爷子收到他的孝敬(一条烟两瓶酒)，很想对他有所帮助，就问他还记得什么人的名字。他说当年村里的大户赵家。老爷子的头摇得像拨浪鼓，村里就没一户人家姓赵，这一百年里都没有过。一个已经八十九岁的老人说这样的话应该是可信的，姚亮心里一下子轻松了，看来是吴姚在撒谎。

吴姚在撒谎，那么吴姚这个人是否存在呢？姚亮觉得可以冒一下险。不行，姚亮亲眼看到过吴姚的身份证复印件，连警方对他的身份也没有疑问，说明这个人是存在的，有疑点的只是他的话。但是他的话对姚亮很要紧，他现在做的一切都已经受制于吴姚的话。

姚亮只要证明了吴姚是在说谎，那么吴姚的存在便不会干扰到姚清涧遗产的整理。他现在要做的是设法去证明高岭土老人的话，下姚村这一百年里就没有过吴姚所称的他的母亲赵氏。想搞清这一点，到下姚村被管辖的上级派出所应该不难查；但是去派出所又犯了姚亮的忌讳，他不想将自己调查的事情公开化。

他还没到穷途末路的地步，还有两个老人家可以去询问，如果都失败了再考虑派出所也不迟。实在为难了，他也可以选择放弃，权当是来老家这里旅游了一趟。

他忽然又想起一条路，就是老张为他复印的那份吴姚的证明信。那上面不是有十几个人的名字吗？他可以逐个去查找每一个人的家庭。估计他们一定有后代留下来，他们的后代也许会给他有价值的线索。

他确定了自己下一步的方向和次序，先找八十六岁的李老太，再找八十四岁的吴老爷子；之后是那些在证明信上签名画押的名字。

5.1.4

李老太耳聪目明，脑子也相当清楚，她根本不像有那么大年龄。她让姚亮看到了一丝希望，至少她可以说得清楚记得谁不记得谁，有谁没有谁。

没有姓赵的，从来没有。老太太先给姚亮吃了颗定心丸，她完全印证了高老爷子的话。她怀疑是姚亮找错了地方，她说上姚村有姓赵的，而且不是一户，是两户。两户当家的是亲兄弟，先是哥哥倒插门进了上姚村，后来把弟弟也弄到村里落了户。后来弟弟也娶了媳妇，弟弟没有做上门女婿，而是自己单门独户过日子。李老太说赵家两兄弟迁过来很多年了，至少有三十年；赵老大早已经当了爷爷了。姚亮这才听出了破绽。

他说："就是下姚村，不会错。"

他根本就不知道还有一个上姚村。而且五十几岁的赵老大赵老二根本就不是他要问的人。李老太非常热心，说近处的十里八村她都熟，他要找姓赵的她都可以帮他去打听。问题是姚亮并不需要打听下姚村以外的任何地方。那么她是否记得一个叫姚勤俭的人呢？

李老太眯了眼，似乎在搜索枯肠。姚亮的期待又一次落空，因为她给他的是摇头。

姚亮继续启发她："去当兵的，解放以前就走了。他跟你的年龄差不多。"

"没有，没有这个人。"

"有没有可能是你忘了？年龄大了不记得了。"

"不可能，没有我不记得的事。我这一辈子没别的本事，就是脑袋记事情。不论什么事情我都记得清楚。"

听得出来这是李老太的骄傲。但是姚亮的疑窦也正出在这里，一个人引以为傲的东西可能也正是靠不住的东西。也许她的记忆与别人没什么两样，但她以自己的记忆而自豪，那么她记不住的她死也不会承认，因为那样太伤她的自尊了。所以有可能仅仅是因为她不记得，但是出于自尊她会说那根本就不存在。出现了这样的情形，结果就更糟，需要她去认定的事情反而被她否定，真相也将就此被掩埋。

下姚村这个地名姚亮不是从吴姚的证明信上第一次见到，他从小就知道它，因为它就在自家户口本上父亲籍贯那一栏里。所以他从老张手上看到吴姚来自下姚村时，他不能够确认吴姚的话究竟是真是假。是下姚村这个地名镇住了他。下姚村正是他从小就知道的父亲的籍贯。这个蛮横的李老太，一开口便把父亲从他的籍贯地下姚村给开除了；而且言之凿凿。

老太太如此自负，令姚亮心里发堵。他认定人的记忆不可靠，老年人的记忆尤其不可靠，乡下老年人的记忆尤其尤其不可靠。她可以说她不记得姚清涧这个人，也许她当年根本没见过也没听说过他。她当年也是个年轻女子，也曾经是个藏在深闺的姑娘家。女人不认得男人也不是不可能的事，不记得就太可能了。她又何必如此言之凿凿？她莫非是成心让他添堵不成。

但是既然已经来了，已经和她面对面，他还是要问问她是否认得吴家。吴姚的吴家。吴姚二字他没说。

"你说哪个吴家？下姚村有六户姓吴。"

她一下又把姚亮问住了。姚亮灵机一动。

"是哪六家？"

李老太张口就来:"吴长贵,吴又三,吴军,吴高,吴姚,吴长富。吴长富和吴长贵是两兄弟。吴高和吴军是两兄弟。你问哪一家?"

一下又把姚亮难住了,像李老太这种伶牙俐齿的老人家,无论他说什么她都会一字不差地向别人复述。如果他问吴姚,姚亮相信一个小时之内吴姚马上会知道有人在村里打听他。这样的结果太可怕了。

姚亮说:"不是,我打听的不是这几家姓吴的。我听说还有一位八十多岁的老人家也姓吴。吴二贵。"

"咳,那不是吴又三的老头嘛。"

"吴老爷子的身体还结实吗?"

"结实,我看这个老家伙能活一百岁。不过他耳朵不行了,要大声喊才听得见。"

她又把姚亮吓了一回。这是在村子里,左邻右舍离得都不远,如果需要大喊大叫才能和老人交谈,对外来者姚亮是个很为难的情形。

李老太又说:"你也别为难,吴老爷子家里总有人,儿子媳妇孙子媳妇都住一起,连重孙子也有了。让他家人帮你的忙,不用你自己喊。"

姚亮不能够想象,自己跟吴老爷子聊天,他一家人都围在旁边是怎样的情形。从刚才李老太的描述中,他也大概知道了吴老爷子家与吴姚家没什么关联。他还记得吴姚的话,他老头(继父)跟他老娘没再生娃,他是独苗。老头老娘没了,他那一支便只剩他自己。

据此分析下来,也许见吴老爷子的意义并不大。毕竟一个几乎全聋的老汉,所能给他的线索肯定极其有限。也许他当真该另辟蹊径,从证明信上的签名者重新入手了。他们总共十二个人,不会连一个都没剩下来吧。

5. 1. 5

姚亮怎么也没想到,他想略过的吴老爷子自己反倒不希望被一个外来人忽略。吴老爷子让他的未成年的小孙子到李老太家找他,说他爷爷听说上海来的老师到下姚村来听故事，专门听那些上年纪的人说下姚村的故事，爷爷已经在家里等候老师的光临了。

幸亏自己先前找了个采风的借口，不然他的这种东打听西打听当真会引发诸多猜疑。现在他去也得去，不去也得去，已成骑虎之势。

吴老爷子家正如李老太描述的那样，是个热热闹闹的大家庭。如今这种四世同堂的情形已经不多见了，姚亮感觉很新鲜，但是也觉得这里非久留之地。他还是很难忍受被老老少少许多人围观的情形。这个回合姚亮索性扮演起来采风的老师。他问起老爷子儿时的下姚村，问当时的种植和收成，问村里的户数，问有几个大户人家，问老爷子还记得的逸闻趣事。

老人家很愿意讲古，问一句他回答十句。老爷子显然不想把肚子里的这些东西带到阴间去，所以滔滔不绝。他小的时候村里盖青砖大瓦房的不多，他掰着手指就数出了四户。地最多的姓姚，姚家的房子也最气派，土改的时候老当家的给崩了，房子也给分了。除了姚家再就得属吴家了，不是他们这一支，是吴长富吴长贵那一支。他们的老爹当年给定的是富农。再往下数是卓家，是富裕中农。他第四个数到的是高老爷子高岭土倒插门的姚家。高老爷子的老岳父是老地主姚老当家的堂兄，当年定的也是富农，家境比卓家还不如，算是吃了堂弟的挂落。他那个堂弟在村里是有民愤的，属恶霸地主，所以才被镇压了。

正如李老太所预言的，提问的姚亮不必大声，因为他每一句话都马上被他家里的媳妇和孩子接过去，对着老爷子的耳朵大呼小叫。开始他很不适应这种方式，但是很快就忽略了，因为这个家庭的气氛是如此热烈，一个外人的加入很容易被淹没。除了姚亮自己，别人根本不在乎他的存在。在他们看来，只有他的问题才有一点意义，因为这是让老爷子讲古的原由。而他这个人是完全可以忽略不计的。这样的情形正是姚亮所希冀的，越被忽略他越觉得自在。

他原来对来吴家的期望值就不高，甚至都不打算来了。现在看他不来也罢。如果一定要说不同，那就是没有遭遇他所预想的那种尴尬。没有尴尬也就没有芥蒂，所以在他们邀请他吃晚饭时，他一点没迟疑就应承下来。那是一个快乐的大家庭，吃饭又是所有快乐的事情中最快乐的，他们为客人加了两个菜，蒸腊鱼和萝卜干炒腊肉。身为湖南佬的姚亮对这两个湖北做法的菜肴给了很高的评价。

在吃饭的过程中他凭记忆问到证明信上的几个名字。吴老爷子要么说早死了，要么摇头不认识。他忽然问起姚亮怎么知道这些名字，姚亮在匆忙中只能说是从书里看来的。这个说法让吴老爷子提起了精神，自己村里的事情上了书，这太让人兴奋了。他问姚亮是什么书，姚亮于是改口说是地方志，他解释说每个地方都有自己的地方志，都有专门的人在修，说地方志就是记录本乡本土过往那些事情的，所以会提到一些人的名字。

吴老爷子拜托他帮忙找一找写到下姚村的什么志，说他即使看不到也要让儿孙们读给他听。无奈之下姚亮也只有应承了。他很清楚他钻进了自己下的套，这一次他无论如何都要做一回自食其言的小人了。

处在如此被动之下，姚亮不想继续地方志的话题，他故意找一个他一家人会感兴趣的说辞。他说他们的腊肉味道特别香，问自己是否可以买一些带回去。他的这一次转换话题非常成功，因为吴家一直很为自家的腊肉而骄傲，他们每个冬天都会杀两三头猪，绝大部分都被做成了腊肉。腊肉一直是这个家庭里一项稳定的收入。现在有人当面称道，而且主动寻购，吴家人当然开心。他们在市场上的卖价是三十八元一斤，给姚亮的价格是三十五，谁让他们已经成了朋友呢。姚亮称的两块九斤差一点，抹掉零头刚好是三百元。

章二 姚明的新状况

5.2.1

经过一番整理，龚慧和舅舅终于将母亲的财产状况基本摸清了。

姚明的房产总共有九处。主要部分都在北京，共四处，都是面积很大的那种，最小的也超过两百平。以当下北京的市价不低于三万一平，四套总面积一千七，总价值在五千万上下。另外的几套面积相对比较小，都在一百平之内，分布在不同的著名旅游区：三亚一套，海口一套，武夷山一套，北戴河一套，大理一套。粗略估计总价值也将近千万。所有房产都有一个共同的问题，都在按揭，竟没有一套房子没有贷款。据龚慧的估算，姚明每个月的还贷压力都在十三万人民币上下。这些房子中多数已经交付使用，有三套已经出租，而租金部分每个月可以充抵四万五千元。也就是说她需要每个月另找八万五千元来还贷。

她证券部分的财产还要复杂一些，计有十几支数量不等的股票，另有七十几万账户余额。她还有一些基金和债券。龚慧比照当日的股价，计算出一个大概的市值总额，这部分财产约略两千万出头。

第三部分是储蓄存款。她有多张五年期定期存单，每一张的数额都是一百万，但是存入的时间各不相同。龚慧清点的结果有十三张之多。另外就是七张银行卡，工行建行中行农行交行招行民生行各一。卡存款总额超过六百万。现金部分总计一千九百万余。

各项合计不足一个亿。刨去房贷总规模两千几百万，姚明的总资产在七千万上下。龚慧提醒舅舅，说母亲的这些文件中缺一个大项，就是债务。做商业的生意伙伴之间经常会有各种形式的拆借，这在信任度很高的商业伙伴中极为常见。她保留了与自己相关的所有票据文件合同，但是她自己的欠条不在她（债务人）手上，而是在债权人之手。龚慧说他们在美国的基金会就是类似的情形。

姚亮不懂商场的规矩，他担心像姚明这种情形是否会出现债务诈骗，倘若有人拿着借条上门，债务人自己又丧失了判别能力，该如何判定借条的真伪呢？龚慧告诉舅舅，但凡涉及大笔款项，借方贷方都会走严格的法律程序，因而债务诈骗在正规商场上并不多见。反倒是民间的一些借贷，由于手续不严格，没有充分考虑到意外因素，所以纠纷很多，其中也不乏诈骗的案例。

龚慧让舅舅回忆一下，先前母亲是否对她的财产处置有过什么想法。在姚亮的记忆当中，他们唯一的一次关于财产的话题，姚明只是说有所准备，并未涉及具体的处置方案。母亲说让舅舅一起，似乎在叮嘱她听舅舅的。她可以理解为母亲已经把自己的想法托付给舅舅。但是舅舅否定了这一点。母亲这么说是否还有别的意思呢？或者是母亲把舅舅也作为她遗产继承人中的一员？

不是没有这种可能，在她从小到大的记忆中，舅舅一直是母亲的自己人。对于母亲而言，她（龚慧）的父亲，小妹（秦皓月）的父亲，他们从来都是外人，母亲的自己人只有舅舅和她们两个。在她的婚姻存续期间一直是这个情形。

"舅舅，我认为妈妈的意思是说，你也在她的遗产继承人之列。小妹还小，所以她说'你们两个一起'。"

姚亮摇头："我根本不认同你的说法；而且你们的家庭财产与我毫不相干，即使你妈真这么想，我也不会接受。你妈的话，我的理解是要我帮你们去公平对待。比如皓月还未成年，属于她的部分她自己还没有能力去独自面对。还有就是她的抚养教育这一块，这是一笔单独的费用，应该在财产分配的部分之外。"

"我懂，这是毫无疑问的。问题不在我与小妹之间，而是在妈妈要你和我'你们两个一起'这句话。我认为她专门当着你和我的面这样说。您一定记得那天的情形，舅妈带姚缈皓月出门，妈妈特别让我们关上门，之后她只说了'有个保险箱。就是这钥匙，你和舅舅去弄吧'。又说'随便你们了'。她这么说一定有她自己的想法。"

"小慧，我看你也不必猜东猜西，你妈人还在，身体又恢复得不错，她什么意思等她自己说就是了。眼下的当务之急是痊愈。身体治好了，别的事都不是问题。"

5.2.2

桃花源这天来了个不速之客，覃湘。他们几乎已经完全将这个人遗忘了。

姚亮隐约回忆起檀溪小学的那个教导主任。他记不起她的样子，却记得她好听的声音。他能回忆起的是她的话，说这个覃湘自己会登门道歉，诸如此类的。总服务台那边报上覃湘的名字，姚亮不想见他。卢冰说不见不好，杀人不过头点地，人家来道歉，我们更不该无礼了。姚亮索性让卢冰去应对他，自己躲进老姐的房子去陪她。这会儿姚缈跟在大表姐的屁股后面在园中玩耍。

因为老姐上下楼梯不便，所以她的房间就安排在一层。卧室与客厅中间隔着餐厅，有七八米的距离，又有两扇门的阻隔，那边的声音这边基本上听不到。

老姐这几天养成一个新习惯，就是用手指在空中写字。这种时候她会非常专注，目光会随着手指的移动而移动。问她在写什么，她说没写什么。姚亮有几次努力追随她手指的笔画，试图猜出那是什么字。但是很难，空中写字看不到在哪里抬笔，所以会把所有的线条都看成是连笔，他几次猜测都失败了。她在写字时候的那种专注，很像是在看电影，尽管在凝神，却又很松弛，没有一丝一毫的紧张。

姚亮在心里并未把她当病人，他每次办事回来总会与老姐单独相处，将自己一路的见闻一五一十讲给她。而每一次他这样的讲述她都安静地聆听，有时还会有所表示。额首认同或者轻蹙眉头。连姚亮自己也不知为什么，他没有把覃湘的到访告诉老姐。

但是姚明今天的状态很反常。她原本在空中练她的书法，马上又将目光移到窗外。姚亮的理解是姚缈尖利的笑声吸引了大姑的目光。可是她忽然示意姚亮来推她的轮椅，她指一下梳妆台，他推她过来。但她只是在镜前瞄了一眼，伸手拢一下额前的散发，马上又指向屋门表示要出去。姚亮问她去哪。

"客厅。"

他很奇怪，她从来不会在客厅停留。

而且这会儿覃湘正在客厅里，卢冰在支应他。

"老姐，客厅里冷，你穿得又不多，小心感冒。"

她忽然发怒了："我说客厅！"

这是从来没有过的事，无论她生病之前还是生病之后，她都没有对老弟发过一次脾气。姚亮无论如何不明白老姐是怎么了。他原本不认为覃湘见不得，无论是自己还是老姐。只是记忆这东西很顽固，他清楚记得上一次自己对覃湘的怒气，他已经二十多年没动手打过人了，那一次他薅住了他的领口，差点就把拳头挥向他那张可恶的脸。也是这个缘故，他不想再见到这个人，他不知道再见面他会不会依然怒火万丈。潜意识当中还有个原因，老姐的病倒正是因了这个王八蛋的缘故，他怕老姐见到这个人会再受刺激。

但是胳膊拗不过大腿，老姐的话就是圣旨，他必得遵旨照办。从他躲进老姐的房间已经有一刻钟以上了，他希望覃湘会知趣些尽早离开。但覃湘就是覃湘，倘若知趣便不是覃湘了。推开餐厅门的那一刹那，姚亮已经瞥见了沙发上的覃湘。他瞬间便将笑靥收起，他的脸已经如石板一块。

覃湘立马从沙发上起身，脸上即刻推起笑容。

"姚总，姚教授。覃某人专程来给二位赔不是。还请二位大人海量，谅解我日前的唐突。这是我带来的花篮，这是……"

姚明厉声打断他："这是谁啊？"

卢冰说："大姐，是檀溪小学的覃校长。他是专程过来道歉的。"

姚明音量依旧："我不认识他，让他出去！"

覃湘说："姚总，请原谅我……"

"让他出去啊！"

卢冰只好对覃湘说："不好意思，你请吧。病人在治疗中，不能够动气的。"

覃湘的目光移向姚亮，希望姚亮能够有所表示。但他在那张石板一样的脸上看不到任何宽宥，他只能狼狈不堪地告退了。卢冰送他出门。

姚亮俯身："老姐，你知道他是谁吗？"

姚明摇头："不认识他。"

"你没认出是他，怎么会发那么大的脾气？"

姚明这会儿已经忘记了覃湘，她又伸出手指在空中练她的书法了。姚亮完全搞不清老姐的状况，她是当真没认出覃湘，还是装作认不出他？以她现下的心智，认不出也属正常。但是认不出，她又怎么能当着陌生人的面发那么大的火？况且她从未对卢冰有过丝毫怨气，毕竟在表面上她的火气是冲着卢冰的。而且之前在卧室，她也同样对姚亮发了火。姚亮越来越搞不懂老姐了。

还有他不能理解的地方。卧室在客厅的正南方向，从卧室的窗根本不可能看到北朝向的客厅大门。覃湘的到来她应该无从得知，她为什么会突然间烦躁，先把注意力移向窗外的姚纱，马上又关心一下自己的仪容之后去客厅呢？她如何能知晓覃湘的到访是一个无解之谜。她这一向都非常迟钝，对任何事情都没有反应，怎么唯独对覃湘的反应会如此敏感而且如此激烈？这是姚亮很难理解的。

以姚明的性格，她不会说谎，她不会明明认出了说不认得。她一口咬定不认得，她没必要对他撒谎。还有就是她也没体力撒谎，撒谎是要消耗能量的，需要做分析和判断，而且要扭转心智的方向。不，她没撒谎。可是没撒谎就更无法解释刚才的一切了。

他问卢冰，覃湘除了道歉还说了什么。卢冰说檀溪小学方面似乎不知道遗产处置被叫停，她说覃校长希望大姐和他看在老人家的愿望上不要再阻止遗产的捐赠。卢冰告诉他，不是他们在阻止，而是警方叫停了。她看得出他对这个消息很意外。

"妈的，这个狗东西！他哪里是来道歉的？"

"也不能这么说人家。你看看那么大的花篮，有几十斤重，他一个人抬进来也够难为他了。还有这些核桃乳，他说是专门给大姐补脑的。"

"你呀，糊涂！这种人送的东西敢给姐吃吗？我马上把这些东西扔出去。"

那是整整四箱装潢考究的饮品，姚亮两次才把它们搬出去放到平日送垃圾的位置。这边卢冰又开始给姚明挂滴流瓶子了。

5. 2. 3

医生带着医疗设备车在约好的周二来到桃花源。

姚亮很详细地讲了姚明的异常，同时讲了自己的疑窦；他担心老姐的病情出现了反复。

医生没有即刻回答他，反倒详细询问起姚明的起居和饮食状况。这些问题龚慧回答得更专业也更到位。卢冰也补充了诸多细节。医生用橡皮槌敲击姚明的胳膊和指节，之后敲击她膝盖，之后是踝关节和脚趾节。姚明的神经末梢恢复得相当好。

之后她被请上设备车，先是做脑电图，再通过一部先进的袖珍型进口造影机做脑部造影。医生可以直接在屏幕上获取精密的成像结果。

经过一小时的折腾，姚明已经相当疲惫。医生让家人安排她去休息。卢冰推姚明回她的卧房。

医生说："患者脑血管破裂的部位愈合得相当好，几乎见不到结疤的痕迹。伤口结疤是再正常不过的事，但是疤痕会对血管壁形成轻微的压迫。你们也知道，大脑是一部极其精微的机器，再轻的压迫也会对大脑的正常运转造成影响。这也就是患者正常的活动与正常的思维都有了障碍的原因。"

龚慧说："您说得非常明白。我们更关心的是出现了异常之后的变异。我母亲的大脑这一向都处在类似休眠的状态，对任何事情都相当迟钝；可是昨天突然变得极度敏感，连我们正常人也感知不到的事情也知道了。那个人是导致她病发的元凶，我母亲莫名其妙就预知了他的到来，而且极度暴躁，对舅舅和舅妈先后发脾气，这是从未有过的情形。我们都很担心这种突如其来的变异，怕会带来严重的后果。"

医生说："根据我的测试和诊断，患者应该是在往好的方向变异。对处于半休眠状态的大脑，昨天的这种极度敏感该是个好的信号，说明大脑正在苏醒，正在恢复往日的功能。你们知道大脑的功能就是思维，就是指挥躯干的动作。而处于半休眠状态时，它的这两项功能都严重衰退了。"

姚亮说："是啊，我想的是人在状态最好时才会有超感。通常只有巫婆神棍和艺术家才有这种能力。可是昨天姚明对那个人到来的预知完全就是超感。既然说她的大脑处在半休眠状态，她怎么会达到超感境界呢？"

医生说："您说的超感不是我熟悉的领域，但是有一点可以肯定，患者大脑的能力正在强烈的恢复中。"

龚慧说："恢复过分强烈是否会伴随着危险？比如很异常地发脾气，受伤的脑血管部位会再次受伤吗？"

"根据你们的描述，应该不会。因为患者很明显拒绝向前思考，你们认为她认出了那个人，她本人并不认可这一点。以我的理解，这是大脑本能的自我保护。倘若向前思考，势必进入回忆，势必回到病发前的那一刻，势必对这个人进行判断，势必更进一步对这个人的否定。这一连串的过程是患者当下完全不能够承受的，本能便阻止她向前，思考便就此打住。"

龚慧点头："脑功能与神经功能的交互作用，这是一个很典型的例证。"

医生说："你应该也是医生吧？"

龚慧又点头："我在美国。我的专业是神经外科学。"

医生转向姚亮："姚先生说的超感很有意思。患者是从何种渠道得知那个人的到来，我很难形成自己的解释。但是您用超感来描述，似乎很能说得通。我们经常会面对在逻辑上不通的病例或者事件，这种时候我们很容易以为是当事人的描述出了问题。其实不对，只是自己的理解受到逻辑的制约。逻辑其实不能够解决所有的问题，您的超感就不在逻辑所能涵盖的范畴。"

龚慧说："超感无疑是一种超能力，而超能力的确是一个人在心智状态最活跃的状况下才可能生成的。而母亲的心智远未达到最活跃，她昨天所具有的超能力表现很难理解。"

姚亮说："姚明是一个很理性的人，我从未在她身上发现这种超感状态。"

医生说："那是由于习惯力量的强大，她身上的潜能量被遮蔽了。生病本身形成了一种激发，潜能量于是有了爆发的机会。有许多病例证实了这一点。"

医生让他们放心，他的经验连同检测的结果证明患者的痊愈都朝着乐观的方向。这的确是个让他们一家人都欢欣鼓舞的说辞。

今天医生是他们一家人的天使。

5.2.4

　　既然医生认为姚明的身体状况无大碍，姚亮于是考虑与姚明正面谈一次。姚明上一回关于保险箱的指示太过含混了，她其实一个字也没提财产，更没说要处理这些财产的话。她出示的是一把钥匙，说的也只是保险箱。他们是不是把她的意思领会错了？那样可就太尴尬了。

　　意识到这一点之后，他心里很不舒服。他是龚慧的长辈，倘若这件事有什么纰漏，责任主要在他。他也不记得，当初怎么从保险箱就联想到她所指的是财产。她压根就没提过财产两个字，可是他和龚慧生生把保险箱就替代成了财产，为什么会出现这么大的疏漏呢？而且打从北京回来至今，他还未曾依照惯例对姚明说这些，包括对她财产总量的汇总。亡羊补牢，他要补上这一课。

　　"老姐，上次你给钥匙，说是保险箱的钥匙，我其实没懂你的意思。我们以为你指的是你的财产。"

　　"就是。"

　　"我很担心我们理解错了，没错就好。是这样，我和龚慧专门去了北京，也找到你的保险箱，把里面的东西做了整理。"

　　姚亮觉得老姐对他的话似乎没兴趣。

　　"老姐，我说话你在听吗？"

　　"不想听。"

　　"可是我们没懂你的意思。你想让我做什么？"

　　"做主。"

　　"做什么主？我还是没懂你的意思。老姐，求你了，你多说几句好不好？哪怕多说一句。"

　　"说了啊。"

　　"老姐，你的事情你总得交代清楚，你不说清楚我没法帮你。你知道这天底下，钱是最麻烦的东西，弄不好会很伤人心的。有钱真不是什么好事情，尤其是有多余的钱。所有多余的钱都是祸患。你想想，我的家如果只有过去那两间房，良相会跟我反目成仇吗？我跟你说过的，我老同学彭普要不是飞来一笔横财，他何至于愁白了头让我去美国帮他想办法？都是多余的钱惹的祸。老姐，你真是多余费心费力赚那么多钱，你知不知道你是在给我们添麻烦？"

姚明笑眯眯地看着他："不知道。"

"你说话呀，你到底什么意思，你究竟让我做什么？你病倒了，把所有的事情都丢给我，你知道我多不容易，你就别为难我了。你说话啊。"

"说什么？"

"你究竟想要我做什么？"

"做主啊。"

"咳，你真是急死我了。说来说去又转回来了。"

姚亮再怎么急也没用，姚明以不变应万变。但是姚亮也并非全无收获，至少他原来的担忧给消解了。姚明的脑子没糊涂，她给他们钥匙考虑的就是财产问题。姚亮和龚慧理解的方向没有错。

龚慧认为母亲的意思很清楚，她并没有让他们分割财产，她让姚亮做主的意思应该就是以防万一，万一她本人出了状况。龚慧认为母亲做这样的安排，符合常情常理。也可以把龚慧的理解认作是一种偷懒，只要姚明的身体没出现万一，一切维持原状就是了。

5.2.5

有道是天有不测风云，一个没有出乎意料的意外终于发生了，它来自于秦皓月的父亲秦关。

秦关有他的电话，姚亮并不奇怪。当然是从秦皓月那里拿到的。秦关提到一个相当严峻的话题，事关秦皓月的监护权。

离婚的时候，监护权归母亲姚明。这一方面是姚明本人的意愿，另

288

一方面也来自于法院的支持。秦关对民间的约定俗成很尊重，所以也没与姚明争夺女儿的监护权。但是现在情况不一样了，姚明已经丧失了自主能力，根本谈不上对未成年女儿的照顾和监护。秦皓月处于无人监护的危机之中。在此艰难的时机，秦关决定挺身而出挽危澜于即倒，将监护重任扛到自己肩上。电话那边的秦关义正词严，俨然一个真正的男子汉。

他郑重其事通知姚亮，并请他转告姚明，他(秦关)已经搬进女儿在北京的家里，正式行使起他作为监护人的责任。

后面一段话让姚亮一下明了了他的用意。

"秦关，我正告你，法院判决你不得进入姚明住宅一百米范围之内是永久生效的，不会因为姚明生病有任何改变。你马上搬出去，否则我们将诉诸法律。"

"要诉诸法律的是我。我是秦皓月的生身父亲，也是她的当然监护人。等着瞧，看法律支持我还是支持你。你心里比我清楚，姚明一旦有了三长两短，房子就是秦皓月的，轮不到你来说长道短。"

"你想得美！等着瞧吧，看你的美梦是不是会成真。姚明在世一天，你就一天不得靠近她的房子！你不马上滚出去，马上就会有警察把你驱逐出去。"

姚亮不给他再说话的机会，马上切断通话。秦关说是这么说，但他未必真的敢入住，因为法院的判决明令禁止他靠近姚明的房子。秦关先前对姚明的严重骚扰构成了犯罪，法院因此有了姚亮说到的判决。

龚慧认为秦关的电话不可小觑，因为母亲的病况可能会导致监护权转移这样的判决发生。一旦判决生效，作为法定监护人的秦关便可以堂而皇之与作为被监护人的秦皓月生活在一起。

姚亮认为如果发生这样的判决，应该是秦皓月住到秦关的家里，而不是秦关住到姚明的家里。秦关没有任何理由住到姚明的家里。

龚慧知道秦关没有自己的房产，她担心法院会将属于秦皓月的房产判决让秦关入住，因为她们现在的那套别墅是姚明和秦皓月的名字。从法理上姚明只有那房子的一半产权；秦皓月拥有另一半，秦皓月完全可以让她的监护人住在其中。

原来姚明也和他一样，把孩子的名字写到房产证上。姚亮进而想到，倘若秦关与范柏一样去怂恿秦皓月卖房，老姐也将落到与自己一样的尴尬境地。

姚亮说："天下做父母的都一样贱，无端给自己添乱找麻烦，你说是不是吃饱撑的？干吗要写孩子？写了他不就是害他吗？没写他照样有他，写他了反倒生出事端！你妈妈真是糊涂，也真不愧是我的老姐。"

"舅舅，我看这件事的后患还真是不小。秦关这种人什么坏事都做得出来，我们必须要提防。"

"小慧，我忽然想到也许真的该防患于未然，把漏洞彻底堵死，不能让这个狗东西钻了空子。我想我们该设法改变房产证上的两个名字，改回到你妈妈和我自己。"

"怕不行吧，没良相的同意你自己改不回去的。"

"你们家的情况不一样，皓月不会不同意，我相信皓月不会站在她父亲的立场上反对妈妈。而且我觉得这套房子写皓月的名字对你也不公平，你们都是你妈妈的女儿，不应该厚此薄彼。"

"这个我不在乎，跟您说，我的经济状况不比妈妈差。小妹多一点也是我的心愿。舅舅，真的去设法改房产证的话，我心里反倒有顾虑。我不希望秦关去小妹那里挑唆，说我心理不平衡要跟她争财产。那样的话也许小妹一辈子都有心结，认为我是那样的人。"

"那你就不要出面，你回避就是了。我跟皓月两个人谈这件事。我相信她有是非判别的能力，她应该懂得她父亲不是好人，她父亲要谋夺妈妈的财产。"

姚亮心里很明白，龚慧的疑虑是有道理的。尽管秦皓月平日里偏向母亲这一边，但父亲毕竟是父亲，血浓于水的法则是永恒的。由于在母亲这一边对她父亲的评价都是否定的，所以秦皓月从未在姚亮和龚慧面前谈论她与父亲的关系。虎毒还不食子呢，秦关对自己的女儿也一定是有感情的，而他的感情必定会得到女儿的回馈。所以姚亮对自己是否能够说动秦皓月是没把握的。没有秦皓月的支持，房产证改名就绝没有可能。

姚亮真想大声疾呼，天下的父母啊，你爱你的孩子就一定不要把你的房产证写他的名字！一定不要。

章三 转机

5. 3. 1

肖凌风律师不希望姚清涧遗产案就这样延宕下去，他专程飞到长沙见姚明姚亮。他要跟他们商量出一个解决办法。非常遗憾，姚明已经不认得他了。但是姚亮还是对他的到来给予了该有的欢迎。

姚亮告诉他，姚明尽管还不能与人正常交流，但是她可以听，也听得懂别人的话。如果坚持要她回答，她也会做简单的回答。姚亮的意思是希望姚明参加他们的讨论。肖律师当然没有异议。

他认为吴姚的问题不是难点，不能因为他的出现而改变姚清涧遗嘱的执行。他问姚亮是什么态度，是否因为遗产已捐掉了，事不关己，所以不着急遗嘱的执行？

这可是天大的冤枉。但是姚亮又不好告诉他，自己曾专门跑到湖北公安的下姚村去一探究竟。他根本不是那种自私自利的小人，怎么可能因事不关己而故意延宕？说心里话，他比肖律师还急，这边的事情一天不完，他就一天没安生日子好过。

但姚亮很清楚，他不能跟自己一方的律师急。表面上看律师是因为案子长时间落实不了不耐烦，事实上自己的这一方也的确麻烦不断。造成延宕的责任显然在自己一方。而且律师的积极态度对案件的促进很必要，也是为他们委托方着想。对方急，自己一定不可以急。

姚亮向肖律师致歉，也耐心地解释了这边的困难。他希望肖律师能够体谅，也希望肖律师有一个可行的解决方案。

肖律师说："其实很简单，官司这东西原本就没有公理和正义，官司只有输赢。你想赢了这场官司，你就必得发掘一切对你有利的证据，把所谓的真相放下。"

他明明白白告诉姚亮，上一次他之所以问姚亮要怎样的真相，正是向他摆明一个道理：一个好律师不需要可能导致他输掉官司的所谓真相。真相找到了但官司输掉了，这是搬石头砸自己的脚。凌风律师行不接受如此愚蠢的委托。

姚亮只有道歉。他再三请肖律师息怒，请肖律师为他指出一条明路。

"很简单，请侦探到那个下姚村去做调查，无论如何要找出吴姚那封证明信的破绽，在法庭上推翻证明信对吴姚身份的认定，让证明信丧失法律效力，让它变成一张废纸。我们只有做到这一点，才能证明吴姚是骗子，才能让遗产的整理工作重启。"

专业律师的思路是如此清晰，姚亮提不出任何异议。

姚亮只能说："肖律师，您看我能做什么呢？"

"给我一封委托书。"

"之后呢？"

"等着叫停解除，把该做的整理尽快完成，然后来找我结案。"

"你那么有把握？"

"这本来是简单到不能再简单的事情，我不明白你为什么尽心竭力让它复杂化。"

"可是肖律师，你别笑话我，我怎么觉得根本就没办法证明吴姚是假的？"

"吴姚是真是假一点都不重要，重要的是那个六十年以前的证明。我认为做到这一点非常容易，我在想可能所有那些人也许都不在了，死无对证，没有人能证明它是真的，所以要证明它假就非常容易。"

"你的话我大概听明白了，只需找到证明信的破绽它就会丧失法律效力，它所证明的事情也就失败了。"

"姚大教授终于明白了，真不容易啊。这么一点事，让你明白怎么这么难？也不知道是你的理解力有问题，还是我的表述有问题。"

"当然是我的理解力有问题。"

"千万别这么说，我知道你是有名的大学者，我一个小律师可不敢造次。可惜了，我们耽搁了这么多时间。"

"都是我的错，肖大律师高抬贵手。"

一封委托书只是举手之劳，但是姚亮对肖凌风的说法始终也没有想清楚。他真的如此弱智，自己费了那么多周折仍然不能够解决的难题，只消一封委托书便可以全部搞定？

肖律师非常大度，明确告诉姚亮不额外收他一分钱，只需把侦探的费用实报实销即可。

姚亮除了感激，就再也说不出别的。他没有给肖律师设定时间，但是肖律师自己下了军令状，一周搞定，十天重启。到底是深圳的大律师，是时间和效率的先锋。

5.3.2

一个新电话让卢冰连续三次问对方是哪里都失败了。卢冰认为是口音的问题，她再三问，对方再三答，可她怎么也听不懂对方说的是什么。当时她身边只有姚明，手机也是姚明的，但是她帮不上她。

姚亮回来之后一问，原来是城里的房屋中介。估计先前打电话的人是土音，所以让海南妹卢冰懵懂了一回。对方查了一下记录，问是否那套老洋房的卖主。姚亮说正是。对方说根据记录，卖房被叫停了，问是否解除叫停；他说他们有很诚心的客户，同意以二百四十八万成交。姚亮知道这是个好消息，马上说快了快了，叫停马上会解除；说自己在外地，过几天回长沙马上和他们联系。

肖律师说一周的时候，姚亮根本没在意时间的长短。但是他现在就很在意了，他心里巴不得肖律师那边快一点。不是七天，而是五天。七天和五天都是一周，只不过一个是周长，另一个是工作日而已。他心里很明白，他说的是七天，因为他还说十日内让遗产整理工作重启。但是姚亮相信，深圳的大律师绝不会耽搁，他们能够五天做好的事情绝不会拖到第十天。

　　刚好在第五天的下午，肖律师向他报捷了，说聘请的侦探已经拿到了确实的证据，证明吴姚手上的那张证明有重大疑点。姚亮不关心疑点是什么，因为那是律师的事。他心里想的是房子的买主别跑了。他算一下时间，今天是周五，凌风律师行的律师函到达父亲祖屋所在地派出所进入工作程序，怎么也是周一了。派出所要解除叫停并且通知到所有相关的机构，无论怎么快都已经是周一的下午，甚至是周二周三。那个诚心的并且已经备好二百四十八万的客户会等那么久吗？

　　不，至少姚亮不想等下去。他给中介机构电话，说警方的解除令即将下达，他要与诚意客户见面，讨论具体的交易细节。中介方面当然很希望这笔交易能成功，但是他们不想在警方那里留下不良的记录，他们再三叮嘱姚亮，要他无论如何对警方守住秘密，不能泄漏中介为他们做出的见面安排。姚亮自然满口答应，在这一点上他们的立场是共同的。

　　这个出二百四十八万的买家，正是那个出二百八十万的买家。他先前也曾出过二百三十八万，结果被警方的叫停所打断。他告诉姚亮他见过他姐姐，姚亮顺水推舟说姐姐说过。这个人希望房子里的老家具连同灯具和门窗都不要动，保持原状。姚亮说家具恐怕不能都给他，有几件他要带走，因为那是老爸老妈的东西，他要留作纪念；灯具和门窗他不会动，原封不动留给他。对方也没有坚持。

　　姚亮后来才明白，对方的本意并没有包括家具，但是对方怕主人在搬离时拆掉原来的灯具和室内门窗。而这个老房子的价值就体现在它原有的那些配置，它当年的装饰装潢与建筑都是一体的，是同一个建筑师统一的作品；与如今的那种毛坯房清水房很不一样。买它的人正是能够欣赏它（这一切）的人。姚清涧的家具根本不是买家所欣赏的，他们也许会换上好得多的老家具，因为那才配得上它。

姚亮和他的谈判连一个小时都不到。因为价格已经有过几轮讨论，不再是谈判的范畴。其他方面也都没什么要紧，因为买的想买而卖的想卖。最后只剩下付款方式，对方为了确认成交，愿意先交百分之三十订金，余额在合同签订之日一次付清；这是再诚意不过的买家了。但是卖家姚亮没同意，不是因为不满意，而是不想在叫停正式解除前就进入流程。通俗一点说，他不想先收订金，以避免在法律上有瑕疵。他让对方放心，他以自己的人格担保不会将房子转卖他人。

从长沙城回到桃花源一路上，他猜测一定有祖屋的利好消息，不然买家不会如此紧张。但是老姐曾经讲给他的卖祖屋的一波三折，让他拿定主意在这个价格上卖掉。他不想重蹈老姐的覆辙，毕竟他们已经被所有这些遗产恶魔纠缠得太久了。他自我设问，再有人再给二百八十万怎么办？回答是不卖，坚决不卖。只卖二百四十八万。他跟他初步约定的签合同时间是周四，那也是肖律师跟他允诺的时间，是他下委托书的第十一日。他对肖律师有信心，所以他让买家对他有信心。

"放心吧老弟，只要你不变卦，五天之后那房子就是你的。你尽可以相信这个叫姚亮的老哥。"

5.3.3

就像约好了一样，深圳房屋中介的电话也来了。他们一开口也是问叫停解除没有。快了快了。回答都是现成的，姚亮连想也不要想。中介说最近的房价起来了，来问房子的人比较多；说前一段看房子的人都嫌他的三百万报价太高，几乎没人提出要看现场。最近两天不一样，有三个客户都去了现场，而且有两个有明显的购买意向。一个出价二百七十万，另一个出到二百六十万。中介希望房主尽快设法去解除叫停。

姚亮心里犹豫了一下。是否也该像长沙祖屋那样，去深圳将有诚意的买家确认下来，毕竟已经有报价达到了他内心的预期。但是一转念，毕竟长沙祖屋这边有"近代优秀建筑"挂牌事件的推动，有明显的升值空间。深圳那边的情形就不一样了，那边的房市很像股市，各种各样的信息都会带来价格的起落。在深圳，想确认成交唯一的办法便是订金，一旦交了订金便无可反悔，除非你打算将订金损失掉。而订金的方式会触碰法律墙，那又是姚亮不愿意接受的。

这样的一个心理障碍，令姚亮打消了专门跑一趟的念头。但是命中注定他必得跑这一趟，因为是肖律师的电话要他去，他们要和侦探一道将侦查结果汇总。在递送警方之前，他们需要有绝对的把握做到战则必胜。因而姚亮必须去，他无可推辞。

他和律师行约定的见面时间是上午十点。这样他可以有两个选择，一是乘早班飞机过去，从机场直接到律师行；一是电话约诚意买家在中介所八点见面，头一天晚上到深圳，谈判之后再去律师行。关键还是在于电话里是否能约死。电话的顺利让他选择了后者。

上一次他以电话约卢冰和姚缈匆匆赶往长沙，卢冰将家里所有的食品都堆放到餐桌上就走了。此举引来了诸多后患，先后光顾餐桌的有蚂蚁，蟑螂，更可怕的还有老鼠。桌上的塑料袋和一个扣盆被弄到了桌下，包括一支筷子，那情形相当狼狈。但是这群小动物有一点好，他们都不会浪费食物，桌上和地面没有丝毫食物的渣滓。地面有明显的脚印，那是卢冰将房子钥匙给中介所的结果。中介所显然带人来看过房。

姚亮根据卢冰的指示，将卧室原来的床单撤掉，换上衣柜里的干净床单，被罩也做同样处理。卢冰告诉他抹布在卫生间，让他沾湿后擦一下房间的浮灰，然后用拖把拖一下地。有老婆如此明确的指示，姚亮做这些手到擒来。二十分钟之后，他就可以冲澡上床了。

那家房产中介所离家不远，他准八点到达。职业顾问和买家都比他到得还早。姚亮一眼就认出了那就是要求他降低要价的上海人。他记得很清楚，上一次分手时他说欢迎回头，而对方说你想得美。

姚亮说："你到底还是回头了。"

对方说："让你美梦成真啊。"

"三百万是个很奢侈的美梦。"

"二百七十万的美梦也够奢侈了。"

"我的要价你知道，一直就是三百万。"

"我的还价你也知道，你没诚意何必要约见呢？"

"我可以让你一点，二百九十五万是底线。"

"二百七十万是我的底线。"

"二百九十万。"

"别以为我会上你的圈套，跟着你喊二百八十万。门都没有。二百七十万，成就成，不成就一拍两瞪眼。姚先生，不但我不加一分钱，成交了你还得请我吃一顿大餐，一个人不低于一千的水平。你想想清楚。"

最后这五个字才露出他上海佬的嘴脸。

姚亮打了败仗，他的约见明显先已经透露了他的底线。他其实有更聪明的战法，见面先去握对方的手，之后让对方请大餐。他可以要求一个人不低于五千的水平。然而悔之晚矣。他能做的，只有再折磨对方几天，因为警方的叫停解除令还需要几天。他心里很清楚，怕成交再出意外的是对方。对方一口气出到了二百七十万，足可想见到他是志在必得，对方的战略很厉害，把价格出到位，然后死守到底不加分毫。姚亮把手伸给对方。

"该握个手了。"

"先别，还是签了合同再握。洗手怪麻烦的，何必自讨没趣洗两回呢？"

"你牛逼，这年头谁出钱谁牛逼。"

"别的就不啰唆了，其他各项各付。三日后还是这里，"看表，"九点。不见不散。"

姚亮先他一步扬长而去："不见不散。"

困扰了姚亮超过一个月的卖房这件事，在他跨出中介所的那一瞬间就被他完全抛诸脑后。他的心思马上转到了对吴姚那封证明信的调查上。

肖凌风与被派的侦探已经等在律师行了。

5.3.4

姚亮是铁杆的推理小说迷，他喜欢阿加莎·克里斯蒂，但他心目中最好的侦探不是波洛和玛普尔小姐，他喜欢马洛，那个钱德勒塑造的平民英雄。

这位私家侦探还真有一点马洛的味道，相貌平平，即使见过两次三次也不会留下清晰的印象。希望他也有马洛那种超乎寻常的直觉，有马洛的勇气和判断力。

肖律师说："平克侦探所的马洛。"

姚亮说："果真是马洛呵。世界真小。"

马洛说："不敢攀附，我爹姓马不姓钱。不过我爹肯定喜欢那姓钱的。"

"我也喜欢。男人十个有十个会喜欢他。"

肖律师说："你们打什么哑谜？"

姚亮说："回头送你一本好看的书。"

"什么书那么好看？"

"《长眠不醒》。"

"是一本讲什么的书？"

"长篇小说，讲他的故事。"

"讲马洛？那还真要看看。咱们开始？"

马洛说："我就先说了。"

律师行给他的委托只有一个内容，便是证伪。吴姚提供的证明信是唯一的线索。证明信的落款是 1952 年 11 月 11 日。今天这个日子被称之为"光棍节"，是六十年之前的那个光棍节。

经过马洛的查验，吴姚本人的身份没有疑问。身份证上的出生日期为 1948 年 3 月 19 日，这个时间不是很确切，是后来填户口本时随意写上去的。吴姚出生的时候，当地没有使用公历记事的习俗，乡下都讲农历（旧历），而生孩子这种事情没人会记具体的日子。如果碰巧那一天是大日子，诸如节日和节气，家里也许就会把出生日分辨得很清楚。比如某一年的冬至秋分，或者元宵节端午节什么的。吴姚出生日没有这方面的记载，只能依据这个从户口本上复制到身份证上的时间。

吴姚的父亲叫吴兴宝。出生时间不详，死于 1996 年，活了七十来岁。母亲人称卓老太，死在吴老爷子之后三年，应该比吴老爷子年长两三岁的样子。

证明信上的头一个名字姚林山，是土改以后的第一任村长，死于 1956 年，活到五十来岁。信息提供人是姚林山的孙子媳妇，因为孙子本人老年痴呆了。

第二个名字高岭海，死于 1961 年，不到六十岁，据说是饿死的。信息提供人是堂弟高岭土，现年八十九岁。

第三个名字是吴兴义，死于 1985 年，时年七十一岁。此人是吴姚的大伯父。信息提供人为其孙吴奉天。吴奉天也是吴姚的堂侄儿。

第四个名字是贺大个，死于 50 年代，具体年龄不可考。他是个外来户，是个老光棍老绝户，家里已经没有后人。信息提供人是李大凤，年龄八十六岁。

第五个名字是陈老道，死于困难时期（1959—1961），是村里土地庙的看守人，年龄不详。信息提供人为高岭土，年龄八十九岁。

第六个名字是吴大贵，死于 2003 年（曾被怀疑是非典），活到七十五岁。信息提供人为吴二贵，年龄八十四岁，是吴大贵的胞弟。

第七个名字是何大舅，经过几轮比对核实，他的死亡时间为 1949

年建国前的几天。这个何大舅有五个妹妹，嫁人之后生了二十多个外甥外甥女，那年月没人叫他的原名，都喊他何家大舅。他在吴姚的那封证明信上也把这个称谓当作自己的姓名。

肖凌风说："这个人物是关键，你们注意他的死亡日期，再回头看一看吴姚证明信的日期，两个日期相差了三年。也就是说，何大舅死了三年之后又在吴姚的证明信上签字画押。"

马洛说："当时的信息提供人是高岭土。高岭土现在也是村里头号老寿星，八十九岁了。他的话一出口我目瞪口呆，真是活见鬼了。由于此处出现了重大破绽，我便把调查重点放到这个人身上。我设法找到村里第二个老寿星李老太，就是前面为贺大个佐证的李大凤。李大凤咬定是 1950 年，是志愿军打过鸭绿江这一年。两位老人的时间差了两年。我又找到第三个老寿星吴二贵。吴二贵比较偏向李大凤的说法，说那一年村里还有人当兵去朝鲜。我觉得何大舅的信息是重中之重，不能够轻率马虎，于是专门找到乡派出所。"

姚亮说："户籍早就电子化了，乡里派出所保留了那些原始的手写记录了吗？"

"谢天谢地，他们居然全部保留下来。我用了一天半的时间专门翻查那些户籍档案，终于从故纸堆里找出了一页何大舅的死亡记载。就是这一页。"

马洛将一张发黄的旧纸页拿给大家看，是许久以前由派出所保存的那种户籍页。

左侧为印刷体，右侧为手写：

　　户主姓名　何大舅
　　出生年月日　1900.3
　　民族　汉
　　籍贯　湖南长沙县

家庭出身　中农

本人成分　务农

家庭住址　本乡下姚村

婚姻状况　未婚

配偶及子女状况　没有

备注　此人于 1951 年 6 月 5 日死亡　户口同时注销

　　姚亮说："三个人说的时间都不一样。户籍页上注明的时间也不一样。真是乱套。"

　　马洛说："但有一点不乱，不但不乱而且很清楚，就是所有的时间都在他为吴姚作证之前。所以可以得出结论，何大舅是死亡之后才成了吴姚的证人。一个已经死去的人是绝对不可能出面，为他在证明信上签字画押的。所以可以进一步得出结论，吴姚的证明信是伪造的。而伪造的证明信不具有任何意义的法律效力。"

　　肖凌风带头鼓掌，凌风律师行的其他律师连同书记员也鼓掌，并合上肖大律师的节奏。姚亮先被裹挟进去，最后马洛自己也为他刚才的推论击掌叫好了。

5.3.5

　　大家发言的时候，有人指出吴姚有明显的谎言。他的母亲姓卓，而他对母亲的描述是姓赵，卓和赵两个字相差甚远。

　　姚亮思忖，怪不得自己在下姚村怎么也找不到赵姓；原先以为赵姓是大户，应该一问便知，原来是吴姚撒谎。但是他回忆一下，关于赵姓的记忆似乎没有书面的证据。他最早是听派出所老张口口相传，之后与吴姚交谈却一直没有与他较真，没有一次把这个赵字以书面的方式确认。律师行的会议用的是白板，而提出异议的律师是将赵和卓清楚明白地写在白板上。赵，卓，这两个字当然看不出任何关联，也不可能被混淆或搞错。但是在口头上情形也许会不同，是否有可能吴姚将卓字说成了赵？眼下是关键时刻，姚亮把心中的疑窦拿出来给大家判别。

肖律师说他也是在电话里听姚亮说吴姚的母亲姓赵，而长沙那边的派出所的函件并未提到吴姚母亲的姓氏，只说吴姚提供了相应的身份证明自爆是姚清涧之子。肖律师自己无从判定是赵姓还是卓姓。

而提出此问题的律师则认为姓赵与姓卓至为关键，这是对吴姚说辞的一个是与非的判断。

马洛说去之前没人跟他提过吴姚的母亲姓赵还是姓卓，如果有人早说这一点很关键，他一定会努力去搞清楚，不会留下不清楚的疑点。有一点他十分肯定，说吴姚的母亲是卓老太的那个人正是李老太李大凤。他说李大凤口齿非常清楚，她不会咬不清姓卓还是姓赵。

马洛如此说反倒让姚亮的心里画上了问号。他对李老太的话是有领教的，但凡李老太咬得死死的，他反而对其真实性有加倍的怀疑。他的这些话不便说出口，他不能让他们知道自己曾去过下姚村。

姚亮关心的还是真相。

虽然何大舅的死亡时间与证明信上相冲突，但是他深知在乡下人们的时间是乱的，哪一个人对时间的描述都不能作为事实来对待。他不知道何大舅的问题出在哪里，但是直觉告诉他吴姚不应该是骗子，他在不知不觉当中已经把自己的立场站到了律师行的对面。所有对律师行有利的立场，他都在下意识中表示了怀疑。他不但质疑肖凌风，同样也质疑马洛，他内心里不自觉就成了吴姚的同党。但是他不能够有所表示，不能够将怀疑有些许显露。在此之前他已经激怒了肖凌风，他若再一次倒（自己之）戈，肖律师也许就会找他结账了。这是姚亮无论如何也不想看到的情形。

从马洛侦查到的结果看，形势对他们非常有利。叫停遗嘱执行的长沙警方应该不难判定证明信的作伪。而持证明信找到警方的吴姚也将肯定被认定是骗子，想通过诈骗来谋取钱财。而诈骗犯吴姚已经给姚清涧遗嘱的执行并遗产的清理，造成了长时间的延宕；如果当事人没有异议，律师行可以代表当事人向骗子吴姚提起诉讼。

姚亮摇头，也就意味着当事人有异议，诉讼的议题就此搁置。姚亮心里早就把吴姚放到了对头之外。而与吴姚作战也不是凌风律师行的主攻方向，所以肖律师对此也并不坚持。

律师行这一次的会议目标就是证伪，内部没有异议了便可以将相关证据连同结论递交给警方，提请警方尽快做出决断。会议圆满结束。这是姚亮此行最重要成果。

但是姚亮自己对这样的成果并不满意。甚至在房屋中介所的小小进展带给他内心的宽慰，也超过律师行的会议。但是吴姚带给他们的困扰的确太让人心烦了，他无论如何也不能再让这个吴姚成为绊脚石，遗产清理需要尽快完成，遗嘱执行更是如此。

章四　陡起波澜

5.4.1

最大的事情还是秦关，因为他已经入住姚明在北京的别墅了。姚亮先前猜测他不敢，是以为他会忌惮法院的判决。换一个角度考虑，他之所以敢入住，他也一定研究过法律的尺度，不然他不敢如此胆大妄为。北京是什么地方？天子脚下呀！倘若没有法律专家在背后撑腰，估计秦关自己是没有胆量公然与法院的判决相抗衡的。

卢冰说秦皓月打来电话，说要跟妈妈说话。卢冰当然要把电话递给姚明。秦皓月显然不想由舅妈向妈妈转达她要说的话，她要自己跟妈妈说。卢冰于是从姚明的房子里走开，她不想听她母女之间的悄悄话。姚亮不赞同卢冰的做法，毕竟秦皓月那边的事情很复杂，而姚明现在的状况又不能够把秦皓月的意图转述清楚，所以卢冰这会儿的主动回避是不妥当的；当下很需要有渠道了解秦皓月和秦关那边的情况，秦皓月的电话正是这样的渠道。但是电话内容只有姚明知道，等于是这边仍旧不知道那边的情况和意图。

卢冰说："要不你给皓月打个电话？"

姚亮说："你真是糊涂，我打电话说什么？问她你跟你妈说什么了？我能这么问吗？毕竟我只是舅舅而已。她有话对我说自然会给我电话；她没有给我电话，也就间接地说明了她没有话要对我说。"

"你怕你太主动了不妥当，是吧？"

"不但我不妥当，龚慧在这种时候也不妥当。秦关的介入使秦皓月和龚慧的姐妹关系受到考验，因为在姐的财产问题上，她们两姐妹属于不同的利益方。秦关介入的核心，还是由于姐的生病带出了财产问题。秦关是瞄着姐的财产来的，他对秦皓月说的也一定是要提防她的姐姐龚慧，因为她是她最大的利益冲突方。在这种时候龚慧的角度是很尴尬的，她绝不可以对妹妹说她父亲任何话，好的或不好的都不能说。"

"这个我懂，在不涉及财产的时候，两姐妹可以无话不谈。但凡涉及财产，反而什么都说不得了，一直很融洽的关系忽然变得很尴尬。"

"尴尬就尴尬在我们这边没人能跟皓月谈她父亲。只有姐能谈，但是偏偏姐又不能谈。与父亲相比，舅舅舅妈这种关系差得太远了。一个做舅舅的对女孩说她爸爸的坏话，无异于飞蛾扑火。"

姚亮直接去问姚明，秦皓月来电话有什么事。姚明倒是没有任何遮掩，秦关。姚亮猜是否秦关住到你家里了？姚明点头。这就对了，秦关的入侵已成事实，他并非如姚亮先前所预料的那样只是说说而已。

"姐，你怎么想——让秦关继续住在你家里，还是把他从你家里赶出去？你是怎么想的？"

"赶走。赶他走。"

"我也是这么想的。不能让这个坏东西得逞。我们都知道这个家伙不怀好意，他根本不是对皓月关心，他一心要谋夺那房子，要做皓月的监护人只是他的借口。眼下最要紧的还是把他从房子里赶出去，不能让秦关把入住变成既成事实。姐，现在我们很尴尬，事关财产问题，龚慧不便开口说话，我只是作为舅舅也不便说话，所以我们很难正面与秦关交手。你说我们该怎么办？"

姚明伸手示意："写字。"

这一点完全出乎姚亮的意料，他赶忙出来让卢冰找纸笔。他把纸笔摆放到姚明面前。

"姐，你打算写什么？"

"赶走。赶他走。"

"你会写吗?"

姚明点头。

"你要写给谁? 要谁赶他走?"

"法院。"

"这就对了,你写'请法院赶他走',不,是赶秦关走;'请法院赶秦关走'。一共七个字,你行吗?"

"行。"

她的口气相当肯定。

"姐,你等我一下,我回来再写。"

姚亮是去拿摄像机,他考虑的是老姐不方便去法院,他可以带着录像把老姐的意愿手书交给法庭。

姚明写字的过程还是比较艰难,主要问题是抓不住笔,手也抖得厉害,七个字都完成竟然用了二十三分钟(录像机自动记录的时间长度)。因为其间没有中断,所以这段录像是绝对完整的,法官应该看得出它没经过任何剪辑。

姚亮接下来要考虑的事情有些犯难。他是否该去当初的判决法庭去面见当审法官呢? 他是当事人姚明的代理人身份,而仅仅作为代理人,面见当审法官的意义不是很大。但是如果不面见,又无法将已经发生的事情让法官有一个全盘的了解。仅仅把姚明的七个字连同录像寄过去显然不够,再附上一份当下状况的文字说明,似乎也显得太轻描淡写了。

龚慧虽然自己不便与小妹通话,但事情她看得很清楚。舅舅的顾虑都在理上,无论舅舅是以当事人姚明弟弟的身份,还是代理人的身份,他去北京面见当审法官的分量和力度都嫌不足,这是显而易见的。所以她对舅舅建议美国人的方式,律师。有了麻烦请律师全盘打理。

钻在牛角尖里的姚亮一下有了方向。卢冰知道老姐这会儿不会给他们什么建议,就主动进言说老姐原来请的那个律师不错,可以再请他。

她指的是那个与社保中心打官司的邱律师。由于姚明的激赏，姚亮两口子对他的印象颇佳。他们很容易便在姚明手机的电话簿上找到了邱律师所在的正气律师事务所。

5.4.2

非常不巧，邱律师已经去北京另谋高就了。接电话的是正气律师事务所首席大律师辛正气本人，他对邱律师的评价不高，认为他缺乏起码的契约精神，是个见钱眼开的家伙。仅仅因为北京那边给的条件更好，就与正气律师事务所毁约而后走人。虽然他愿意承担由毁约而带来的高额罚金，但人已走了两周，罚金至今仍没有到账。职业道德是一个律师首先要遵守的，是底线。辛正气律师的话到此为止。

因为在翻手机电话簿的时候，姚亮已经瞥见了下一条便是邱律师。他之所以先选择了律师事务所，还是遵循一个老派的原则，不能够隔着锅台上炕。姚亮不喜欢私人之间的交易，更不喜欢私下里交易，他更希望一切都放在台面之上。他的本意是通过事务所找邱律师，正如他是通过凌风律师行来联系肖律师一样。那样的话他不妨直接拨邱律师的电话了。而且邱律师去了北京，这样也就更方便，毕竟秦皓月在北京，关于秦皓月的监护人连同监护权的法律事项也都发生在北京。一个北京的律师显然更符合围绕秦皓月的法律事务需要。

一个姚亮无论如何想不到的情形出现了。邱律师居然已经抢先一步被秦关所聘！邱律师明言也道了抱歉。

这个秦关也太了得了，居然连这一步也抢在了前面。姚亮算是领教了此人的厉害。可以想象得出，秦关是一直在关注姚明这边发生的事情。从姚清涧的去世，直到所有事关姚清涧遗产遗嘱的是是非非，再到姚明的病倒。可以说秦关选择了最佳时机，采取了他自以为得计的行动，先礼（电话）后兵（入住）。

从现在的格局上看，甚至不能够排除邱律师是秦关背后的推手。因为在接手姚明的案子之后，他对姚明的霸道以及指手画脚是心里留有芥蒂的。但那时候他的立场是委托人的立场，所以他要全力打赢属于他的官司，他不能跟委托人起内讧。事实上那一场官司让他在业内的名声有了很大提升，这也是他有机会被北京的大律师行聘请为合伙人的个人资本。

因为做过姚明的委托律师，所以他对她相当了解，秦关选择他去对付姚明当然是个相当英明的决策。所谓知己知彼方能百战不殆是也。

突如其来的变故让姚亮想到了一个人，刚刚打过电话的辛正气。邱律师是在辛律师那里谋生计的，辛律师应该对他相当了解。而且以辛律师对他的怒气而言，辛律师在面对邱律师时一定会全力以赴。打赢对手是邱律师的案子，委托人一方不必做任何动员，辛律师自己内心的动力就已经足够。

姚亮的聘请让辛正气非常开心。正如姚亮所预料的，辛正气果然以三倍的热情接受委托并进入角色。

事有凑巧，姚明手机上次日便收到了邱律师自北京发来的律师函：

> 致姚明女士：我是秦关先生所委托的律师邱纲，今日特以律师函的方式与您通告。鉴于您身体原因，秦关先生作为秦皓月的父亲认定，您已经无力再承担秦皓月的监护人之重责。值此向您提出如下建议：希望您主动向法院提请更换秦皓月的监护人，并履行由更换监护人所带来的相关法律程序。我方考虑到你方可能的拒绝，因而已经准备好通过诉讼的手段来完成此更换。若你方在收函三日内未作回应，我方会在三日后的第一时间进入诉讼程序。特告。秦关委托律师邱纲。年月日。

不能不说邱律师的手段相当了得，他以手机邮件的方式发律师函，相当于节省了函件在送达过程中消耗的时间。而经常会有甲乙双方针对收件时间的争执，焦点总是集中在这一点上。另外律师函也是邱律师先礼后兵的一招。而先礼后兵经常是交战双方制胜的利器之一种。在形成对峙之初，其中的一方总是会利用这一招来使自己占据主动。而主动权经常是势均力敌双方的胜负手。

幸好姚亮在一天前已经有了准备，不然突如其来的律师函真还让他很难一下子想出应对的方略。现在有了正气律师行，有了辛正气大律师，他对此战的获胜还是充满了期待。

辛律师很明白邱律师在打心理战。兵来将挡水来土掩的道理，基本点在于知己知彼；己为何，彼为何，或者反过来，彼为何，己为何。心理战要有心理战的应对，不要纠缠到事情本身的是非曲直当中。对方自恃有心理优势，以最后通牒的方式来挑战，我们就来看看他的心理优势在哪里？

姚明的病倒，生活不能自理，这就是秦关发难的主要理由。那么他的心理优势就在于秦皓月（除父亲外）没有更直接的成年直系亲属。远在数万里之外的同母异父姐姐显然不是适宜的监护人人选。而作为未成年人的秦皓月，从理论上是需要一个有监护行为能力的成人作为监护人的。邱律师很成功地利用了这一点，为委托人秦关争得了明显的心理优势。

辛律师认为，面对律师函他们要做的回应是在心理上夺回优势。秦关的观点是母亲不行了，只有父亲。我们该做的是针锋相对，不只有父亲，因为父亲也不行；秦关有道德瑕疵，而当初法院判决姚明为监护人正是依据的这一点。我们要从秦关不是适宜的监护人人选入手，从道德瑕疵上否定他更换为监护人的可能性。倘若在这一点上我们成功了，其他的问题都比较容易解决。比如谁是秦关之外的另外一个监护人人选，比如以姚明现在的状况是否不能够继续承担监护人的责任，比如秦皓月自己对监护人问题的独立立场，如此等等。

姚亮和龚慧都对辛律师的分析很佩服，因为他们绞尽脑汁，还是想不出自己一方如何去应对如此复杂的局面。他们这时候发现了一道裂隙，有了自己的律师，原来那种找不到一个人与秦皓月沟通的窘境，有了新的可能性。由律师站到姚明的立场上跟秦皓月谈，律师从她妈妈的角度帮她去分析，她会有一种为妈妈着想的主动。她不会因为律师是外人而对他有所警惕，因为他代表的不是舅舅也不是（同母异父的）姐姐，他只代表妈妈。

5. 4. 3

辛律师亲赴北京，他的第一步正是秦皓月。

秦皓月一直是个极为单纯的孩子。也正是由于她的单纯，她才对妈妈对爸爸那种极端排斥的态度有所保留。虎毒不食子，秦关再坏也不会对自己的女儿做坏事，所以秦皓月看不到爸爸的坏。对她而言，爸爸的坏只存在于妈妈的言语当中。她对爸爸是很少抵触的。妈妈不希望她见爸爸，她也没有违逆母亲，从没有主动与父亲联络。但是父亲偶尔会联系她，概率更低的偶尔会见她。父亲给她的总是笑脸，总是爱她的承诺，偶尔也会将先前的承诺兑现，比如在某一个生日送她一部当时正流行的手机。在她眼里父亲不是个很不称职的父亲。

辛律师是个和蔼可亲的长辈，秦皓月在第一印象时投了他的赞成票。在她眼里他就是母亲的老朋友，他对母亲的一切似乎都很了解，他尤其能体会到母亲对她的爱，母亲的辛劳与付出都是为了她。秦皓月听着，眼泪禁不住流下来。

辛律师从始至终没有一句对她父亲的指责，当他提到父亲的某一桩过错时，完全是一带而过的口气。辛律师的重点在于母亲受到的伤害，也兼顾了秦皓月间接遭受的伤害。他通过潜移默化的方式，悄悄地在她心里堆积起对父亲的成见。如果没有父亲的过错，她母亲和她的情形会比现在好许多。他的谈话方式很巧妙，让秦皓月几乎没任何提防。他分明是百分百地站到老朋友姚明的立场上，他为她母亲担忧和着想的立场非常明确，仅此一点就足以让秦皓月对他心存感念。他不像别人那样过度抨击她父亲，对她父亲或者嗤之以鼻或者不屑一顾，他不是。他对她父亲给她母亲造成的伤害更关注，秦皓月从他嘴里知道了许多不为她所知的往事，所以她觉得自己对父亲对母亲的了解深入了许多。

在充分取得了秦皓月的信任之后，辛律师对她讲了自己北京之行的使命。他告诉她，她母亲非常辛苦，她买房子不但有贷款，而且有生意伙伴之间的债务，她每个月都要承担巨大的还贷还债压力。她的病倒正是由压力过大所致，而她父亲突然住到这房子里，这件事又极大地增加了她母亲的压力。他给她看了她母亲写字的录像，让她了解到她父亲正在进一步加大对她母亲的伤害。秦皓月看到这一幕时泪如雨下。

辛律师问她："你知道你的监护人是妈妈吗？"

秦皓月哽咽："一直都是。"

"那么你想把妈妈换成爸爸吗？"

秦皓月摇头："是爸爸要换，他说他要照顾我。"

"我不怀疑他的话，他也许真是这么想的。但是这种更换会极大地伤害到你妈妈，这个你想过吗？"

秦皓月用力摇头："没有。我不想伤害妈妈。我没想到这样会伤害妈妈。"

"很重很重的伤害。你知道你妈妈的病情，她的精力和体力都不允许她写字，而且一写就是二十几分钟，这对她的身体有极大的损伤。她不但坚持要写字，而且坚持要你舅舅把她写字的情形录下来，她要你看到她的意愿，她不希望你违背她的意愿。"

"我不违背。我决不违背。妈妈要怎样，我就怎样，什么都听妈妈的。"

"那七个字就是你妈妈要的。"

秦皓月抹去泪水："我听妈妈的，我叫爸爸搬出去，爸爸若不听我的，我就去找法院。"

"我相信你爸爸爱你，他不住在你妈妈的房子里照样可以爱你。你有妈妈的爱，又有爸爸的爱，你得到父母双方的爱，但是一定不要以伤害到其中的一方为代价，别因为接受了爸爸而伤害了妈妈，也别因为接受了妈妈而伤害爸爸，你说是不是这个道理？"

"是的，是的。我真傻，我先前怎么没想到。"

"现在想到了也不晚啊，亡羊补牢说的就是这个啊。把事情处理好了，让爸爸妈妈都开心，好不好？"

"好，好的。"

"你爸爸一切都是为了你，他不会有恶意，但是他的律师有。他曾经在长沙为你妈妈辩护，因为对你妈妈的态度不满，所以这一次反过来将矛头对准你妈妈。他用百分百威胁的口吻给你妈妈发律师函，希望用这种卑劣的手段对已经受了严重脑伤的你妈妈痛下狠手。你看看，这就是他的律师函。更为恶劣的是，他本该把律师函发给我，但他发的却是你妈妈。因为他很知道，你妈妈的身体是受不得这样的打击的。"

秦皓月读手机邮件。

"这家伙太恶毒。辛叔叔，你无论如何要打败他，不能让这个坏家伙的阴谋得逞。"

"皓月，你得支持你辛叔叔啊。"

"必须的。我先去找我爸，让他把那个邱纲辞掉，让他马上搬出去。"

"那咱们就一言为定了皓月。"

"一言为定。"

5. 4. 4

秦皓月是那种从小就习惯了让别人听从她的性格。她的年龄让她对任何事情都没有一时片刻的耐性。她在当天晚上就从学校回到家里，她把与父亲的交涉当作头等大事。她对父亲的问候充耳不闻，咬着牙虎着脸，一看就知道满肚子的火气。

她张口就要父亲辞掉现在的律师。秦关以为她什么都不知道，所以有一点装聋作哑，问什么律师？她毫不客气地说父亲装蒜，说父亲根本就不在乎她的感受。开始还以为没什么的秦关，意识到情况很严重。他这才不待女儿再问就主动道出了邱纲的名字，问是不是说他？秦皓月反问他还有别的律师吗？父亲只能说别的事情还有别的律师。不然他刚才的装聋作哑就没有退路了。

平心而论，秦关对女儿历来惹不起。他知道女儿是那种吃软不吃硬的性格，所以早就习惯了对女儿让步。他不让步就绝没有好果子吃，这一点他再清楚不过了。

她毫不通融地向父亲下了辞律师令，一贯的霸道让她甚至不屑于向父亲解释她为什么如此。秦关知道事情没那么简单，他不能因为小孩子的任性而偏离了常情常理。请律师不是一件简单随意的事情，当然不可以简单随意地辞退，因为委托人也许承担不了这样做的后果。这也是为什么在女儿暴怒之后，他仍然没能够缴械投降的原由。

"月月，你还年轻，很多事情的利害你还不明白。无过错而辞掉律师是非同小可的事情，等于你在这个世界上无端地与一个熟知你底细的人结仇，而且这个人有极强的能力报复你。你说说你为什么这样要求爸爸？"

"因为这个人的目的不是帮你，而是对付我妈妈。"

"你把我说糊涂了。"

"爸，我不信你不知道邱纲先前是妈妈的律师，你说你知道还是不知道？"

"我，听说了。"

"我明白了，你聘他，就是因为他熟悉妈妈的底细是吧？他要报复妈妈，所以你正好利用他这一点，所以你的目的也是对付妈妈。你不是为了照顾我，你只是为了对付妈妈。你老实说是不是这样？"

"不是我要对付她，是她一直以来都这样对付我。"

"是啊，那时候妈妈没生病，你也不是妈妈的对手。现在她病了，所以轮到你来对付她了。"

"月月，你干吗把爸爸说得那么不堪？"

"我一直不愿意相信你有不好的企图。"

"我没有。我发誓我一直是爱你的。"

"发誓代替不了爱，这么多年你给了我多少关心？我不能说一点没有，但是太少了，微乎其微。你所说的你对我的爱，用不了你万分之一的时间。但我还是不愿意去想象你有不好的企图。我想你是男人，你自己的事情多，你只是顾不上我罢了。我没想到你会利用我，你会利用我相信你的爱去对付我妈妈。"

"月月，没有，天地良心！我没利用你。"

"打从你说你想照顾我，我心里就在问——怎么日头从西边出来了？我其实早就习惯了你的那种爱，过上几个月一个电话，一年见上一次两次的。你就是这样的人。我心里很清楚，所以我也没有怪罪你。但是这一次你演过了，我告诉你，你也演砸了。当你提出要住进来的时候，我已经看穿你了。"

"你说的什么话啊月月，你把我看成什么了？"

"爸，我告诉你，别当我是小孩子，别当我什么都不懂。同意你住进来那一刻，我就已经决定了，我可以让你进来，同样可以让你出去。只要你露出马脚，你让我知道你有不良企图，我马上让你出去。现在既然你自己也承认了，你没别的选择，你只能出去。"

"月月，我不知道谁对你说什么了，但是你当真冤枉爸爸了。爸爸没任何不良企图，你让爸爸承认什么？"

"爸，你也几十岁的人了，怎么会睁着眼睛说瞎话？'不是我要对付她，是她一直以来都这样对付我。'你这么说是什么意思，你自己解释。"

"她这样对我，我用同样的方法对她有什么错呢？"

"不是对，是对付！对和对付是一回事吗？到了现在你还拿我当傻瓜？别再睁着眼睛说瞎话了好不好？你是我爸啊，你别逼我说更难听的话了。"

"月月，你别那么生气，是我不会说话。爸的话不中听，你就原谅爸一次好不好？月月……"

"爸，你别做可怜相，男人不要这样。你这样做我很生气，但我没有不认你。我给你两个要求，一个是辞掉邱纲，一个是从这里搬出去。我希望你尊重我的想法。我们不吵。吵伤了之后再分手就很难挽回了。"

一向骄傲的秦关低下了他那高昂的头。女儿的两个要求他都应允下来，并且当着女儿的面给邱纲电话，让他明天到他（秦关）的公司结账；然后收拾自己的衣物用品，当日就搬出了姚明和秦皓月的家。

5. 4. 5

辛律师并未对自己与秦皓月的会面寄予过高的期望，他需要确保的是在官司中秦皓月不能为对方所利用。在他眼里秦皓月还是个小孩子，他对她的自我觉悟缺乏判断，他不知道十五岁的高中生已经完全具备了洞察力。

所以他仍然在为即将开战的官司做方方面面的准备。他收到了来自秦皓月的短信，是典型的中学生体，内容很抽象，但是很自信：

> 答应你的我已经做到了

辛律师把这理解为，她要求父亲出去父亲答应了。他根本不敢相信秦关已经辞掉了邱纲，他辛正义已经大获全胜，整个官司已经彻底结束了。

他甚至还在之后的电话里向姚亮通报工作的进展，通报下一阶段的战略部署，并且针对邱纲的辩护策略制定了相应的对策。他决定给邱纲回复一份律师函，一方面告诉邱纲自己已经受聘于姚明，一方面向邱纲应战，告知姚明这一方已经准备好了应讼，并且约好法庭见。

　　他的电话让姚亮备受鼓舞。但是姚亮很快也收到了秦皓月的电话。他这才知道秦关已经从这场战斗中主动撤出，战事已经在没见一缕硝烟的傍晚结束了。姚亮没有意识到辛大律师还被蒙在鼓里，当然也就忘了补一个电话过去。

　　辛正义这边更惨，他费尽心思拟了一封既尖刻又幽默的律师函，极尽搞笑而又挖苦之能事，斟酌再三确信万无一失之后，当手机邮件发给邱纲。他甚至能够想象到邱纲的惊愕和沮丧，这样想象的时候他已经觉得很满足了。但令他无论如何也想不到的是，邱纲在二十秒之内就给了他回复，那是九个字和中间的一个逗号：

　　　我被炒了，案子结束了

章五 得而复失

5. 5. 1

肖律师信心满满，他根本料不到凌风律师行的律师函会被湖南警方驳回。

姚清涧祖屋所在地派出所驳回律师函并非出于主观。他们在接到凌风律师行的函件后，召开了专门会议，针对围绕姚清涧遗产处置发生的诸多问题，所长做了认真的检讨。

死者姚清涧及配偶褚克勤，在辖区生活居住超过了六十四年，他们在新中国建立之前就已经是这栋洋房里的住户。两人的一双儿女，六十三岁的姚明以及五十九岁的姚亮，都出生在这里。但是两位老人的去世，却给所里带来了几个回合的周折。

"核心问题还在于我们的工作做得不够到位，尤其是对于吴姚的出现我们没有引起足够的重视。我们本该专程派人去调查，有了我们自己的结论之后再做出相应处理。现在这个工作由死者家属委托的律师行做了，基本上否定了吴姚连同其证明信的真实性。这就给我们的工作造成极大被动。本着对两位老住户的负责态度，我们在这个回合一定把工作做到位，把调查取证做到实处，每一个细节都不能够有丝毫疏忽。"

凌风律师行要做的仅仅是解套，希望把被叫停的事务重启。他们的本意并没有要警方难堪，但是客观结果又的确让警方觉到了难堪。派出所长的尴尬盖源于此。所长提出要由本所警察重启吴姚证明信的调查，必得在调查结果出来后再行决定。

但凡警方做立案侦查，必定是雷厉风行。湖北也不是很远，今天早上去，明天晚上就回来了。派去的侦查员在短短的一个下午一个晚上和一个上午的时间里，将有关吴姚证明信中涉及的问题连同律师函中涉及的问题，都做了有根有据的调查结论：

  a 确认吴姚本人的身份属实。

  b 确认吴姚所持证明信上所有签名画押者都是下姚村村民。

  c 确认所有签名画押者都已死亡。

  d 确认深圳凌风律师行所提出的死者何大舅死亡时间与吴姚证明信上签署时间错位问题属实；何大舅登记死亡时间为 1951 年 6 月 5 日，而证明信签署时间为 1952 年 11 月 11 日。

侦查员专门对此进行了深入调查，结果如下：

  何大舅并非死于 1951 年 6 月 5 日，而是 1953 年 2 月（农历已蛇年正月），此日期有何大舅本人的墓碑为证（附坟墓照片，墓碑上明确雕刻出"兄何大舅之墓"六个大字，下面署日期为"农历已蛇年正月"，立碑人为"妹何四姑何六姑敬立"）。据下姚村民吴祥福所述，何大舅去世时他另外几个姐妹均已死亡，只有四妹六妹尚在，所以才有此碑。

  之所以出现墓碑死亡日期与户籍页记录死亡日期不符的情形，是由于当时政府提倡火葬，而何大舅对于火葬极为恐惧，所以生前便嘱咐妹妹连同外甥们务必将他偷偷埋葬于荒山之上。而在其健在之时的 1951 年 6 月 5 日，何大舅便委托其外甥姚连坤申报死亡，并通过派出所的关系在其户籍页上做死亡登记。此时政府提倡火葬的政策并未在此地落实，何大舅得以平安入土。

结论1：何大舅并非死于吴姚证明信（1952年11月11日）之前，而是死于证明信之后的1953年2月。

结论2：深圳凌风律师行之律师函所述吴姚证明信造假的事实不存在。

这样的结果让肖律师相当气恼，他找到那个私家侦探，责问他为什么会忽略何大舅坟墓问题。坟墓连同墓碑的照片让凌风律师行丢尽了脸。

侦探相当委屈，因为他在下姚村里就找不到一个何大舅妹妹的后人，二十几个外甥外甥女居然全部都离开了下姚村。他也是在无奈之下才找到年龄最大的几个老寿星，而他们的说辞又相互矛盾。这才逼得他通过派出所想办法，最终找出了何大舅的户籍页。户籍页属有法律效力的文件，应该可以盖棺论定。他怎么能料到火葬土葬这些陈年往事出么蛾子，连死亡登记都可以做假呢？真是穷山恶水出刁民，想到了一万想不到万一。

侦探自己提出，退还自己的调查劳务费作为对律师行的补偿。肖律师当然不能收他的钱，区区五千元根本无法与这件事给律师行造成的损失相提并论。

肖律师说："你呀，让我吃了个好大的苍蝇。"

5.5.2

沮丧有如情绪病毒，具有强烈的传染性。

受委托侦探的疏忽令凌风律师行整体沮丧，而且马上殃及姚明姚亮两家人。

姚亮这边已经开过了家庭会议，议题主要有三件事。一是在一周内解决遗产整理的全部事项，这件事由他来操作。二是与檀溪小学接洽，在下周五举行遗产捐赠仪式，完成父亲的遗愿。三是将姚明护送回北京家中疗养，日期定在下周日，由龚慧和卢冰负责临行前的准备。

姚亮自己的事情最为繁杂，他一个人用了一整个晚上来梳理遗产整理的遗留问题：

a 将储蓄存折定期存单并银行卡（共十一笔）中的钱全数转账到老姐先前所开的遗产专用账户。

b 将长沙售房款直接进账到遗产专用账户。

c 将深圳售房款直接进账到遗产专用账户。

d 去社保中心将已经结算清楚的母亲养老金余额直接进账到遗产专用账户。

e 去深圳将已经结算清楚的父亲商业保险的储蓄金直接进账到遗产专用账户。

f 将已经结算清楚的父亲的丧葬费并抚恤金进账到遗产专用账户。

g 将已经结算清楚的母亲的丧葬费并抚恤金进账到遗产专用账户。

七项任务，五项在长沙，两项在深圳。现下他人在长沙，次序当然也是先将长沙的五项办妥，之后去深圳。所有七项任务经过了多个回合之后，都已经基本落实。每天完成其中的一件到两件应该不是问题。这就是他的一周规划。

可是他忘了中国的一句流行语，计划没有变化快，肖律师的一个电话，所有的计划便灰飞烟灭。其中最令姚亮难过的属两个已经基本敲定的售房意向，变化令他食言，他肯定会彻底失去这两个意向明确的购房人。说沮丧是病毒，那么中毒最深的人非姚亮莫属。

果然，先来发难的正是最先定下成交意向的深圳上海客。虽然在电话里，姚亮还是能够感受到对方的怒气。对方坚决认定他是在故意拖延，他一定有了出价更高的买主。无论姚亮如何起誓发愿，上海客都对他表示了极大的蔑视和唾弃，说他是个小人；说他查了他的履历，知道他是个欺世盗名的伪学者；说他压根就信不过他这个人，所以连跟他握个手都不予考虑。姚亮还是坚持说只要警方开闸，房子一定卖给他。但他毫不容情，不要说卖，就是送他他也不要，他绝不跟他这种"货色"打交道了。姚亮这会儿已经知道对方对自己有所了解，也就不便与对方再作口舌之争；他当真很懊悔说房子一定要卖给他这句话，他只是为了安抚他的情绪才这么说的。以他现在的心情，即使警方开闸，他也不会再去找这个刁钻的上海客。

令他没有想到的是长沙的买主，这个人没有丝毫埋怨，而且反劝姚亮别着急，早几天晚几天没关系的。他说房子他一定要，他相信姚亮不会转手给别人。他这么说，弄得姚亮一点脾气也没了。

5. 5. 3

令姚亮完全没想到的，吴姚又来了。他这一次可谓是来者不善善者不来。他第一站就是派出所，指名道姓要找所长说话，所长自然是笑脸相迎。

他二话不讲，开口便是所长，我就是找你，你们所里谁也代替不了你。所长说他找得对，大事一定要找所长，而他的事就是大事，不找所长找谁？又问他有什么吩咐。吩咐不敢当，但有些事要讲清楚。他让所长着人去请姚明姚亮，说两个人必得到场，少一个也不行。所长告诉他姚明身患重病，平日里只能以轮椅代步，而她住得非常之远，在几十公里之外的度假村，所以来一趟会非常困难，问他是怎么打算的。

吴姚在这点上没有过于坚持，他提出由他和所长去度假村面见姚明姚亮。所长思忖之后应承下来，他问吴姚想谈些什么。吴姚说大家到一起再说，一样的话他不想说两遍。所长看得出他怒火中烧，况且他千里迢迢专程赶过来，一定有他非来不可的理由。所长当然不希望这桩普通的民事纠纷再生出其他的是非，有过一个回合的反复已经让所长的头也大了，他这次要一劳永逸地将这场纠纷彻底化解，不留一点隐患。就跑一趟桃花源。

所长先以电话约定姚亮。姚亮就此取消了出门办事的计划，专程在家里候着。所长没忘了确定一下姚明是否在？在。所长最后才说是吴姚的主张，说吴姚来了。

又来了，这是姚亮的第一个念头。来了，而且一定邀约姚明姚亮所长四个人一起谈，是什么原由让这个人千里迢迢跑过来呢？是得理不让人？

他或许已经知道了警方去调查，甚或已经知道了调查结果，他的证明信没有被否决，于是他来要求属于自己的各项合法权益。姚亮深信他推不翻父亲的遗嘱，不管他希望得到什么，最终都将一无所获，所以姚亮对他气势汹汹的突访没什么好担忧的，他的贪婪不会得到回报。

但是姚亮对他指明要姚明在场这一点心存忌惮，毕竟姚明在病中；而满腔怒火的吴姚会做出什么，他心里没有底数。所以他还是很担心姚明是否会受伤害。

派出所所长亲自陪同他过来，说明所长很看重吴姚再来这件事。有所长在最好，所长可以制约吴姚可能的胡搅蛮缠，所长又可以见证吴姚的胡作非为，所长的同行从某种意义上给了姚亮很大的心理慰藉。姚亮除了把事情告诉给老姐之外，他的心思一直都在大门之外。老姐在卧室有卢冰陪着。姚亮则守在客厅里，双眼一直盯着大门的方向。来了，终于来了。警车的标志分外显眼。他想出门去迎他俩，但他想想又坐下了；吴姚是专程来上门找事的，他没必要让他觉得他很在乎他的到来。

门铃。

姚亮高声："请进来。"

所长在前，吴姚在后。

姚亮又说："二位坐。"

就都坐下了。

所长开口："吴姚专程从湖北赶过来，说有话要说，说一定要约上姚总和姚教授。这不，我们就过来了。"

姚亮说："姚明身体不太行，我们三个说吧。"

吴姚说："还是四个人一道说。身体不行可以不说话，出耳朵总可以吧。"

"我看还是三个人的好，她有病，身体万一出了状况，谁都负不了这个责任。"

"所长，她既然不肯露面，我们又何必老远跑这么一趟？我可以等，等她能露面再谈。"

吴姚腾地站起来。

所长坐在原处一动未动："老吴，别那么心急。姚教授，带我去看看姚总可以吗？"

所长从电话里和刚才的情形已经判断出，姚明没打算彻底回避这一次谈话。他能够想象出姚亮的心情，已经被反复折腾的姚亮肯定对吴姚没好气，所以话语中一直藏着机锋。现下的问题是吴姚根本不吃他这一套，以这种叫板的方式僵持下去对谁都不好。一无所获的吴姚会更加恼怒，一直拖延下去的遗产处置让姚家精疲力竭，这个事件也会是所里一桩没完没了的公案。

姚亮不能够拒绝所长的好意，他只有带所长去看姚明一条路。所长自己随手带上了餐厅的门。

所长说："姚总出来见一下，身体有问题吗？"

"身体倒是没问题，我怕的是这家伙胡搅蛮缠，让姚明再受到什么伤害。"

"有我在，这一点你别担心。我不信这个吴姚会肆无忌惮，敢把我这个老警察也不放在眼里。姚教授，咱们还是请姚总出来坐一下，他有什么话听他说完，就算给我个面子。"

"您既然这么说，我也只好从命了。"

"那好，我先出去。在客厅等你和姚总。"

姚亮进去告诉老姐，那个叫吴姚的又来了，他让老姐别当他是一回事，他想说什么由他说好了。

姚明说："明白。我明白。"

姚亮推着她穿过餐厅进到客厅，将她安置在电视墙的前面，刚好与三面沙发形成了一个环绕。姚亮自己坐到左侧的单人沙发上，与他面对的是吴姚；所长一个人在三人沙发上，姚明在他对面。

所长说："吴姚，你有话说就先说吧。"

吴姚说："什么意思吗？我撒谎了是不是？我造假了是不是？我冒名顶替了是不是？我希望你们给我一个明明确确的答复。"

姚亮说："你在问我吗？我说过你问的这些话吗？"

吴姚说："你们谁是谁我不管，你们三番两次到下姚村搞什么名堂？你们还让不让我在村里活了？"

姚亮说："我到下姚村怎么了？下姚村是我老家，我回老家看看不可以吗？我怎么就不让你在村里活了？"

吴姚说："谁不知道你们在调查我那张证明？你们当谁都是傻子是不是？你们那点小心眼小把戏谁都看不出来是不是？不要自作聪明了，没有谁比你们傻。"

所长说："所里派警员去调查，完全是为了弄清真相。你的证明信被律师找到了破绽，上面那个何大舅死了快两年了，怎么跑到你证明上给你签名画押呢？还不是警方的调查还了你一个清白。"

"清白？我有什么不清白？我一辈子都清清白白！你们左一次右一次到村里骚扰我，你们还有理了？你们懂不懂人言可畏的道理！一次两次也就罢了，可是你们居然去了三次，事不过三的常情常理你们都不懂？亏你们都是活了几十岁的人！呸！"

姚亮说："我去我的，跟他们没有任何关系。"

所长说："派出所是政府机构，必得保障每个公民的合法权益，必得搞清真相，还受害者一个清白。"

吴姚说："你们说的都比唱的好听，可是我呢？谁从我的角度替我想想？你们这么搞的结果，就是让乡里乡亲都当我是个冒名顶替的恶人，都说我要去分钱。"

姚亮说："你不是要去分钱吗？你亲口说的，要来认老弟老妹，要来分遗产，自己说的话不会不认账吧？"

"我是这么说过，我来时也是这么想的。但是我先就听所长说了，说老爷子的钱财都捐给学校了。也就是说老爷子已经没遗产了。没就没了呗，所以我说认老弟老妹才是正经。要不是为了认你两个狗日的，你以为我会多待上好几天？"

所长说："这个我可以作证。老吴刚到那天我就说了，老爷子的遗产都捐给小学了。老吴当场表了态，说没就没了呗，没分上遗产，来认个老弟老妹也不错啊。"

吴姚手指姚亮："你个狗日的，打从你一开口我就听清楚了，你不打算认我。我气不打一处来，我六十六了，这辈子该有的都有了，不该有的我也没希图过。你他妈的不认我，我他妈的还不认你呢。这年月人人都只认钱，谁他妈的会认一门穷哥哥？人心早他妈喂狗了！"

所长说："咳，老吴，这就是你的不是了。都是六十多岁的人，你怎么可以张口闭口总是脏话呢？"

"脏话？我们他妈的是一个爹生的，生出这么两个孽种，六亲不认的东西。这狗日的把我心伤狠了，我骂他两句，他还不该受着吗？我听说了，这两个东西都有本事，一个有钱一个有名，人五人六的所以才那么嚣张。你们他妈的也不想一想，到了这个岁数会有人冒名顶替要去当人家亲哥哥？你们就是心里有问号，也该私下里把事情搞清楚了再说人家是真是假。你狗日的不问青红皂白先把我当假的了是不？骂你都是轻饶了你。"

姚亮说："你比我年长，要骂由你骂。你心里有气，就把那些气都骂出来。还有什么话你都一口气说出来，你说完了我再说。"

吴姚说："你说你是回老家看看，你是吗？你东打听西打听，连自己是下姚村的人都不敢承认，你承认了吗？你打听来打听去，无非就是想证明我在撒谎。我干吗要撒谎呢？肯定是有所希图呗。图啥？图老爷子的钱财，图你们两个的施舍。我说你该在村里打听打听，我吴姚堂堂六尺男子汉，什么时候那么下三滥过？那话是怎么说的？以小人之心度君子之腹，说的就是你这种小人。"

所长说："老吴越说越激动。喝口水，消消气。"

吴姚说："还有后去的那个，那小子到了村里千方百计打听何大舅，以为发现了什么大秘密，狗屁！我跟村里人说，谁也别告诉狗日的说何大舅山上有个墓，结果狗日的屁颠屁颠回去了，以为我的证明信就是假的，以为我就是个骗子。他前脚走，我后脚就给所长挂了电话。我告诉所长何大舅的真相就在村里。"

所长说："当时我不明白他说的什么，我再问，他就把电话挂了。深圳来的律师函提到何大舅，我这才明白了其中必有蹊跷，于是我在所里开了会，专门派警员去下姚村一探究竟，这才发现了真相。"

吴姚又指向姚亮："你狗日的急什么？是要证明我在撒谎。那个狗日的急着要证明什么？也是要证明我在撒谎。你们一趟又一趟那么大老远跑过来，既然你们那么急，我索性叫你们急死。我就给所长打电话，告诉他你们在打鬼主意，你们有猫腻，让所长无论如何不可以让你们得逞。"

所长说："你让不让没用的，我们是根据原则办事。我们的原则是疑罪从无，既然不能认定你在撒谎，不能认定你有诈骗行为，我们就必得保证你的合法权益。遗产处置有一个必须，即所有法定的第一顺序继承人都在场。我们还不能够确认你是否第一顺序继承人，所以遗产处置叫停令还不能够解冻。"

姚亮说:"我把你得罪了,谁让我有眼无珠呢。你要拖就拖吧。我看透了,即使警方能够证明你是真的,你也不会放过我们。别说警方也许永远证明不了。我还是那句话,六十岁了,已经有足足六十年没有一个哥哥,没有也罢。你是真的是假的,对我反正没两样,随你吧。所长,感谢你老远跑这一趟。两位再见。"

姚亮起身去到姚明的身后准备推她。

所长说:"姚教授,别啊,我今天过来是打算让这个事情有一个了结,我不只是陪老吴过来。你请坐。让我们把话都说出来。"

姚亮说:"好,有话请讲,我坐也坐乏了,就站着。"

所长说:"我是政府工作人员,姚清涧褚克勤都在我辖区里,姚老的去世也有一个月了,事情还是没有个头绪。我知道其中有一部分原因在我们,我不希望这件事无休止地拖下去,所以我从政府的角度在你们中间做一个调停。"

姚亮说:"问题出在他身上,你要调停就调停他,我们这边是受害者,我姐因为这件事劳累成疾,我也撇家舍业的这么久,已经筋疲力尽,我们只有承受的份,不需要调停。"

吴姚腾地站起来:"你这是什么屁话?你们是受害者,我呢?我成了害人者了?给脸不要脸的东西,跟你们再没有一句话。"

话音未落,人已经朝大门走过去。看着乒乓作响的门合上,仍旧还坐在长沙发上的所长也站起来。

"姚教授,你太不理智了。今天的事情本来可以有一个大家都愿意看到的结果,但是你情绪失控让这个机会失去了。这件事原本可以有两个解决方案,一是由吴姚主动退出,不再说自己是第一顺序遗产继承人。另一个是你们采取接纳他的方式,让他写委托书委托你全权处理。这两个方式都可以让遗产整理重启。你也听到了,他根本不是为分遗产而来,他对老爷子把遗产全捐也没有异议。所以今天你们的见面,有可能导致我前面说到的两种可能中之一种。"

姚亮说:"您也看到了,他一口一个他妈的,我一直在忍他。到了后来我也实在没耐性了,才说了那些话。"

"你忍也忍那么久了,何必最后功亏一篑呢?真是可惜。我不知道这个结要什么时候才能最终解开了。"

"只能听天由命。所谓人算不如天算。"

5.5.4

卢冰是听到所长的汽车启动才出门的。她一直在姚明房里,这边发生的事情她基本都清楚。她很担心姚亮会跟那个人吵起来。她听到那个人在骂人,她知道姚亮的忍耐力很差。姚亮忍住了没吵,让她很欣慰。她怎么也想不通,姚亮最后那几句话,怎么就惹得那个人发了大脾气夺门而出。

事已至此,再去讨论哪句话的轻重已经没意义了。

卢冰说:"姐,我推你回房休息。"

姚明忽然开口了:"小亮,你怎么就不想认他呢?"

"我……姐,你想说话吗?"

"我问你怎么就不想认他?"

"姐,你好了?你真好了?你再说点什么。"

"你不信他是大哥,还是你不愿意信?"

卢冰说:"姐真的好了诶。"

姚明说:"相信我小亮,他就是大哥,不会错的。"

姚亮的眼里浸出了泪水:"姐,老姐,你说吧,我听着呢。"

"给所长打电话,拜托所长请大哥回来,好吗?"

姚亮点头:"好。"

拨手机。

"喂,是所长吧,你们到哪儿了?是这样,姚明忽然开口说话了,她说请你和吴姚回来,请你们一定回来。拜托你们了。"

卢冰说："姐，认得不认得我？"

"卢冰，说什么呢。那你认得不认得姐？"

"我当然认得姐，我怕姐不记得我了。"

"我们天天在一起，姐怎么会不记得你？"

"可是姐你知道吗，你一直不说话，你这么久了一直没叫我一声。我真怕你不记得我了。"

"喂，小慧吗？我是舅舅。告诉你一个天大的喜讯，你妈开口讲话了。是真的。好。你忙完了就回来吧。"

姚明说："小亮，所长怎么说的？"

"他们已经掉头了，马上就回来。"

"你不能怪大哥，我是大哥的话我也会生气。我看大哥骂的都在理上。"

"前提是真的大哥。是真的我没话说。"

"相信我，肯定是真的。我知道是真的。"

"老姐，我相信你。你好了真好，真的。"

姚亮转过身，忽然就热泪盈眶。他没敢伸手去抹眼泪，一转身便把一张泪脸转向了靠窗的电话机。

"喂，餐厅吗，我这里是五号楼，姓姚，我要订一桌淮扬菜。标准？我们是六个人。三千三？可以可以。什么房间？好的，芳草堂。好的，六点。"

所长的车很快就到了。姚亮示意卢冰到门口迎一下，他自己去推姚明。

吴姚走在前面。

姚明非常动情："大哥，我是你老妹姚明。"

姚亮紧跟老姐："大哥。"

所长说："这就对了，老吴，该你了。"

一直言语冲撞的吴姚这会儿忽然哑了，五官似乎在瞬间凝住了，竟好久一动不动。他忽然热泪滂沱，同时大咳不止，整个人都处于痉挛状态。

"老妹啊，老弟啊，你两个狗日的！"

姚明一直在笑："大哥，大哥你知道吗，我睡了好大一觉啊，你一通骂把我给骂醒了。"

姚亮拉过卢冰："大哥，这是你弟妹。"

刚刚从楼上下来的姚缈还揉着睡眼。

卢冰喊她："姚缈过来。"

姚亮说："大哥，这是你小侄女姚缈。"

卢冰说："叫伯伯。"

姚缈说："伯伯。"

"诶，侄女乖，姚缈乖。"

事有凑巧，龚慧也进门了。

姚明说："小慧，这个是你大舅。"

龚慧鞠躬："大舅好。我叫龚慧。"

吴姚显得慌乱了："好，好。外甥女这么大了。"

姚亮说："小慧在美国当医生，早就是美国人了。"

吴姚说："真有出息呀。"

姚明说："你大侄子也在美国，是摄影师。"

姚亮做一个拿相机拍照片的姿势："拍照片的。"

"都有出息，都有出息呀。"

姚明说："你还有个小外甥女，在北京读书。"

"好，真好。好啊。"

所长说："不打搅你们家人团聚了，我还有公务。姚教授，明天上午还要麻烦您和老吴过来一下，我们要履行一个手续，让那个叫停令解冻。咱们明天见。"

5. 5. 5

晚上的大餐和兄妹之间的家常按下不表了。天刚亮姚亮就被敲门声叫醒了。竟然是老姐，老姐痊愈的第一个早上就醒在他前面。他急急忙忙起身开门，老姐将手机递给他。

"你的电话。"

"我的电话？"

老姐露出神秘表情，姚亮完全搞不清她的神秘从何而来。

"喂——"

"爸，我是良相。"

姚亮有一点蒙："这么早？"

"爸，我们这边是傍晚。跟你说件事。"

"你说。"

"是这样，这一向我跟彭普叔叔常在一起。彭普叔叔鼓励我，我们两个聊得挺多。我知道他有一个很大的想法，他希望为全世界最著名的一些古树做一份影像档案，对这些地球上最古老生命的保存做一份贡献。他的想法得到了艾玛阿姨的全力支持。"

"良相，我对这个不太懂。"

"彭普叔叔和艾玛阿姨他们看了一个纪录片，内容是一张照片的诞生，是一张四十六米高的古水杉树。那是一张非常了不起的照片，是两个伟大的摄影师前后用一年多时间才完成的。运用了非常多的高科技手段。爸，你应该能了解，一个极高的物体，几乎很难在一张照片中被清晰地呈现出来；要么它会离得很远，所有的细节都会损失，要么就只能获得某一个清晰的局部而丧失整体。他们完成了一个几乎不可能完成的任务，他们成了全世界摄影师都钦佩的伟大摄影家。想就近观赏那幅照片只能用电影的方法，让镜头做连续运动。"

"我大概听懂了。彭普和艾玛也想做这样的事，把世界上那些最有名的树一个一个做下来，是吗?"

"你记得你给他讲过西藏林芝的柏树王吧，那是他计划中的第一场战役。还有巴西的地球第一古树'世界爷'。黄山的迎客松也在他的名单上。"

"彭普这家伙，真是找到了一桩了不起的事情! 他可以让全世界都知晓这些最伟大的植物，真羡慕他。"

"彭普叔叔说是你的建议。他最终选择去拯救濒危植物，正是听了你的话，他对你很钦佩。"

"我们两个是老同学好朋友，朋友之间总少不了肉麻主义，他的话你不要当真。"

"彭普叔叔可不是说说而已，他要动真格的。艾玛阿姨已经注册成立了'拯救古树基金会'，艾玛阿姨是会长，彭普叔叔是干事长，注册资金为五千万美元。彭普叔叔已经了解到，拍那样一张照片大约要两百万美元。当然不止一张照片，还会衍生出一部记录电影。艾玛阿姨很器重我，要我来担纲挑大梁。爸，没跟您商量我就答应了，您不会生我气吧。"

"怎么会呢? 儿子，我为你自豪。"

"我今天打电话不是要说这个。我想告诉你，我昨天向玛丽求婚了，她答应嫁给我，我们已经决定在 3 月 21 日那天举办婚礼，那天是你的六十大寿，我这边已经为你定好了 16 号的机票，请你一定不要错过我的婚礼。爸，你会答应我吗?"

"答应。"

姚亮已经激动得说不出话了。他把手机递还给姚明。

"老姐，他跟你说了?"

"说了，但是只说了二十秒。他说他要亲口对你说。小亮，开心吧?"

姚亮点点头。

"小亮，你要和大哥去派出所呢。小慧已经煮好了菜粥，抓紧去吃。早上塞车很厉害。"

"老姐，我昨晚一直睡不着，我觉得真是奇妙，居然是大哥的一顿臭骂把你治好了。太有意思了。"

"是啊。大哥是我的贵人。他一大早就起来了，已经在园子里转了好大一圈。他已经吃过了。你抓紧去吃。我给你叫车。"

姚亮下楼。姚明掏出手机。就在这个时候手机先响了。姚亮的脚步慢下来，一大早的电话总让他着意，因为一直以来姚明不能接电话，她的大部分电话都是姚亮来接。姚明没说话，一直在"噢，噢"的应声。大约两分钟后电话终于结束了。她将折叠手机合上，有一点心不在焉，她将右手的食指和中指压在自己嘴唇上，以这样一种姿势发呆。

"姐，老姐，怎么了？"

姚明若有所思："是所长的电话。他说昨晚所里来了个老太太，周岁六十七，她一定要值班的警员喊所长过来。警员拗不过老太太，就给所长挂了电话，所长那会儿已经睡下了，他是从被窝爬出来去所里的。他说那老太太带了全套的身份证明。事关三家派出所，三家都出了证明。他说老太太自称是褚克勤的女儿，是褚克勤参加革命之前在老家生的女儿。"

"妈妈的女儿？"姚亮当真蒙了。

2013 年 2 月 5 日　海口海甸岛寓所

图书在版编目(CIP)数据

纠缠／马原著. —北京：北京十月文艺出版社，2013.7
ISBN 978 – 7 – 5302 – 1307 – 0

Ⅰ.①纠…　Ⅱ.①马…　Ⅲ.①长篇小说—中国—当代
Ⅳ.①I247.5

中国版本图书馆 CIP 数据核字(2013)第 065496 号

十月长篇小说创作丛书

纠　缠
JIUCHAN

马　原　著

*

北 京 出 版 集 团 公 司
北 京 十 月 文 艺 出 版 社　出版
（北京北三环中路 6 号）
邮政编码:100120
网址:www.bph.com.cn
新 经 典 文 化 有 限 公 司 发 行
新 华 书 店 经 销
北 京 四 季 青 印 刷 厂 印 刷

*

890 毫米×1270 毫米　32 开本　10.75 印张　279 千字
2013 年 7 月第 1 版　2013 年 9 月第 2 次印刷
ISBN 978 – 7 – 5302 – 1307 – 0
定价:35.00 元
质量监督电话:010 – 58572393